A ASCENSÃO DA REVOLUÇÃO

O CÓDIGO DO HERÓI

LIVRO 3

A.R. KNIGHT

CAPÍTULO 1

O MOSQUITO E O ELEFANTE

UM MUNDO livre para ser conquistado, e os rostos ao redor de Wexley preocupados com ações. Ampliados e projetados nas finas janelas que contemplavam o horizonte florescente de Chicago, o coletivo de faces reunia seus vastos poderes industriais, tecnológicos e humanos para reclamar sobre como detonar um estádio cheio de Paragons era ruim para os negócios.

— Vocês assinaram por isso — Wexley falou por cima de uma reclamação que nem estava ouvindo. — Cada um de vocês sabia o que Zhan-Yo queria. Agora está aqui e vocês estão olhando para a oportunidade como se ela fosse matá-los.

— Aparentemente, pode mesmo! — disse Akash Reddy, fornecedor mundial de suprimentos, sua rede de supermercados muito irritada com as regulamentações de preços dos Paragons.

Algumas semanas atrás, Akash estava ali mesmo clamando por uma revolução. Agora o homem tinha suor na testa e olhos percorrendo a câmera, lendo sobre uma perturbação após outra em sua preciosa carga perecível.

— Estabilidade não é uma característica comum em revoluções, Akash — disse a opositora do homem, Adriana, uma mulher de garra e fogo, alguma magnata da moda que Wexley havia ignorado até a reunião de hoje, quando ela decidiu ficar do lado certo. — Sabemos o que vem no final de tudo isso.

— Sabemos? — rebateu Akash. — Eu pensei que queríamos uma negociação, uma chance de equidade entre todos nós. Como isso é possível agora?

— Nunca foi possível — disse Wexley, projetando de sua mesa. Uma pequena linha na superfície perto de seu cotovelo o lembrou da hora, de quanto ele preferiria estar em qualquer outro lugar. Ele se levantou, um sinal de que esse assunto tedioso seria encerrado. — No entanto, temos uma chance de algo maior. Por que compartilhar o que podemos ter para nós mesmos?

Não era seu melhor encerramento, mas Wexley não deu aos chefes reunidos chance de contestar. Com um aceno, Wexley enviou a chamada para a lixeira digital, recuperando seu horizonte. Um que foi manchado em segundos com um novo toque.

— Permitir — disse Wexley, movendo-se para o centro da sala. O jogo de poder que se aproximava exigia algo mais que uma mesa e uma cadeira. — Adriana, onde você esteve se escondendo?

A pessoa mais interessante da reunião reapareceu, embora seus lábios retos e olhos congelados mostrassem que ela tinha zero interesse em conversa fiada. Tudo bem. Wexley podia viver sem isso.

Ele havia vivido assim por muito tempo.

— Não justifique o que aconteceu naquela chamada como paciência — disse Adriana. — Não estou te defendendo por minha saúde, ou pela sua. O estádio foi um desastre.

— Não foi minha ideia — disse Wexley, fazendo uma careta ao dizê-lo.

Líderes não deveriam se humilhar, não deveriam dar desculpas.

— E?

— Não sei onde ele está — respondeu Wexley. — Se ainda estiver vivo, Zhan-Yo não tentou me contatar. Suas contas estão congeladas, seus cartões rastreados. Ou ele abandonou todas as conexões que tem, ou o homem é vítima de seu próprio sucesso.

— O que deixa uma empresa muito importante sem um líder.

Wexley caminhou em direção à cabeça de Adriana, a projeção tornando sua imagem do pescoço para cima tão grande quanto o corpo de Wexley. Mesmo assim, ele enfrentou o olhar enorme sem pestanejar.

— Não há vácuo aqui. Nosso plano continua. — Quando Adriana não interrompeu, Wexley permitiu-se continuar. Sem grandes testes de vontade hoje. — À medida que os Paragons se reagrupam, vamos abordá-los com uma oferta para compartilhar o poder.

— Um retorno à democracia, como Zhan-Yo queria?

— Um retorno à liderança adequada, como todos nós merecemos. Quando os Paragons recusarem, não teremos escolha a não ser intensificar o conflito.

Lá fora, o sol cintilante da primavera tremulou quando um oval escuro passou pelas janelas. Maior que uma cápsula e mantido no ar por jatos zumbidores, a máquina não notou a carranca de Wexley, não sentiu seu impulso de alcançá-la e derrubá-la do céu.

— Como você fará isso? — perguntou Adriana. — Outra bomba? Mais vidas inocentes alimentando sua campanha?

Wexley seguiu o drone, caminhando ao longo de suas janelas enquanto ele flutuava, — Zhan-Yo optou pelo estardalhaço. Eu prefiro resultados. O que apresenta um problema, Adriana.

— Qual?

— Resultados são caros.

— Como se você precisasse dos representantes.

Wexley deu um aceno à mulher, — Muito dinheiro das contas de qualquer empresa seria notado. Os Paragons podem estar em apuros, mas não estão mortos. Ainda não.

Se as palavras mordazes de Wexley incomodaram Adriana, ela não demonstrou. Em vez disso, continuou com seu olhar característico, fazendo Wexley se perguntar exatamente o que ela estava procurando.

— Diga-me do que você precisa e você terá — disse Adriana. — Posso trabalhar com os outros também. Mas Wexley, demos a Zhan-Yo uma longa corda porque o conhecíamos. Você, não conhecemos. Prejudique-nos, e você não terá segunda chance.

Novamente, Wexley optou por um aceno humilde.

— Se isso não funcionar, Adriana, duvido que estarei vivo para pedir perdão.

Wexley cancelou sua tarde, saindo apressadamente do escritório após a ligação. Ficou parado na frente do elevador, vendo todos que tinham que deslizar ao seu redor enquanto o elevador fazia sua jornada até o primeiro andar e além. Todas aquelas pessoas dando-lhe acenos, sorrisos, acreditando que seus esforços lhes dariam seus salários, lhes dariam satisfação. Eles dependiam de Wexley, e embora ele não dependesse deles, os salvaria mesmo assim.

Em um futuro não muito distante, essas pessoas carregando seus arquivos, verificando seus Tamas para ver que nova regulamentação os Paragons implantaram hoje, se veriam livres de suas correntes genéticas. A oportunidade viveria mais uma vez em seus esforços, não na sorte aleatória do DNA.

O elevador chegou ao nível mais baixo do estacionamento, bem abaixo das ruas e deserto. Os projetistas haviam construído a estrutura para uma sociedade que não existia mais, com carros dominando as ruas. Agora todos pegavam trens, ônibus, cápsulas, já que os Paragons limitavam o tráfego na cidade. As fileiras vazias de concreto incomodavam, eficiências perdidas enquanto luzes zumbidoras deixavam um brilho fantasmagórico no cinza.

Um espaço, no entanto, estava ocupado. Encostada em um canto, uma van preta decorada com logotipos corporativos. Seus pneus estavam murchos, mas Wexley garantiu que a van continuasse ignorada. Se alguém lhe perguntasse, Wexley declarava que o veículo era de Zhan-Yo, confiado à garagem para guarda segura enquanto o líder fugitivo lutava por seus sonhos.

Ninguém ousava perguntar por que as travas da van de Zhan-Yo estavam ligadas ao Tama de Wexley, por que o cabo de carregamento da van permanecia conectado se ela não fosse ser movida. Dando uma última olhada pela garagem e confirmando seu vazio — ruídos vinham de cima enquanto os poucos motoristas faziam seu êxodo do almoço — Wexley deslizou e digitou um código específico em um programa específico. As câmeras salpicando a garagem piscariam em uma gravação pré-programada, mostrando uma van solitária sem humanos, sem atividade.

Qualquer um observando, qualquer um se perguntando por que Wexley havia desaparecido da fita, saberia melhor do que perguntar. Se não soubessem, então Rhimes resolveria o problema de forma permanente.

Tendo alcançado sua invisibilidade, Wexley abriu as portas traseiras da van. Lá, limpo e passado, polido e aperfeiçoado, estava um conjunto que Wexley havia deixado sozinho por vários dias. Desde que aquela rastreadora, Kat, o atacara em alguns terraços não muito longe daqui. Wexley havia adotado uma postura discreta, tinha esperado para ver se seu inimigo cometeria algum erro.

Inimigo.

Wexley riu, uma risada baixa enquanto trocava seu terno de negócios por seu parceiro mais letal. Kat Collins, uma famosa rastreadora em Chicago mas em nenhum outro lugar, tinha tão pouco a ver com Wexley quanto um mosquito com o elefante em que pousava. Ela havia interrompido seu jogo, havia alertado os Elementais para sua verdadeira ameaça.

E quando ele lhe fizera uma oferta que qualquer humano são, qualquer humano *normal* aceitaria, Kat rejeitou a proposta e pôs um fim fatal a toda uma equipe de ataque no processo.

A mulher não era uma ameaça para a operação de Wexley. Não, definitivamente não. Mas ela o incomodava, mesmo assim, havia levado Wexley perto de sua própria morte naquele telhado, com o drone Paragon se aproximando. Insultos como esse não podiam ficar impunes, ou se expandiriam como um gás, ocupando todo o ar na cabeça de Wexley até que nada restasse além de vingança fervente.

Os valentões na escola primária haviam sentido o mesmo. Seu primeiro gerente, entregando decretos de trabalho como algum ditador medíocre, havia sentido o mesmo. Incontáveis encontros ruins, negociadores frustrados e transeuntes desafortunados haviam empurrado

Wexley da maneira errada e, como resultado, tiveram que ser purificados.

Nem sempre mortos, embora as armas que Wexley colocava no cinto e nos coldres das coxas do traje fossem capazes de tal resultado, apenas retribuídos. Erros corrigidos, escalas equilibradas, qualquer termo que você escolhesse. Uma vez que Wexley tivesse feito isso, uma vez que tivesse colocado Kat da mesma maneira que ela o colocara, então essa pressão desapareceria e ele seria capaz de se concentrar novamente.

Concentrar-se em Adriana e no plano sussurrando em sua mente.

— Qual é a situação dela? — Wexley falou ao microfone enquanto caminhava pelas ruas de Chicago em direção ao oeste. Coberto por um grosso sobretudo até os tornozelos, cabeça coberta por um gorro azul-escuro, Wexley parecia alguém a evitar. Quando os olhos captavam um punho tremeluzente, o cano da arma longa aparecendo de sua correia nas costas, as pessoas desviavam-se para longe. — Estou curioso.

As palavras atingiram com uma precisão vaga, significando tudo para seu alvo e nada para os ouvintes. E sempre havia ouvintes.

— Fora do tabuleiro — respondeu Rhimes instantaneamente, embora Wexley não tivesse agendado uma ligação, não tivesse feito nada além de mudar seu Tama para um certo canal e começar a falar. — Há uma reunião acontecendo agora, algo os tirou todos das ruas.

— Não sabemos o quê?

— A fonte tem estado obscura ultimamente.

Wexley respirou fundo, sentindo o ar frio invadir seus pulmões. Ao seu redor, uma multidão crescente esperava que um semáforo mudasse e oferecesse a chance de atravessar para o outro lado. O início da primavera de Chicago tinha neve preta agarrada à vida ao longo das ruas, poças lamacentas como sopa genética que dariam lugar a nova vida em um mês. A água pingava das linhas de trem elevadas acima, misturando-se com o assobio constante de pneus fundindo-se com o asfalto molhado.

Quarteirões de distância, um som particular saltava entre os edifícios. Um que teria feito Wexley sorrir se ele se importasse. Os protestos na sede dos Paragons de Chicago continuavam em ritmo acelerado, uma raiva contra a violência na cidade, violência da qual o próprio Wexley tinha participação não pequena em perpetrar. Desorganizados e dizimados por Mynx, a única Campeã remanescente da América do Norte, os Paragons de Chicago careciam de um líder forte, careciam de organização.

Outra sombra flutuou acima, o drone lavando seus scanners sobre a multidão enquanto o semáforo mudava e os pés começavam seu arrastado tiritante. Sem heróis nas ruas, os drones preenchiam o espaço. Ao contrário de um Paragon, com seus poderes e sua personalidade, os drones operavam em uma escala brutal. Ofereciam pouca compreensão e resultados duros, dando aos manifestantes mais munição para suas lutas.

Que tragédia.

— Que outras opções temos? — perguntou Wexley. — Estou perto de Michigan agora.

— Cedo para você, não é?

— Eu pago você pela sua competência, não pelas suas opiniões.

— Se você quer minha competência, vai valorizar minhas opiniões.

Wexley sorriu agora. Ah, quão inovador era alguém enfrentá-lo. Rhimes havia conquistado esse direito, entretanto. Tinha impulsionado Wexley de um esquema para o próximo, mesmo que o homem não tivesse conseguido subjugar Kat.

— Então, o que você recomendaria? — disse Wexley, sentindo uma brisa e virando para o norte.

Enquanto a própria Avenida Michigan parecia demasiado congestionada com visitantes, as ruas ao lado do famoso caminho ofereciam agitação suficiente. A vida acontecia aqui: pessoas, pessoas comuns lutando para ganhar a vida sem pretensões. Vendiam seus gadgets, ajustavam seus ternos ou cozinhavam os cheiros salivantes que agora abraçavam o ar. Nenhum precisava da proteção de um Paragon, nenhum precisava de algum monstro superpoderoso para exigir sua lealdade.

Chicago havia prosperado por séculos sem sua interferência, e prosperaria novamente.

— Estou assumindo que *não* não é uma opção? — disse Rhimes, não fazendo nada para esconder um suspiro.

— Já estou na rua. Agenda limpa.

— Então há um solitário. Parece novo também.

— Perfeito.

Rhimes transmitiu as coordenadas, o canteiro de obras aparecendo no Tama de Wexley e, quinze minutos depois, a seus pés. O edifício parecia uma nova estrutura de condomínio, anunciando uma fazenda urbana como núcleo central. Produtos frescos todos os dias, durante todo o ano para os compradores. Wexley tirou uma foto, pensando que poderia investigar uma mudança se o edifício cumprisse sua promessa.

Uma cerca envolvia o local, com uma única entrada protegida por uma fechadura Tama. Rhimes entregou novamente, enviando os códigos certos para o dispositivo de Wexley e deixando-o entrar. Ele deixou a porta entreaberta atrás de si, entrando na estrutura. Paredes externas cobertas com plástico protetor serviram para cortar Wexley da rua, de olhares curiosos.

A falta de isolamento significaria que não haveria nada para esconder qualquer ruído. Isso teria que ser um caso silencioso.

Não era problema.

— Dei o alerta — disse Rhimes. — Quer apoio?

— Vou precisar?

— Não.

— Então você tem minha resposta.

Wexley observou enquanto o Paragon abria caminho para dentro do prédio. O jovem ostentava o traje azul e branco característico dos Paragons, reforçado para proporcionar calor no inverno. A julgar pelo rosto bem barbeado, pelo corte curto, este tinha comprado seu trabalho. O Paragon até parou ao ver o casaco volumoso de Wexley, enrolado sobre sua arma longa em uma imitação razoável de uma pessoa dormindo, e relatou a descoberta.

— Parece que pode ser um sem-teto — disse o Paragon, alto. — O portão estava aberto. A equipe de construção pode tê-lo deixado assim.

Esperando, talvez, acordar o vagabundo. Provocar uma conversa e tirar a pessoa do local, inscrevê-la em algum plano para transformá-la de um arruaceiro em uma pessoa produzida pelos Paragons. Que gentil.

Wexley relaxou no momento, deixando Adriana, as inúmeras tarefas entupindo seus aplicativos de produtividade desaparecerem. Elas estariam esperando por ele depois. Agora, agora era sobre a natureza. O instinto de predador e presa impulsionando as espécies primordiais da Terra para o combate consigo mesmas.

O Paragon recebeu suas ordens e foi em direção ao

casaco. Qualquer hesitação desapareceu com a solução percebida, a certeza que vem com um objetivo claro. Wexley também se moveu, rolando os pés enquanto saía de trás da parede escolhida.

Não fez barulho, e o Paragon não percebeu.

— Ei, senhor, você me ouve? — O Paragon disse ao casaco enrolado enquanto se aproximava. — Você está vivo aí embaixo?

Wexley tirou o pequeno bastão de seu coldre. Pressionou o interruptor ativando uma protuberância na extremidade da arma. Passo após passo o aproximou. O Paragon ajoelhou-se sobre o casaco, estendeu a mão para afastá-lo. Wexley poderia avançar agora, atingir o Paragon por trás e encerrar a luta antes mesmo de começar.

Mas por que arruinar a diversão?

Em vez disso, Wexley observou enquanto o Paragon empurrava o casaco para o lado e dava uma longa olhada no rifle embaixo. O Paragon levou a mão ao queixo, bateu duas vezes. Wexley esperou, queria a reviravolta, aquele doce momento em que o Paragon perceberia que havia sido enganado.

Uma mão pousou no ombro de Wexley, virou o homem. O Paragon, de alguma forma, estava atrás dele, balançando um dedo.

Malditos poderes. Transformando uma boa luta em uma sacola aleatória.

Wexley balançou o bastão, piscou quando a arma passou direto pela forma do Paragon como se Wexley tivesse atacado alguma névoa colorida. Quando o bastão saiu pelo lado direito do Paragon, Wexley tropeçando quando seu golpe encontrou resistência zero, um chute derrubou o joelho direito de Wexley.

Wexley caiu para frente, rolando para ganhar alguma

distância. O movimento permitiu-lhe sentir seu joelho, julgar que nenhum tendão havia se rompido, nenhuma rótula deslocada. Saudável o suficiente, Wexley se levantou, varrendo o bastão ao seu redor enquanto se erguia.

— O que você está fazendo, cara? — O Paragon, todos os dois dele, perguntou de um seguro metro de distância.

— O que parece? — Wexley encarou as duas cópias.

Ele já tinha visto poderes como esse antes. Paragons que podiam se duplicar, ou fazer imagens. Mas a cópia tinha colocado uma mão real no ombro de Wexley, tinha sido sólida por um momento e como o ar no seguinte. Então quais eram as regras para este?

A arma em sua coxa o chamava. Wexley afastou o impulso. Qualquer tiro traria drones, e embora Wexley não temesse um único Paragon, aqueles monstros de metal o despedaçariam sem muito esforço.

Não, esta batalha seria próxima, suave.

— Estou te dizendo agora, você deveria largar essa coisa e desistir — disse o Paragon. — Eu sei que você está vestido como se fosse algum figurão, mas o cerco está se fechando. Meus amigos estão vindo, e eles não vão gostar se você não estiver me ouvindo.

— Cinco minutos — disse Rhimes no ouvido de Wexley, ouvindo a conversa. — O protesto está retardando o despacho do Paragon.

Mais que tempo suficiente, então, desde que Wexley não jogasse o jogo do bate-papo.

Dando dois avanços rápidos, Wexley golpeou com o bastão o Paragon à direita. Como antes, a ponta entrou e não encontrou nada, embora o Paragon tenha recuado. Sua imagem espelhada aproveitou a oportunidade para desferir um soco, um golpe que Wexley bloqueou com o antebraço esquerdo. O golpe pareceu sólido, então Wexley chicoteou o bastão para a esquerda, tentando acertar um choque no ombro do Paragon.

Novamente o bastão não atingiu nada, e o golpe bloqueado no antebraço de Wexley também desapareceu. Wexley segurou seu próprio tropeço enquanto o Paragon recuava, a imagem da direita abaixando-se para um golpe no estômago. Girando o bastão em sua mão direita, Wexley o golpeou de volta para baixo, atingindo o ombro direito da imagem no momento em que o soco do Paragon acertava o estômago de Wexley.

Nada, nenhuma ondulação, nenhuma dor de um baço atingido. O Paragon da direita desapareceu assim que Wexley acertou um golpe. Os dois lados recuaram um passo, o Paragon mantendo uma carranca, mãos levantadas e prontas em ambos os corpos. Não mais o lutador arrogante, mas um adversário cauteloso.

Wexley pegou a dica e avançou, o relógio correndo em sua cabeça. Ele fingiu com o bastão, avançando em direção à imagem da direita, mas deslizando o pé direito no processo, pronto para avançar para a esquerda. O Paragon caiu na mesma resposta, liderando com a forma esquerda. Apostando que havia resolvido o enigma do Paragon, Wexley virou o bastão e atingiu o corpo da esquerda.

Desta vez, o bastão penetrou, seu flash iluminando o choque no rosto do Paragon. Aqueles olhos arregalados se misturaram com músculos contraídos enquanto o Paragon caía no chão, a imagem à direita desaparecendo como se alguém a tivesse desligado.

— Um truque — disse Wexley, desligando o bastão. — Isso é tudo o que você tinha. — Ele se ajoelhou, alcançou o pescoço do Paragon. Um aperto, uma torção, e este seria eliminado. — Pelo menos o seu será rápido.

— Sem tempo — a voz de Rhimes interrompeu. — Eles estarão em cima de você. Saia.

Garoto de sorte.

Wexley levantou-se rapidamente, correndo em direção ao seu casaco, ao rifle longo, vestindo-os, voltando ao seu disfarce. Enquanto colocava o gorro, Wexley deixou o prédio, sem poupar um olhar, uma palavra para o Paragon deitado, respirando e derrotado, no piso de concreto.

CAPÍTULO 2

GIM E RASTREAMENTO

SHORTS, duas camisetas sobrepostas para combater o frio de Londres, e tênis novos marcando uma bolha em seus calcanhares enquanto ela batia os pés pelo asfalto através das imponentes áreas verdes do Hyde Park. Celice captava olhares distraídos enquanto corria, cidadãos do fim da tarde indo para um pub, um restaurante, ou simplesmente para casa. A água espirrando a cada contato fazia um favor a Celice, fazendo com que as pessoas saíssem de seu caminho.

E permitindo que o homem, também correndo, como fazia todos os dias por volta desse horário, permanecesse à vista.

Celice tinha deixado a sala de reuniões de Mynx em LA, abandonado aquela choradeira e ido trabalhar. Se os Champions queriam jogar o jogo de relações públicas enquanto o homem responsável por detonar um estádio andava livre, essa era a escolha deles. Ela fez uma escolha diferente.

Seu acesso ao Paragon permitiu que Celice obtivesse as imagens da fuga da prisão, onde um esquadrão de capangas libertou Zhan-Yo da instalação supostamente segura de

Mynx. Aquele elevador sofisticado que ocupava um andar inteiro e os drones de Mynx não fizeram porcaria nenhuma, mas pelo menos a Champion tinha vigilância de primeira linha. Celice absorveu a gravação no voo de LA para Nova York, então, de volta ao Bastião, ela extraiu dados de cada rosto que pôde encontrar nas câmeras de Mynx.

O grupo adotado por Zhan-Yo não era composto por criminosos, pelo menos até a invasão, mas por pessoas com grandes lacunas em seu passado. Os registros do Paragon, compilados com minuciosidade implacável, decompunham suas vidas em fragmentos que Celice devorou enquanto sobrevoava o céu de Nova York a Londres.

Ela escolheu a cidade europeia porque praticamente todos do grupo de Zhan-Yo haviam comprado passagens e partido para lá nas semanas desde a explosão. Os voos ocorreram em momentos diferentes, de pontos de partida diferentes — essas pessoas não eram totalmente inexperientes na arte da espionagem — mas o mesmo destino tornava fácil rastreá-los.

Fácil, pelo menos, para um grupo superpoderoso que cobria o planeta com sua empresa onividente.

O homem fez a habitual curva à esquerda, dirigindo-se para a saída leste do parque. Celice seguiu, mantendo distância e ocasionalmente fazendo desvios por atalhos lamacentos para disfarçar suas intenções. Seus ziguezagues a moviam paralelamente ao homem, mantendo-o ao alcance da visão. Ele ainda não havia desviado, e Celice não tinha motivos para pensar que o faria.

Mais um dia de trabalho, mais uma rotina.

Chegando ao fim do parque, o homem olhou duas vezes para verificar o tráfego. Londres jogava o mesmo jogo que outras cidades controladas pelo Paragon — ou seja, todas as cidades — e continha os carros para um trânsito mais amplo, dando prioridade a trens de levitação magnética, ônibus e vans. No entanto, nesse coração profundo de Londres, o acaso abundava, com cidadãos mais ricos levando seus pods autorizados para passeios ou transportes especiais entregando seus desejos. O suficiente, de qualquer forma, para que o homem tivesse que esperar várias longas batidas de coração para que um caminhão passasse, com baterias zumbindo e água nebulosa espirrando.

Celice o alcançou, mantendo-se alguns metros atrás. Ela andou, batendo os pés na calçada sem se mover, tentando parecer uma corredora impaciente que não queria parar. Seu Tama, amarrado ao pulso esquerdo, vibrou. Outra ligação, outra mensagem, outro pedido dos vendedores do Paragon de Mynx tentando descobrir para onde Celice tinha ido, o que ela estava fazendo.

Como se a Champion não tivesse coisas melhores para fazer com seu tempo.

Um senhor mais velho em pé à sua esquerda virou seu guarda-chuva para impedir que a garoa que começava a cair atingisse o cabelo curto já suado de Celice. Sob seu boné de tecido, o homem fez um leve aceno com a cabeça. Celice retribuiu com um sorriso tenso, mantendo seus pés em movimento. O caminhão passou e o grupo avançou.

Se algum lugar tinha capacidade de vigilância comparável aos Paragons, Londres era esse lugar. Câmeras espalhadas pelas esquinas das ruas davam a uma pessoa com as permissões certas acesso para examinar a cidade a partir de uma mesa. Celice, confinada em um apartamento alugado, pediu favores e vasculhou digitalmente as ruas de Londres em busca de uma correspondência.

E agora essa correspondência corria adiante, passando por lojas fechando para a noite e outras abrindo. Turnos mudavam, risadas se misturavam com conversas gritadas, e os aromas naturais do Hyde Park perdiam-se para os cheiros de cozinhas aquecendo para o jantar. A claridade simples do parque igualmente cedeu aos anúncios publicitários e luzes mais brilhantes da cidade, uma mudança sensorial que Celice tentou ignorar enquanto seguia seu alvo.

Perto demais.

As palavras de seu pai sussurravam na mente de Celice. Aegis estava certo. Aqueles metros que separavam Celice de seu objetivo não eram suficientes. Se o homem se desse ao trabalho de olhar para trás, se sentisse os olhos de Celice rastejando pelas suas costas, procurando possíveis armas escondidas em sua calça de moletom folgada e jaqueta solta, ele a pegaria em flagrante em meio à multidão desajeitada coberta de casacos.

Mas seu pai não sabia de tudo. Ele pregava uma lição de furtividade após outra, apenas para voltar a usar os punhos no minuto em que algo não saía como planejado. Um instinto fácil quando Aegis podia levar mil golpes e não sentir nenhum.

Celice, porém, não podia recuar. Não aqui, quando cruzamentos e becos se dividiam a cada segundo. Se a rota do homem pelo Hyde Park permanecia estática, ele tomava opções diferentes ao sair desta rua todos os dias. Celice suspeitava que ele sempre acabava voltando ao mesmo destino, mas nunca encontrou a evidência, não depois de tantas longas horas assistindo a filmagens embaçadas.

Celice conteve uma risada enquanto contornava um grupo de turistas encharcados: Aegis não teria passado nem um minuto nas gravações. Ele teria ido às ruas, usando sua posição para conseguir o que queria ou destruindo paredes suficientes até encontrar o que procurava.

O homem virou à direita, uma curva casual em um beco estreito marcado por lixeiras e escadas de incêndio gotejantes. Celice se aproximou, desacelerando para uma caminhada, mãos nos quadris como se sua corrida tivesse deixado seus pequenos pulmões femininos ofegantes.

Você está desarmada.

Os shorts, as camisetas, os tênis deixavam pouco espaço para esconder uma arma. Celice havia deixado o apartamento sem planejar entrar em uma briga. Parecer uma corredora, descobrir para onde o homem ia sempre que deixava as ruas para entrar nos becos de Londres, e depois voltar para casa para preparar a próxima etapa. Agora que tinha chegado até aqui, no entanto...

Virando a esquina, Celice avistou o homem no meio do beco. Ele estava apoiado em um cano de drenagem, uma perna erguida em um alongamento. Pessoas se moviam atrás dela, uma empurrando Celice para a entrada do beco. O homem não se virou com o alvoroço, não tinha visto Celice de jeito nenhum, mas ela não tinha onde se esconder se ele olhasse.

Não havia como agir casualmente.

Aegis gostaria dessa parte. Celice poderia recuar, voltar para a multidão aglomerada e ir para casa, reagrupar-se e tentar novamente. Se ela estivesse conduzindo isso como todas as operações do Paragon que supervisionara ao longo dos anos, Celice teria cancelado a missão. Ela tinha tempo então, tinha tempo e lutadores superpoderosos ao seu lado.

Outra noite passada sem progresso naquele apartamento, com suas paredes nuas e móveis escassos e garrafas de gim lavadas com limão e pouco mais...

Celice retomou a corrida, descendo pelo beco com um sorriso se espalhando, alguém inofensivo que sabia que seria vista.

— Desculpe — disse Celice quando o homem ouviu seus passos e virou-se em sua direção. — As ruas estão tão lotadas, vi que você veio por aqui e pensei que talvez seja uma boa rota.

— Serve bem — disse o homem, mantendo seu alongamento e esperando que Celice passasse.

Faça o primeiro movimento.

Esperar deixaria o inimigo assumir o controle. Celice firmou o calcanhar esquerdo, virando-se no beco e dando um chute certeiro no estômago do homem. O tênis conectou-se, o ar sendo expelido quando os olhos do homem saltaram e seus pulmões evacuaram seus conteúdos. O alongamento e sua posição em uma só perna significavam que o homem deveria ter caído no chão, deveria ter dado a Celice uma maneira fácil de imobilizá-lo e interrogá-lo.

Em vez disso, o homem manteve a mão no cano. O apoio permitiu que ele baixasse a perna que estava alongando, seus pés readquirindo o equilíbrio enquanto Celice avançava para um jab de acompanhamento bem onde ela havia chutado. Outro golpe no estômago do homem e ela poderia deixá-lo enjoado, poderia machucar um rim e derrotá-lo rapidamente.

Mas Zhan-Yo não contratava incompetentes.

O homem bloqueou o ataque, tossindo enquanto o fazia, tentando recuperar o fôlego. Ele recuou, buscando espaço, dar a sua maior extensão de braço uma chance. Celice não podia permitir isso, então ela avançou, usando o volume do homem como um alvo grande. Desta vez, ela variou seus golpes, movendo mãos e cotovelos para cima e para baixo, procurando uma vulnerabilidade.

Seu oponente levava os golpes quando vinham, bloqueava os que podia, ainda se recuperando do chute. Sua postura, cada vez mais ereta e firme a cada segundo, mostrava que os golpes de Celice em seus ombros, joelhos e um bom arranhão na bochecha não estavam surtindo efeito suficiente.

O golpe veio após um bloqueio, o homem batendo com seu cotovelo esquerdo para desviar um jab e então empurrando o punho diretamente para os olhos de Celice. Ela se afastou bruscamente, mas não o suficiente, o golpe pegando sua têmpora direita e fazendo-a recuar dois passos. Um hematoma ali, com certeza.

E mais por vir, a julgar pela postura de lutador do homem. Ele estava com as mãos erguidas, os pés nas pontas e saltitando. Pior, um brilho brincava em um rosto pronto e ansioso para a luta.

— Não sei quem você é, de onde veio, mas escolheu o beco errado hoje — disse o homem, seu sotaque o identificando como um produto das Florestas do Norte do Canadá.

Mantenha-o desequilibrado.

— Não, você é o homem que estou procurando — Celice soltou as palavras com um sorriso animado, um olhar sincero que desconcertou o homem por uma fração de segundo.

Tempo suficiente.

Chutando através de uma poça, Celice enviou gotas sujas chovendo sobre o homem, seguindo-as com um passo lateral para a direita. Seu rival superou o truque, tentando um golpe de longo alcance que dependia de Celice permanecer no chão, como um lutador normal faria.

Mas Celice, filha do principal Paragon do mundo, não era uma lutadora normal.

Ela plantou o pé esquerdo e saltou, dirigindo-se em um ângulo acentuado em direção à parede do beco. O salto a levou tão para a direita que o golpe do homem caiu no vazio, seu movimento de acompanhamento colocando-o diretamente no rebote de Celice. Seu pé direito tocou a parede meio metro acima e Celice impulsionou-se, revertendo a direção e socando para frente com o impulso adicional.

O homem não conseguiu bloquear a tempo, levando o golpe de Celice diretamente no queixo. Era sua vez de cambalear. Celice continuou avançando, mantendo-se em pé após o salto na parede e usando o caos para agarrar a perna esquerda do homem, torcendo-a enquanto ele recuava. Um tombo indigno seguiu-se, o agasalho batendo no chão encharcado. A cabeça do homem veio em seguida, rachando nas pedras.

Celice inclinou-se, pronta para colocar o cotovelo no pescoço do homem se ele tentasse se levantar. Seus olhos, porém, estavam nublados e fechados, e não mais captavam a realidade. Em vez disso, Celice colocou dois dedos no pescoço do homem e observou seu peito. Uma pulsação batia, os pulmões faziam sua magia. Não estava morto, inconsciente por sabe-se lá quanto tempo.

— Ei! — Uma mulher gritou na entrada do beco, e Celice olhou para trás para ver um casal mais velho parado ali, assistindo ao entretenimento improvisado da noite. — O que está acontecendo aqui?

Quem sabe quanto eles tinham visto, quanto acreditariam, mas uma desculpa simples funcionaria para a maioria das pessoas: A pessoa média não gostaria que seus confortos diários fossem interrompidos por negócios do Paragon ou brigas sangrentas de rua.

— Ele escorregou enquanto estávamos treinando — Celice gritou de volta. — Chamem uma ambulância!

Ela voltou-se para o homem, passando as mãos por sua jaqueta, procurando algo, qualquer coisa. Tirar um Tama de um pulso levaria tempo e ferramentas que ela não tinha ali, e a imobilidade absoluta em seu rosto parecia indicar que a consciência não voltaria tão cedo.

No bolso esquerdo do homem, ela encontrou um recibo amassado. Café, pastelaria. No bolso direito, um chaveiro. Só alguém paranoico recorreria a fechaduras que não pudessem ser hackeadas. Celice, mantendo-se abaixada, tocou as duas chaves de cor cobreada. Ela poderia levá-las, mas então o homem saberia, Zhan-Yo saberia que elas tinham sido roubadas.

— Como ele está? — veio a voz da mulher, mais perto agora, animada por estar envolvida. Um olhar confirmou que os dois estavam descendo o beco em direção a Celice. Intrometidos sendo intrometidos. — Nós ligamos, a ajuda está a caminho!

Inclinando seu próprio Tama, Celice capturou as chaves em três fotos. Quando o casal se aproximou, Celice colocou as chaves de volta no bolso do homem e se levantou, pintando uma imagem de preocupação em seu corpo.

— Obrigada — disse Celice quando eles se aproximaram. — Acho que ele bateu a cabeça com força. Vou encontrar a ambulância, vocês podem ficar de olho nele?

O casal, cumprindo seu dever santificado, concordou sem um segundo de suspeita. Celice partiu em direção à entrada do beco, deslizou para a multidão que passava e desapareceu enquanto o gemido de uma sirene quebrava a paz noturna de Londres. Acima, a nuvem escura de um drone passou flutuando, precedendo o chamado da ambulância com seu próprio olho inescrutável.

Uma vez, essas máquinas teriam enchido Celice de esperança, com o rubor que vinha com o poder real em um mundo que valorizava pouco mais.

Agora, ela manteve a cabeça baixa e sentiu a garoa se transformar em chuva, o frio combatendo as primeiras pontadas de sua têmpora machucada.

O chuveiro lavou a sujeira, e roupas realmente secas

acalmaram seus tremores. Deixar o cabelo cair livremente escondeu o círculo sinistro perto de sua testa, mas Celice não conseguia encontrar muito mais para apreciar no apartamento. Adquirido através de um anúncio, pago com créditos de contas que Celice e seu pai mantinham, ela também comprara os móveis do proprietário anterior. As peças tinham uma aparência sem vida, agradável o suficiente, mas sem memórias que as tornassem completas.

O Bastião, a torre gigante em Nova York que fora seu lar por anos, tinha mais sentimento em suas paredes de aço, seus eletrodomésticos reluzentes, todos monitorados por IA avançada, do que este estúdio apertado no lado oeste de Londres. No início, Celice tratou o espaço como um quarto de hotel, uma moradia temporária destinada a dormir, higiene e pouco mais.

Então as horas se acumularam. Os dias passaram, preenchidos com vigilância e assistindo a fitas em sua tela de computador, com nada além de um pequeno pátio e paredes do lado de fora da janela. Pubs e cafés ofereciam fugas, mas qualquer passeio externo trazia o risco de algum Paragon pegá-la, de Mynx colocar um drone para caçá-la.

Celice sentiu o zumbido novamente agora, a ligação regular do escritório local do Paragon. Eles sabiam que ela estava em Londres, talvez soubessem onde ela morava. Celice olhou para o brilho branco em seu Tama oferecendo uma resposta. Ela poderia dizer as palavras, mudar-se para as instalações daqui, juntar-se novamente à equipe e caçar Zhan-Yo com a ajuda deles.

Mas isso significaria distrações. Significaria seguir as ordens de Mynx, ou do Champion que administrava a Europa. Ela passaria de protagonista em seus próprios esforços a um acessório. E quando eles encontrassem Zhan-

Yo? Os Paragons realizariam um julgamento, o exibiriam para o mundo e tentariam pintá-lo como uma figura terrível.

Zhan-Yo merecia uma bala na cabeça. Rápida, fatal e definitiva.

Então, quando o assassino de seu pai tivesse sido eliminado do tabuleiro, Celice poderia voltar à política, aos jogos, à disputa pelo poder do Paragon.

Deslizando em seu Tama, ela encontrou suas fotos. Enviou-as para seu computador. As chaves em si não continham nada além de um nome, o chaveiro que fizera as cópias. O próximo passo.

Sentando-se de volta no sofá, Celice olhou para a televisão escura cercada por arte simples e florida. O chá esperava na cozinha, junto com restos de uma aventura de curry no almoço. Ela poderia encontrar algum filme para assistir, deliciar-se com o sucesso do dia. O homem não tinha seu nome, não sabia por que ela o atacou. Ela ainda não estaria em perigo.

Mas uma vitória merecia uma celebração. Isso era Londres, e mesmo que o mundo estivesse em convulsões por causa do bombardeio do estádio de LA, as pessoas aqui sabiam como se divertir.

E Celice poderia se divertir um pouco esta noite.

CAPÍTULO 3

SONHOS DE EQUIPE

O ALARME EVIDENCIAVA cada diferença entre onde Calvin estava antes e onde estava agora. O logo em seu Tama, o *P* da Paragon, irradiava profissionalismo. Limpo, azul e branco, o logo desapareceu dando lugar a um chamado para Calvin responder ao desaparecimento de um Paragon no norte do Loop de Chicago. Não que Calvin fosse responder – o alerta seria enviado para outros Paragons da área e drones, dificilmente só para Calvin – mas o sinal contrastava com o depósito úmido onde ele estava.

O piso de concreto manchado sob seus pés ecoava contra as paredes robustas enquanto anomalias maltrapilhos testavam suas habilidades. Agora eles se enfrentavam, dois de cada vez, praticando trabalho em equipe. Cada um tinha que ver como poderia usar suas habilidades para beneficiar o outro, e vice-versa. Algo sobre criar vínculos, sobre entender o verdadeiro poder da equipe.

Besteira de adesivo de para-choque.

Calvin coçou o pescoço onde sua jaqueta, uma compra por impulso com seus novos reps da Paragon, roçava. O depósito não tinha aquecimento, e embora

Chicago parecesse estar emergindo de sua hibernação congelada, o frio ainda dominava o ar. As janelas quebradas do depósito, com cacos de vidro erguidos como dentes em uma mandíbula desarranjada, deixavam entrar bastante brisa. Uma brisa que trazia mais do que apenas frio.

— E aí — disse Calvin para Farrah, ao seu lado, uma lutadora de postura rígida que mantinha suas próprias habilidades em segredo enquanto gritava ordens para seus pupilos. — A gente realmente precisava escolher este lugar, ou o lixo queimando de alguma forma ajuda?

— Mantém você motivado — respondeu a mulher, sem desviar o olhar dos lutadores. — Quanto mais rápido você terminar seus exercícios, mais cedo poderá ir embora. — Ela acenou para frente. — Falando nisso...

— Sou um Paragon. Não preciso disso.

— Beth disse o contrário, e o que Beth diz é lei — respondeu a mulher, mencionando a líder Elemental que comandava as operações em Chicago. — Participe.

— Não tenho parceiro.

— Para isso, você não vai precisar de um.

Balançando a cabeça, mas agarrando-se à promessa de uma saída antecipada se jogasse de acordo com as regras deles, Calvin se distanciou cinco metros. Ele encarou Farrah, que parecia observar os outros e ignorá-lo.

— Então, o que vamos fazer? — gritou Calvin.

— Pessoal! — Farrah gritou, sua voz ecoando pelo depósito. — Calvin aqui acredita que Paragons não precisam de trabalho em equipe.

— Não foi isso que eu disse.

— Lembram o que aconteceu quando Aegis abandonou sua equipe? — continuou Farrah. — Nem mesmo uma lenda consegue seguir sozinha! Nós Elementals somos mais inteligentes e mais fortes quando trabalhamos juntos. Anthony, Della, mostrem o que quero dizer.

Todos os outros no depósito formaram um círculo, observando enquanto os dois Elementals nomeados, ambos com roupas de primavera desgastadas, se posicionaram em frente a Calvin.

— Pensei que esses fossem treinos em equipe — perguntou Calvin.

— Às vezes, provar o *porquê* é tão importante quanto praticar o *como* — respondeu Farrah. — Vamos, Elementals, deem uma lição nele.

Com todos os olhos sobre ele, Calvin fez o que sabia fazer: retraiu-se. Ergueu uma barreira e procurou uma saída. As pessoas ao seu redor não eram seus amigos, não eram seus parceiros em alguma luta contra Wexley, os Paragons e um mundo em colapso. Eram apenas mais uns filhos da mãe querendo usá-lo.

Suas mãos, como sempre faziam, sentiram a corrente embutida nas luvas de couro preto em sua pele. A textura lisa do couro puxava Calvin, esperando para ser abraçada. As luvas em si eram boas, quentes. Não eram algo que ele queria estragar.

Então, quando Anthony e Della se afastaram alguns metros, formando um triângulo com Calvin como extremidade distante, o Paragon tirou suas luvas e as guardou nos bolsos do casaco. Quando fez isso, o ar ganhou vida ao seu redor. Poeira, o frio e outros químicos suspensos provocavam Calvin, sugerindo que poderiam ser capturados e redirecionados, esticados e empregados.

O que Farrah esperava que Calvin fizesse? Lutar contra esses dois? Anthony e Della, ambos, tinham anos de vantagem sobre Calvin, mas isso não significava muito quando as habilidades entravam em jogo. Cada anomalia tinha sua própria curva, desde quando seus dons apareceram pela primeira vez até quando, ou se, eles se esgotaram. Os de Calvin surgiram perto de seu décimo segundo aniversário, junto com a penugem no rosto e uma mudança em sua voz.

Naquela época, ele havia se adaptado às novas sensações, considerando-as mais uma ferramenta em uma caixa crescente cheia de uma fuga após a outra de famílias adotivas. Ultimamente, Calvin vinha adicionando lições mais perigosas àquela caixa, perfeitas para os destemidos anomalias que agora o enfrentavam.

Anthony foi primeiro, o segurança de bar de cabelos compridos dando uma passada antes de pular no ar. Della fez uma careta, como se estivesse enchendo um balão invisível, e o salto de Anthony o lançou alto o suficiente para tocar o teto do depósito. Calvin observou enquanto o homem se contorcia no ar, despencando em direção a Calvin com um punho estendido, um cometa de soco caindo na Terra.

Ao cair, o corpo de Anthony cresceu. Cada parte aumentando com a velocidade do homem, dobrando e depois triplicando de tamanho nos milissegundos enquanto ele caía. Um único soco viria com muito mais quilos do que Calvin poderia suportar.

Então o alvo se moveu.

Um impulso para frente não resultou em progresso, o túnel de vento redirecionado de Della pressionando Calvin para trás e contando o seu tempo. Não era bom, mas é por isso que Calvin sempre operava com um plano B. Quando começou a correr, a mão direita de Calvin desceu até seu jeans, agarrando o denim. Sua mão esquerda subiu sobre sua cabeça, a sensação percorrendo-o como eletricidade.

Acima dele, uma fina teia azul surgiu, expandindo-se

para cima e para fora, fundindo-se com o ar para construir uma rede azulada. Anthony desceu com força, atingiu Calvin e o empurrou para o chão do depósito. A rede roubou parte do impulso do homem em queda.

Não o suficiente.

Farrah estava em pé sobre ele quando os olhos de Calvin se abriram, um sorriso conhecedor dividindo seu rosto. Ao redor deles, sons mostravam um retorno aos exercícios que Calvin havia interrompido.

— Entendeu o ponto, Paragon? — perguntou Farrah.

A dor de cabeça de Calvin exigia qualquer resposta que o tirasse daquelas pessoas brutais o mais rápido possível. Ele havia concordado em se envolver com os Elementals porque Kat pediu, porque ela havia entrelaçado sua vida com esses heróis pela metade de maneiras que Calvin nunca faria com ninguém. Mais um movimento ruim adicionado à longa lista que Calvin vinha escrevendo desde que chegou a Chicago.

Tudo por uma convenção, uma maldita convenção de quadrinhos que havia sido arruinada pela busca de Kat.

— Sim, entendi seu ponto — disse Calvin, sentando-se, fechando os olhos por um longo suspiro para afastar a náusea.

— Parece que Anthony te acertou com força. Devemos fazer um exame em você?

— Anthony teria me matado — disse Calvin, lançando um olhar frio para Farrah. — Que diabos você está tentando ensinar a essas pessoas?

— Um Paragon não hesitaria em matar qualquer um de nós. Não vou ensiná-los de outra forma.

— Eu não estou aqui machucando ninguém!

— Beth diz que acredita em você. Isso é suficiente para algumas pessoas — disse Farrah. — Você vem aqui, se recusa a participar do que estamos fazendo? Agora tenho que me perguntar por que se incomodou.

As implicações pesavam em suas palavras, aquele sorriso há muito morto. Então Farrah mantinha os mesmos padrões que todos os outros: qualquer um fora do seu grupo era um inimigo até que se provasse o contrário. Por que Calvin deveria esperar que os Elementals fossem diferentes?

— Os Paragons me acolheram — disse Calvin. — Eles não fizeram perguntas. Viram o que eu podia fazer e me ofereceram um contrato. Vocês tentaram me matar. Estou começando a entender por que estão perdendo.

Ele se levantou completamente agora. A pancada de Anthony provavelmente havia causado uma concussão em Calvin. Que presente maravilhoso. Calvin fez um inventário mental, contabilizando seus pertences, seus reps para gastar. Ele nunca teve muito, e agora o que tinha estava em um armário de depósito na sede dos Paragon em Chicago. Não demoraria muito para ir até lá, retirá-los e talvez conseguir que os Paragons o enviassem para algum lugar novo.

Algum lugar sem todo esse drama.

— Então você está vendo por que não podemos arriscar — Farrah continuou. — Todo mundo aqui vai perder alguém. Provavelmente em breve. Não estamos jogando um joguinho. Não estamos correndo pelas ruas à noite assustando as pessoas. Este é um movimento real, e com tudo o que está acontecendo agora, temos uma oportunidade real.

— Uma que não vou ajudar. Na próxima vez que decidirem começar algo? Talvez não briguem com aqueles do seu lado.

Desta vez, Farrah não impediu Calvin de sair. O homem sentiu olhos em suas costas, ignorou-os. Manteve a cabeça erguida e a mente girando até deixar o depósito, a brisa aumentando sem as paredes. Só então ele percebeu o frio cruzando suas pernas.

Onde ele havia usado jeans grossos, Calvin agora tinha apenas shorts, e esses pendiam em farrapos até a metade de suas coxas. Algumas anomalias tinham habilidades que podiam tirar o que precisavam de qualquer lugar, qualquer coisa. As de Calvin comiam suas roupas.

Que ótimo dia, caramba.

Seeker melhorou tudo, como o cachorro sempre fazia. O grande e peludo branco atacou Calvin assim que ele entrou no apartamento de Kat. O lugar, remendado após os ataques de Wexley, servia como lar temporário para Calvin enquanto os Paragons se debatiam com o desastre em LA. O grupo governante do mundo vinha pulando de uma declaração de emergência para outra, com Mynx, a líder local nominal, tropeçando sob os holofotes.

Calvin tinha que dar algum crédito à Campeã engenheira: pelo menos Mynx ficou por perto. Ela levava surras todos os dias diante das câmeras e fora delas, enquanto os Paragons continuavam lançando novos processos, novos nomes e novas ideias, como se esperassem que apenas memorandos pudessem devolver os Paragons a algum estado estável.

Então Calvin evitava o drama se hospedando com sua amiga.

— Não é, Seeker? — disse Calvin, coçando as orelhas do cachorro enquanto procurava um novo par de calças. A viagem de ônibus até aqui havia sido um exercício de ignorar olhares, mas Chicago tinha pessoas suficientes para que alguém usando shorts esfarrapados em um dia frio de março não fosse a coisa mais estranha. — Estamos apenas ficando por aqui, deixando o mundo se resolver.

A ideia parecia um pouco estranha, considerando que Kat e Calvin, não muito tempo atrás, haviam escapado de tentativas de assassinato por algum cara que, segundo Kat, tinha poder e reps em quantidades infinitas. Calvin queria pegar Wexley e ensiná-lo um pouco de respeito adequado, claro, mas a vingança do tipo vamos-pegá-lo escorregou à medida que os Elementals pediam cautela e os Paragons mergulhavam em confusão.

Calvin incomodava Kat dia após dia para que ela juntasse seu equipamento para que os dois pudessem ir à caça do CEO no escritório de Wexley. Entre eles, Calvin imaginava que Wexley não teria a mínima chance de escapar, e com as conexões de Calvin com os Paragons, ele também poderia trazer apoio de drones. Cercar a torre com armas e diversão.

— Mas não — disse Calvin para Seeker, enfiando sua escova de dentes, o carregador do Tama e algumas roupas em uma mochila. — Todo mundo queria dar um tempo em vez disso porque estão todos com medo.

Com medo do quê, Calvin não sabia, mas Beth havia sido bem firme. Se Kat e Calvin se movessem contra Wexley sem a aprovação dela, os Elementals os considerariam inimigos. E, com aquele milagreiro tatuado carregando a sobrevivência de Kat em sua tinta, agir por conta própria significaria uma morte rápida para todos. Claro que, como Calvin apontava noite após noite, eles poderiam atacar e fugir do bastardo atirador e Beth não precisaria saber.

— Mas Kat ficou toda medrosa — disse Calvin, e Seeker latiu. — Ela não quer perder seus novos amigos, cara. Eu entendo.

Na verdade, Calvin não entendia, mas fingir compreender como as famílias funcionavam era um joguinho divertido que ele jogava consigo mesmo. Fazia as coisas parecerem menos solitárias.

Seeker inclinou a cabeça, olhos azuis brilhantes encarando Calvin enquanto a língua do cachorro pendia solta e molhada de sua boca. Uma aparência ridícula que fez Calvin cair na risada enquanto jogava a mochila sobre o ombro. Ele sentiria falta de Kat, claro. Até mesmo de Gordon, aquele idiota, que mesmo assim tentava ajudar. O cachorro, porém, seria o maior arrependimento.

Como se sentisse seus próprios pensamentos, o Tama de Calvin vibrou. Ele olhou para ele, viu o nome de Kat e, acima dele, a hora. Tarde o suficiente agora para que sua reunião pudesse ter terminado.

— Ei — Calvin atendeu a ligação.

— Só isso? Ei?

— É o que eu digo?

— Que tal o que Farrah está dizendo, então? — respondeu Kat. — Não entendi tudo pelas palavras dela. Você matou alguém ou alguém quase te matou?

— Eles me atacaram em dupla e eu não os matei porque sou um cara legal. — Calvin ignorou o bufo de Seeker. — Farrah queria provar um ponto. Ela provou, e agora acabou para mim.

— Ainda não acabou. Preciso de uma bebida e uma chance de desabafar.

— Você não pode ligar para o seu garoto Gordon?

— Ele tem seus próprios problemas.

Calvin bufou, — Então sou seu plano B.

— Desculpe, pensei que estava falando com Calvin, um homem adulto. Não com uma criança.

A mochila escorregou dos ombros de Calvin enquanto ele sorria. Kat sempre tinha um jeito de insultá-lo até um bom humor.

— Onde você está pensando? — perguntou Calvin. — E é melhor não ter nenhum Elemental nesse lugar, porque eu juro...

— Você jura o quê?

— Não me faça dizer. — Calvin podia ouvir o próprio sorriso de Kat pelo telefone. — Não é educado.

— Então me diga pessoalmente. Estou entrando em um pod agora, o que significa que você já está atrasado.

O gosto de Kat por bares tendia para o submundo, não que Calvin pudesse reclamar. As bebidas nos pontos de Kat costumavam ser baratas, então o novo salário de Paragon de Calvin cobria toda a bebida que o homem quisesse beber. O que, já que sua vida estava em risco basicamente desde o dia em que Calvin pisou nesta Terra, oscilava fortemente entre um copo e um galão.

Calvin conhecia o *Carver's*, porém. Lembrava-se dos degraus que desciam para o bar no porão, lembrava-se dos depósitos e lojas quase vazios espalhados com um espaçamento que sugeria que o planejador desse distrito de Chicago não estava prestando atenção. O lugar tinha alguns fugitivos de escritório pegando uma saída antecipada antes de voltarem para suas vidas, bebendo e assistindo aos jogos do início da temporada de beisebol.

As paredes escuras exibiam sulcos onde brigas de bar e banquetas arremessadas deixaram suas cicatrizes. No chão, atualmente bloqueado por mesas e cadeiras, ficava o esboço solto onde um ringue se formaria mais tarde. Naquele mesmo ringue, Kat havia primeiro manipulado Calvin para quase revelar seus poderes. Seu eu *anomalia*. Explodir ali, naquela multidão, teria sido tão bom pela surpresa de um segundo que Calvin teria vencido Kat, seguida rapidamente por uma rajada de socos quando uma multidão bêbada e irritada descarregasse seu ódio por anomalias nele.

— Não é tão ruim assim — disse Kat quando Calvin sentou-se à sua frente, duas cervejas âmbar em suas mãos. Ele passou uma pela mesa lisa para a rastreadora. — Eles não sabem quem você é.

— O fato de você ter que dizer isso já o torna ruim, Kat — disse Calvin, tentando encontrar uma maneira de se acomodar na cadeira de metal sem almofada.

— É, bem, nenhum lugar é perfeito.

— Este está longe disso. — Calvin ergueu seu copo. — Mas as bebidas *são* baratas.

Kat brindou com seu copo e eles beberam. Calvin catalogou a sensação em sua mão esquerda, sem luva e segurando a cerveja. O vidro cintilava, uma borda esperando para ser sugada e explorada. Calvin poderia transformá-lo em uma lança, uma faca, ou torcê-lo em algum tipo de constelação. Sua mão direita, descansando na mesa, captou a tinta e o plástico por baixo. Ambos tinham opções, ambos poderiam ser puxados e divididos em...

— Você está aí? — disse Kat. — Ou eu acabei de explicar o meu dia para uma parede de tijolos?

Calvin deu de ombros, — Eles me acertaram com força.

— Parece que preciso falar com Farrah.

Kat não fazia muito bem esse negócio de preocupação.

— Não sou criança — respondeu Calvin. — Posso lidar com isso.

— Ah, é isso que você estava fazendo, arrumando as malas lá no apartamento?

— Você viu isso?

Kat acenou com seu Tama, — Oi, você sabe em que ano estamos? Câmeras em todo lugar, colega. Tap me disse que você tinha entrado e eu verifiquei.

O nome de Tap matou a sensação de espionagem que as palavras de Kat criaram. A IA do apartamento oferecia previsões banais sobre o clima, prometendo bons e maus dias de praia para Chicago, juntamente com slogans marcantes sobre levar a vida devagar, sentir a areia, respirar o mar. A configuração de surfista fazia uma primeira impressão divertida, e a vigésima revirava os olhos.

Outra coisa que Calvin poderia abandonar sem um momento de arrependimento.

— Estou cansado de ficar sentado — disse Calvin. — Se não vamos atrás — Calvin olhou ao redor, viu que ninguém estava prestando atenção, mas escondeu os nomes mesmo assim — daquele cara, então o que estamos fazendo aqui?

— Reuniões, aparentemente?

O tom de Kat e seu subsequente retorno à cerveja trouxeram um pouco de esperança para Calvin. Talvez ela também estivesse ficando cansada.

— Estou dizendo que está demorando demais — continuou Calvin, defendendo sua posição. — Garanto que ele não está esperando que a gente vá até ele, mas pessoas como ele, elas também não esquecem. Ele vai nos encontrar um dia, e não vai ser bom se formos nós os surpreendidos.

Kat suspirou, — Perguntei à Beth sobre isso novamente hoje. Ela ainda está dizendo não. Acho que ela quer que os Paragons se envolvam primeiro, esperar que ambos os lados fiquem ensanguentados, para então entrar e reivindicar a vitória.

— Vitória em quê? Uma cidade em chamas?

— Pergunte a ela. Ela não está me contando.

De volta ao mesmo impasse. De volta à mesma rotina.

— Kat. Não estou brincando aqui. Estou farto disso. Ou vamos atrás desse cara, ou vou pegar o próximo voo da Paragon para algum lugar onde ele não me seguirá. Você está comigo ou não?

Pela primeira vez, Kat não vacilou diante do momento.

Não ofereceu alguma desculpa sobre como os Elementals eventualmente mudariam de ideia. Em vez disso, ela ergueu seu copo novamente, brindando com o de Calvin.

— Dane-se. Estou com você. Vamos pegá-lo.

CAPÍTULO 4

ALTA

NUNCA ESTEVE TÃO contente em colocar uma bandeja sobre uma mesa. Cassidy ergueu as mãos trêmulas e observou enquanto a taça de frutas — suculentas laranjas — e a torrada com manteiga permaneciam estáveis. Nada caindo no plástico ou no pátio de pedra abaixo. Ela lançou um sorriso hesitante para a esquerda, onde Ano estava pronto com a vassoura. Ele assentiu e voltou para dentro do refeitório.

Acima, palmeiras balançavam na constante brisa marítima. Pássaros coloridos que Cassidy não conhecia bicavam a grama longa e exuberante ao redor do pátio de cinco mesas, uma extensão de sua atual residência, a mentira que a trouxera de volta à vida.

A camisa larga e as calças, ambas brancas e pescadas do depósito de sobras do centro, inflavam ao seu redor, deixando o ar entrar por toda parte. O vento acariciava a pele limpa pelos banhos, invadia uma boca com dentes escovados, brincava nos cabelos crescentes que haviam recebido atenção no espelho. Cassidy não tossia por causa da garganta seca, seu bronzeado era um bronze mais natural do que o tom chamuscado que mantivera por anos.

E o suco de laranja? Todos os dias Cassidy mordia essas taças e sentia uma alegria arrebatadora nos açúcares suculentos, no pão torrado crocante. As sopas e massas nas noites, também, desfilavam Cassidy pelos sabores da memória, cada novo sabor um velho amigo recebido com entusiasmo.

As refeições ajudavam a esconder todo o resto. Ajudavam a esconder o *errado*.

O Vazio. Esse havia sido seu nome, e a razão para isso persistia, uma casca mental esperando para ser arrancada para que, novamente, ela pudesse abraçar o que a natureza lhe dera. Quando o impulso surgia, como surgia agora, Cassidy empregava a única arma que lhe restava.

Luto.

A última vez que usara sua habilidade, ela havia possibilitado uma tentativa de fuga da prisão de Mynx, da ilha dos Paragons. Criando seus buracos negros para bloquear os ataques de drones, Cassidy havia se esgotado completamente. De alguma forma, sobrevivera. De alguma forma, acordara aqui, anônima e livre.

Seus amigos pagaram o preço por essa liberdade. Ela os via em flashes, sendo alvejados no navio maltrapilho que servia de fuga ou sendo jogados ao mar enquanto o oceano engolia os lados, tudo desmoronando. Se Cassidy não estivesse lá, se não tivesse aceitado a ideia ridícula de Thane, eles ainda estariam vivos. Eles ainda estariam passando longos dias na ilha pescando e trocando histórias em fogueiras à beira-mar, construindo uma existência à parte do mundo.

Os pensamentos diminuíram o pulso, silenciaram o estalo em sua mente. Mais uma batalha interna vencida.

Cassidy deu à sua torrada um sorriso sombrio. Que vitória, usar os mortos para parar de fazer mais.

— Você está com ótima aparência hoje — Reva, a psicóloga residente do centro, sentou-se em frente a Cassidy sem a aprovação desta. — Já são três, não é?

— Três? — Cassidy, tendo terminado a taça de frutas, atacou a torrada. O pão, pré-cortado em triângulos bonitos, havia esfriado durante sua reflexão, mas o apetite de Cassidy não se importava. — Três o quê?

— Dias que você está de pé e ativa — disse Reva, com uma paciência infinita e terna. — Você está se saindo tão bem.

Cassidy captou a pergunta implícita. Ela já se lembrava de algo, como seu nome? Sua família? Os exames cerebrais não mostraram nenhum trauma grave, embora Reva afirmasse que os músculos de Cassidy haviam sido exauridos, seus próprios ossos enfraquecidos por estresse extremo.

— Estou?

Em uma vida que agora parecia imaginária, Cassidy havia sido professora. Ela ensinava crianças pequenas, brincando com jogos de palavras, contando histórias para ajudá-las a aprender. Cair na mesma rotina com Reva tinha sido... tinha sido mais fácil do que Cassidy esperava. Reva parecia *querer* confiar nas respostas de Cassidy, e agora a médica se inclinou para frente, olhos grandes atrás de óculos ainda maiores.

— Sim, Jane — respondeu Reva, usando o nome que o centro dera a Cassidy. — Temos muitos pacientes aqui que, quando chegam como você, nunca encontram seu caminho novamente. Sabemos que ficarão conosco até darem seu último adeus. Mas você está melhorando a cada dia.

— Fico feliz que você pense assim.

— E você não pensa?

Cassidy, de fato, sentia-se melhor. Seu corpo, embora ainda dolorido, sentia-se cada vez mais como o seu verdadeiro eu. Ela havia passado de exausta a cada momento acordada para, agora, olhar além da cerca do centro. Em algum lugar lá fora haveria um avião que poderia levá-la para casa, para sua família.

E para os Paragons que a colocariam de volta naquela ilha.

— Sim — disse Cassidy. — Em breve, você acha que eu poderia sair?

Reva recostou-se, cruzando os braços no colo, com os dedos entrelaçados. — Há certas etapas que precisamos considerar, Jane. Primeiro, seu nome. Quem você é e de onde veio. Não podemos simplesmente deixar você sair daqui sem saber para onde deve ir, podemos?

— Essa decisão cabe a você ou a mim?

O olhar de Reva não se abalou com a mudança de tom de Cassidy. — É nossa para tomarmos juntas. Quando todos sentirmos que você tem um plano para cuidar de si mesma.

O silêncio caiu enquanto Cassidy comia sua torrada. Dizer que tinha um plano seria otimista. Por mais que quisesse ver sua família novamente, Cassidy não tinha reps, não tinha transporte, nem documentação que a permitiria entrar em um avião, barco ou qualquer outra coisa. Ela nem sequer tinha um Tama, o telefone que repousava no pulso de Reva.

O centro, também, iria querer saber quem eles haviam acolhido. Com os Paragons no controle, Cassidy não teria que se preocupar em pagar pelo tempo gasto aqui, mas o centro teria que registrar algo. Cassidy teria que dar-lhes um nome real eventualmente.

Ou...

No céu, um jato rugiu, deixando um corte branco através do céu azul.

— Reva — disse Cassidy. — Como está meu amigo? Melhor?

Reva balançou a cabeça. — Não tão bem quanto você. — Ela se animou. — Ele abriu os olhos hoje. Por um minuto inteiro. Acredito que ele escutou enquanto eu falava com ele. — Outra pausa, outra mudança de tom enquanto Reva se concentrava em Cassidy. — Você se lembra de quem *ele* é?

— Está nebuloso. Lembro-me de fragmentos.

Elas tinham feito essa dança antes, começando quando Cassidy acordou pela primeira vez. Reva queria informações e Cassidy não se importava em fornecê-las. Ela havia pedido para ver seu amigo antes, mas Reva sempre recusava, dizendo que não seria bom perturbar o homem. A frase, no entanto, sempre deixava espaço no final, como se Reva estivesse fazendo uma oferta.

— Fragmentos do quê? — perguntou Reva.

Com a bandeja limpa, Cassidy encontrou o olhar de Reva. O desejo de sugar essa energia, criar um vazio que engoliria a psicóloga por inteiro, explodiu quando Cassidy observou o olhar da médica, os lábios levemente curvados para cima e pressionados juntos. Nem um piscar à vista.

Reva *sabia*.

Cassidy não deveria estar surpresa. Na ilha, cercada por anomalias que ou se espancavam até a exaustão ou formavam gangues para proteção, não havia muita necessidade de mentir. Uma professora convencendo alunos do segundo ano a acreditar em um conto de fadas não era exatamente o mesmo que enganar um provedor sobre sua própria amnésia.

Mas só porque ambas sabiam que estavam atuando, não significava que a peça não pudesse continuar.

— Se eu o visse — disse Cassidy —, talvez eu me lembrasse de mais. Você disse que os olhos dele se abriram? Ele deve estar melhorando.

— É um risco. Mas vocês dois já estão aqui há dias. Seus sinais vitais parecem bons. Acho que podemos fazer uma visita. O que você diz?

— Digo que terminei o almoço, então vamos.

Thane, grande inimigo dos Paragons, tirano cujo nome poluía as notícias com proclamações terríveis de fúria implacável, jazia mirrado sob lençóis creme limpos. Sua cabeça, uma bola manchada com a pele esticada solta sobre ela, espalhava seus fios cinzentos e ralos como um halo ressecado. Pelo que Cassidy podia ver, os olhos de Thane estavam realmente abertos, embora suas fendas estreitas não focassem em nada em particular. Em vez disso, olhavam através da janela do quarto para um jardim de flores em plena floração, completamente agradável.

Reva ficou na porta, um enfermeiro logo do lado de fora, enquanto Cassidy entrava. Thane parecia terrível, mas com anomalias, e com este em particular, as aparências contavam pouco da história. Cassidy andou ao redor da cama, circulando até onde pudesse olhar diretamente para o rosto de Thane.

— Você não parece preocupada? — perguntou Reva.

— Deveria estar? — disse Cassidy enquanto se ajoelhava, procurando naqueles olhos por algo, qualquer coisa.

— Ele está acordado, mas mal está alerta. Estamos alimentando-o por sonda, porque ele não responde, não tenta atender às suas necessidades básicas.

Thane permaneceu imóvel. Seus olhos não focaram nela. Uma respiração superficial escapava daqueles lábios secos e rachados. Cassidy não sabia como eles haviam saído da jangada que se quebrava, como haviam sobrevivido até esta ilha, até este centro, mas o passado não precisava direcionar o futuro.

Ela poderia se libertar aqui. Usar suas habilidades ou sua inteligência para se livrar de Reva e do centro. Então Cassidy não teria correntes, seria capaz de encontrar o caminho de volta para sua família.

Sua mão se estendeu quase sem pensar e tocou o ombro de Thane. Palma para baixo, um aperto suave. Ela sentiu o mais leve tremor quando o coração de Thane bateu. Ele havia entrado na vida de Cassidy, literalmente caindo do avião de Mynx e se espatifando na ilha. Em um rápido e agressivo ataque à sociedade frágil que se formara entre as anomalias cativas, Thane despedaçou e quebrou os laços.

Mas ele trouxera Cassidy com ele. Prometera a ela, se não o mundo, pelo menos uma aventura e uma chance de ver sua família.

Cassidy não sabia como sobrevivera à fuga, mas podia adivinhar.

— E então? — perguntou Reva.

— Está voltando para mim — disse Cassidy.

— O que você vê?

Agora, o que fazer? Sair daqui? Thane parecia tão magro que Cassidy provavelmente poderia erguê-lo e carregá-lo. Fazer isso enquanto criava vazios para deter enfermeiros, a polícia e, eventualmente, os Paragons?

Não. Ela precisaria de ajuda.

— Estávamos em um barco. Pegos em uma tempestade — disse Cassidy. — Ele e eu éramos passageiros.

— Seus nomes? Você os conhece?

Cassidy olhou para cima, longe de Thane, deu a Reva uma carranca e balançou a cabeça. — Ainda não.

Ela moveu sua mão do ombro de Thane para seu peito. De lado, com as costas para Reva, o corpo de Thane e os lençóis que o cobriam escondiam o movimento de Cassidy da vista. Ou pelo menos, Cassidy esperava que sim. Porque o que ela fez a seguir foi decididamente cruel.

— Então continue — disse Reva. — Vocês dois estão em um navio?

Cassidy beliscou. Apertou forte com as unhas contra a pele frouxa de Thane. Belisca e move, belisca e move. Tentando obter uma reação e não vendo nenhuma.

— Em um navio — disse Cassidy. — Estávamos sendo jogados de um lado para o outro. No início, estávamos no convés, mas depois tivemos que ir para baixo. Ordens do capitão.

— Qual era o nome do navio? O nome do capitão?

Cassidy balançou a cabeça. Beliscou novamente. Ainda nada. Reva não deixaria Cassidy continuar jogando assim por muito mais tempo. A memória inventada só iria tão longe antes que Reva a pegasse em outra mentira.

— Estranho que você esteja tendo tanta dificuldade com os nomes — disse Reva. — Amnésia como a sua geralmente não é tão específica.

O impulso estava sempre lá, sempre faminto. Cassidy se curvou a ele, deixou-o canalizar através de seus dedos.

— Sinto muito — disse Cassidy.

— Oh, não é culpa sua.

O vazio deixou Cassidy como um choque frio, viajando para onde os dedos de Cassidy o enviaram: direto para o lado de Thane. O calor invadiu Cassidy, como se ela tivesse entrado em uma fornalha, enquanto o corpo de Thane se contorcia, um corte se abrindo em seu lado onde o buraco rasgou um ponto. Os lençóis esconderam a marca, mas não seu espasmo. Reva disse algo para o enfermeiro, algo que

Cassidy deveria ter ouvido, mas ela tinha sua atenção em uma coisa:

Os olhos de Thane, completamente abertos agora, fixos nos dela.

— Cassidy — disse Thane, a palavra começando como um sussurro e terminando como um rosnado.

Sua pele se esticou à medida que músculos previamente atrofiados aumentaram com força recém-descoberta. Como uma camisa sendo puxada com força, as rugas de Thane desapareceram. As manchas fugiram, embora o cabelo permanecesse ralo enquanto o corpo de Thane crescia.

A cama do centro cedeu. Algum alarme deu um fraco guincho antes de morrer, antes que a armação rachasse. Cassidy se levantou e se afastou, observando Reva enquanto esta, de boca aberta, via Thane se tornar quem ele precisava ser.

— Pare — disse Cassidy quando Thane atingiu seu ponto médio, bem acima de dois metros de altura e parecendo um caminhão. Cassidy tinha sua arma, mas precisava de Thane são. — Fique comigo, Thane.

— Você me machucou — disse Thane, saindo da cama destruída e se levantando. A camisola frouxa que havia coberto sua forma diminuída agora se agarrava a Thane como um maiô ruim. — Por quê?

— Quem, quem são vocês? — interrompeu Reva, falando para as costas de Thane da porta. — Anomalias?

Thane olhou para a médica, resmungando um som baixo e ameaçador.

— Reva — disse Cassidy lentamente. — Você precisa nos deixar agora. Por favor.

— Deixar? — Reva olhou para trás. — Preciso de segurança imediatamente. E sedativos para o John Doe aqui.

— Sem sedativos — disse Thane, virando-se completamente agora. — Faça o que Cassidy diz.

Reva, maldita seja, não era do tipo que se intimidava. Ela permaneceu na porta enquanto um enfermeiro atrás dela entregava uma seringa carregada, pronta para uso.

Não era trabalho de Cassidy proteger idiotas de si mesmos. Era seu trabalho sair daqui, com Thane.

— Estamos saindo — disse Cassidy, agitando a mão atrás dela. A corrente desceu por seu braço, o calor passou por ela novamente, e a janela de Thane rachou. O vidro quebrou e desapareceu, um pedaço da parede junto com ele. — Thane?

O avanço de Reva parou quando Cassidy criou seu vazio, e terminou completamente quando Thane arrancou a armação da cama e a rolou em direção à médica. Com reflexos impressionantes, Reva recuou pela porta enquanto a cama batia nela, bloqueando o caminho.

— Segure-se — disse Thane, erguendo Cassidy e colocando seus braços ao redor dela em um abraço apertado.

Liderando com o ombro, Thane atravessou a parede enfraquecida. Pisoteando através das flores, Thane correu do jardim para a grama até a cerca. Olhando por cima do ombro dele, Cassidy viu enfermeiros empurrarem o colchão, viu-os entrarem em fila no quarto para assistir enquanto Thane atravessava a barreira do centro.

Nenhum sacou armas, nenhum tentou pegá-los. Uma jogada inteligente.

— Você me trouxe de volta — disse Thane enquanto corria, saltando para uma encosta arborizada. — Obrigado.

Cassidy sentiu galhos pegarem seu cabelo, agarrarem suas roupas soltas, mas não deteve Thane. Logo Reva entenderia o que vira, faria a conexão. Thane disse que tinha feito uma de suas fúrias não muito tempo atrás, então mesmo que

Reva não o reconhecesse, um dos enfermeiros ou o Paragon enviado para revisar as imagens de segurança o faria.

Eles tinham que ganhar distância até lá. Tinham que desaparecer.

— Eu queria ir embora — disse Cassidy enquanto Thane descia pelo outro lado da colina. — Eu poderia ter ido, mas precisava saber. Por que estamos vivos?

Meio correndo, meio tropeçando enquanto Thane avançava, o homem não respondeu por um longo tempo. Cassidy teria pressionado, mas Thane não era alguém que falava de acordo com o ritmo de ninguém além do seu próprio. As árvores deram lugar a gramados, a uma queda íngreme que Thane venceu com um longo salto. O estômago de Cassidy subiu até sua garganta enquanto caíam, enquanto Thane a envolvia para que suas costas atingissem o solo primeiro.

Eles atingiram os grãos verdes com força, as pedras e a terra voando sobre eles enquanto Thane mantinha o movimento até que seu impulso morresse. Cassidy, com as costas na areia quente e úmida, olhou para um rosto irritado, um procurado em todo o mundo por incontáveis crimes.

— Por que estamos vivos, Thane? — Cassidy perguntou novamente.

— Porque eu não podia permitir que morrêssemos. — Thane olhou para as ondas que quebravam. — Lembro-me de nadar, você em um braço enquanto minhas pernas chutavam por horas. Dias, talvez. Eu estava tão desesperado para salvar você, tão furioso com o que Mynx e seus drones tinham feito. Quando fomos dar à praia, não me restava nada.

Thane se levantou, sacudindo a areia dos ombros. Cassidy o acompanhou, as pedras arranhando sua pele. Felizmente, a praia parecia deserta, mas nenhum dos dois tinha roupas, nenhum tinha reps ou Tamas. As circunstâncias afastaram a confissão de Thane, ou melhor, Cassidy deixou que ela desaparecesse. Ela resgatara Thane para pagar uma dívida, e agora estavam quites.

— Obrigada — disse Cassidy.

Ficaram ali juntos, observando as ondas. Sentindo a areia entre os dedos dos pés. Assim como na ilha de Mynx. Esperando por uma chance, por uma possibilidade.

— Quero ver minha família. Preciso da sua ajuda para isso.

Thane assentiu.

— Você a terá — disse a anomalia. — Você terá toda a minha ajuda e mais. Mas primeiro, precisamos descobrir onde estamos e como impedir que os Paragons nos capturem novamente.

Quando a mão de Thane se estendeu, a de Cassidy estava lá para encontrá-la.

CAPÍTULO 5

UM PEQUENO DESVIO DE ATENÇÃO

APÓS O ENCONTRO NO PARAGON, Wexley queimou a tarde e a noite no escritório e depois em seu apartamento. Utilizando seu Tama e monitores conectados com eficiência obsessiva, devorou relatórios, mensagens e telefonemas necessários para manter a empresa de Zhan-Yo, Ziran — agora de Wexley em todos os aspectos que importavam — funcionando. Mesmo enquanto passava rapidamente pelas planilhas e aprovava apresentações de vendas, Wexley saboreava a luta de horas antes.

O fato de não ter completado o golpe de misericórdia mal importava. Em vez disso, Wexley reproduzia mentalmente os olhos arregalados, o choque que havia percorrido o Paragon quando a anomalia infeliz percebeu não apenas que Wexley o havia descoberto, mas que seus poderes não o ajudariam. Wexley media sua vitória pela forma como seu oponente *sabia* que a derrota estava chegando.

O Cabernet em seu balcão não se comparava a isso. Nem as notícias sombrias que se infiltravam nos momentos livres de Wexley, com âncoras apresentando estatísticas apressadas sobre protestos, mortes de Paragon e o tremor que sacudia os mercados mundiais. Intercalada entre tudo isso vinha a voz de Mynx, recortada de suas coletivas de imprensa prometendo estabilidade, prometendo proteção.

Prometendo seus drones.

O que poderia ser uma solução melhor para os Paragons morrendo nas ruas do que robôs impiedosos impondo subjugação?

Zhan-Yo não havia mencionado os passos precisos para sua revolução, não havia dado a Wexley um mapa a seguir, mas o homem, envolto em um roupão verde-esmeralda mais macio que seda, imaginava que estava no caminho certo. Enquanto Zhan-Yo fazia todos os movimentos importantes, Wexley continuaria consolidando poder, subjugando empresas por métodos financeiros e físicos. Até agora, um sucesso.

Mas com Zhan-Yo desaparecido e os Paragons cambaleantes, Wexley teria que assumir o lugar de seu chefe.

— Ela está nos dando cobertura — disse Wexley, falando no Tama. — A oportunidade está aqui.

— Um drone gladiador não é um Paragon trabalhando sozinho, Wexley — respondeu Rhimes. Ruído de fundo vazava sempre que o homem falava, o burburinho de um restaurante. — Você não pode simplesmente abordá-lo e esperar que se renda.

— Oh, não quero que ele se renda. Preciso que fique furioso.

— Furioso?

Em sua televisão — cromada como quase tudo no apartamento — embutida na parede, a imagem mudou para mostrar a gigantesca instalação de Mynx na costa oeste. A Campeã chamava aquilo de sua Fábrica, o lugar onde todos os seus drones nasciam.

— Quero que você pense nisto comigo, Rhimes, porque

acho importante que meu pessoal entenda o porquê. — Wexley tinha lido isso em algum lugar recentemente; a motivação entre os funcionários melhorava se eles fizessem parte da missão. — O que acontece se um drone gladiador acredita que está sendo atacado?

— Ele revida?

— E o que acontece com as pessoas que o estão atacando?

Rhimes ri baixinho. — Não acho que você queira saber disso, senhor. Não é bonito.

Wexley bateu na grande mesa de jantar de vidro que dominava o centro do apartamento. Ouviu o som abafado, mas Rhimes, com sua imagem granulada no Tama, claramente não ouviu. A falta interrompeu a conclusão triunfante de Wexley antes que começasse. Fez com que Wexley desse mais uma olhada ofuscante em seu apartamento chamativo e completamente vazio.

— Onde você está, Rhimes? Agora mesmo?

Eles construíram o plano durante a madrugada, trocando os coquetéis iniciais por água e café enquanto a data avançava um dígito. Quando o restaurante fechou, a dupla mudou-se para um bar próximo, um que faria uma transição perfeita para o café da manhã quando chegasse a hora.

Wexley e Rhimes, acomodados em banquetas lado a lado, tinham seus Tamas sobre o balcão de madeira de cerejeira. Rhimes tirou um bloco de notas de algum lugar, esboçando os passos com uma caneta de tinta azul obtida de um barman mais do que feliz em aceitar as gorjetas extras. A cada poucos minutos, Rhimes tocava seu Tama, enviando ordens para uma equipe disponível 24 horas por dia, pronta para trabalhar para os representantes.

Não havia TVs ali, e embora a banda de jazz já tivesse

parado de tocar e o público pós-teatro ido para casa, permaneciam por ali suficientes retardatários e música de salão educada para dar ao local personalidade. Um lugar perfeito para tramar.

— Três horas — disse Rhimes quando o bloco de notas foi preenchido, quando os copos tiveram seus últimos reabastecimentos. — Você está pronto para isso?

Wexley assentiu, passando os dedos para cima e para baixo no copo gelado. O gelo dentro balançava, refletindo as luzes douradas do teto. Teria que voltar à van, trocar a coleção apressada de saída pelo colete à prova de balas. Pegar as armas e se posicionar. A antecipação afastou a névoa do sono.

— E você, meu amigo? — disse Wexley. — Está pronto?

Se Wexley deixava seu equipamento em uma van sem identificação, Rhimes mantinha o dele distribuído por sua pessoa. O homem abordava cada atividade como uma emboscada potencial, desde o momento em que Wexley o conheceu. Rhimes não gostava que cutucassem seu passado, preferindo deixar que sua lealdade falasse por ele, e nisso, Rhimes não havia vacilado.

Claro, Wexley poderia guardar rancor do seu tenente, como ter deixado aquele maldito rastreador escapar com vida, mas um erro não significava jogar fora todo o progresso que haviam feito. Rhimes comandava o próprio grupo externo de Wexley, reunindo e treinando mercenários e almas perdidas para fazer o que era necessário para devolver o poder, como Zhan-Yo dizia, ao povo.

Wexley nem saberia onde encontrar um substituto.

— Você me colocou para proteger Zhan-Yo — disse Rhimes. — Falhei ali, e ele fugiu. Você me pediu para pegar aquele rastreador. Falhei também. A maioria das pessoas no meu trabalho não recebem terceiras chances. Não vou te decepcionar.

Wexley colocou uma mão no ombro de Rhimes enquanto se levantava. — Eu sei que não vai. — Wexley apertou. — Você não pode. Se isso não der certo, o drone vai matar você, eu e todos os outros.

O amanhecer rastejava sobre um horizonte cinzento. Wexley esmagou os últimos pedaços nevados em seu telhado escolhido, observando os prédios de apartamentos que margeavam bairros que margeavam rodovias. O Lago Michigan parecia gelado esta manhã ao leste, visível como o horizonte sempre presente de Chicago. Espalhada pelos telhados ao seu redor, e caminhando pelas calçadas abaixo, a equipe de Rhimes fazia seu trabalho.

Wexley ouvia as conversas da equipe, tentando entender o jargão. Trabalhar sozinho tinha suas vantagens: Wexley nunca precisava se preocupar com mais ninguém, e sua falta de treinamento formal nunca se tornava evidente. Rhimes havia oferecido, lá no bar, liderar a operação, e Wexley passara esse bastão.

Mas Wexley tinha que ver esse espetáculo pessoalmente, tinha que estar pronto para intervir e garantir que essa corrida específica chegasse à linha de chegada. Qualquer outra coisa seria uma catástrofe. Qualquer outra coisa arriscaria perder Adriana e seus representantes.

Com as costas para a beirada do telhado, Wexley removeu seu rifle da caixa. As munições que ele colocou hoje deixariam um grande hematoma se atingissem uma pessoa, mas se Wexley acertasse algo condutor? Então um verdadeiro espetáculo começaria.

A questão não era se Wexley ou os outros três carregando as mesmas munições acertariam o drone, mas se Mynx havia construído alguma defesa. Se o drone pegaria os atiradores antes que eles o derrubassem. Rhimes queria tempo para fazer trabalho de inteligência, para ver se alguém poderia obter as especificações de um gladiador para saber exatamente o que funcionaria.

Wexley não tinha mais tempo para dar.

— Alvo aproximando-se do oeste — disse Rhimes, as palavras cortando todas as outras conversas. — Ao engajar, silêncio.

Outra complicação. Os drones escaneariam e tentariam interceptar quaisquer palavras transmitidas através de frequências de rádio quando o ataque começasse, um truque útil para rastrear ação coordenada. Pelo menos, era isso o que os Paragons afirmavam que a ferramenta fazia. Wexley imaginava que os drones a usassem para identificar quem matar.

O gladiador parecia maior esta manhã do que nos dias anteriores. Do tamanho de uma caminhonete, a máquina pintada de azul e branco pairava sobre as casas como um dirigível inofensivo, jatos brilhando ao longo de seus braços e pernas. Diferentemente daqueles transportes flutuantes, o gladiador tinha bordas afiadas prontas para implantar armas e coisas piores.

Na rua abaixo, uma mulher se aproximou de uma faixa de pedestres. Ela diminuiu sua corrida para coincidir com a aproximação do gladiador, permitindo que a máquina ficasse sobre ela quando chegou ao centro da rua. Wexley respirou fundo, deixando a exalação levar embora seus nervos.

O estalo iniciou o jogo.

Wexley girou, mantendo seu rifle escondido atrás da borda elevada do telhado, e observou. O estalo veio da mulher que caminhava, um tiro direto de uma pequena arma, uma que ela enfiou em sua bolsa presa à cintura no segundo após puxar o gatilho. O drone gladiador reagiu exatamente como programado, descendo de sua altura após o tiro inofensivo para cobrir a mulher com sua sombra.

Uma voz profunda e autoritária emitiu ordens à mulher, exigindo que ela se deitasse, se rendesse. Em vez disso, a mulher protestou, gritando negações e recuando. Wexley assentiu enquanto assistia à performance: aqui, uma civil em uma corrida matinal casual sendo assediada pelas próprias coisas que deveriam proteger o público.

Qualquer um que revisasse as filmagens das câmeras mais tarde descobriria a verdade, mas isso levaria horas, dias ou, se Wexley e sua equipe conseguissem derrubar o drone, nunca.

O gladiador interpretou o protesto da mulher como resistência, e suas várias placas, articulações e membros giraram, encaixando-se em uma postura ereta. Seis braços, duas pernas e várias armas confrontaram uma corredora de jaqueta e shorts no meio da rua silenciosa. Seus gritos aumentaram de volume, o gladiador deu outro chamado alto para que ela se rendesse.

Luzes acenderam nas casas, nos apartamentos. Pessoas acordando para o desastre em seu próprio bairro. A mulher, percebendo a resposta, se rendeu, encolhendo-se no chão com as mãos sobre a cabeça. O gladiador se aproximou, seus passos sacudindo a estrada. Declarou que as autoridades locais foram notificadas, que a mulher enfrentaria acusações pelo que havia feito.

— Mas eu não fiz nada! — veio a resposta da mulher.

— Ela não fez nada! — ecoou Rhimes, saindo de seu carro estacionado no meio do quarteirão. Braços e armadura escondidos atrás de uma grande e fofa jaqueta branca, Rhimes caminhou em direção ao drone. — Eu estava sentado aqui o tempo todo.

O gladiador disse a Rhimes para ficar para trás, que isso não era problema dele. Wexley deu algum crédito ao drone por tentar negociar, mas Rhimes não havia terminado. Eles precisavam que o drone atacasse primeiro, para que todos os Tamas gravando vídeo agora captassem a clara falha.

— Não, não vou ficar para trás enquanto você a machuca — disse Rhimes, aproximando-se da mulher, colocando seu braço em seu ombro. — Vamos embora. Não podemos deixar o robô levar você por nada.

O drone gladiador levantou um braço, o buraco aberto na palma da coisa um cano claro que levava a algum carregador, alguma munição que poderia transformar Rhimes e a mulher em cinzas. Desta vez, o aviso do drone não deixou ambiguidade: qualquer coisa que não fosse a rendição imediata levaria a danos.

Rhimes não parou.

Ele levantou a mulher, e ela desempenhou seu papel, movendo-se para trás de Rhimes, colocando suas costas e sua grande jaqueta entre ela e o drone. Um drone que finalmente havia chegado ao seu limite.

O tiro veio rápido, alto. Acertou as costas de Rhimes e crepitou com uma explosão azul, um sinal de que o drone queria atordoar mais do que matar. Rhimes desabou, enterrando a mulher sob sua jaqueta queimada.

— Agora — murmurou Wexley, mantendo seu microfone desligado.

Todos conheciam o gatilho, e as outras oito pessoas com papéis nesta peça começaram sua cena. De outros telhados, de outras ruas, eles vieram correndo. Aqueles lá embaixo vieram com armas domésticas, rifles antigos e espingardas retiradas de porões, aquelas que poderiam alegar serem relíquias de família, protegidas das purgas rotineiras de armas de fogo dos Paragons. Eles seriam capturados em vídeo, os cidadãos destemidos vindo para salvar os seus.

Wexley mirou o drone em sua mira e acionou o primeiro tiro. A munição rasgou o ar, batendo no pescoço do gladiador e estalando como um raio quebrando uma árvore. Outros seguiram, atingindo o drone de telhados ao redor. No chão, os cinco lutadores cidadãos usaram meios mais convencionais, disparando rodadas ineficazes na armadura espessa do drone.

O próprio drone recebeu a primeira salva e permaneceu de pé, embora seus braços armados caíssem inertes ao seu lado. Faíscas surgiram de um olho enquanto o drone cambaleava, seus braços esquerdos varrendo em direção a três dos lutadores que se aproximavam e pulverizando um fogo amarelo. O ácido ardente atingiu a equipe de Wexley em cheio, fazendo-os recuar e provocando mais gritos, não fingidos.

— Isso é um truque novo — disse Wexley, alinhando e dando outro tiro.

Mynx mantinha seus drones alternando entre variantes, sempre atenta para manter seus inimigos em alerta. Antes de Zhan-Yo, esses inimigos eram em grande parte os Elementais e outras anomalias descontroladas, aquelas extravasando sua frustração com o programa Paragon ou sucumbindo a uma habilidade que corroía sua sanidade. Desta vez, o drone lidava com um pequeno enxame, coordenado e implacável.

Wexley combinou seus ataques com os outros atiradores nos telhados, atingindo o drone em diferentes seções, fritando esses componentes um por um. Sua perna esquerda e direita entraram em curto-circuito em seguida, fazendo com que o drone desabasse na rua. Rhimes, sua jaqueta e a armadura por baixo fazendo seu trabalho, afastou a mulher enquanto o drone plantava seu rosto no concreto.

Liberando-se de sua refém, Rhimes puxou um pequeno bastão de dentro de seu casaco. Erguendo-o com as duas mãos, correu em direção ao drone, como um estranho viking moderno. O gladiador ainda não havia terminado, e Wexley viu pequenos espigões saltarem ao longo das costas do drone. Ele não sabia o que esses espigões poderiam fazer, mas Wexley enfiou outra rodada neles de qualquer forma, satisfeito quando raios azuis jorrou.

Rhimes atacou com o bastão, uma batida estrondosa seguida por outra e outra. Para Wexley, de cima, cada golpe parecia a batida enfurecida de um homem. De acordo com o plano, Rhimes golpeava o aparelho de comunicação do gladiador, destruindo a capacidade do drone de obter reforços. Esperançosamente, também, os golpes arruinariam qualquer chance de esses reforços rastrearem o que aconteceria a seguir.

Pneus cantaram quando um caminhão reboque cinza opaco irrompeu na visão, virando na rua e dando ré em direção ao drone morto. Wexley, com seu rifle escondido mas ao alcance caso o drone encontrasse uma segunda vida, observava procurando por portas abertas, por observadores curiosos. Se a primeira parte havia sido um movimento fácil para o apoio público, isso tornaria as coisas mais duvidosas.

Quantos transeuntes aleatórios teriam um caminhão à mão para pegar um drone? Que pessoa inocente tentaria tal coisa?

Mas esses eram obstáculos menores. Por enquanto, as pessoas no chão, limpando o ataque ácido, trabalhavam com mais dois do caminhão para conectar um guincho ao drone. Um aperto de botão depois e a grande máquina chiou enquanto o cabo arrastava o drone para dentro do reboque.

A porta bateu, uma fechadura clicou no lugar, e os pneus voltaram à ação enquanto o caminhão, seu reboque revestido com metais que bloqueavam sinais, disparava.

Wexley deu uma longa olhada ao redor do horizonte, notou várias outras formas pretas gritando em sua direção. Reforços de drones.

Hora de ir.

— Baixas? — perguntou Wexley a Rhimes uma hora depois, de volta a um terno e em seu escritório, saboreando um café e um bagel com arranha-céus ao redor.

— Ferimentos leves — respondeu Rhimes. — Nada além disso. Esperava mais da máquina.

— Você formou uma boa equipe. — Wexley olhou para sua agenda. Completamente cheia, e já atrasado para a próxima reunião. — Está seguro?

— Ninguém vai encontrá-lo. Estamos começando imediatamente, conforme ordenado. Manterei você atualizado sobre o progresso.

— Lembre-se do que é importante. Precisamos saber como eles são controlados. Tudo depende disso.

— Entendido.

— E quero vê-lo — disse Wexley. — De perto. Esta noite?

— Esta noite. Você me avisa, chefe.

Wexley deixou Rhimes ir e recostou-se em sua cadeira. O banho havia deixado seu cabelo um pouco molhado, mas de resto não mostrava sinais de que havia cumprimentado o dia disparando munições elétricas contra uma máquina homicida. Ninguém saberia o que ele havia feito.

Ele voltou para sua agenda, encontrando uma sessão monótona no início da tarde que não precisaria dele. Wexley poderia descartar essa. Poderia ligar para Adriana.

Ele tinha uma história para contar.

CAPÍTULO 6

ESPIONAGEM NO JANTAR

O RESTAURANTE se erguia acima dela, criando um efeito de cascata que subia do bar no nível da rua através de vários andares deslumbrantes repletos de clientes bem vestidos. Celice, beliscando o que poderia, e provavelmente seria, o primeiro de vários aperitivos, lançava olhares casuais para um casal no segundo andar, enquanto eles degustavam seu vinho tinto com entusiasmo. Uma noite de folga para aqueles dois, uma noite de trabalho para Celice.

Como sempre foi.

O balcão espelhado do bar tornava o monitoramento mais fácil, a superfície mantida brilhante por bartenders obsessivos que misturavam coquetéis e limpavam o vidro ao mesmo tempo. À sua esquerda, Celice viu um cliente se levantar apenas para ter seu prato, bebidas e todas as suas evidências limpas em um piscar de olhos. Outro corpo roubou seu banquinho também, iniciando um jogo totalmente novo.

Londres central em sua eficiência suprema. Celice suavizou o clima com um pequeno gole, a cerveja para bebericar o dia todo borbulhando em sua língua e escorregando sem ofender. Ela não tinha desejo de consumir muito álcool esta noite, mas sentar-se em um bar como este pelo tempo que fosse necessário para seus alvos jantarem e não pedir uma bebida poderia atrair o tipo errado de atenção.

Não que ela se importasse com uma vigilância de ritmo lento. Celice havia queimado o dia rastreando as chaves e seu fabricante, um homem de expressão carrancuda com um sotaque quase ininteligível, mas que parecia feliz o suficiente em apontar para as fotos que Celice mostrou da gangue de Zhan-Yo. Ela comprou alguns doces que o homem tinha no balcão como agradecimento, chupando-os enquanto analisava as gravações de segurança do lado de fora da loja do chaveiro.

Ela encontrou os alvos identificados rapidamente: dois homens entrando com representantes e saindo com chaves. Conectando câmera a câmera, Celice os rastreou até que eles deslizaram para becos e desapareceram. Mantendo o foco naquele mesmo beco enquanto as horas passavam em avanço rápido, os dois alvos voltaram à cena.

A partir daí, como o corredor no parque, Celice traçou uma rota, descobriu onde eles frequentavam, e seguiu os dois até este adorável estabelecimento. Não importava que ela recebesse olhares de desaprovação por suas roupas casuais — Celice não saía para encontros táticos, potencialmente violentos, vestida com, bem, vestidos. Deixaram-na entrar com visível alívio quando Celice apontou para o bar, e lá ela se juntou a alguns outros mal vestidos para entrar na noite com uma refeição adequada.

Aegis teria odiado todo esse jogo. Celice brincava com uma salada desconstruída, um tomate sentado no centro rodeado por escassas folhas verdes, um respingo de molho e um cubo de queijo. Seu pai teria subido as escadas, pisado forte por entre os clientes atônitos sem se importar e levantado ambos os criminosos de suas cadeiras antes de carregá-los para fora para um interrogatório ríspido e áspero.

— Você é nova por aqui — disse o personagem que roubara o assento ao lado de Celice. Uma jaqueta remendada, um chapéu-coco completo e uma fixação por flanela o marcavam como um pária semelhante. — Como está gostando?

Celice analisou o rosto do homem. Felpudo, avermelhado e com olhos enrugados, um com um entalhe na lateral que sugeria um encontro anterior com uma faca ou talvez uma garrafa de vidro. Não era um rosto que correspondia aos associados de Zhan-Yo.

— Pode deixar essa mão aí — disse o homem, voltando-se para o bar. Ele levantou um dedo e, em tempo suficiente para Celice mover sua mão do cabo da arma dentro da jaqueta, um copo highball apareceu com algo espirrando dentro. — Não estou aqui para assustar você.

Perguntas abundavam. Que londrino aleatório saberia que uma mão dentro de uma jaqueta leve significava a presença de uma arma? Quem se sentaria ao lado da única mulher no bar que não parecia pertencer ali e começaria um bate-papo direcionado?

— Você sabe falar, então? — continuou o homem. — Ou isso vai ser uma conversa unilateral?

— Eu consigo falar — disse Celice, sentindo-se estúpida enquanto pronunciava as palavras.

— Ah, bom. Estava ficando preocupado, minha aparência nunca foi das mais impressionantes, entende.

Ele piscou um olho.

Celice balançou a cabeça, olhando de volta para sua salada para se recompor. No reflexo do balcão do bar, ela viu seus alvos ainda sentados, a garrafa de vinho quase vazia, suas refeições entregues. Eles poderiam estar terminando, ou outra garrafa poderia significar mais uma hora. Ela teria que observar.

— O que você quer? — Celice perguntou ao homem.

— Sua companhia para uma bebida, talvez uma segunda — disse o homem. — Nada mais que isso.

— Duvido.

— De qual parte?

— Da segunda.

O homem bebeu sua bebida, metade do conteúdo indo para sua boca, e lambeu os lábios com um suspiro estalado. Ele se inclinou na cadeira do bar, deslizando um braço sobre o encosto como se estivesse sentado em um antigo saloon e não em um dos lugares finos de Londres.

— Entendo como você pode estar pensando desse jeito, eu simplesmente chegando aqui e agindo como seu melhor amigo — disse o homem. — Que tal acertarmos as coisas? Começamos com os nomes e vamos dali. Benny é o meu, londrina a vida toda.

Uma dúzia de nomes falsos correram pelos lábios de Celice. Ela poderia ter sido uma Sarah, uma Leslie ou uma Monica. Poderia ter desfilado por uma história que Celice nunca conheceu como se fosse sua própria, mas os olhos enrugados de Benny diziam que eles viam mais do que o homem estava deixando transparecer. Ela já tinha fios suficientes para desenredar sem adicionar uma identidade totalmente nova à mistura.

— Celice — ela respondeu, ignorando a mão de Benny com um aceno de cabeça. — Não londrina a vida toda.

— Oh, o sotaque te denuncia — disse Benny com uma risada curta.

— É mesmo?

— É neutro, não tem história — respondeu Benny. — Como se você tivesse chegado aqui recém-criada. Mas você anda como uma americana, e é isso que estou supondo que você seja.

Ele esvaziou seu copo, sinalizou por outro enquanto Celice comia o tomate central, tentando decidir como lidar com o encontro.

— O que mais você está supondo sobre mim? — disse Celice.

— Que você não está aqui por acaso, por mais que eu gostaria que fosse assim. — Benny tocou a ponta do chapéu para o barman que substituía seu uísque. — E que você não está tão confiante quanto está fingindo.

— É muita coisa para alguém que nunca me conheceu até cinco minutos atrás.

— Aprendo rápido, e você está comendo essa salada bem devagar.

— Não estou com fome.

Benny assentiu, como se Celice pedir uma salada muito cara quando não estava com fome fizesse todo sentido. Celice verificou o reflexo novamente. Nenhuma segunda garrafa. Um deles parecia estar pagando a conta, mas o borrão não deixava claro. Ela arriscou um olhar para cima, encontrou a mesa, confirmou o ato.

— Você já esteve nesta cidade antes? — perguntou Benny.

— Várias vezes — disse Celice, levantando a mão para sua própria conta. — Mas não faz muito tempo.

— Muda rápido, esta aqui — disse Benny. — Você pensaria que a velha senhora descansaria um pouco, respiraria, mas ela nunca o faz.

— Com certeza.

Os dois alvos lá em cima se levantaram, penduraram jaquetas sobre os ombros. Um barman deixou a conta perto de Celice e ela pagou sem olhar. Em vez disso, ela se virou para Benny, mantendo um olho sobre o ombro dele em direção à saída do restaurante.

Se Benny tivesse alguma utilidade agora, poderia ser como cobertura. Seus alvos poderiam notar alguém os observando, mas duas pessoas conversando no bar? Nem pensar.

— O que você faz, Benny? — Celice perguntou, tentando lembrar a última vez que usou conversa fiada.

Ela tinha namorado, saído com amigos, mas ser filha do principal Paragon tendia a colocar estresse em qualquer relacionamento. Celice tinha um quando Aegis morreu, um bom, mas isso se desfez imediatamente. Ela não tinha tempo para fins de semana na cabana ou uma noite na cidade quando o assassino de Aegis estava livre. Toda essa dança parecia tão sem sentido.

— Ajudo pessoas, principalmente — respondeu Benny. — Você poderia dizer que sou um faz-tudo, fazendo o que precisa ser feito e tudo mais.

— Como descrições vagas, essa ganha o prêmio.

Os dois ainda não haviam descido. Uma parada no banheiro antes de enfrentar o frio de Londres parecia provável.

— Ah, não vá ficando atrevida. — Benny tomou outro gole. — Uma cidade como esta precisa de pessoas como eu, a graxa entre as engrenagens.

— Claro.

Benny se endireitou, dando a Celice um olhar conhecedor. Seus olhos tinham aquele brilho particular, como se Benny tivesse o coração e a mente dela abertos diante dele, prontos para serem lidos.

— Poderia ser que você precise de alguma ajuda? — perguntou Benny, a alegria saltitante desaparecendo para dar lugar à seriedade.

— Não preciso de nada.

— A maioria das pessoas diz isso, então elas dão uma boa olhada em suas vidas e percebem diferente.

Lá estavam eles, marchando para fora. Nem um único olhar para o lado dela. Perfeito.

— Que bom que não sou como a maioria das pessoas. — Celice se levantou. — Benny, obrigada pelas palavras.

— Tenho muitas delas — respondeu Benny, tocando seu chapéu novamente na direção dela.

Benny parecia ter outro bordão para entregar, mas o par já havia deixado o restaurante. Perdê-los aqui reiniciaria o progresso de Celice, forçando-a a encontrar outro lugar que eles visitassem tão regularmente quanto este. Ela não se apressou, não exatamente, mas Celice chegou à calçada apenas segundos depois de seus alvos.

Londres acertou esta noite com o mesmo clima cru de ontem: frio, chuvoso. As ruas brilhavam negras enquanto as luzes se borravam na água. Conversas e música se misturavam com pneus nas sarjetas pantanosas, mas o ar carregava um orvalho agradável a cada respiração. Celice fez uma olhada casual ao redor, lentamente o suficiente para parecer que estava verificando duas vezes a direção pretendida.

Seus alvos se dirigiam para uma praça próxima, estátuas se elevando sobre uma rotatória movimentada. Celice os seguiu, notando um drone gladiador navegando lá em cima. As pessoas ao redor dela também viram a máquina, alguns iniciando uma conversa sobre uma história vinda de Chicago. Um drone como este atacando um pedestre antes que alguns heróis locais o eliminassem.

Essa parte deixou Celice um pouco confusa. Não havia como alguns vizinhos corajosos eliminarem um gladiador, especialmente um que tivesse apresentado defeito o suficiente para atacar algum corredor aleatório. Ela quase sentiu pena de Mynx, que sem dúvida teria que correr atrás desse problema também. Pelo menos, pelo que Celice tinha visto, Mynx tinha Mila lá para ajudar.

A Campeã Sul-Americana sempre tinha uma aparência alegre e brilhante sobre as coisas, uma que Aegis apreciava e Celice achava irritante. Talvez porque Mila pudesse transformar uma ferida mortal em um pequeno arranhão, mas a Campeã sempre parecia minimizar o perigo. Destacar os benefícios. Aegis acenava com a aprovação de Mila como se o apoio dela sozinho devesse convencer os Paragons a fazer alguma operação perigosa.

Não importava quantas anomalias pudessem morrer ali mesmo no campo, sem Mila por perto para curá-las.

Os alvos atravessaram a rua rapidamente para a praça, Celice seguindo atrás com corpos no meio. A chuva aumentou aqui no espaço aberto, as gotas caindo com força. As pessoas se aglomeravam sob guarda-chuvas, e Celice hesitou em abrir o seu: um guarda-chuva requeria uma mão para segurar, uma mão que talvez fosse melhor manter livre para se defender.

Mas suas presas fizeram seu próprio movimento, lançando guarda-chuvas pretos no ar sobre suas cabeças e liberando Celice para fazer o mesmo. Ela olhou para baixo, puxou o guarda-chuva do bolso da jaqueta e ergueu sua cobertura vermelho opaca. Com a chuva bloqueada, Celice olhou para cima para encontrar seus alvos novamente. Ao seu redor, a multidão se afastava para o metrô ou outras travessias, deixando faixas largas na pedra lisa e molhada.

E seus alvos não estavam em nenhuma delas.

Dois segundos para abrir seu guarda-chuva. Só isso. Não havia como eles terem desaparecido tão rápido, não sem correr e chamar todo tipo de atenção. Celice girou no lugar, fazendo uma rápida olhada ao redor e—

Ali. Caminhando diretamente em sua direção. Guarda-chuva descartado e mãos dentro da jaqueta exatamente como as de Celice estavam quando Benny sentou-se. O homem não tinha um olhar ocioso, isso não era alguma coincidência.

Ela tinha sido descoberta.

Duas escolhas, três segundos para fazer uma: lutar ou correr. Lutar, e talvez Celice vença, talvez Celice seja presa, talvez Celice morra. Correr e ela será perseguida, perderá suas pistas, e agora Zhan-Yo sabe que ela está com medo.

Você sabe o que fazer.

Sim, ela sabia. Celice balançou seu guarda-chuva para baixo enquanto o homem fechava a distância, ajustando o cabo do guarda-chuva em sua mão esquerda. Ela deu um passo à frente, balançando o braço esquerdo para trás enquanto Celice pressionava o botão de retração no cabo do guarda-chuva. O escudo vermelho contra a chuva encolheu, abrindo caminho para o soco de Celice no peito do homem.

Celice atingiu o tecido de um suéter, mas em vez de pele macia por baixo, sua mão bateu na dura proteção de um colete. Ela tinha usado armaduras à prova de balas suficientes para saber como essas coisas se sentiam, para saber que esses dois não tinham vindo ao restaurante esperando uma noite tranquila.

Celice não só tinha sido descoberta, como tinha caído numa armadilha.

O soco ricocheteou, enviando um choque de dedo preso através da mão de Celice. O homem afastou o guarda-chuva retraído. Celice imaginou que um tiro estava por vir, um final rápido para o espetáculo da noite.

— Não tente isso de novo — disse o homem. De perto, ele tinha a aparência de alguém que estivera surfando em países ensolarados por muito tempo, bronzeado e bem barbeado. Um tipo sem rodeios que Celice teria ignorado, que seu pai poderia ter adorado. — Não vai acabar bem.

— Quantos vocês são? — Celice perguntou, mantendo seu guarda-chuva baixo, tentando contar os passos até a estação de metrô perto da borda da praça.

— Suficientes — respondeu o homem. — Sabemos quem você é e por que está aqui.

— Então onde está Zhan-Yo?

— Você não vai conhecer o chefe até que ele esteja certo de que você vai se comportar.

— Ele matou meu pai.

O mercenário, de maneira totalmente típica, não demonstrou uma única emoção. Como se o homem confrontasse filhas sem pai em busca de vingança todos os dias. Celice queria saber se, em algum lugar, existia uma escola para pessoas como esta, onde eram alimentadas com alguma dieta obscura e ensinadas a ignorar o sofrimento para que seus líderes pudessem lucrar.

— Ele está oferecendo uma escolha a você — disse o homem. — Ou você deixa Londres e se esquece de nós, ou ouve o que ele tem a dizer. Pacificamente.

— Que tal a opção três, onde eu acabo com todos vocês um por um?

O mercenário inclinou a cabeça, como se estivesse falando com uma garotinha. — Você sabe como isso termina. Você não é seu pai, Celice.

— Não disse que você podia usar meu nome.

O mercenário não respondeu, apenas ficou lá aceitando a chuva. Celice limpou a água de seus próprios olhos. Sentiu o frio infiltrando-se por toda parte. Trinta minutos atrás, tudo isso parecia tão promissor. Por conta própria, aproveitando suas habilidades sem a ajuda dos Paragons, rastreando o assassino de seu pai.

É assim que essas histórias acontecem, certo? A filha vence no final, faz justiça?

— Quero vê-lo — disse Celice. — Zhan-Yo.

— Então você concorda? Sem armas. Enviaremos um carro.

Detalhes. Celice poderia usar suas mãos e pés. Sem uma arma na mão ou uma faca em seu coldre, ela ainda poderia eliminar Zhan-Yo antes que os guardas do homem interferissem.

— Fechado — disse Celice.

— Boa escolha. — O homem puxou seu guarda-chuva com aquela mão escondida e o abriu. — Passaremos por você. — Ele começou a andar, passando por ela. — Pelo que vale a pena, eu admirava seu pai. Ele era um bom homem.

Celice encarou as costas do mercenário enquanto o homem se afastava, sapatos chapinhando na pedra. Um bom homem? Seu pai era muito mais do que *um bom homem.* Aegis tinha—

Você não lutou. Você deveria ter lutado.

Eles a teriam matado. Celice não tinha visto os rifles no escuro, mas sem dúvida eles estavam lá. A equipe de Zhan-Yo tinha pelo menos uma dúzia de pessoas. Ela não tinha os poderes de Aegis, não tinha o apoio dos Paragons.

Você está arrumando desculpas.

Celice vacilou. A chuva continuava caindo e ela queria adicionar algumas lágrimas a ela. Teria feito isso, se uma mão não pousasse suavemente em seu ombro. Outra pressionou o botão em seu guarda-chuva, abrindo-o novamente.

— Sabe — disse Benny, seu chapéu-coco captando a água e jogando-a como penas de pato. — É divertido tomar banho na chuva, claro, mas acho que você ficará mais feliz de volta ao seu próprio lugar onde a água é quente.

Celice piscou para ele. — O quê?

— Há uma cápsula ali. — Benny apontou para uma esfera esperando na calçada. — Ia pegá-la eu mesmo, mas parece que você pode precisar da carona.

E, apesar da voz desapontada de seu pai em sua cabeça, Celice a aceitou.

O DESASTRE SALVOU Calvin de outro confronto na sessão de treinamento. Depois da confusão no galpão ontem, os Elementais tiveram a ousadia de pedir que Calvin voltasse, um pedido que ele ignorou até que os Paragons resolveram o problema por ele.

— Nunca vi alguém sorrir tanto — disse Kat enquanto eles pegavam o trem em direção aos subúrbios do norte de Chicago. — Você realmente não queria ir, não é?

Diferente de ontem, Kat e Calvin estavam com seus trajes de combate. A capa prateada de Kat cobria seu uniforme repleto de gadgets, enquanto Calvin exibia o uniforme azul e branco dos Paragons. A dupla parecia oficial o suficiente para fazer os transeuntes no trem se afastarem, deixando-lhes um canto isolado do vagão para observar os prédios que passavam em um dia cinzento de março.

Os dois haviam estendido sua longa noite até uma manhã tranquila, brincando no parque com Seeker e tomando sua dose de cafeína. Kat respondeu a uma mensagem de Gordon – o rastreador tinha desaparecido para Los Angeles para uma conferência de emergência com Mynx – enquanto Calvin limpava o álcool da noite anterior com uma corrida ao longo de um riacho próximo.

No geral, considerando o caos que os atormentara no último mês, tinha sido um início de dia esquecível e maravilhoso. Sem tiros, sem anomalias lançando poderes mortais contra ele... Calvin poderia se acostumar com isso.

— Olha — disse Calvin —, eu não quero humilhá-los, sabe? Ontem Farrah usou um truque, mas hoje eu teria que enfrentá-los com meu verdadeiro eu. Eu faria alguns inimigos.

— Claro.

Calvin deixou sua cabeça cair contra a janela de vidro atrás dele, o formigamento constante em suas mãos dando-lhe vontade de transformar suas luvas de couro em um cobertor. A transformação arruinaria as luvas, no entanto, e apesar de seu novo emprego como salvador do mundo para os todo-poderosos Paragons, a conta de recursos de Calvin continuava magra.

— Você está falando como se não quisesse estar aqui — disse Calvin. — Talvez eu esteja lembrando errado, mas há uma hora você estava muito animada para se juntar.

— Tudo que os Elementais querem fazer é conversar — respondeu Kat. — É tipo, ei, podemos juntar um monte de pessoas muito fortes e muito legais em uma sala e ficar murmurando sobre timing o dia todo?

— Timing?

— Beth tem tudo na cabeça que os Elementais podem fazer seu movimento e criar seu próprio mundinho. Os Paragons vão permitir, entende, se os Elementais reivindicarem quando os Paragons não tiverem poder para resistir.

— Como se isso fosse acontecer.

Kat não respondeu, e Calvin abriu um olho, olhando para ela. Diferente da anomalia, Kat estava com seu Tama ligado, mão deslizando por algumas notícias.

— Kat? — perguntou Calvin. — Ainda estamos conversando?

— Aham.

— O que eu acabei de dizer?

— Perguntou se ainda estamos conversando. — Kat não se afastou do Tama, então Calvin se sentou e olhou mais de perto.

Manchetes impactantes mostravam Mynx, a única Campeã restante na América do Norte, tentando inspirar alguma confiança na região e no mundo. O artigo sugeria que passar hora após hora entre coletivas de imprensa e reuniões com outros líderes Paragon deixou Mynx funcionando com menos do que fiapos de energia, e ela tropeçava em frases, nomes, e acabara de cancelar o restante da agenda do dia. Além disso, o artigo especulava que a Campeã da América do Sul, Mila, permanecia na Fábrica agora apenas para manter Mynx à tona.

Embora o repórter tenha observado que Mila permanecia em LA sempre que Mynx saía, muitas vezes ficando escondida por dias. Algum novo drone em desenvolvimento? Ajudando alguns Paragons a se recuperarem? O artigo oferecia especulação, poucas respostas e uma foto brutal capturando Mynx, cabeça baixa, fugindo de um pódio.

— Parece difícil — disse Calvin, voltando ao seu descanso junto à janela.

— É isso? — disse Kat. — Parece difícil?

— O quê?

— Você não é um Paragon? Não deveria se preocupar com o fato de que toda a sua organização está em desordem?

Calvin bufou: — Sou um Paragon porque eles pagam bem. Se eles desaparecerem, voltarei a fazer o que sempre fiz.

— Nada de consequência?

— Diz a rastreadora sentada em um trem. Não vejo você pegando nenhuma anomalia perigosa.

Kat abaixou o Tama, amassando suas mãos em punhos: — Isso não é importante agora.

Calvin podia concordar com isso. Desde que Wexley e seus capangas tornaram o crivamento de Calvin e Kat com balas uma prioridade, os dois colocaram distância entre suas carreiras e manter-se vivos. Ambos brincavam com os Elementais porque as anomalias rebeldes ofereciam uma causa comum contra o CEO assassino e seu bando homicida. Kat, também, usava qualquer hora livre não gasta afogando reuniões em bourbon tentando encontrar rastros de Wexley, descobrir uma maneira de ela e Calvin rastrearem o homem, obter alguma vingança.

A dupla tinha um arquivo agora, um que crescia. Kat tinha informações sobre Wexley, sabia do seu escritório e seus horários normais de trabalho. Investigar o prédio do escritório do homem seria o próximo passo, tentar ver quão difícil seria marcar uma consulta na agenda de Wexley. Kat, dada sua reputação e Wexley sabendo quem diabos ela era, estava preparando Calvin para a tarefa.

Calvin entraria diretamente, sorriria para a secretária de Wexley e então entraria no escritório. Ele teria uma mão roçando uma algema de metal, a outra estendida para apertar a mão de Wexley. Então, bem quando Wexley se aproximasse, Calvin transformaria aquela algema em uma agulha afiada como navalha e faria um movimento mortal na garganta do homem. Complementaria conforme necessário antes de fugir, com Kat esperando lá embaixo.

Tudo soava fácil, mas Calvin não era exatamente um assassino.

Este mundo, no entanto, tendia a transformar as pessoas naquilo que nunca esperavam.

O trem os deixou em um bairro tranquilo. Um punhado de empresas perto da estação diminuía para casa após casa, um lugar pitoresco que fazia Calvin se inquietar. Os passeadores de cães do meio-dia estavam ocupados, seus companheiros peludos avançando uns contra os outros e contra o corredor ocasional que ousava usar as calçadas lotadas. O ar perfumado com café passava como brisa.

Com Kat ao seu lado, Calvin seguiu seu Tama por vários quarteirões em direção a alguns prédios de apartamentos temporários, outros mais antigos resistindo em uma formação de tijolos vermelhos, como se defendendo as casas ao redor. Os sinais dos Paragons apareceram cedo, com cápsulas exibindo o logotipo dos Paragon estacionadas nos centros das ruas. A polícia local se juntou a eles, a maioria parecendo estar conversando com civis confusos sobre o que acontecera mais cedo.

A ordem de Calvin o colocou no serviço de perímetro. Andar, procurar sinais que alguém pudesse ter perdido e tranquilizar o público de que seus guardiões das anomalias estavam no caso. Pelo menos o dia, apesar do sol se escondendo atrás das nuvens, trazia algum calor. Após um simples check-in com o Paragon responsável, um cujo nome e habilidade Calvin não se importou em lembrar, ele e Kat partiram para a caminhada.

— Parece que alguém é uma estrela — disse Calvin para

Kat quando começaram a subir a calçada perto de onde o drone tinha sido derrubado.

— Eu trouxe muitas anomalias para os Paragons aqui — respondeu Kat. — Não fique com ciúmes.

— Ciúmes? Aquele cara queria o seu autógrafo. Não, obrigado.

— Ao meu autógrafo ou aos meus fãs?

— Vai te machucar se eu disser ambos?

Kat revirou os olhos. O movimento chamou atenção para as funções de seu traje, o visor completo e a máscara facial até então não implantados, mas descansando perto de suas têmporas caso surgisse uma emergência. Se Calvin quisesse ter ciúmes de algo, aquele traje seria a fonte, não qualquer bajulação de algum batedor de ponto dos Paragons.

O local da queda do drone cintilava com etiquetas amarelas. Paragons e policiais soltaram as bandeiras, que Kat explicou que eram para marcar evidências. Calvin observou enquanto a rastreadora caminhava de uma para a outra, tratando cada uma como se pudesse ser a chave para desvendar qualquer coisa e tudo. A maioria das etiquetas parecia estar notando cápsulas de balas, e algumas destacavam pedaços de metal quebrados. Uma iluminava perto de uma pequena mancha de sangue.

— Vê alguma coisa? — perguntou Calvin, então fez uma dramática virada ao redor da rua, das casas, dos apartamentos. Além dos oficiais reunidos, nada se destacava. — Porque eu realmente não vejo.

— É porque você está procurando por coisas grandes, não pelo que é importante.

— Ei.

— Esta, por exemplo — disse Kat, apontando para uma etiqueta perto de seu pé. Calvin se aproximou, olhou para o que parecia ser mais um invólucro escuro. — O atirador errou com esta.

— Legal?

— Para nós, sim. — Kat ajoelhou-se, agitou as mãos ao redor do invólucro como uma apresentadora ilustrando um prêmio. — Vê como não há danos no pavimento aqui? Vê os padrões no invólucro?

— Estou ouvindo.

— Isto não é uma bala disparada por alguma pessoa desesperada se defendendo. Estas munições entregam um choque. Elas pegariam esse Tama que você está usando e o transformariam em sucata.

Calvin não se considerava um detetive, mas ele podia traçar linhas como esta: — Então você está dizendo que o drone não foi roubado por algumas mães do futebol. Grande descoberta, Kat.

— Ainda irritado com ontem? — provocou Kat e, quando Calvin decidiu que não precisava responder a isso, ela continuou: — O que estou dizendo é que não há muitos grupos que usariam essas munições. Polícia, talvez, mas eles não estariam atirando em um drone. Os Paragons têm seus poderes, e os drones estão do lado deles.

Abaixando suas cerdas sarcásticas, Calvin agachou-se ao lado de Kat: — E os Elementais teriam nos dito se estivessem planejando atacar um drone gladiador.

— Teriam me dito, pelo menos — disse Kat.

Não dava para discutir com isso.

— O que deixa poucas opções e um vencedor — disse Kat. — O grupo que explodiu o estádio em LA, o que matou Aegis? Zhan-Yo? Eu apontaria para ele, mas como ele explodiu a si mesmo...

— Alguém assumindo sua causa, então? Outro odiador de anomalias?

— Como Wexley?

Calvin deu de ombros: — Parece um salto ir de dar tiros nos Elementais a atacar um gladiador.

Kat levantou-se e Calvin foi com ela. Ela continuou a caminhada ao redor da cena, parando novamente em marcas pretas ao longo da rua, pneus deixando evidências para trás. Pneus grossos também, um pouco estranhos de se ver em uma rua residencial.

— Rhimes tentou me recrutar primeiro, lembra? — disse Kat. — Wexley também. Eles tinham planos maiores.

— Ok, vamos seguir esse caminho que você está imaginando — respondeu Calvin. — Temos o grande vilão e seus amigos gangsters. Eles vêm até aqui e lutam com alguma máquina, depois a roubam? Por quê?

Kat, olhando através das marcas de pneus, não tinha uma resposta.

Com Calvin preso ao serviço, Kat desapareceu para fazer algumas investigações, deixando a anomalia afastando pessoas importunas. Adotar um tom oficial e afastar intrusos era antinatural, cada conversa uma dança desajeitada entre impor a autoridade dos Paragons enquanto também mantinha as coisas respeitosas.

Em resumo, Calvin recebeu um monte de críticas sarcásticas. Os passeadores de cães perguntavam por que não podiam manter sua rota ao longo da rua. Crianças apareciam com perguntas absurdas sobre os poderes de Calvin, por que ele não podia simplesmente voar e encontrar o drone. E, pior, repórteres descendo sobre o local logo perceberam a própria relutância de Calvin e festejaram sobre isso.

— Eu não sei, cara — disse Calvin para outra pergunta gritada da meia dúzia de caçadores de furo batendo no Tama ao seu redor. Ele lançou um olhar desesperado para outros Paragons circulando por perto, mas as anomalias sorriram para ele, aparentemente dispostas a jogar os seus aos lobos. — Estou aqui para evitar que as pessoas se machuquem, só isso.

— Se machuquem? Então você está dizendo que ainda há perigo aqui? — disse outra, sua mão pousada logo acima de um Tama que, sem dúvida, enviaria pânico aos cidadãos de Chicago.

Por outro lado, talvez isso desse a Calvin um segundo para respirar. Tirar uma pausa para um almoço tardio.

— O que você acha? — disse Calvin. — Temos um drone gladiador desaparecido, não sabemos o que diabos aconteceu com ele ou quem o roubou. Você acha que isso é perigoso?

Rostos olharam de volta para ele, esperando pelas palavras. Calvin tinha visto aquele olhar antes, principalmente de seus antigos pais adotivos, os professores esperando por desculpas. Naquela época, ele fugia. Agora...

Olhando para seu Tama, Calvin levantou o pulso: — Desculpem pessoal, tenho que verificar algo aqui. Fiquem para trás, certo?

Ignorando os gritos sobre o que exatamente Calvin tinha que verificar, a anomalia virou-se e abandonou os repórteres às suas histórias. Ele caminhou direto até os quatro outros Paragons que estavam pendurados no centro da cena do crime, fazendo todo o grupo olhar para o novato juntos.

— Já teve o suficiente? — disse o líder do local, um palito magro e escorregadio chamado Weed. Por mais inspirador que fosse o nome do homem, a reputação de Weed era muito forte como alguém que cortava a besteira para conseguir as coisas feitas. Calvin sentiu suas próprias métricas sendo avaliadas no olhar de Weed, avaliadas e atribuídas a um papel adequado. — Você aguentou bem para um novato. Lob, você é o próximo. Mantenha-os girando.

— Entendi. — Um cara rude cujo uniforme parecia ter sido medido alguns hambúrgueres atrás, marchou em direção aos repórteres.

— Calvin? — perguntou Weed, encarando a anomalia. — Você é novo, certo?

— Entrei quando tudo foi para o inferno.

— Entrou de onde?

Uma pergunta difícil, e não apenas porque Calvin não tinha o que qualquer um poderia chamar de lar. Anomalias tinham uma obrigação legal de se registrar com os Paragons no momento em que suas habilidades passavam do código genético para a magia do mundo real, e Calvin, ahn, não tinha feito isso. Ele tinha outras prioridades, como encontrar comida e um lugar para tirar uma soneca.

E figuras de autoridade tendiam a tratar Calvin como lixo, então se inscrever na maior delas parecia um mau negócio.

— De todos os lugares — disse Calvin.

Weed recebeu as palavras com outro olhar estudado, recalculando o lugar de Calvin em seu esquadrão: — Bem, Calvin de todos os lugares, obrigado por aparecer hoje.

As palavras de Weed e seu tom não combinavam. O formigamento nas mãos de Calvin aumentou, as luvas de couro coçando para serem transformadas em algo mais útil, como um chicote ao redor da garganta de Weed.

— De nada? — disse Calvin, notando novamente que os outros três amigos de Weed tinham os olhos nele.

— Aproveitei a oportunidade para revisar seu histórico, já que não trabalhei com você antes — continuou Weed. — Parece que você ficou fora do radar por alguns dias. Não se apresentou na torre uma vez em semanas, apenas via Tama?

— A torre está feia agora, caso você não tenha notado.

— Os Paragons precisam de toda ajuda possível, e você não está em lugar algum. Onde você esteve se escondendo, Calvin?

— Eu vim quando fui chamado.

Weed olhou para seus associados, balançou a cabeça: — Diga-me, Calvin, isso parece algo que Aegis diria? Venha quando chamado? Aqui se trata de tomar a iniciativa.

Você fala com pessoas suficientes, vê o suficiente, começa a reconhecer os caminhos quando eles reaparecem. Calvin recuou um passo, deu um grande suspiro. Kat continuava empurrando-o para encontrar uma tribo, entrar em contato com aqueles que o aceitariam, e aqui estava seu grupo, olhando para ele como todos aqueles malditos conselheiros, todos aqueles oficiais.

Não apenas um fracasso, mas um problema.

Talvez em um dia diferente, um onde Calvin não tivesse sido perseguido por horas, após uma sessão de treinamento esmagadora nas mãos dos Elementais imaturos, Calvin poderia ter encontrado a calma para resistir à isca de Weed.

— Aegis está morto, Weed — respondeu Calvin. — Ele não está dizendo nada.

— Smoke? — disse Weed para a mulher à sua esquerda. — Você seria tão gentil?

— Já feito — respondeu Smoke.

Calvin olhou para ela, ela sorriu com um corte de faca em sua direção. Algo tinha acontecido, e com anomalias...

— Tudo bem, Calvin — disse Weed. — Há uma regra que tenho antes de aceitar novos Paragons no meu esquadrão.

— Deixe-me adivinhar. Você tem que confiar neles primeiro, ou alguma coisa estúpida assim?

— Pelo menos você não é burro. Arrogante, mas posso trabalhar com isso. Preciso de obediência, preciso que você entenda quem está tomando as decisões.

— Não sou uma criança. Diga-me o que fazer, e se fizer sentido, eu farei.

Weed deu um longo passo à frente do grupo, bem na cara de Calvin: — Então me bata. Agora mesmo.

Calvin inclinou a cabeça: — O quê?

— Eu te dei uma ordem, não dei?

Está bem. Se esse palhaço queria ser derrubado, Calvin poderia acomodá-lo. Enquanto Weed esperava, Calvin tirou as luvas de couro, o formigamento passando do aperto apertado do couro para o ar e toda a poeira flutuando nele. Não havia como Weed receber o soco diretamente — toda essa dança tinha que ser algum jogo de poder, algum desfile de reino animal para manter os amigos de Weed sabendo quem liderava o bando.

Calvin podia ser um jogador de equipe, mas com certeza não seria o exemplo de ninguém.

O gancho direito veio rápido, mas enquanto Calvin balançava, sua mão esquerda puxou o ar e a direita de Calvin a lançou à frente, uma rajada localizada voando mais rápido que o punho. O rosto de Weed se inclinou para trás, seus olhos se fechando quando o vento o atingiu. O soco de Calvin seguiu, mergulhando para pegar o ombro de Weed, girando o homem menor.

Weed tropeçou para trás, olhos piscando, balançando a cabeça. Calvin poderia ter perseguido, corrido para outro ataque, mas o ponto parecia ter sido feito. Até mesmo os outros Paragons assistindo assentiram, braços cruzados. Pelo menos um pouco impressionados.

— Isso é bom o suficiente? — disse Calvin. — Ou você precisa de mais?

Weed se endireitou, enviou sua cabeça em um movimento de estalo no pescoço para frente e para trás: — Eles ensinam a todos os Paragons o básico, Calvin. Quando você está lutando contra uma anomalia, no entanto, é melhor eliminá-la na primeira vez.

— Eu poderia ter — Calvin começou, então parou. Ele sentiu algo em sua mão, uma gosma fria. Não, não gosma: corpos, pequenos corpos em movimento. — Que diabos é isso?

— Todos nós ganhamos nossos nomes por uma razão — disse Weed, sem se preocupar em se aproximar.

As pequenas criaturas na mão de Calvin subiram por seu braço, arranhando e cavando ao longo de suas roupas. Elas não machucavam, exatamente, mas estavam crescendo. A cada segundo que passava, a coleção ia de cabeças de alfinete para pedrinhas, arrastando o braço de Calvin e logo ele próprio para baixo com elas. Cada uma das coisas parecia uma cópia de Weed, apenas com imperfeições, alguns ajustes, como um único braço ou uma tonalidade diferente de cor de cabelo, e sem uma gota de roupa.

Arrepiante, bizarro e nem um pouco apropriado.

Calvin enfiou sua mão esquerda na rua, encontrou o cimento e o absorveu. De sua mão direita, a rocha varreu a pele de Calvin, cobrindo seu uniforme e derrubando os pequenos Weeds. Ainda crescendo, os clones atingiram a rua ao redor de Calvin. Com seu punho recém-blindado, Calvin começou a trabalhar, esmagando a coleção conforme eles se aproximavam.

No início, os golpes funcionaram bem, mas logo Calvin viu que seu braço de cimento tinha novos pequenos crescimentos nele, uma nova geração de Weed surgindo nele novamente. Esmagar essas coisas não ia funcionar. Calvin tinha que mudar o jogo.

Mãos pesadas pegaram a anomalia antes que Calvin encontrasse uma nova estratégia, os primeiros Weeds agora com metade da altura de Calvin e trabalhando juntos para levantar o homem. Diferente do Paragon de onde eles surgiram, os clones de Weed tinham olhos vazios, uma inteligência vazia em seus rostos. Eles não mostravam emoção, medo ou raiva.

— Como você lida com a adversidade, Calvin? — chamou Weed. — Você desiste ou luta até o fim?

Ah, Calvin ia dar a este cara alguma dor. Descartando o cimento e deixando-o descascar de seu braço enquanto os Weeds o erguiam — para um choque contra o chão? Calvin não tinha certeza — Calvin alcançou e agarrou os clones com ambas as mãos.

Cada anomalia tinha que traçar suas próprias linhas, tinha que entender com o que poderia viver. Calvin tinha as dele, mas agora, agora ele iria fazer uma exceção. Sob suas mãos, ele sentiu a pele fria, uma textura muito diferente da humana, e Calvin a agarrou. O Weed à sua esquerda se desfez rapidamente, sua própria essência desintegrando-se como se desaparecesse como uma cena de filme. Calvin girou essa energia para sua mão direita, envolvendo o outro Weed em uma gaiola da matéria de seu clone.

O movimento jogou Calvin no chão, onde ele bateu com o peito primeiro. Ele tinha suas mãos prontas, esperando mais Weeds virem agarrá-lo, mas em vez disso os corpos murcharam. Como se borrifados com algum terrível produto químico, as formas todas tremeram simultaneamente, ficando marrons, depois pretas, depois derretendo para menos do que poeira.

Weed deu um passo à frente, estendendo a mão. Calvin olhou para ela, viu o olhar sério de Weed e um aceno sério, então aceitou a oferta.

— Trabalho impressionante, Calvin — disse Weed, trazendo a anomalia para seus pés. — Os Paragons podem ser o lugar certo para você, afinal.

Calvin queria jogar essas palavras na cara de Weed, queria sair tempestuosamente para, bem, algum lugar, mas seu Tama zumbindo cortou a raiva. Kat, ligando.

Ela tinha encontrado algo.

CAPÍTULO 8

PASSADO ENCONTRA PRESENTE

A NOITE na praia pareceu um retorno a um passado desaparecido, e Cassidy passou tempo demais observando as ondas e a lua brilhante acima delas. Thane, com sua raiva e energia esgotadas, desabou na areia sem muito mais que um suspiro. Sozinha, Cassidy vagou pelas memórias de anos passados em praias semelhantes a esta, olhando para um horizonte marcado por drones flutuantes de monitoramento.

Sem drones aqui, porém. Pássaros, nuvens, a luz das estrelas acima ocasionalmente acompanhada por um avião passando. Uma vista pacífica do oceano, não uma prisão.

Em algum momento, as memórias se transformaram em sonhos, e Cassidy acordou com a água beijando seus pés enquanto a maré subia. Juntos, os dois fugitivos se levantaram com suas roupas rasgadas e caminharam até a linha da selva.

— Dois refugiados — disse Thane, seu corpo na fronteira entre magro e forte — sem dinheiro, sem roupas, sem um lar.

— Com vidas — acrescentou Cassidy.

— Com vidas. Hora, eu acho, de fazer algo com elas.

— Vamos deixar os grandes objetivos para depois de um banho, roupas novas e comida.

Thane deu de ombros e apontou para um coco numa palmeira.

— Posso escalar isso.

— Não fugi de uma ilha para comer mais cocos — disse Cassidy. — E se alguém te vir escalando essa árvore e formos pegos por causa de um maldito coco, vou ficar muito irritada.

— Então o que você propõe?

A ideia de Cassidy os levou de volta ao mato, caminhando em direção ao som não natural mais próximo: música. As melodias leves, todas com tambores e flautas, saltavam entre as árvores. Afastando ramos e passando por cima de raízes, espalhando teias de aranha e afastando moscas, a dupla rastreou a música até uma casa baixa situada bem na beirada da selva.

De um único andar, azul-acinzentada, a casa não tinha luxo, mas transbordava vida. Brinquedos infantis povoavam um pequeno quintal tomado por ervas daninhas amigáveis, enquanto as janelas abertas que cruzavam a parte de trás da casa liberavam a música. Uma pequena varanda tinha duas cadeiras e uma porta convidativa para o interior.

Thane não parou quando se aproximaram, marchando à frente como se planejasse uma invasão de homem só. O que, talvez, fosse sua intenção. Cassidy poderia ter deixado Thane seguir em frente, se não fossem aqueles brinquedos.

Um deles, um carrinho amarelo e vermelho, Cassidy havia dado aos seus próprios filhos uma vida atrás.

— Espera — disse Cassidy, agarrando o braço de Thane. — Dê a eles um tempinho. Talvez saiam.

— Eles não são importantes — respondeu Thane. — O tempo é.

— Uma hora. Mais que isso e fazemos do seu jeito.

Thane, com o rosto recém-lavado com água do mar, brilhava enquanto o sol rompia a névoa matinal. Ele inclinou a cabeça para Cassidy, estudando-a. Cassidy devolveu o olhar, sentindo o impulso em sua mente despertar.

Conflito potencial, vazio potencial.

— Você é mole — disse Thane.

— Não sou mole — rebateu Cassidy. — Sou estratégica. Se invadirmos e machucarmos essas pessoas, alguém vai descobrir. Talvez rapidamente. Então a ilha entra em pânico. Agora, somos apenas fugitivos estranhos, anomalias que ninguém conhece ou se importa muito. Isso muda se matarmos pessoas.

Thane considerou, apoiou-se em uma árvore próxima e olhou para a casa. Cassidy imitou-o, usando as folhas e uma vasta samambaia como cobertura.

— Você morava em uma casa como esta? — perguntou Thane.

— Morávamos perto da costa. Oregon. Dois andares, junto a uma floresta — disse Cassidy. — Meus filhos adoravam.

— Eles sabiam quem você era?

— Ninguém sabia. Nem meu marido, nem meus amigos.

Naquela época, era fácil equilibrar os pratos. A vida que os livros, os programas, seus pais lhe disseram para ter estava esperando, e tudo iria embora se Cassidy cedesse aos impulsos. Se ela aceitasse ser a anomalia que seu sangue a tornava.

Os vazios apareceram no ensino fundamental. No início, Cassidy achou que tinha pegado um resfriado. Depois pensou em loucura, alguma doença mental. Até que, sozinha no quintal dos pais, Cassidy cedeu. A casa na árvore que seu pai construíra anos antes desapareceu, levando metade do forte carvalho. Seus pais encobriram, recusaram-se a falar sobre isso na mesa de jantar, no carro, ou em qualquer lugar.

— Mas você não parou — disse Thane, e não era uma pergunta.

Porque qual anomalia pararia? Quando a natureza te faz único, como você pode jogar isso fora? Cassidy brincava com os vazios, escapava durante os intervalos do almoço, ou mais tarde entre as aulas para lugares quietos onde pudesse se concentrar.

— Os Paragons mudaram tudo — respondeu Cassidy. — Anomalias não eram mais envergonhadas, não eram tratadas como ameaças. Mas o que eu ia fazer, desistir da vida que construí para mim e fugir para brincar de super-herói?

— Viver uma mentira, e mentir para viver. Muitos fazem isso. Agora, você não precisa mais.

Cassidy não mencionou que eles vinham fazendo exatamente isso, e fariam novamente após pegar o que precisavam da casa.

Com tempo de sobra — pelo menos na estimativa de Cassidy, pois nenhum dos dois tinha relógio — a música morreu, substituída por um zumbido elétrico de carro e pneus esmagando cascalho. Cassidy ergueu os dedos, contando até vinte enquanto o ruído do veículo diminuía. Thane tomou a liderança, avançando o mais próximo que conseguiu da casa antes de cruzar o quintal e aproximar-se da janela mais próxima.

— Vazio — disse Thane para Cassidy, que o seguia de perto. — Vamos.

Uma porta de pátio trancada provou outra diferença fundamental entre os dois anômalos: Thane queria quebrá-la e acabar logo com isso, mas Cassidy optou pela discrição, tocando a maçaneta e criando um pequeno vazio para romper a fechadura. Um simples puxão abriu a porta, e Cassidy não escondeu seu sorriso quando Thane passou.

Dentro, os dois seguiram rotinas separadas. Thane saqueou a geladeira enquanto Cassidy invadiu o quarto e banheiro, encontrando um chuveiro e agradecendo sua própria sorte pelo dono da casa ser uma mulher e não muito diferente do seu tamanho. Eles trocaram depois, Thane encontrando roupas de um marido ou namorado guardadas no armário.

Saciados e se sentindo mais como pessoas reais, e Thane vestido com uma camisa estampada de flores, os dois deixaram a casa e caminharam pela estrada. Residências dispersas deram lugar a uma cidade propriamente dita. Pessoas se juntaram a eles nas calçadas enquanto carros passavam — aparentemente, sem pods aqui. Sem nenhum rep para gastar, os dois foram para o único lugar que poderia ajudá-los: a pequena biblioteca da cidade.

Thane navegou pela cidade sem hesitação, como um drone indo direto ao seu alvo. Cassidy arrastava-se. A clínica, lar de idosos, ou seja lá o que fosse, tinha sido um lento lembrete de como era a vida real. Tecnologia, comida processada, luzes elétricas... tudo isso parecia novo após anos de separação. Agora, fora dos limites e controles da clínica, o barulho e os estímulos em rápida sucessão a faziam girar.

Ela olhava para tudo, vendo placas de fast-food que costumava apreciar, observando um anúncio de cinema exibindo uma segunda sequência de um dos últimos filmes que tinha visto. Lojas de conveniência anunciavam cervejas que Cassidy costumava beber, refrigerantes que eram presença garantida em sua geladeira e agora pareciam tesouros perdidos.

Cassidy poderia entrar em qualquer uma delas, experimentar qualquer coisa. Ela não tinha mais as correntes dos Paragons, não tinha um drone pairando sobre seu ombro pronto para atirar se desviasse do caminho.

— Aqui — disse Thane, acenando para o outro lado da rua em direção à biblioteca. — Antes de fazermos um plano, preciso saber o que está acontecendo.

Antes de deixarem a ilha-prisão, Thane falou sobre um grandioso futuro. Uma luta com os Paragons que ele, com a ajuda de Cassidy, venceria. O mundo seria refeito e assim por diante. Cassidy podia admirar a visão do homem, tinha até acreditado nela lá na ilha, mas agora, enquanto caminhavam pela rua — uma rua! — Cassidy juntou as mãos e esfregou o lugar onde seu anel de casamento costumava ficar.

Tudo o que Thane dissera veio antes dessa sensação, dessa abertura. Por que ela se jogaria de volta em uma luta contra forças que derrotaram Cassidy tão completamente da última vez? Que pegaram Thane e o jogaram numa prisão em ilha sem muito esforço?

— Cassidy? — chamou Thane, e Cassidy percebeu que havia soltado sua mão, estava parada no estacionamento de seis vagas da biblioteca como uma mulher possuída. — O que há de errado?

— É avassalador — disse Cassidy, em algum lugar entre uma verdade e uma mentira. — Tudo isso. Eu não esperava.

— Eu senti o mesmo quando deixei o controle dos Paragons — disse Thane. "Deixei" era uma escolha interessante de palavra. Cassidy lembrou de Thane mencionando um esforço sutil para tirá-lo de lá, e destruição se seguiu. — O mundo não esperou por mim, mas eu o alcancei de qualquer forma.

— Foi isso que aconteceu?

— Os Paragons nos achavam enjaulados, Cassidy, e

agora estamos livres. Demos o primeiro passo, e agora o segundo nos aguarda.

Na ilha, a linguagem grandiosa de Thane parecia quase adorável: grandes sonhos e grandes ambições em um espaço que não permitia nenhum. Aqui, pregando perto de sinais detalhando multas por atraso e horários de fim de semana, Cassidy teve que esconder uma risada.

Enquanto Thane voltava-se para a biblioteca, o Vazio fez uma pequena promessa a si mesma: se Thane decidisse por um caminho perigoso, ela o deixaria. Isso, já, era demais para perder.

Os computadores voltaram rapidamente. A pequena biblioteca tinha quatro, três ainda disponíveis, com o último ocupado por um homem atordoado olhando o que pareciam ser esportes. Thane e Cassidy se instalaram lado a lado, clicando através de avisos que alertavam a dupla contra atividades ilegais, ilícitas ou imorais.

A Internet e toda sua glória estavam diante de Cassidy, convidando-a a aprender o que havia perdido. Thane, à sua direita, não hesitou. Em segundos, ele tinha abas abertas às dezenas, seu corpo encolhendo e murchando enquanto Thane absorvia informações e as reunia em algo terrível e milagroso.

Cassidy digitou o nome de uma empresa de notícias. Examinou as manchetes. Arregalou os olhos com os artigos sobre a explosão em LA, a morte de Aegis, os Paragons em desorganização. Por que os reforços não vieram impedir sua fuga da ilha ficou muito claro: quem se importava com alguns prisioneiros quando terroristas ameaçavam a existência dos Paragons?

— Perdi muita coisa — murmurou Cassidy.

— Ambos perdemos — disse Thane. — Como pode ver, o mundo está em apuros. Podemos consertá-lo.

— Você pode parar com isso?

— Com o quê?

— Falar como se fosse literalmente um deus que desceu para nos salvar. Quer dizer, aqui estou eu preocupada com como vamos conseguir almoçar e sua cabeça está tão nas nuvens que eu nem consigo... — Cassidy deixou as palavras se esvaírem. O olhar de Thane ficava cada vez mais feio enquanto ela falava, e a última coisa que Cassidy precisava agora era de um confronto com seu único aliado. — Desculpe, é só que é muita coisa neste momento.

Talvez seus olhos tenham atingido a inclinação certa, talvez a professora nela tenha usado o tom adequado para tirar Thane do precipício da agressão, mas o homem assentiu e voltou para sua tela. Cassidy fez o mesmo, a pausa cortando as notícias mundiais e seu domínio sobre ela, mesmo que os eventos mostrassem a Cassidy que ela precisava de alguém com quem conversar que não fosse, sabe, um anômalo inclinado à dominação mundial.

Abrir um bate-papo com o outro homem do lado oposto, aquele tão concentrado em sua tela que o suor parecia escorrer pelo seu rosto, não funcionaria. Cassidy poderia se levantar e tentar conversar com a única funcionária da biblioteca, mas a mulher parecia absorta em um livro. Voltando à tela em busca de ideias, um botão chamou a atenção de Cassidy, encaixado na seção de favoritos.

Clicando em seu antigo e-mail, Cassidy digitou seu endereço, rindo de como a senha voltou facilmente à sua mente. Ela a mudava todos os anos, o nome do seu filho mais velho e sua idade crescente. Cassidy esperava algum alerta de boas-vindas, algum sinal de que o provedor de e-mail tivesse notado seu desaparecimento de anos.

Nada. Nada além de um milhão de mensagens esperando por ela. Cassidy nem se deu ao trabalho de lê-las — o que poderia ser importante ali para alguém sem casa, sem bens, sem existência? — mas, em vez disso, clicou para começar um novo e-mail. Seus alvos chegaram rapidamente, padrões do provedor como se os servidores distantes pudessem ler o coração de Cassidy.

Os filhos de Cassidy, seus e-mails criados para a escola há tanto tempo. Seu marido também. Não, ela deletou o nome dele. Embora Cassidy não pudesse culpá-lo inteiramente pelo que fez — dar o alerta, declará-la um perigo — ela não queria que suas primeiras palavras livres fossem para ele.

O Vazio digitou. Frases passaram rápido e a tela ficou turva enquanto ela mergulhava no que precisava dizer, no que queria contar. A ilha, seus habitantes, a luta pela sobrevivência. E, por fim, que ela havia escapado. Cassidy hesitou sobre essa última linha.

— Faça isso — disse Thane e Cassidy lançou-lhe um olhar. Ele estava lendo? — Diga a eles que vai vê-los em breve. Diga a eles que sente falta, que os ama, e todo o resto. Que mal pode causar?

Que mal. Thane podia estar certo, embora Cassidy duvidasse que chegariam perto de sua família no futuro. Mas talvez seus filhos, provavelmente já na faculdade ou além, teriam alguma esperança de ver sua mãe novamente.

Clicar em enviar trouxe um sorriso, fez Cassidy relaxar em sua cadeira. Ela sentiu uma mão na dela, olhou para Thane e viu que ele correspondia ao seu olhar. Cassidy quase perguntou se ele tinha feito o mesmo, quando se lembrou.

— Não há ninguém?

— Tenho muitos associados que estarão interessados em saber que estou vivo e livre — respondeu Thane. — Não tenho ninguém que parecerá tão feliz quanto seus filhos ficarão ao receber a notícia.

— Sinto muito. — Cassidy não conseguia pensar em nada mais para dizer.

— Não há nada pelo que se desculpar. — Thane soltou sua mão, afastou-se da estação de trabalho e levantou-se. — Vamos. Sei para onde precisamos ir agora.

— E seria?

— O aeroporto.

Thane disse o local com tanta confiança que Cassidy nem se deu ao trabalho de perguntar o que diabos fariam quando chegassem lá. Sem reps, sem identificação, sem Tamas significava que as leis dos Paragons não os deixariam embarcar em um avião. Ou Thane achava que poderiam entrar à força, ou tinha algo melhor em mente.

A dupla deu três passos no estacionamento antes que dois pods policiais aparecessem, posicionando-se na entrada da biblioteca. Os pods, azuis e dourados, não abriram completamente suas portas, mas as abaixaram pela metade, dando cobertura aos oficiais dentro. Armas de choque foram sacadas, suas bocas pretas apontando para os dois anômalos. Nenhum deles ofereceu uma explicação.

— Acho que nos encontraram — disse Cassidy no silêncio.

— Sim.

Cassidy olhou para Thane, o corpo do homem inchando. Respostas de uma palavra tendiam a ser um sinal de que Thane estava a caminho do modo raiva, onde seu cérebro operaria com monossílabos enquanto seus músculos resolviam o problema.

— Vocês vão querer nos deixar em paz — gritou Cassidy para os oficiais. — Ele não vai parar se vocês começarem, e vocês não vão vencer.

Os oficiais permaneceram imóveis, silenciosos. Thane continuava crescendo. Cassidy olhou ao redor procurando um sinal para começar enquanto acessava aquele impulso, trazendo os vazios para as pontas dos dedos. Juntos, os dois poderiam despachar os oficiais e seus pods em segundos, depois atravessar a cidade até o aeroporto. Claro, os Paragons os alcançariam eventualmente, mas que outra escolha tinham?

Um som tilintante quebrou o silêncio da brisa, uma melodia alegre chegando da calçada enquanto um jovem em uniforme de Paragon, um que se esticava para conter seu ocupante, aproximava-se em uma bicicleta. Usando uma mochila que parecia recheada até a borda, o homem passou pelos oficiais, afastou os longos cachos escuros dos olhos e observou os dois anômalos.

— Thane? — perguntou o Paragon.

— Sim — respondeu Thane, cerrando os punhos.

— Legal. E você? Não te conheço? — Ele olhou para Cassidy. — Uma ajudante?

— Uma parceira — respondeu Cassidy. — Me chame de Vazio.

— Nome legal. Sou Bits, e vou ser bem sincero. Não há nada aqui que vá deter qualquer um de vocês. Eu certamente não posso, e aqueles caras e garotas lá vão tentar muito, mas não vai dar certo.

— Correto — disse Thane.

— Então que tal pularmos todo o assassinato e o caos e irmos direto para o que vocês querem — disse Bits. — Porque vou adivinhar que todos queremos a mesma coisa.

— Que nos deixem ir? — disse Cassidy, não acreditando muito no que estava acontecendo.

— E o Vazio ganha o prêmio! — gritou Bits, e enquanto o fazia, sua mochila se abriu, lançando pequenos fogos de artifício no céu sobre sua cabeça. Conforme cada um estourava, porcas, arruelas e parafusos metálicos caíam ao chão ao seu redor.

Bits não parecia notar.

— Então está decidido — disse Bits. — Meus amigos aqui darão a vocês uma escolta até o aeroporto, depois vocês embarcam em um voo para onde quiserem. Vou dizer aos Paragons para onde estão indo, e vocês podem se espancar quando pousarem, combinado?

Cassidy ouviu um rosnado suave de Thane e decidiu cortar o grandalhão antes que ele fizesse algo estúpido, como destruir uma cidade sem motivo.

— Combinado — disse Cassidy, depois apontou para Thane. — Mas ele não vai caber nesses pods.

Bits estalou os dedos, e todas aquelas arruelas e porcas dos seus fogos de artifício se atiraram em sua bicicleta, acompanhadas por barras de suporte, correntes e mais coisas de sua mochila. Juntas, elas se enfiaram ao longo da estrutura da bicicleta, aumentando-a para um tamanho formidável. Quando a nova bicicleta estava pronta, Bits lançou a Thane um olhar curioso.

— Ele sabe andar?

CAPÍTULO 9

UMA ARMADILHA DOURADA

COMECE o dia com tiros disparados, termine com doses tomadas.

Wexley colocou sua melhor expressão, um leve arqueamento do lábio direito, sobrancelhas ligeiramente erguidas. O elevador se abriu e Wexley ofereceu seu ar divertido, de feliz por estar ali, para um par de garçons que o aguardava. Um deles lhe entregou uma taça de champanhe, Wexley retribuiu o gesto com um aceno de cabeça enquanto entrava.

O salão de festas do hotel, um espaço cintilante com vista para o Millennium Park e suas estátuas em movimento, estava decorado nos tons de azul e branco dos Paragons. Imagens de Anomalias em ação eram projetadas nas telas suspensas nas paredes, interrompidas ocasionalmente por uma sequência Em Memória dos Paragons perdidos na explosão do estádio de Los Angeles. Se alguém notou que esse sombrio lembrete contrastava com a música animada tocada por um quarteto de jazz escondido num canto revestido de mármore, Wexley não percebeu.

As mesas serviam de apoio para bebidas, bolsas e guardanapos enquanto os convidados evitavam sentar-se para aproveitar a mobilidade econômica do networking. Pessoas elegantes circulavam, formando grupos e se separando como numa reação química, algo que Wexley observou por um longo momento. Seu Tama, coberto pela manga do terno, o chamava.

Rhimes, o drone gladiador capturado — estavam a uma viagem de pod de distância, e eram muito mais interessantes.

— Para alguém que já frequentou tantos eventos desses, você parece nervoso — disse Adriana, surgindo ao seu lado e tocando sua taça na dele.

Se o smoking de Wexley representava a parte tradicional de um gala, o traje de Adriana mantinha as coisas discretas. Sóbrio e preto, perfeito para uma anfitriã. Sua expressão combinava com o papel, sorriso educado e olhos grandes. A ambição implacável da ligação de ontem sufocada pelas exigências sociais.

— Foi um dia agitado — disse Wexley. — Não estou no clima para festas.

— Deixe os negócios de lado — respondeu Adriana. — Eles continuarão sem você por algumas horas.

— Será mesmo?

Uma pergunta sincera. Rhimes e sua equipe eram competentes o suficiente, mas Wexley sabia que os Paragons não dariam de ombros para um drone desaparecido. As anomalias estariam procurando por toda parte, e uma delas poderia ter uma habilidade capaz de atravessar a camada de bloqueio de sinal que Rhimes tinha em torno da máquina capturada. Rhimes sabia que deveria abandonar o drone ao primeiro sinal de descoberta, mas se isso acontecesse antes de Wexley ter seu tempo com o gladiador...

— Vamos — disse Adriana. — Deixe-me apresentá-lo a

alguém interessante. Ela está querendo conhecê-lo há um tempo, e acho que vocês teriam muito o que conversar.

— E quanto a nós, quando vamos conversar? — perguntou Wexley enquanto seguia Adriana pela periferia do salão.

— Aqui não, mas talvez em outro lugar. Mais tarde.

Ah, então Adriana achava que as pessoas estavam ouvindo. Um evento beneficente dos Paragons, organizado pela elite de Chicago para mostrar solidariedade com as anomalias em dificuldades, não parecia o lugar para caçar aqueles que tentavam minar a sociedade em geral, mas Wexley podia manter a boca fechada.

Fazer conversa fiada inofensiva, como qualquer outra coisa, era uma habilidade. Zhan-Yo tinha ensinado isso a Wexley.

Adriana trouxe Wexley por trás de uma mulher mais alta e mais velha e tocou no ombro dela. Ela se virou e as próprias defesas de Wexley subiram ao máximo. Ele não estava armado, mas Wexley afrouxou os joelhos, seus músculos se contraíram, e se fosse preciso, calculou que poderia transformar sua taça de champanhe em uma arma letal com um movimento rápido de quebra e corte.

— Wexley, esta é Beth. Ela está pensando em investir no seu negócio e queria conhecê-lo — disse Adriana, antes de dar um pequeno aperto no braço de Wexley e desaparecer de volta para o baile.

Beth deu a Wexley um caloroso sorriso de tubarão. Ela segurava um copo de uísque como se fosse uma bola de cristal, mas por outro lado, correspondia ao olhar de Wexley com um suave olhar próprio. Enquanto fazia isso, Wexley sentiu seus próprios nervos derreterem, suas preocupações flutuando e morrendo. Com o que havia para se preocupar?

Era um baile, bem protegido pelos Paragons e pela segurança policial.

Os Elementais certamente não tentariam se vingar aqui.

— Estive esperando muito tempo para conhecê-lo — disse Beth, e Wexley notou que os seus antigos parceiros de conversa o flanqueavam, envolvendo Wexley em um círculo ordenado de corpos. — Sinto que nos vimos de longe tantas vezes.

Pela mira do rifle de Wexley, pelo menos.

Wexley quase disse as palavras antes de se conter. Sua mente estava nebulosa, oscilando entre escolhas. Ele não tinha comido nada — será que os goles de champanhe o afetaram tanto?

— Tenho certeza que sim — Wexley encontrou uma frase que poderia usar. — Chicago é uma cidade tão pequena, afinal.

Ele riu da própria piada, enquanto Beth entregava outro sorriso agradável que destoava de seus olhos frios.

— Mas agora podemos corrigir esse erro — disse Beth. — Colocar as coisas no lugar, se preferir.

Como Adriana poderia ter lançado Wexley, sozinho, nessa armadilha? Será que ela não sabia quem era Beth? Uma possibilidade, e uma que Wexley teve que deixar passar. Ele tinha que se livrar desse mal-estar, tinha que encontrar uma desculpa para sair antes que isso ficasse sombrio.

— Adriana mencionou que você queria discutir investimentos? — ofereceu Wexley.

— Acho que já passamos disso. Você conhece uma rastreadora chamada Kat Collins?

— Já ouvi falar dela.

— Ela passou uma informação interessante. Você pode

ou não saber que alguns amigos meus foram alvejados recentemente. Alvejados de uma maneira muito cruel.

— Perdão? — perguntou Wexley. Ele recuou, sentiu uma mesa atrás dele. Beth seguiu seu recuo, enquanto seus amigos, dois homens corpulentos sem nenhuma emoção, cobriam suas laterais. — Não estou entendendo.

— Isso é porque você está fazendo os disparos — disse Beth.

Agora. Wexley deveria ter feito seu movimento naquele segundo, aproveitado a declaração triunfante de Beth. Em vez disso, Wexley não conseguia encontrar seu braço, não parecia se lembrar como dizer a ele para se mover. Ele viu os olhos de Beth e neles sentiu uma paz mortal.

— Eu falhei — disse Wexley, não se incomodando mais em esconder a verdade. — Eu queria o caos, e falhei.

Beth, que tinha transferido o copo para uma mão enquanto enviava a outra em direção à cintura, esperou. Além dela, o quarteto de jazz mudou o clima para uma melodia mais saltitante e rápida. Alguém pediu mais bolinhos de caranguejo.

— Os tiros deveriam ter desencadeado uma guerra — continuou Wexley. — Você deveria ter procurado os Paragons para obter ajuda, e eles colocariam a culpa em você pelo que aconteceria depois. Em vez disso, Kat me encontrou primeiro. E Zhan-Yo fez meu trabalho.

— Você queria a explosão do estádio?

— Zhan-Yo acha que o mundo pode ser igualado. Eu sei que não. — Wexley balançou a cabeça. — As evidências estão em toda parte. Quando uma forma melhor surge, a espécie antiga se extingue.

— Uma visão perigosa.

Wexley não poderia concordar mais, mas sua língua tinha ficado dormente. Todo seu corpo parecia estático, um labirinto incompreensível que Wexley não conseguia navegar. Ele se inclinou para trás contra a mesa porque ficar de pé já não parecia possível. Suas mãos caíram, seus dedos relaxaram.

A taça de champanhe caiu, bateu no chão duro e se estilhaçou.

Beth deu um passo para trás, e em sua lacuna entraram garçons tão determinados a remover os cacos que não perceberam o que acontecia ao seu redor. Wexley não conseguia encontrar os olhos de Beth com os garçons no caminho, e como um rio correndo por um vale seco, seu próprio eu retornou. Cambaleando para a direita, Wexley empurrou a mesa para dar-se algum espaço.

O amigo de Beth daquele lado, um homem robusto coberto de tatuagens, agarrou o braço de Wexley. Wexley pisou no pé do homem, esmagando seu calcanhar. Seu atacante soltou o braço com uma maldição sussurrada, e Wexley seguiu em frente. Ele vasculhou a multidão por um momento, procurando por Adriana, e a viu misturada com outro grupo.

Ela, porém, captou o olhar de Wexley e hesitou diante do olhar fulminante que ele lhe lançou.

Então o homem mais rico e poderoso da sala fugiu.

Wexley tinha as coordenadas de Rhimes antes de chegar ao pod, e meia hora depois estava atravessando a porta reforçada de um galpão. Ainda de smoking, Wexley atraiu olhares de uma equipe reunida para dissecar e proteger o drone capturado. Colocado dentro de um contêiner de chumbo revestido, o drone encaixava-se perfeitamente enquanto luzes de solda e faíscas voadoras mostravam os esforços para desmontar a máquina.

— A Mynx fez eles bem resistentes — disse Rhimes

quando Wexley entrou. — Mas vamos conseguir, com certeza.

— Quanto tempo mais?

Não importava o que Rhimes respondesse, Wexley lhe daria o tempo. Apenas olhando para a criação embaralhada à sua frente, Wexley sentiu o doce beijo do poder. Um brilho quente. Ninguém tinha derrubado um desses antes, e aqui estava Wexley, o único vencedor. Mais um golpe contra os Paragons e seu complexo de invencibilidade.

Cada segundo em que essas anomalias não tinham esse drone, não sabiam o que aconteceu com ele, era mais um segundo para Wexley saborear sua própria vitória.

— No máximo mais um dia — disse Rhimes. — Depois disso, essa coisa vai ficar quente demais para manter.

— O que você precisar. Leve o tempo que for necessário.

— Senhor — disse Rhimes, baixando a voz, embora com os assobios e estalos da solda, seria difícil alguém ouvir a conversa. — Eu agradeço a confiança, mas os Paragons vão encontrar esta coisa. Quando o fizerem, não vão mandar apenas algumas anomalias novatas.

— Estou contando com isso.

— Como assim?

Wexley olhou para Rhimes: — O drone é uma armadilha. Vai atrair os Paragons para onde quer que o coloquemos. Se os certos aparecerem, podemos acabar com essa luta antes que realmente comece.

— Então por que estamos desmontando?

— Tomar o topo significa que temos que segurá-lo — disse Wexley, elevando a voz e se aproximando do drone do tamanho de um caminhão. Ele estendeu a mão, passou uma mão enluvada sobre o fino metal preto da coisa. — Você está certo. Anomalias suficientes poderiam nos dominar. Mas se aprendermos a usar esses aqui?

Rhimes fez seu característico triplo aceno lento. Sempre o mesmo gesto quando o homem concordava com algo sério.

Os dois escaparam do barulho da solda e voltaram para fora, para o agitado, embora não tão barulhento, movimento noturno das docas.

— Os Elementais vieram atrás de mim esta noite — disse Wexley quando ficaram sozinhos, contemplando as águas escuras do Lago Michigan. — Na gala.

— Eu me perguntei por que você saiu tão cedo.

— Beth, a líder deles, estava lá. Não sei como ela conseguiu um convite, mas também tinha ajuda. Se eu não tivesse derrubado minha taça, eles teriam me pegado.

— Tenho insistido para você aumentar sua segurança — disse Rhimes, sem parecer nem um pouco surpreso.

Wexley tinha rejeitado esse conselho. Ele gostava de suas corridas até a van, do esconderijo secreto, e de sua própria independência demais para ter uma equipe de segurança o seguindo. Por mais discretos que fossem, os seguranças poderiam ser identificados, o que por sua vez marcaria Wexley como alguém importante. Seu anonimato desapareceria, e com ele, seus hobbies favoritos.

— Não gosto de jogar na defensiva — disse Wexley. — Como podemos atacar?

— Os Elementais? Já tentamos isso. Você só os irritou.

Wexley riu: — Acertei alguns golpes.

— Para alguém tão determinado a vencer uma guerra, alguns golpes não vão ser suficientes.

Um argumento justo. Talvez Wexley precisasse parar de pensar nos Elementais como um show secundário para a principal ameaça dos Paragons. Talvez ele precisasse eliminá-los ao mesmo tempo, ou até antes. Por outro lado, os Elementais eram perigosos. Contemplar sacrificar seu próprio pessoal em um ataque intenso fez Wexley franzir a testa, observando o reflexo da lua e esperando por respostas.

Uma mancha preta manchou o reflexo. Wexley olhou para cima e viu um drone varrendo o horizonte para inspecionar um navio que chegava, uma coisa reluzente com o luar espalhado por toda parte. Um inimigo e uma ideia em um só.

— Rhimes, sei como podemos começar nossa guerra. — Wexley agarrou o ombro do homem e começou a revelar o plano.

Deixando Rhimes com a execução, Wexley encontrou outro pod e seguiu para o norte, além do centro de Chicago e dos subúrbios mais próximos. O pod parou em uma propriedade calma e tranquila com um nome tão genérico que Wexley nunca se preocupou em lembrá-lo. No entanto, os funcionários do lugar, apesar da hora, estavam prontos para ele.

Dois, em seus uniformes e parecendo atentos, esperaram na entrada para que Wexley saísse do pod. Eles o cumprimentaram com um nome que não era o dele, um que Wexley aceitou sem comentários. A dança continuou pelo saguão, um check-in superficial. Wexley passou pelo detector de metais, e quando disparou, ele ignorou os bipes, assim como todos os outros. As placas diziam que o horário de visitas havia terminado há muito tempo, mas nenhuma palavra foi dita em sua direção.

Não que devessem, pela quantia que Wexley lhes pagava.

Um par alto e corpulento escoltou Wexley até os fundos da instalação. Ele passou por uma sala de exercícios, uma bela piscina sob enormes claraboias e uma cafeteria servindo lanches para alguns residentes noturnos. Poucos olhos encontraram os dele enquanto Wexley caminhava, e ele não prestou atenção a nenhum.

Seus escoltas o deixaram em uma certa porta, bege e simples, com o nome *Regina Smith* sobreposto em sua frente. Wexley girou a maçaneta, entrou no espaçoso quarto. Móveis agradáveis decorados com tecidos floridos espalhavam-se pelo espaço, iluminado apenas por um trio de abajures nos cantos.

O alvo de Wexley estava no centro, junto às grandes janelas de vidro que davam para um acre arborizado.

— Os veados aparecem com mais frequência no inverno — disse Regina quando Wexley se aproximou. — Gosto de poder ver suas pegadas.

— A lama também funcionaria.

Regina deu de ombros: — A neve é mais bonita.

Difícil argumentar contra isso.

— Por que você veio? — perguntou Regina após vários longos segundos observando as árvores se moverem no escuro. — Você terminou?

— Ainda não, mas estamos chegando mais perto.

— Quão perto? — Regina olhou para ele ao fazer a pergunta, uma faísca brilhando atrás daqueles olhos verdes.

— Eles vão se destruir mutuamente, devolvendo o mundo para nós.

— Para você.

— Para mim, sim — Wexley não negou. — Mas você sabe que esta é a coisa certa a fazer. Não mais famílias como a nossa. Não mais tragédias. — Wexley pegou a mão dela. — Você está mantendo os tratamentos?

— Como se eu tivesse escolha — disse Regina, mas ela não adicionou nenhuma acidez às palavras. — É bom aqui, Wexley. É seguro.

— Isso é o que importa.

— Eu sei. Eu sei. — Regina esfregou a mão dele. — Eu gostaria de poder estar lá fora, no entanto. Te ajudando.

— Muito perigoso. Você não pode.

Se sua resposta machucou Regina, ela não demonstrou. Wexley olhou atentamente. Ele sempre fazia isso. Regina precisava aceitar seu estado. Qualquer sinal contrário significaria um aumento em sua medicação, uma vigilância mais rigorosa.

— Você está certo, claro. Estou feliz aqui, Wexley. Realmente estou.

— Bom. — Wexley soltou um suspiro. — Às vezes eu gostaria que pudéssemos trocar de lugar, você e eu. A piscina lá fora parece agradável.

Regina sorriu: — Mas então você seria o monstro.

Adriana encheu o Tama de Wexley com mensagens, que Wexley navegou bem depois da meia-noite enquanto o pod o levava de volta ao seu apartamento. Ela começou se perguntando para onde Wexley tinha ido — o banheiro? — e escalou para confusão e até um pouco de pânico enquanto ele recusava uma resposta. Wexley se recostou na fina almofada do pod e examinou as palavras, procurando por um sinal.

Adriana sabia que os Elementais estariam lá? Ela levou Wexley direto para Beth, direto para a armadilha. O movimento foi um golpe calculado ou um erro inocente.

Se Wexley tratasse isso como uma tentativa de assassinato, com Adriana envolvida, então ele teria que cortar laços com a mulher e sua organização. Seus representantes seriam perdidos para ele, seu apoio com todos aqueles outros negócios vacilantes que não conseguiam ver sua salvação tão próxima. Sem eles, Wexley estaria vulnerável, suas ambições limitadas por seus aliados.

Não. Inaceitável. Recuar agora permitiria que os Paragons se recuperassem, permitiria que o mundo voltasse ao seu estado normal. Os movimentos catastróficos de Zhan-Yo teriam sido em vão.

Não, Wexley tinha que esperar que Adriana não estivesse se virando contra ele. Ele precisava dela ao seu lado.

Ele digitou uma resposta em seu Tama, uma desculpa sobre uma doença súbita. Simples, padrão e uma fuga fácil. Adriana respondeu minutos depois, quando o pod de Wexley chegou ao seu apartamento.

Mentiroso.

Wexley olhou fixamente para seu Tama, a pequena tela contendo uma questão. Wexley precisava de Adriana, então talvez fosse hora de trazê-la para o verdadeiro círculo. Envolvê-la como ele, para que ela não tivesse alternativa. Mudar o mundo ou morrer tentando.

Você quer a verdade? Venha e aprenda.

Os eventos estavam se acelerando, correndo em direção a um momento que Wexley nunca poderia recuperar.

Bom.

A MENSAGEM CHEGOU uma hora depois que o pod deixou Celice. Continha um endereço e um horário. Amanhã à noite, tarde.

O sono escapava como água entre os dedos naquela noite, dançando nas bordas de sua consciência enquanto Celice tentava, deitada em uma cama espartana, capturá-lo. As luzes de Londres cortavam sua janela, projetando sombras que sempre pareciam assumir formas ameaçadoras. Celice não tinha medo do escuro desde que Aegis lhe ensinou como dar um soco, como esconder uma faca e uma arma debaixo de seu travesseiro e sacar ambas em uma fração de segundo.

Zhan-Yo sabia onde ela morava. Sabia que Celice estava em Londres e tinha o poder de matá-la sem muito esforço. Um atirador poderia tê-la eliminado naquele pátio. Com que facilidade poderiam atacá-la neste apartamento agora, sufocando Celice com números esmagadores?

Os sonhos vieram com o amanhecer, e Celice conseguiu dormir algumas horas antes de, suada e arrepiada ao mesmo tempo, forçar-se a sair da cama. A sala de estar do aparta-

mento serviu como base para uma sessão de yoga, desper-
tando-se com uma posição de cada vez. Um banho frio
seguido de roupas jogadas de qualquer jeito foram suficientes para Celice sair, numa manhã fria e nebulosa perfu-
rada aqui e ali pelos postes de Londres.

Com uma pequena arma enfiada em um coldre de
ombro e sua faca colada à coxa, Celice verificou a localização que os homens de Zhan-Yo enviaram e foi. Faltavam
dez horas para o horário marcado, mas qualquer missão inteligente começava com o reconhecimento da situação. De
onde viria uma emboscada, quais eram as rotas de fuga,
quantos civis poderiam estar por perto?

Reféns ou preocupações?

Celice não tinha resposta para a pergunta de seu pai. O
modo Paragon aceitava baixas necessárias, mas esta não era
uma missão Paragon. Celice não tinha a cobertura deles,
então qualquer pessoa ferida, ou mesmo morta por algo que
ela fizesse seria inteiramente sua responsabilidade. Será que
Mynx ou os outros Campeões a protegeriam das
consequências?

Talvez, mas dada a bagunça em que os Paragons
estavam agora – Celice leu sobre os desastres enquanto
pegava um café em uma loja de calçada – ela duvidava que
qualquer Campeão tivesse tempo ou reputação para gastar
com a filha de Aegis. Não quando Celice tinha desaparecido tão rápido durante um momento em que os Paragons
poderiam ter usado a ajuda de qualquer um.

O café e seu copo de papel não ofereciam conselhos
sobre essa escolha. Nem a calçada de paralelepípedos nem o
carro ocasional que passava. Os transeuntes abraçavam seus
Tamas. Celice teria feito o mesmo, exceto que o bracelete
não teria nada além de desdém esperando por ela.

Mynx e outros Paragons continuavam ligando, continuavam enviando mensagens. Cada recado se juntava a uma pilha, esperando por Celice. Esperando por um estado mental que ela se recusava a encontrar enquanto Zhan-Yo estava tão perto.

Essa era a resposta. Por isso ela partiu.

— Eu não teria ajudado ninguém assim — disse Celice, atravessando outro parque elegante que recebia o fim do inverno com verde gotejante.

— Como é? — perguntou um homem mais velho caminhando à frente, olhando para trás com rugas curiosas.

— Nada, desculpe — respondeu Celice, e então acelerou seus passos.

Autopiedade não serve para nada.

Ah, sim. Uma das frases favoritas de seu pai quando Celice era mais jovem, quando ela tinha tendência a crises depressivas atravessando a escola com poucos amigos e menos oportunidades. Ninguém queria arriscar desagradar o líder Paragon, e isso levava a intermináveis recusas respeitosas ou falsos papéis de destaque sempre que Celice tentava participar.

Em vez disso, Aegis sugeriu que ela dedicasse todas essas horas extras ao treinamento, às habilidades com computadores e a qualquer outra coisa que Aegis acreditava que os Paragons pudessem usar. E agora aqui estava, valendo a pena. Mais uma vez, seu pai estava certo.

Situado à beira do Tâmisa, em uma curva afastada da caça aos turistas, o local escolhido por Zhan-Yo para o encontro parecia ser um restaurante discreto sem apelo de fachada. Letras douradas desbotadas no topo o identificavam como *Carlisle*, e as escassas mesas cobertas com toalhas de tecido creme indicavam alguma tentativa de luxo. Nenhum cardápio pendurado nas janelas, nenhum horário colado na porta da frente para transeuntes ocasionais.

Celice fez uma passagem caminhando, depois circulou para a segunda, tirando a jaqueta e amarrando-a na cintura para dar uma leve mudança à sua aparência. Não que qualquer observador sério fosse enganado, mas um olhar distraído de alguém dentro poderia ser. Se Zhan-Yo tinha a equipe do restaurante a seu serviço ou não, Celice não sabia, mas melhor prevenir.

Depois da noite anterior, ela olhou para os telhados também. Apartamentos preenchiam o espaço acima do *Carlisle*, o restaurante encaixando-se duramente com as lojas próximas, dando pouco terreno para emboscadas furtivas ou esconderijos. Talvez Zhan-Yo tivesse escolhido o local por essa mesma razão: sem lugar para se esgueirar, todos poderiam se sentir mais à vontade.

O *Carlisle* não fornecia nenhuma evidência, nenhuma pista sobre o que estava por vir. Celice afastou-se lentamente, lançando olhares para trás, esperando que alguém pudesse sair em perseguição, que ela pudesse queimar a energia do café, o mal-estar persistente da noite com um interrogatório improvisado.

As calçadas permaneceram quietas.

Por exatamente um quarteirão.

Um pod parou diante de Celice quando ela se aproximou da próxima rua transversal estreita. Ela parou, brusca e rapidamente o suficiente para que seu café transbordasse sobre a borda do copo e se espalhasse pelo chão à sua frente. Um pod azul, alegre o suficiente por fora, passageiros encarando dentro, mas nada mais. Até que, de qualquer forma, as portas se abriram e dois Paragons de uniforme azul e branco se levantaram para olhá-la.

— Celice? — disse uma delas, uma mulher cujas mãos já brilhavam em verde-esmeralda enquanto ela ficava na calçada. — Você tem que vir conosco.

— Essa é sua abordagem? — disse Celice. — Pensei que os Paragons tentassem evitar clichês.

— Ela está falando sério — disse seu parceiro, um cara que parecia mais magro que um palito. — Meu nome é Roger, ela é Sydney, e você está em perigo aqui fora.

— As revelações não param de chegar — respondeu Celice, caindo em seu conforto habitual. Lidar com Zhan-Yo e seus capangas sombrios era novidade, desafiar as exigências dos Paragons definitivamente não era. — Onde é que vocês querem me levar?

Sydney olhou para cima e por trás do ombro esquerdo de Celice, franzindo a testa, e Celice seguiu seus olhos para ver um drone contornando a curva do rio. Reforço caso a filha de Aegis resistisse, ou para ajudar a suprimir um ataque?

— Não é longe — disse Sydney — e é seguro.

— Você continua dizendo isso como se fosse me convencer. — Celice acabou seu café, jogou-o numa lixeira próxima. — Que tal vocês dois me deixarem seu número, e se eu me meter em problemas, eu ligo para vocês?

Celice começou a se afastar e falhou. Quando foi levantar o pé para dar um passo, Celice descobriu que sua perna direita não conseguia se erguer. Não estava dormente, nem amputada, apenas selada na pedra abaixo. Sua perna esquerda travou da mesma forma. Fechando os olhos para tomar um grande fôlego, Celice os abriu e lançou um sorriso gélido para Sydney, cujas mãos brilhavam num verde mais intenso que antes.

— Não há motivo para que isso não possa ser fácil — disse Roger. — Uma viagem curta, só isso.

Arma no coldre de ombro. Faca contra sua coxa. Celice poderia sacar qualquer uma, poderia provavelmente desferir um ataque antes que os Paragons a detivessem. Derramar sangue Paragon, no entanto, parecia um plano ruim. Mesmo assim, Celice não queria entrar naquele pod.

Seus pés se moveram. Um, depois o outro. Celice sentiu-se como uma criança, quando Aegis a levantava e a girava pelo ar, seus membros completamente à mercê da gravidade. Sydney, manipulando Celice, a guiou até a beira da calçada, e Celice abriu a porta do pod, deixando um assento cinza felpudo livre para a filha de Aegis.

Não deixe que eles te levem.

Celice foi para a arma, mas seu braço tinha o ângulo errado. Enquanto sua mão direita conseguiu entrar dentro da jaqueta, Celice teve que virar para um bom tiro. Enquanto se movia, Celice sentiu seu pé direito se soltar, tropeçando seu passo numa queda. Sua mão direita, fechando-se em torno da arma em seu coldre, não obedecia mais a Celice. Em vez disso, Celice viu sua mão abandonar a arma, deixar sua jaqueta e puxá-la para dentro do pod.

— Isso não é muito simpático — disse Celice, abandonando a resistência. — Se vocês queriam que eu viesse, poderiam ter pedido educadamente.

— Nós pedimos — disse Sydney.

Ao lado dela, Roger digitou um destino no painel do pod. Sentando-se, Celice sentiu seu pé esquerdo se soltar. Sentiu sua mão esquerda travar. Ambas cruzadas uma sobre a outra em seu colo.

— Habilidade interessante — disse Celice.

— Obrigada — respondeu Sydney, e então caiu em silêncio.

Celice acomodou-se no assento, observando os dois Paragons enquanto o pod seguia em silêncio. Energia nervosa crepitava, e Celice percebeu os olhos de Roger piscando em sua direção a cada segundo. Sydney batucava as mãos na porta do pod, o brilho verde ondulando no movimento.

Esses dois não estavam tranquilos sob pressão.

Por que não estariam mais felizes? Eles tinham acabado de pegar a filha de Aegis, jogá-la no pod conforme as ordens de sua missão, e agora cruzavam Londres, objetivo cumprido. Se as aventuras de seu pai como Paragon fossem minimamente precisas, conversas espirituosas deveriam estar indo e vindo. Em vez disso, esses dois pareciam estar prestes a ter um ataque de pânico.

Anomalias podiam ser bastante perigosas quando sãs. Celice tinha visto relatórios suficientes de Paragons que perderam o controle e os desastres que se seguiram. Uma maneira de derrubar alguém? Fazer uma pergunta que possam responder.

— Quem enviou vocês? — perguntou Celice, dando às palavras um tom tão suave quanto possível.

— Gatete não quer que você morra sob a vigilância dele — respondeu Rogers, o pod entrando numa estrada M em direção ao oeste. — Não é uma boa imagem.

O nome lampejou. Um dos tenentes de Lukas. O antigo líder europeu morreu na explosão de LA, o que significa que haveria uma grande vaga no topo. Uma que Gatete poderia disputar, uma que seria difícil de conseguir com Celice morta em sua casa.

Uma que seria difícil de conseguir se Zhan-Yo, o assassino de Aegis, fosse encontrado vivendo sob o nariz de Gatete.

— Vocês sabem por que estou na cidade? — Celice perguntou.

— Temos ideias — respondeu Sydney.

— E em vez de ajudar, vocês estão me sequestrando?

— Mantendo você segura — interrompeu Roger.

— Gatete dá as ordens — disse Sydney, parecendo tão satisfeita com isso quanto Celice estava de estar sentada no pod.

— Gatete vai estar onde estamos indo?

— Essa é escolha dele — disse Roger. — Não sua.

— Não é tão fácil quanto você pensa — acrescentou Sydney.

Celice percebeu o olhar severo de Roger em direção a Sydney. Uma fenda ali, uma crescendo e pronta para ser explorada. Roger, o associado leal. Sydney, a aliada duvidosa.

— O que você faria, se o assassino do seu pai estivesse ao alcance? — perguntou Celice enquanto o pod abandonava os limites urbanos de Londres por cidades e trilhos de trem.

— Estamos todos tristes por Aegis — disse Roger. — Eu o conheci uma vez. Um bom homem.

— Um Paragon assassinado.

— Que não gostaria de ver sua filha acabar do mesmo jeito — respondeu Roger.

Que também não queria que sua filha desistisse. As palavras de Roger confirmaram o ângulo: colocar Celice numa caixa onde ela não pudesse se machucar, esperar até que Gatete tivesse sua reputação garantida, depois soltá-la e reivindicar todo o crédito por manter a humana viva. Celice dava boas notas para suas habilidades de luta e espionagem, mas não queria tentar sair de uma cela Paragon.

Com as mãos presas, Celice mexeu os pés, pronta para encolher os joelhos enquanto o pod seguia pela rodovia. Uma vez que tinha o plano elaborado, Celice esperou por muitos minutos enquanto o pod atingia o desvio, diminuindo a velocidade ao deixarem a rodovia por uma estrada fofa através de colinas ondulantes cobertas de ovelhas.

Uma travessia logo à frente exigiu uma parada e deu a

Celice uma chance. Quando o pod desacelerou, Celice levantou os joelhos, pés contra o painel frontal do pod. Enquanto as anomalias perguntavam o que Celice estava fazendo, ela chutou com força, rachando o display. Ela chutou novamente, até Celice sentir a habilidade de Sydney mudar. Os pés de Celice congelaram, suas mãos ficaram livres.

Deixando Celice capaz de alcançar, sacar e atirar com a arma.

A bala foi exatamente para onde Celice mirou, direto no painel central do pod, onde Roger havia inserido o endereço minutos atrás. O pod, entrando no cruzamento, acionou suas proteções de emergência, abrindo as portas e parando.

Pessoas olhavam de seus próprios pods enquanto Celice, sentindo Sydney trocar o controle para suas mãos, chutou o chão do pod, jogando seu ombro direito contra o queixo de Sydney. O golpe jogou a cabeça de Sydney para trás contra o encosto do pod, fazendo o controle da anomalia desa-parecer.

A habilidade de Sydney exigia sua concentração. Bom saber.

Roger agarrou a mão esquerda de Celice, um movi-mento que ela contra-atacou com uma cotovelada no esterno do homem. Enquanto Roger ofegava pelo ar perdido, Celice chutou seu caminho através de Sydney, rolando para fora do pod.

Ela ficou em um cruzamento quieto com todos os olhares em Celice, segurando uma arma. Colinas gramadas não ofereciam lugares para correr, menos ainda para se esconder. O plano libertou Celice do pod. Ela não tinha pensado além disso.

— Você tinha que dar uma de idiota, não é? — disse Roger, levantando-se ao lado de sua porta e olhando feio para Celice. — Sydney acha que está com concussão, eu conto pelo menos seis pessoas aqui olhando para nós.

— É o que acontece quando você tenta me sequestrar — rebateu Celice, mantendo a arma nivelada, mas recuando pela estrada um passo de cada vez. Roger não se moveu para seguir. — Eu não vim procurar você.

Roger ergueu uma mão, esfregou a testa. Com a outra mão, o Paragon girou um dedo em um pequeno círculo. Gestos estranhos e anomalias tinham o costume de se combinar para resultados ruins, então Celice virou-se e começou a correr.

E bateu em um grande bloco, um homem parado bem no meio da estrada. Um leve brilho violeta desapareceu ao redor do corpo do recém-chegado: a aparente habilidade de Roger se mostrando. Celice recuou, apontou a arma apenas para sentir a arma se desfazer. Como flocos de neve numa brisa, a arma se desfez em fragmentos, rodopiando em uma pilha macia e agradável. Virando a mão, Celice deixou os flocos flutuarem até o chão.

— Bom dia, Gatete — disse Celice. O líder Paragon de Londres, com quase dois metros e meio de altura, pairava sobre ela. — Surpresa em vê-lo aqui.

— Onde Aegis ia, os problemas seguiam — disse Gatete. — Não estou surpreso em ver que sua filha continua a tradição.

— Com orgulho.

Gatete olhou além de Celice, — Roger, leve Sydney e vá para o complexo. Nós encontraremos vocês lá.

— Tudo bem — respondeu Roger sem hesitação, uma aceitação tranquila considerando que ele estaria deixando Gatete sozinho com Celice.

Por outro lado, Gatete tinha uma forte reputação.

Gatete saltou das fileiras dos anomalias logo cedo por

ser tão dedicado e por ter uma habilidade de estrela do rock para completar. Embora Lukas nunca tenha dito que Gatete combinava com seu talento para o dramático ou para o absurdo, o antigo líder europeu sempre parecia jogar tarefas para Gatete, particularmente as difíceis.

Essa competência se refletia na forma como Gatete estava agora, deixando de lado seu traje Paragon por um suéter mais tradicional, jeans e tênis. Como se Roger tivesse interrompido o homem em uma caminhada pela biblioteca, em vez de gerenciar o desastre contínuo dos Paragons.

— Vamos? — Gatete acenou atrás de Celice, para um cruzamento agora livre enquanto Roger levava o carro baleado e todos os observadores decidiam que não queriam ficar por perto de um conflito de anomalias. — Não é uma caminhada longa, e sinto que você e eu poderíamos usar uma conversa.

— Não estou aqui para assuntos dos Paragons, Gatete, e não vou causar problemas para você.

— Não? — disse Gatete, e Celice se viu caminhando ao lado dele, dois passos para igualar cada um dos longos passos dele. — Mas você vai atacar pessoas nas minhas ruas. Espioná-las nos meus restaurantes.

— Seus restaurantes? Não...

— Pare — disse Gatete, nos tons firmes e gentis de um pai cansado. Embora suas vozes não fossem nada parecidas, Celice reconheceu Aegis na exasperação de Gatete. — Sua geração sempre parece gostar de arranjar brigas.

— Agora temos um estereótipo.

— Enraizado na realidade, garanto — respondeu Gatete. Eles cruzaram a interseção, dirigindo-se para a cidade propriamente dita. — Você pode adivinhar por que não quero que você seja vista nas minhas ruas.

— Estou aqui por Zhan-Yo. Eu o pego, então vou embora.

— Ou ele poderia pegar você, e então eu estou com problemas.

— Até agora, você poderia ter argumentado que não sabia.

Gatete riu, um estrondo alegre, — Mynx me contou no momento em que você reservou seu voo.

Mynx? Celice tinha coberto bem seus rastros. Ela comprou as passagens com identidades alternativas, usou intermediários não vinculados à sua conta ou à de seu pai. Ela evitou câmeras, evitou ligações. Ela fez tudo, exceto abandonar seu Tama, a conexão central com tudo o que o mundo moderno tinha a oferecer.

O suspiro durou muito. Talvez Celice precisasse reavaliar suas credenciais de incógnito.

— Mesmo que você tivesse nos evitado — disse Gatete — nós teríamos encontrado você logo. Seu rosto é conhecido.

— Aham. — Celice cruzou os braços, estudou as bonitas persianas cruzadas nas casas enquanto passavam. — Então o que acontece agora, você me enfia em um armário em algum lugar?

— Não exatamente. Em vez disso, acredito que podemos nos ajudar mutuamente.

— Como assim?

— Você quer o assassino do seu pai. Eu quero o lugar de Lukas como Campeão. Se eu ajudar você a capturar Zhan-Yo, então você me endossará.

— Ou?

— Ou — disse Gatete, sorrindo — eu vou, como você disse, enfiá-la em um armário.

O PLANO se formou entre comida chinesa para viagem e músicas de bebop ao fundo, uma fase musical que Kat abraçara após as tentativas de assassinato por alguma razão que Calvin não conseguia compreender. Juntos, a dupla, mais o Seeker, transformaram o apartamento de Kat em um mapa de missão: objetos aleatórios se tornaram entradas para as docas, com o tênis preferido de Calvin servindo como localização do drone sobre o tapete creme de Kat.

O rastreador encontrou alguns vídeos incomuns postados em várias redes sociais, mostrando o drone gladiador intimidando uma mulher que caminhava antes de sofrer o que parecia ser um ataque coordenado. Apesar de seus melhores esforços mecanizados, o drone vacilou e caiu diante de um eficaz grupo improvisado – Calvin comentou que os Paragons poderiam aprender uma ou duas coisas com essas pessoas – e então a maioria dos vídeos acabava abruptamente.

— Por quê? — disse Kat enquanto estavam perto de seu monitor grande. — Você pensaria que todos queriam a vitória gravada. O resultado, todos os sinais mostrando como esses drones supostamente são perigosos e imprudentes, mas não está aqui.

— Eles ficaram com medo? — respondeu Calvin.

— Isso, faz sentido. Alguém foi até lá e mandou eles pararem de gravar ou então... — Kat sorriu. — Adivinha quem não se intimidou?

— Sei lá, uma câmera de cachorro ou algo assim?

— Uma criança. Posta com o nome BoogerBoy22. Ele gravou isso da janela do quarto dele — disse Kat, clicando em um vídeo diferente.

— Ele não estava na escola?

— Tudo isso aconteceu antes das seis, Calvin. Quando você acha que as escolas abrem?

— Não faço ideia.

Kat fez uma careta. — Você não foi criança?

Calvin recuou, cruzou os braços. — Não como você.

— Ah, certo, desculpa — disse Kat, suavizando a expressão. — Mas você está me dizendo que nunca foi à escola? Nunca mesmo?

— Podemos voltar ao assunto? — Calvin sacudiu o pulso esquerdo, com o Tama nele. — Estou com medo de que Weed me chame para outra patrulha. Aquele cara é maluco.

— Ele é um Paragon, o que você esperava?

Com o revirar de olhos de Calvin, Kat voltou para o monitor, encontrou o vídeo do BoogerBoy22 e o exibiu. Filmado da janela de um segundo andar, o ângulo mostrava uma perspectiva diferente. Calvin captou balas vindas de cima, colidindo contra a armadura do drone e fazendo relâmpagos azuis brilharem. As outras gravações, feitas do chão, não tinham a mesma clareza, não provavam tão bem que o maldito ataque era uma emboscada.

— Isso muda as coisas — disse Calvin.

— Continue assistindo — respondeu Kat. — Fica ainda melhor.

BoogerBoy22 mostrou seu potencial futuro no cinema mantendo o ângulo estável, embora os comentários murmurados da criança, principalmente exclamações repetidas de *meu Deus* e *caramba*, revelassem espaço para melhorias. Quando a luta terminou, quando os outros vídeos cortaram ou foram interrompidos, BoogerBoy22 continuou filmando, comprometido até o fim.

Um caminhão barulhento entrou guinchando no quadro, abrindo seu reboque e uma grande rampa. A turba morena de cidadãos interrompeu seu ataque coordenado e se transformou em carregadores de bagagem, prendendo um guincho no drone e limpando os destroços que podiam antes de correrem para o caminhão junto com a grande máquina. BoogerBoy22 acompanhou tudo.

— E aqui está a melhor parte — disse Kat.

Quando o reboque do caminhão fechou, BoogerBoy22 manteve a traseira do veículo enquadrada, mostrando a placa do caminhão clara e centralizada. Depois que o caminhão partiu, BoogerBoy22 trocou a visão da câmera, mostrando seu próprio rosto.

— E agora ele fala por tipo uma hora sobre o que acabamos de ver — disse Kat, clicando para sair. — Rastreei a placa. O caminhão está registrado para uma empresa de transporte, que tem suas raízes aqui mesmo em Chicago.

— Ok?

— Sabe o que os rastreadores conseguem?

— Permissão para fazer o que quiserem perseguindo anomalias inocentes como eu?

— Exatamente — disse Kat, sorrindo. — Melhor ainda, podemos olhar as filmagens de drones.

— Uau. — Calvin tentou fingir entusiasmo, mas não conseguiu mais que levantar uma sobrancelha. — Legal.

— Estou te entediando?

— Não, isso é exatamente o que eu queria fazer com minha noite.

Kat captou o humor de Calvin e acelerou a explicação, passando rapidamente por imagens de uma câmera de drone que capturaram o mesmo caminhão correndo em direção ao lago. Kat sincronizou a vigilância de outros drones para montar algumas boas pistas sobre onde o caminhão acabou parando, e onde ainda estava.

Isso levou ao pedido de comida, ao mapeamento no tapete e à sensação geral de que aqui, diante de Calvin e Kat, havia uma chance de solucionar todo esse mistério.

— Mas por quê? — perguntou Calvin, manuseando desajeitadamente os hashis e o macarrão em uma mão. — Tipo, eu entendo querer saber o que aconteceu, mas os Paragons estão cuidando disso.

— Você não é um Paragon? — Kat descansava em seu sofá, com Seeker sentado abaixo esperando pelo ocasional nugget de frango com laranja que caía. — Sua bússola moral não deveria estar te dizendo que isso é a coisa certa a fazer?

— Ãh.

— Olha, Calvin, não vou te dizer como conciliar ser você mesmo com ser um Paragon — disse Kat. — Eu sou uma rastreadora. Uma caçadora de recompensas glorificada com direitos legais jogados para mim por um bando de ditadores todo-poderosos. Não é perfeito, mas sabe, com vinho suficiente e este molho delicioso, eu consigo lidar.

— Seu ponto sendo?

— Adivinha quanto em reps os Paragons estão oferecendo pela localização do drone? — Kat tinha um jeito de mergulhar em um sorriso conspirador que Calvin invejava, passando de doce a sinistro em um segundo.

— Agora entendi você — disse Calvin. — Quanto?

— O suficiente para que eu pudesse sair deste apartamento e você conseguir seu próprio lugar.

Calvin teria se sentido insultado com a insinuação de que havia esgotado sua estadia no apartamento de Kat, mas o homem sentia o mesmo. O sofá de Kat funcionava por enquanto, mas ele poderia usar uma cama de verdade. Poderia usar um chuveiro e um banheiro que não estivessem entupidos de pelos de cachorro e do arsenal de cuidados com a pele de Kat. Claro, ele tinha um quarto na torre dos Paragon em Chicago, mas passar pelos manifestantes e arriscar receber tarefas ao mostrar seu rosto por lá fazia o arranjo parecer menos um lar e mais uma armadilha.

— Então quando vamos? — perguntou Calvin.

— Quantos macarrões você ainda tem?

— Depende — respondeu Calvin, olhando para a caixa em sua mão esquerda. — Me dê um garfo, e terminamos em alguns minutos. Se eu continuar com estes, vai ser uma hora.

Uma hora depois, os dois pegaram um trem em direção ao centro da cidade, zumbindo ao longo dos trilhos magnéticos entre prédios iluminados que brilhavam através da noite avançante. Kat havia se transformado de seus moletons de comida para viagem para seu uniforme branco-pérola de rastreadora, enquanto Calvin trocou o branco e azul dos Paragons por uma combinação de jaqueta e jeans. Suas luvas de couro estavam de novo em suas mãos, seu formigamento um sussurro que ele ignorava.

Eles pegaram o trem, lotado apesar do incidente com o drone e da paranoia contínua que a imprensa promovia sobre os Paragons e suas perspectivas em declínio. Mynx não havia conseguido tranquilizar as pessoas, embora tivesse declarado uma viagem iminente a Chicago para lidar com o problema do drone desaparecido. A conversa flutuava pelos vagões sobre a última vez que Chicago tinha um Campeão na cidade.

Aquele tinha sido Aegis, e ele havia morrido nas profundezas da cidade. Não exatamente o melhor legado.

— Mynx pode nos dar a recompensa pessoalmente — disse Kat, assistindo as telas do trem e as manchetes de notícias correndo por elas. — Quão legal seria isso?

— Muito legal.

Kat revirou os olhos para ele. — Alguém está tenso hoje à noite.

— São o Weed e todos aqueles Paragons, eles me deixam nervoso. É como entrar num clube que você nem estava tentando participar, sabe?

— Na verdade, não sei.

— Aham, como aqueles Elementais? A mesma coisa. Nós os ajudamos e agora esperam que a gente vá junto com qualquer merda que estejam planejando.

— Parece mais que você quer voltar a fugir e viver num monte de sucata.

Calvin deu de ombros. — Pelo menos eu era livre.

— Eu não chamaria fugir de, bem, praticamente todo mundo e se esconder no escuro de 'livre', mas é sua vida, Calvin. Você pode fugir se quiser.

— Ainda não — disse Calvin. — Eu devo àquele homem, Wexley, uma passagem carimbada para qualquer que seja sua próxima vida. Ele atirou em você, ele atirou em mim.

Kat acomodou-se de volta no assento. — Bom saber que meu parceiro tem a vingança ao seu lado.

— E os reps, Kat. Não esqueça deles.

As docas tremiam enquanto os dois se aproximavam, com tanques e petroleiros constantes entrando e saindo dos navios atracados. Mais ao sul na cidade do que Calvin havia estado em muito tempo, o luxo dos Paragons dava lugar a negócios mais rústicos, assim como as áreas do extremo oeste que Calvin havia chamado de lar não muito tempo atrás. Vastas ruas iluminadas com luzes intensas, cercadas por armazéns e reivindicadas por caminhões que circulavam de um lado para outro num constante bailado.

Kat sabia qual pátio procurar, então os dois caminharam até chegarem a um logo familiar: o pertencente à empresa proprietária do caminhão. Um tigre laranja saltando. Agressivo para uma empresa de carga, mas quem era Calvin para criticar? Ele trabalhava para os Paragons, uma organização superpoderosa cuja criatividade de marketing envolvia um 'P' estilizado e pouco mais.

Um portão alto, com correntes e coberto com arame farpado, impedia a entrada deles. Kat não os deixou demorar, empurrando Calvin para frente na calçada além da entrada. Atrás dele estava uma cabana achatada onde alguém dentro parecia estar olhando para seu Tama. Câmeras e suas luzes vermelhas se erguiam do topo do portão. Lá dentro, através da cerca, a atividade se tornava evidente por meio de gritos, muitas luzes brancas e o rangido de ferramentas trabalhando em seus alvos.

— Não vamos entrar? — perguntou Calvin enquanto Kat os levava para um trecho escuro entre as luzes da rua.

— Não pela porta da frente — respondeu Kat. — Não estamos tentando lutar contra todos eles, apenas confirmar que o drone está aqui.

— O que definitivamente podemos fazer parados no escuro.

Kat levou Calvin de volta ao plano que haviam montado

em seu apartamento. Se o portão estivesse fechado, um acontecimento não surpreendente, o próximo passo seria fazer com que Kat subisse e passasse pela cerca. Com a rastreadora dentro do estaleiro, Calvin forneceria apoio enquanto Kat encontrava o drone, tirava as fotos necessárias e saía correndo. Um bom plano, exceto que significava que Calvin andaria de um lado para o outro aqui fora sem fazer nada.

— Desculpe — disse Kat, ajustando a manopla em seu pulso direito. — Talvez se você tivesse uma habilidade útil, sabe...

Calvin deu-lhe um leve empurrão. — Cala a boca e vai logo. Veremos quem fala besteira quando eu tiver que salvar seu traseiro.

Kat piscou para ele, então correu em direção à cerca. Enquanto corria, Kat estendeu o braço direito e disparou seu gancho. A corda passou por cima da cerca e Kat ativou a tração do gancho enquanto saltava, puxando-se para uma corrida escalada pelo lado da cerca. Quando Kat se aproximou do topo com todo aquele arame farpado desagradável, ela saltou, contando com seu impulso e a retração do gancho para balançá-la para cima e sobre os espinhos.

Balançando por cima, Kat soltou seu gancho, caindo do outro lado da cerca enquanto o fio voltava para sua manopla. Kat rolou ao atingir o chão, levantando-se e fazendo um rápido sinal de positivo na direção de Calvin antes de desaparecer no labirinto de contêineres.

Calvin recuou, colocando-se nas sombras entre duas luzes de rua. Além do barulho do estaleiro e da brisa suave vinda do lago, a noite parecia familiar, como se ele tivesse voltado àqueles anos anteriores mergulhando nas áreas sujas para sobreviver. Se fechasse os olhos, Calvin poderia voltar a ser aquele garoto lutando para sobreviver, sentir as perguntas surgindo: de onde viria sua próxima refeição, e quanto a um banho, poderia confiar no abrigo local para não o denunciar aos Paragons?

A confiança arrogante fazia muito, então, para manter Calvin seguindo em frente. Ele havia sido caçado, sim, mas cada evasão trazia consigo a certeza de que a próxima fuga seria mais limpa. A habilidade de Calvin para manejar seu poder tornou-se mais astuta, mais inteligente, a ponto de fechar corredores enquanto corria por eles, ou prender seus perseguidores em prisões geladas, arenosas e rochosas. Essas perguntas, então, passaram a ser feitas sem medo.

Seu Tama vibrou. Calvin olhou para ele. Viu duas mensagens. Uma de Weed, perguntando se Calvin queria encontrar sua equipe Paragon para uma patrulha improvisada esta noite. Um evento de união da equipe. Calvin a dispensou, foi para a de Kat.

Ela havia enviado uma foto. A iluminação não estava perfeita, e o corpo grande de algum trabalhador estragou o lado direito, mas o metal preto no centro pertencia a uma coisa e apenas uma: o drone desaparecido.

Você recebeu a foto, vamos.

Calvin enviou a resposta, olhou para os contêineres, esperando que Kat voltasse correndo. Nada apareceu.

Não é tão fácil.

Não é tão fácil? Tudo o que Kat tinha que fazer era correr, pular e usar o gancho. Inferno, Calvin poderia rasgar um buraco na cerca para ela.

Por quê?

Calvin atravessou a rua, chegou à cerca. Tentou olhar através dela para ver Kat. Sim, o ato poderia ser suspeito para alguém monitorando aquelas câmeras, mas quem se importava agora. No segundo em que Calvin ou Kat enviassem esta foto aos Paragons, este estaleiro estaria repleto de drones e anomalias prontos para dizimar qualquer um, todos os envolvidos.

Seu Tama não vibrou. Ainda sem resposta.

Pelo menos, não da maneira esperada: o estrondo casual do estaleiro quebrou quando gritos surgiram lá dentro, e não os ocasionais pedidos de ajuda para mover isso ou aquilo, mas as declarações irritadas e ordenadas de pessoal treinado iniciando uma caçada. Calvin havia ouvido esses chamados antes, geralmente direcionados a ele.

Rastrear o alvo aqui não era difícil.

Calvin tirou suas luvas e as enfiou nos bolsos da jaqueta, tocou o metal frio da cerca com sua mão direita. Ele sentiu a força nessas fibras, as moléculas por baixo, e Calvin absorveu, sugando-as como uma criança sugaria um smoothie pelo canudo. Só que, em vez de sua garganta, Calvin enviou o material para fora através de sua mão esquerda, esculpindo a cerca em uma lâmina com uma borda de nanômetro. Balançando sua recém-criada espada, Calvin cortou um buraco limpo e entrou no estaleiro.

Os contêineres para os quais Kat havia ido estavam bem à frente, mas os gritos pareciam vir da esquerda de Calvin, em direção a uma seção mais quieta, povoada com contêineres de transporte e pouco mais. Calvin correu naquela direção, a espada de metal em sua mão caindo no chão e se partindo. Ele não havia forjado a coisa, a sustentara extraindo da própria cerca, como uma onda sobrevivendo com seu próprio impulso.

Levantando seu Tama enquanto corria, Calvin fez com que ele ligasse para Kat. Ela poderia não ter tempo para digitar uma mensagem, mas uma ligação poderia funcionar. O Tama enviou seu sinal, e Calvin baixou o braço a tempo de ver dois homens, rifles nas mãos, cruzarem seu caminho.

Eles não estavam olhando em sua direção, e Calvin correu direto para o que estava na frente, derrubando-o no chão.

O instinto empurrou a mão direita de Calvin para o piso de concreto do estaleiro, enquanto sua mão esquerda agarrou o braço esquerdo do guarda caído. O concreto se moveu para onde Calvin queria, selando o braço do guarda em um torniquete de pedra. Continuando a puxar, Calvin girou-se para ficar de costas, puxando o concreto consigo e explodindo-o em um escudo sólido.

Se o segundo guarda não sabia o que os atingiu, a presença de um círculo de concreto voador deve ter esclarecido as coisas. Isso, e seu parceiro cuspindo maldições confusas. Calvin viu o guarda levantar seu rifle, e a anomalia lançou o escudo de concreto para cima do homem. Assim que a pedra deixou o aperto de Calvin, começou a se dissolver, mas não rápido o suficiente para impedir que o segundo guarda recebesse quilos de concreto na cara. O guarda caiu como seu amigo, gemendo.

— Desculpa, não desculpa — disse Calvin, empurrando-se para fora da depressão que seus poderes haviam feito no chão do estaleiro. Ele se inclinou para o rifle do primeiro guarda, usou sua mão direita para dissolver os mecanismos internos, depois pegou o segundo rifle e o apontou para a cabeça do primeiro guarda. — Que tal você começar a correr para o outro lado?

O primeiro guarda olhou para Calvin, confuso. Calvin apontou o rifle para o braço do guarda, não mais preso enquanto a coesão do concreto se quebrava. Com um movimento, o guarda libertou seu braço dos escombros que se esfarelavam. O homem decidiu não ser um herói, seguindo o conselho de Calvin e correndo de volta para os contêineres.

— Calvin? — A voz de Kat veio pelo Tama. — Onde você está?

— Só me divertindo um pouco — respondeu Calvin, voltando a correr. — Me diz que você já saiu para que eu possa deixar este lugar.

— É mais como se eu estivesse cercada. Ajuda?

— Onde?

— Só observe.

Calvin levantou a cabeça a tempo de ver dois clarões brilhantes, quase cegantes, surgirem várias fileiras adiante. Guardas, soldados, seja lá o que Calvin e Kat estavam enfrentando, gritaram com a luz, mas comandos de acompanhamento vieram quando o ataque de Kat se dissipou. As pessoas que pegaram o drone eram coordenadas, competentes, e estavam mostrando a mesma energia aqui.

Não é bom.

— Você tem uma estratégia, ou estamos apenas improvisando? — disse Calvin, diminuindo o passo para um rastejamento e abraçando um contêiner ondulado à sua direita.

— Quebra à esquerda e saímos — disse Kat. — É isso.

Passos se aproximando disseram a Calvin que ele teria amigos em um segundo quente se ficasse no chão, então ele largou a arma – como se pudesse atirar com aquela coisa com precisão de qualquer forma – e usou suas mãos para moldar o lado do contêiner. Apoios para as mãos e os pés levaram a uma rápida escalada até o topo de dois contêineres empilhados. Abaixo, um trio apressado não notou o contêiner deformado e continuou se movendo, indo diretamente para...

Calvin absorveu tudo, o coração afundando e o sangue bombeando, tudo de uma vez. Kat estava de pé, não, corria ao redor de uma clareira entre fileiras de contêineres, rolando e pulando entre pelo menos dez pessoas tentando derrubá-la. Os sopros suaves vindos de algumas armas levantadas sugeriam que eles ainda não estavam indo para matar. Calvin tentou descobrir o que estava atirando em Kat enquanto ela rodopiava pela arena improvisada, seu manto branco esvoaçando ao vento.

Dardos? Balas de borracha?

Kat respondia aos ataques com seu próprio arsenal, derrubando qualquer um que se aventurasse perto com chutes e socos, as duas esferas cinzentas que haviam disparado as luzes cegantes jazendo mortas perto do centro do espaço. Daqui de cima, no entanto, Calvin podia ver o perímetro se formando, podia ver mais pessoas reforçando as saídas. Os soldados também não estavam avançando, contentes em atirar em Kat à distância até que ela se cansasse.

— Você precisa passar por cima — disse Calvin. — Há muitos nas lacunas.

Kat desviou às palavras de Calvin, desistindo de uma quase investida contra um quarteto no lado esquerdo da arena para ir em direção à pilha de contêineres ao lado deles. Saiu o gancho, voando alto e se prendendo ao contêiner do topo. Kat saltou, bateu na dura parede de metal e subiu correndo, com projéteis batendo nos espaços ao seu redor.

Acertando-a. Algo atingiu Kat com força nas costas, seguido por um segundo impacto que dobrou seu capuz e bateu sua cabeça contra o lado do contêiner. Ela caiu inerte, pendurada pelo gancho enquanto mais tiros acertavam.

Calvin congelou. Ele poderia ter saltado, se propelido até a próxima pilha e talvez subido nela. Vindo por cima para a arena de Kat, jogando-se no frenesi. Ele começou a fazer exatamente isso, até que uma nova voz ordenou que parassem de atirar. Calmo, controlado, um homem que Calvin reconheceu caminhou através dos guardas até o espaço, então começou a gesticular para que alguém cortasse Kat.

Rhimes. O homem que quase derrubou Kat da última vez.

Calvin olhou para seu Tama. Uma mensagem de Kat estava lá, enviada agora mesmo.

Corre.

CAPÍTULO 12

UM VOO AGRADÁVEL

O PARAGON PROVOU SER fiel à sua palavra. Cassidy e Thane chegaram ao aeroporto, entraram por uma porta dos fundos com Bits escoltando-os a cada passo. Então, com Bits pairando por perto e a segurança reforçada, Cassidy e Thane sentaram-se em um banco sob uma cobertura de palmeiras entre outros turistas. Thane, pelo menos, aceitou as circunstâncias e diminuiu seu tamanho durante o trajeto, adotando uma estrutura humana mais normal que chamou pouca atenção dos demais.

O anonimato se estendeu ao embarque no avião, ao curto voo para Honolulu e à conexão para a Tailândia, que Thane havia exigido de Bits durante o caminho.

— Parece que estamos indo na direção errada — disse Cassidy enquanto os dois embarcavam em seu voo de conexão.

— Este é o *único* caminho — Thane resmungou. — Voltar para a América do Norte agora significaria atenção e captura.

— E a Tailândia não?

— Você e eu não somos tão conhecidos lá. E o Campeão da região está se recuperando do ataque a Los Angeles. Não seremos notados até que queiramos ser.

Vários passageiros ao redor olharam para Thane enquanto ele falava, com expressões confusas em seus rostos. Cassidy forçou um sorriso e deu tapinhas no ombro de Thane.

— Eu sei, você gosta de fingir que é importante.

Ok, ela não era a melhor em improvisações. Thane, felizmente, percebeu a atenção e ficou em silêncio, usando olhares diretos para afastar os curiosos. Nenhum dos dois disse mais uma palavra até estarem acomodados em seus luxuosos assentos de primeira classe. Um bônus adicional: ninguém mais comprou as atualizações, deixando as duas anomalias sozinhas na cabine de luxo.

— Bits está nos tratando bem — disse Cassidy.

— Eles estão nos colocando com menos pessoas. — Thane assentiu para os assentos vazios ao redor deles. — Poderia haver problemas.

— Eles nunca arriscariam isso em um avião.

— Não presuma que os Paragons não matariam todos aqui para me destruir. O custo seria trivial comparado ao que eles acham que eu poderia fazer.

— Isso é culpa deles ou sua?

Thane estreitou os olhos enquanto olhava para ela, enquanto atrás dele, pela pequena janela, Oahu passou rapidamente enquanto o avião decolava.

— Você parece hesitante sobre nosso caminho — disse Thane. — Escapamos da ilha. Temos esperança e promessa agora. Não é isso que você queria?

— Nunca achei que conseguiríamos.

Dizer as palavras em voz alta atingiu Cassidy de uma maneira diferente. Ela não havia acreditado, havia? O plano maluco de Thane para se libertar da ilha não deveria ter funcionado. Não funcionou para todos no barco, exceto para eles dois. Mas Cassidy tinha embarcado mesmo assim, acreditando, ela supôs, que morrer na tentativa seria preferível a desperdiçar uma vida na prisão de palmeiras de Mynx.

— Compreensível — disse Thane, virando-se da Cassidy para a janela. — É difícil planejar para o inacreditável.

— Você planejou.

— Sim. Eu planejei, quando chegamos àquela praia, exaustos e quase mortos, me voltei para dentro.

— Você se encolheu e me abandonou por dias.

— Você se virou.

Difícil negar isso. Não significa que Cassidy *gostou* do que aconteceu, sendo trancada em uma clínica sem identidade.

— Então, o que estamos fazendo, gênio? — disse Cassidy. — Qual é esse grande plano que você elaborou deitado naquela cama o dia todo?

Acomodando-se como um pai que conta uma história para uma criança, Thane passou a próxima hora, depois duas, apresentando etapas para Cassidy, os movimentos passo a passo que fariam depois de pousar na Tailândia, levando à eventual tomada do sudeste asiático, seguida pela expansão global. Cortante, implacável e detalhado a um ponto que fez Cassidy pedir mais café cada vez que os comissários passavam, o apocalipse arquitetado por Thane parecia magistral.

E vulnerável.

Atordoada como estava pelo dilúvio de Thane, Cassidy encontrou um ponto fraco em seus esquemas e se agarrou a ele até que Thane finalmente, misericordiosamente, chegou ao fim. Com os dedos em forma de torre, olhos brilhantes, Thane concluiu com uma respiração pesada e triunfante.

— Vê? — disse Thane. — Vamos vencer.

Cassidy deixou-o desfrutar da vitória presumida. Ela tinha ensinado a seus alunos por anos exatamente a mesma coisa que estava prestes a jogar contra Thane: os grandes vilões da história mundial, aqueles que achavam que poderiam valsar para a vitória por sua pura genialidade, sempre cometiam erros. Sempre presumiam que as coisas iriam bem demais.

— Você está varrendo os Paragons como se fossem um incômodo — disse Cassidy. — Você está presumindo que eles não vão se organizar para detê-lo.

— Foi o que vi na biblioteca enquanto você estava repassando o bilhete para seus filhos — respondeu Thane. — Os Paragons estão em grande desordem para lidar conosco agora. Eles até tiveram um drone roubado, só hoje. Cidadãos o derrubaram em um bairro. Pessoas comuns, pegando em armas contra seus opressores!

— Eles farão o mesmo com você. Você quer os mesmos drones, Thane.

— Mas sem os idiotas no controle. Justiça imparcial, segurança e consistência. É disso que este mundo precisa, e o que posso oferecer.

O capitão do avião interrompeu a conversa ao anunciar a primeira refeição de verdade do voo, e Cassidy deixou as palavras morrerem. Se Thane não ouviria seus temores, então teria que aprendê-los em primeira mão. Até que isso acontecesse, Cassidy poderia muito bem aproveitar o voo e tudo o que a primeira classe tinha a oferecer.

Quando a comissária passou, Cassidy trocou o café por champanhe.

Thane esfregou o ombro de Cassidy, acordando-a.

Piscando para afastar um sonho sem forma, ela seguiu o olhar de Thane para fora da janela. Terra, exuberante e verde, ficava muito abaixo. Eles deviam estar se aproximando.

— Pousando logo? — perguntou Cassidy.

— Logo o suficiente. Estamos descendo — respondeu Thane. — Mas pode haver um problema.

— O quê?

— Deixe-me sair e eu lhe direi.

Cassidy se moveu, deixando Thane soltar o cinto e passar por ela. Ele ficou de pé no corredor, de frente para as cortinas que bloqueavam a solitária cabine de primeira classe do resto do avião. Na frente, uma comissária tinha os olhos em seu Tama, não em Thane. Cassidy sentiu o impulso surgir em sua mente, um vazio esperando em seus dedos.

Como se ela fosse criar um aqui, no avião, onde a menor perturbação poderia fazer toda a aeronave cair no chão. Cassidy não sabia se Thane, em seu estado mais enfurecido, sobreviveria a tal queda, mas ela mesma definitivamente não sobreviveria.

— Espere aqui — disse Thane, então marchou passando por ela e atravessou as cortinas.

Cassidy bebeu um gole de água, limpando um pouco do champanhe que permanecia em sua garganta. A combinação líquida, junto com a comida de avião e ficar sentada por tanto tempo, fez Cassidy sentir que precisava de uma corrida, um banho e outra soneca... em qualquer ordem.

Thane voltou um minuto depois, franzindo a testa. — O avião está leve.

— O que você quer dizer? Havia passageiros no corredor de embarque conosco. Estava lotado?

— Se mais de uma dúzia estiver sentada lá atrás agora,

eu ficaria surpreso — respondeu Thane. — Também estou duvidando que este avião esteja indo para onde esperamos. O capitão não fez um único anúncio. Nada sobre alfândega, clima, ou onde estamos.

— Não há como os Paragons terem tido tempo de preparar algo — disse Cassidy. — Não-

— Eles tiveram horas e horas — Thane espremeu-se passando por Cassidy. — Podemos ter todos os Paragons do Havaí neste voo, levando-nos direto para uma emboscada.

A comissária levantou-se, balançou uma garrafa de champanhe na direção de Cassidy. O Vazio deu de ombros e fez um aceno afirmativo para a comissária servir mais.

— O que você está fazendo? — perguntou Thane, vendo os movimentos de Cassidy.

— Fazendo perguntas.

A comissária aproximou-se, alcançou o copo vazio de Cassidy. Cassidy colocou a mão no pulso da mulher, segurando-o firmemente, mas não com força suficiente para machucar. A comissária lhe deu um olhar curioso, que desapareceu quando notou a expressão séria de Cassidy.

— Você sabe quem nós somos? — Cassidy perguntou à comissária.

— Sr. e Sra. Smith — respondeu a comissária, fazendo um bom trabalho ao adicionar confusão à sua voz. — É o que está escrito em seu bilhete.

— Tenho certeza que está. Você sabe para onde foram todos os passageiros?

— Todos os passageiros?

— Se você bancar a idiota comigo, posso abrir um buraco tão pequeno no seu coração que você não saberá o que está acontecendo até que, lentamente, se afogue em seu próprio sangue. — A comissária ficou adequadamente pálida. — Responda minha pergunta.

A comissária lançou um olhar para as cortinas. — É por segurança. Nós os deixamos sair pela porta dos fundos. Remarcamos para outro voo. Com vocês dois, não poderíamos arriscar...

Thane grunhiu. Ele estava certo.

— E os que ficaram? Quem são eles?

A comissária não disse nada porque não precisava. Cassidy tinha o pulso da mulher em suas mãos em um momento e, no seguinte, sentiu um pulso diferente, mais forte. Este pertencia a um novo homem, vestindo uma camiseta havaiana turquesa e shorts cáqui, parecendo mais como alguém que pertencia a um campo de golfe do que a um avião em alta velocidade com as pessoas mais perigosas do planeta.

O fato de ele poder substituir a comissária num piscar de olhos revelou o homem como uma anomalia. Agora Cassidy precisava descobrir a habilidade do homem, já que havia muitas maneiras pelas quais ele poderia ter feito a comissária desaparecer: super velocidade transportando-a para o fundo do avião, um truque de teletransporte, encolhendo-a para um tamanho pequeno, ou talvez ele tivesse sido a comissária o tempo todo e só agora revelasse seu verdadeiro rosto.

— Não queremos problemas — disse o homem —, mas vocês não deveriam estar aqui.

Thane soltou o cinto de segurança. Cassidy não removeu a mão do pulso do homem. Os vazios sussurravam, querendo ser usados.

— Um pouco tarde para isso, não é? — disse Cassidy.

— Estamos voando sobre uma região selvagem. Não há uma alma por perto. Vocês podem sair.

— Pular? — Cassidy riu. — Que tal vocês pousarem, nós sairmos andando, e é isso?

O homem se inclinou, livrou seu pulso da mão de Cassidy e recuou para o corredor. — Esse não é o acordo. Nós abrimos a porta, vocês pulam. Se sobreviverem à queda, é problema de vocês.

Agora Cassidy soltou seu cinto, olhou para as cortinas que dividiam a cabine. Sem sinal de reforços passando por elas, embora provavelmente estivessem esperando.

— Isso é um assassinato, não um acordo — rosnou Thane. — Saia, Cassidy. Deixe-me cuidar dele.

De volta ao solo, com Bits e os infelizes oficiais, Cassidy sentiu que eles tinham vantagem. Thane e O Vazio poderiam ter destruído a cidade impunemente. Aqui, Cassidy não tinha a mesma sensação. Eles tinham entrado direto em uma emboscada dos Paragons. As mesmas pessoas que a colocaram em uma prisão agora queriam jogá-la para fora de um avião.

Eles seguiram as orientações do Paragon e estavam prestes a acabar mortos de qualquer maneira. Melhor lutar.

— Ele é todo seu. — Cassidy voltou a sentar enquanto Thane começava a atravessar.

Exceto que Thane não estava mais ao lado da janela. O homem agachou-se no assento de Thane, enquanto o próprio Thane caiu pelo corredor nos assentos do outro lado. Cassidy conectou os pontos da troca de corpos, começou a lançar um pequeno vazio no homem, apenas para encontrar uma janela e a parede externa do avião à sua frente.

Ah, este seria irritante.

Thane rugiu e os pisos tremeram. Já raspando o teto do avião com sua cabeça, a anomalia virou seu rosto cheio de saliva para o Paragon. Ele balançou um punho e, naquele segundo, Cassidy encontrou-se novamente em seu próprio assento, com o golpe de martelo de Thane vindo em sua direção. Ela abaixou-se para frente e o golpe de Thane passou por cima de sua cabeça, girando para esmagar o assento da frente.

— Controle! — gritou Cassidy, apenas para se encontrar empurrada para fora do assento rangente enquanto Thane se impulsionava de volta para o corredor.

O Paragon recuou pelo corredor, mantendo um sorriso leve e arrogante no rosto. Quando Cassidy se levantou e encontrou os olhos do Paragon, ele apontou para a saída do avião.

— Ali está sua saída — disse o homem. — Ou podemos continuar esta dança.

— Então vamos dançar — respondeu Cassidy, estendendo sua mão direita, um vazio saltando para as pontas de seus dedos.

O Paragon trocou de lugar novamente, colocando Thane exatamente onde o vazio de Cassidy deveria ter ido. Em vez disso, o homem sufocou, tossiu e morreu quando suas entranhas colapsaram sobre si mesmas. Cassidy mexeu os dedos da mão esquerda, de frente para onde Thane estivera. Um Paragon previsível era um Paragon morto.

— Pronto? — resmungou Thane, olhando para o corpo.

— Sim — disse Cassidy, ajeitando o cabelo que saíra do lugar com todas as trocas. — Mas ele é apenas um.

Virando-se, Cassidy passou pela cortina para o compartimento principal do avião. E mergulhou para frente quando um raio azul brilhante atravessou o espaço onde ela estava antes. Cassidy sentiu o calor em sua nuca, cheirou fumaça quando cabelos que não caíram rápido o suficiente receberam um golpe chamuscante. Ela esperava que o avião despencasse com a explosão, mas em vez disso ouviu o rugido surpreso de Thane.

Ele poderia aguentar.

Olhando para cima, Cassidy viu a comissária, agora com um olhar mais sério, avançando em sua direção. Enquanto a comissária corria, seus pés pulsavam a cada passo, disparando linhas verdes na direção de Cassidy. Como veias crescendo, as linhas aceleravam sua aproximação junto com a comissária. O que diabos elas poderiam fazer, Cassidy não sabia, então lançou um vazio no centro do corredor e se arrastou para o meio do avião.

O vazio lançado rasgou os assentos ao seu redor, despedaçando o tecido. A comissária gritou, e Cassidy ouviu um baque forte, mas as linhas verdes não a alcançaram. Thane deu outro rugido e Cassidy ouviu a cortina se rasgar quando o homem-monstro entrou no compartimento com elas. Agarrando um assento, Cassidy olhou para Thane enquanto ele descia pelo corredor, cronometrando a corrida para encontrar seu vazio enquanto este desaparecia. Aquele raio azul parecia ter deixado chamas fumegantes no ombro de Thane, não que parecesse importar.

Com a atenção deles tomada, Cassidy espiou e fez uma contagem de Paragons. A estimativa de uma dúzia de Thane parecia correta, embora todos se movessem tanto que era difícil ter certeza. Luzes e sons lampejavam pelos fundos enquanto os Paragons exercitavam suas habilidades em ondas constantes. Os raios azuis vinham de um homem pequeno que parecia aspirar tudo o que tocava, transformando-o naquela energia crepitante. No início, Cassidy pensou que o homem tinha uma precisão incrível, até notar uma Paragon ao lado dele torcendo as mãos e curvando aqueles raios direto para o corpo de Thane.

O próprio Thane balançava e socava, mas a comissária, com os pés firmes novamente, parecia deixar cada golpe passar direto por ela, como se aquelas veias verdes lhe dessem alguma proteção. De qualquer forma, a frustração de Thane só crescia, e o ataque dos Paragons se intensificou: os outros oito estavam se espalhando, alguns lançando outros projéteis nas costas de Thane, enquanto outros dois tinham seus olhos em Cassidy.

Em campo aberto, Cassidy poderia ter dado a Thane a chance de dominar todos e esmagá-los em pedaços. Em um avião apertado, onde o tamanho de Thane só o tornava um alvo fácil? Mesmo Thane poderia se encontrar desgastado, queimado.

— Desista — disse uma mulher vindo pela esquerda, suas mãos estendidas na direção de Cassidy com um brilho roxo claro entre elas. — Não há saída.

Não havia?

Levantando sua mão direita, Cassidy lançou o vazio, sentindo o calor romper seu suor mesmo quando o vazio rasgou o teto do avião. Metal rangeu, fios faiscaram, e a pressão estourou, devastando os ouvidos de todos a bordo, embora não tão mal quanto Cassidy esperava. Quando Thane a acordou, ele mencionou que o avião estava descendo.

Talvez baixo o suficiente para cair.

A luta ao seu redor parou, cada Paragon tentando decidir como o avião rompido afetava seus planos. Uma pessoa, porém, não se importou em considerar a mudança: Thane. Enquanto Cassidy preparava outro vazio, a forma queimada e machucada de Thane lançou um Paragon através do avião, esmagando-o contra a mulher que pediu a rendição de Cassidy. Com outro rouco rugido, Thane levantou e atirou poltronas nos outros Paragons, forçando-os a se abaixarem e desviarem.

Cassidy usou a distração, puxou-se de volta para o corredor à direita e correu agachada na direção de Thane. Dentro dela, sentia o calor aumentando, a pressão sugando seus dedos como se tivesse mergulhado as mãos em lava.

— Segure-me — gritou Cassidy enquanto se aproximava de Thane, enquanto liberava o vazio atrás dela.

Enquanto o avião se partia ao meio, Cassidy esperava que o homem, o monstro, estivesse são o suficiente para ouvir.

CAPÍTULO 13

CHANTILLY E ESQUEMA

EM ALGUMAS MANHÃS, as reuniões passavam voando. Wexley as conduzia no piloto automático, acrescentando contribuições mínimas e aprovando sugestões de funcionários sem alarde. Não era exatamente o comportamento ideal de um CEO, mas não era todo dia que Wexley tinha um prêmio esperando por ele antes do almoço.

Rhimes ligou durante o café da manhã com as boas notícias. A rastreadora, Kat, aquela que eles tentaram eliminar na neve não muito tempo atrás, havia tropeçado no drone desativado e não conseguiu escapar. Rhimes descartou a descoberta como mero acaso, com Kat provavelmente perambulando à procura de outra anomalia. De fato, dois guardas encontraram e lutaram com outra anomalia nas proximidades, embora tivessem falhado em capturar esse intruso.

Wexley, na hora mastigando sua barra energética padrão do café da manhã, deixou Rhimes e sua ideia passar, tamborilando os dedos em sua mesa de vidro da cozinha. Uma rastreadora com a reputação de Kat não parecia o tipo que simplesmente tropeçaria em algo como o drone. E ela não tinha trabalhado com anomalias antes?

Então Wexley pediu que sua assistente liberasse sua agenda do meio-dia, e agora, após esta última reunião – algo sobre oportunidade de branding – Wexley disparou para baixo, pegou uma cápsula e ziguezagueou para o sul.

Rhimes não era burro o suficiente para manter tanto a rastreadora quanto o drone no mesmo lugar, então Wexley teve apenas um choque leve quando a cápsula parou perto de uma lanchonete improvisada. Decorada com cromo e anunciando hambúrgueres e batatas fritas cultivados em laboratório, junto com tortas frescas diárias, Wexley demorou-se para sair da cápsula, apreciando o ambiente em um estacionamento com vagas demais para a era atual. Passeios de infância a destinos temáticos semelhantes desfilavam em sua mente.

A multidão do horário de almoço chegou em força total ao redor de Wexley, cápsulas parando bruscamente com famílias e equipes de trabalho, deixando-as em grupos para pegarem seus hambúrgueres antes de partirem novamente. Milk-shakes fluíam, gordura pairava no ar, e números de pedidos soavam sobre conversas ociosas.

Wexley empurrou – empurrou! – a porta para abri-la, segurou-a para uma senhora idosa e sua filha que vinham atrás dele, e então continuou passando pelo balcão da frente. As cabines agarravam-se às laterais da lanchonete, assentos sem almofadas de um vermelho-fita combinando com mesas brancas salpicadas. Tudo tinha um brilho laminado.

Pela primeira vez, aqui, cercado pelo zumbido e agitação casual, Wexley descobriu que seus dedos não estavam coçando por um gatilho. Sua mente não estava se fixando em esquemas para isso e aquilo. Preços de ações e demonstrações de vendas não dominavam a periferia de Wexley.

A lanchonete fazia o que se propunha a fazer: transportava Wexley para uma época mais simples e gentil.

Pelo menos até Wexley passar pelas portas dos funcionários, atravessar uma cozinha barulhenta até um escritório nos fundos. Bloqueado por uma porta pintada de preto, uma mostrando lascas e manchas de gordura, Wexley tentou a maçaneta prateada manchada e a encontrou trancada. Ele olhou para o olho mágico, outro artefato neste mundo dominado por câmeras.

O trinco clicou, a porta se abriu, e Rhimes estava lá com uma aparência profissional. Colete à prova de balas, arma visível em um coldre na cintura. Wexley supôs que uma jaqueta estivesse atrás da porta, pronta para manter os materiais de Rhimes escondidos dos inocentes lá fora. O próprio Rhimes não parecia cansado, nem agitado por cafeína: como o homem conseguia parecer trabalhar infinitamente sem descanso e ignorar as drogas, Wexley não conseguia compreender.

Enquanto Rhimes recuava, Wexley viu outro guarda posicionado dentro, este com uma arma mais pesada. Com as costas contra a parede do escritório, o guarda ignorou a entrada de Wexley, mantendo os olhos fixos na jovem amarrada a uma cadeira de escritório barata. Lacres, aqueles pequenos torniquetes de plástico, envolviam os pulsos e pernas de Kat, cada um prendendo-a um pouco mais.

Seu traje e seus gadgets estavam sobre a única mesa do escritório, deixando a rastreadora de camiseta e o que parecia ser calças de pijama, salpicadas com desenhos de cachorros perseguindo ossos. O visual parecia tão em desacordo com a situação que Wexley riu antes de se recuperar.

Kat olhou feio para ele, seus olhos azuis gélidos preparando o terreno para a conversa.

— Sabe — disse Wexley a Rhimes enquanto entrava — Eu realmente poderia tomar um daqueles milk-shakes. Você quer um?

— Estou bem — respondeu Rhimes.

— E você? — Wexley perguntou ao guarda.

— Tudo certo, senhor.

— Então cabe a você, Kat, me impedir de beber sozinho?

— Morango — disse Kat, sem suavizar o olhar nenhum pouco. — Chantilly, se tiverem.

— Vou querer o mesmo — disse Wexley, olhando para Rhimes. — Médios, por favor.

O homem desapareceu para atender ao pedido sem mais palavras. Wexley tomou o lugar de Rhimes ao lado da mesa do escritório. Uma cadeira dobrável estava oposta a Kat, mas Wexley a ignorou. Ele estivera sentado durante toda a manhã, e pairar sobre seus oponentes sempre era melhor que um olhar nivelado.

— Você não vai me amolecer — disse Kat — então nem tente.

— Não preciso. Não há nada que eu queira que você possa me dar.

Agora o olhar de Kat vacilou. Wexley teria sorrido em outra época, mas regozijar-se com a vitória agora parecia de mau gosto.

— Não entendo? — perguntou Kat. — Por que ainda estou viva?

— Oh, nós vamos usar você. Só não vai exigir sua ajuda. Tudo o que preciso é do seu corpo, seu nome e sua reputação.

— Por quê?

A pergunta de isca. Um movimento que poderia atrair

um vilão monologante, mas Wexley tinha outras coisas a fazer além de discutir seus planos.

— Presumo que você encontrou o drone e contou a alguém sobre ele?

— E o idiota acerta na primeira tentativa.

O guarda deu um passo à frente, parecendo querer dar um tapa em Kat. Wexley levantou a mão esquerda, impedindo o ataque. Kat podia dizer o que quisesse: no final, ela era quem estava amarrada à cadeira, enquanto Wexley tinha uma empresa de um trilhão de rep nas costas.

— Então por que o drone ainda está em minha posse? — perguntou Wexley. — Os Paragons não esperariam para atacar.

— Os Paragons são uma bagunça e você sabe disso. Eles virão eventualmente.

Então Kat não havia enviado a imagem, a localização do drone diretamente para os Paragons. Não importa sua desorganização, os Paragons tinham enviado uma equipe ao local do ataque do drone roubado, tinham implantado seus outros drones pela cidade para procurar seu amigo desaparecido. Dado um alvo, as anomalias se aglomerariam.

— Você contou para seus outros amigos? — perguntou Wexley. — Imagino que eles gostariam de saber. Um drone capturado pode ser uma ferramenta valiosa para os Elementais.

— Vai ter que adivinhar isso.

Rhimes voltou, dois milk-shakes, ambos transbordando chantilly, nas mãos. Wexley os pegou. Ele se inclinou para frente, colocou o canudo para que a boca de Kat pudesse encontrá-lo. Ela deu um longo gole. Wexley imitou. Mais açúcar do que morango, mas ainda delicioso.

— Quando ela vai chegar? — Wexley perguntou a Rhimes.

— À noite. Melhor palpite.

— Quem? — perguntou Kat.

— Então mova o drone. Mova ela. Exatamente para onde discutimos. Uma vez que estiverem posicionados, divulgue a localização — disse Wexley, então se virou para Kat. — Este chantilly é ótimo, não é? Um extra perfeito.

— Eu não estou... — começou Kat, mas Wexley a interrompeu com um gesto.

— Eu fiz uma oferta. Você ignorou. Você massacrou minha equipe. Você vai morrer, Kat. Isso não está em questão. O que estou ansioso para descobrir, entretanto, é o quanto você vai me ajudar primeiro.

Adriana o encontrou mais tarde na costa do lago, ao norte da lanchonete. O vento hoje, abençoado com um pouco de sol, beijava quente. Wexley até abandonou seu casaco, apenas o blazer proporcionando proteção suficiente. Adriana não fez o mesmo, envolvendo-se num casaco feito para as garras geladas de janeiro.

— Sinto muito — ela começou, aproximando-se dele à sombra do Soldier Field. — Eu não percebi.

— Então você a conhece? — perguntou Wexley. — Beth?

— Um nome entre dezenas. Não filtramos as pessoas desta vez. Foi um grande baile para os Paragons. O que há de suspeito nisso?

Wexley apontou um dedo para ela — Você é nova nisso, então vou perdoar este erro. Todos estão escolhendo lados, Adriana. Todos veem uma guerra chegando e querem saber onde estarão quando começar, e quando terminar. Isso significa que temos inimigos. Espertos, inteligentes, anomalias. Não existem mais inocentes entre nós.

— Que visão sombria.

— É uma perspectiva que me manteve vivo.

— É mesmo?

A sobrancelha erguida de Adriana e seu olhar impassível irritaram um nervo. Wexley fez uma careta, virando-se para as ondas de safira ondulantes.

— O suficiente para fazer o que preciso fazer — disse Wexley. — Você está pronta para o mesmo?

Adriana se aproximou ao lado dele. Wexley sentiu o casaco dela roçar seu blazer. Ela era tão alta quanto ele, seu cabelo solto voando ao vento.

— Presumo que foi você quem pegou o drone? — perguntou Adriana.

— Não é uma má suposição.

— O que está fazendo com ele?

— Você verá.

Adriana assentiu. — Logo?

— Logo.

— Então quando acabar, se você ainda estiver vivo, me ligue.

A frase poderia ter encerrado a conversa, mas Wexley não foi embora. Além das ligações com investidores, aquelas reuniões cheias de pressão tentando convencer um grupo rico a continuar com uma revolução que poderia minar suas indústrias, Wexley não passava tempo algum com iguais. Rhimes e sua equipe eram funcionários, assim como todos na empresa. Zhan-Yo havia sido próximo, mas o homem tinha se tornado cada vez mais imprudente e, agora, tinha desaparecido.

Adriana tinha reps. Tinha posição social. Wexley não sabia se ela conseguiria matar um homem de uma dúzia de maneiras diferentes como ele, mas quanto isso importava realmente?

— Você não deveria estar em algum lugar? — perguntou Adriana quando o silêncio se esvaiu.

Wexley acenou de volta na direção das torres de escritórios ao norte — Se você perguntar à minha agenda, eu deveria estar sentado em alguma cadeira bege ouvindo uma discussão estratégica que se tornará sem sentido se tudo isso der certo.

— Mas em vez disso, você está aqui.

Wexley aceitou o comentário, deixou o vento soprar.

— Quando Zhan-Yo intensificou seus esforços, ele também começou a faltar às reuniões. O homem se tornou um executivo ausente, raramente presente, e mesmo quando aparecia, sua mente estava tão longe do rumo que paramos de fazer perguntas a ele. Eu não entendia isso na época, mas entendo agora.

Adriana esperou que Wexley continuasse, embora ele supusesse, pela paciência dela, que ela sabia o que estava por vir.

— Quando você encontra o que é mais importante, todo o resto desaparece — disse Wexley. — Não me importo com os lucros, as expansões, os novos Tamas que estamos lançando no próximo trimestre. Alguns meses atrás, esses eram primordiais, e toda essa revolução parecia um trabalho paralelo. Um jogo cruel que nunca teria qualquer impacto real.

— Zhan-Yo explodiu um estádio.

— Desleixado, mas funcionou. Os Paragons estão perdidos, e estou mais comprometido do que nunca.

— Assim como eu — Adriana pegou o braço de Wexley e acenou com a cabeça em direção à rua, onde uma cápsula havia parado. — Venha comigo.

— Para onde?

— Importa?

Ousada, forte e inebriante. Wexley foi.

A cápsula de Adriana disparou para o norte, direto para o coração da avenida Michigan e a farra de compras dos turistas que só crescia à medida que a tarde avançava. A cápsula se espremeu em uma rua lateral, deixando o par perto de uma loja discreta que vendia sapatos. Wexley piscou para as vitrines, imaginando se Adriana o tinha trazido até aqui para criticar seu senso de moda.

— Vamos — disse Adriana, passando pela loja e descendo uma pequena viela dominada por lixeiras e funcionários em intervalo.

Os dois eram um óbvio desajuste com os habitantes do beco, e olhos observavam o par com o respeito desconfiado dado a um potencial gerente, ou alguém que poderia penalizar os funcionários por passar um ou dois minutos extras fora do turno. Pelo menos um suspiro audível ecoou quando Wexley passou.

Adriana parou em uma porta metálica verde-musgo, com o nome de uma marca que sua empresa possuía estampado do lado de fora.

— Não poderíamos entrar pela frente? — disse Wexley.

— Não para o que preciso que você veja — respondeu Adriana, tocando em seu Tama.

A fechadura dentro da porta clicou, e Wexley, adotando o papel de cavalheiro, puxou a porta e a manteve aberta. Adriana deu-lhe um aceno de cabeça por seus esforços e liderou o caminho. Luzes pálidas os aguardavam, iluminando prateleira após prateleira com roupas de estilistas esperando por sua chance. Adriana navegou pelo labirinto sem hesitação, impressionante considerando quantas fileiras havia, quão profundas iam, e quão absolutamente iguais tudo parecia.

— Se você está tentando me mostrar o que vende, eu entendo — disse Wexley.

— Não exatamente — respondeu Adriana. — Estamos quase lá.

Passada a última fileira, outra porta os esperava, incrustada em uma parede que parecia mais nova que o resto do edifício. Novamente, Adriana pegou seu Tama. Novamente, ela tocou nele. E novamente, a porta se abriu ao seu comando.

Aqui dentro, porém, não havia prateleiras. Em vez disso, uma única máquina grande e zumbiente funcionava. Dois funcionários, um operando a máquina, o outro carregando um fardo familiar para uma caixa ao lado, olharam para cima quando Wexley e Adriana entraram. Ao ver sua chefe, eles voltaram ao trabalho sem questionar.

— Você faz os uniformes deles — disse Wexley.

— No início, apenas em Nova York — Adriana foi até a cesta mais próxima. Ela passou a mão pelo prateado e azul. — Agora, em todos os lugares. Comprei todas as empresas com contrato com os Paragons.

— Bom negócio.

— Ótimo negócio — disse Adriana. — As anomalias deles destroem tantos trajes — Ela olhou para os dois funcionários, deu a Wexley um sorriso cúmplice. — Vamos deixá-los trabalhar.

— Por que me mostrar? — perguntou Wexley quando estavam de volta entre as prateleiras.

— Dois motivos — respondeu Adriana, guiando-os de volta à saída para o beco. — Primeiro, porque preciso que você saiba que perderei tanto quanto qualquer um se os Paragons entrarem em colapso.

Um bom sinal. Confiar em alguém sem nada em jogo era um exercício de tolo.

— E dois, porque podemos usar isso. Já se perguntou como os Paragons sempre parecem saber onde estão seus amigos? Como os drones conseguem encontrar exatamente onde ir?

— Os uniformes?

— Exatamente — disse Adriana. — Você tem um drone. Vire seus sistemas do avesso e acho que você poderia encontrar cada Paragon vestindo seu uniforme, até o metro.

E se ele tivesse todos os drones? Os Paragons descobririam rapidamente, mas naqueles primeiros dias, naquelas primeiras horas... em todo o mundo, Wexley poderia ter um exército mecânico realizando uma varredura cirúrgica.

— Você tem uma carinha de pensativo fofa — disse Adriana quando eles voltaram para fora. — Eu gostaria de vê-la com mais frequência.

— Isso não será um problema — Wexley colocou um dedo na bochecha dela. — Se esta noite correr bem, teremos motivos para comemorar.

— Então é melhor você ir — Adriana acenou com a cabeça pelo beco até a cápsula que esperava. — Pegarei a próxima.

A despedida de Adriana colocou Wexley indo para o sul, embora ele passasse primeiro por sua garagem favorita e sua van favorita. Rhimes estava enviando atualizações ocasionais a Wexley, e fontes dentro de vários monitores de tráfego aéreo e dos próprios Paragons — nunca subestime a motivação de um descontente de baixo escalão — confirmaram que Mynx estava agora a caminho de Chicago.

O toque pessoal de um Campeão acrescentado à cidade. Wexley sorriu para si mesmo: a última vez que um veio aqui, os resultados foram bastante bons para ele.

Armado e blindado, Wexley enviou a Rhimes o comando de iniciar. A cápsula não levou Wexley de volta ao estaleiro lotado, mas sim a uma marina privada na costa do lago. Aqui, descansando em seu berço, estava uma das poucas concessões de Zhan-Yo à sua riqueza. O homem tinha uma inclinação para a frugalidade, mas adquirira um barco veloz feito para surfar no Lago Michigan como um único presente para si mesmo. Algo sobre liberdade e como a água a expressava perfeitamente.

E então Zhan-Yo quase nunca o usou, exceto quando Wexley lembrava o homem de sua existência. Dar um passeio em águas abertas servia como um bom lugar para ter discussões perigosas. A revolução de Zhan-Yo começou lá com nada além de ondulações leves por quilômetros ao redor. Agora Wexley tinha as chaves e ia colocar o selo final no que Zhan-Yo começou.

Com o sol se acomodando atrás das torres de Chicago, Wexley ligou o barco e seguiu para o lago. Quatro assentos, repletos de energia, garrafas de água e, agora, as armas muito ilegais de Wexley, o barco cortava a água fria. Poucos outros estavam por aí – há uma semana, o gelo do lago tornava isso uma decisão perigosa. Uma tela sobre o volante dava as coordenadas: dez quilômetros ao sul. Outra marina lá, outro cais, e então uma breve viagem de cápsula até o ponto de encontro.

Ir direto de cápsula teria sido mais rápido, mas o passeio de barco manual cortava o caminho para qualquer um que estivesse escutando. E além disso, a brisa estava quente, o pôr do sol bonito. O lago um cinza-púrpura cintilante.

Lutar contra um Campeão significava arriscar sua vida. Se esses seriam seus últimos momentos, Wexley queria aproveitá-los.

CAPÍTULO 14

ATAQUE DE MALTE PURO

CELICE SE APROXIMOU do local do encontro, um pub tranquilo aninhado entre uma estação de metrô e um mercado, com passos determinados e as mãos bem longe da arma pendurada em seu coldre de ombro. Ela examinou a calçada, as sacadas dos apartamentos acima e ao redor do bar, vendo apenas algumas pessoas fora àquela hora tardia. Alguém terminando um cigarro, outro casal brindando com taças de vinho em meio a uma conversa. Ninguém a observando, porém. Ninguém seguindo Celice que ela pudesse ver.

Bem, exceto por seus amigos.

Gatete e sua equipe — Roger e Sydney incluídos, embora após pedidos de desculpas de ambos os lados — estavam cobrindo suas costas. Haviam se posicionado nos quarteirões ao redor do local de encontro uma hora antes, confirmando suas localizações com Celice enquanto ela saía de seu apartamento, fornecendo o visual para os espiões presumidos de Zhan-Yo. Celice estava com seu Tama pronto para chamar a equipe se Zhan-Yo aparecesse, dando a Gatete seu prêmio e a Celice sua oportunidade de vingança.

Se ela conseguiria ou não esfaquear Zhan-Yo com uma espada como o homem fez com seu pai era um problema que Celice poderia resolver depois.

Shaw's Girl, em letras douradas sobre uma placa preta acima da entrada, recebeu Celice através de uma pesada porta. Dentro, um longo balcão de bar estendia-se quase até a frente, com algumas mesas ocupando o escasso espaço do lado da rua. Banquetas encostadas no balcão davam espaço para beber a um grupo local e barulhento que gritava para algum esporte na única TV. À direita, mesas espaçadas para dois lugares se destacavam sob lâmpadas velhas e antigos cartazes de peças teatrais de Soho pendurados nas paredes.

Apenas uma mesa estava ocupada. Um homem solitário saboreando uma cerveja fresca. Diferente dos locais e seus trajes improvisados, este usava seu couro sutilmente, projetando sombras em todos os lugares certos para dificultar a identificação de uma arma. Celice reconheceu seu rosto como o do idiota do guarda-chuva da noite passada.

Contato identificado, Celice dirigiu-se à ponta do bar, levantou um dedo e se viu com um uísque turfado de dezoito anos em um copo highball. Celice tomou o lugar oposto ao homem, deslizando sua bebida pela madeira remendada e pensando em qual abordagem queria usar.

Havia a abordagem agressiva, colocando a mão dentro da jaqueta e oferecendo ao homem dois tiros rápidos no crânio se ele não revelasse a localização de Zhan-Yo. Isso seria satisfatório, embora improvável de ter sucesso. A estratégia clichê de sedução não fazia sentido — Celice não se vestiu para essa estratégia, e o homem à sua frente não era um político nojento em busca de uma demonstração de poder.

Esperar que o cara de Zhan-Yo tomasse a iniciativa também não era bom. Depois de se envolver na emboscada de Gatete mais cedo, Celice precisava gastar um pouco de energia. Jogar no ataque.

— Onde está o importante? — perguntou Celice, observando os olhos do homem fazendo trajetos regulares sobre seu ombro e pelas janelas do bar. — Lá fora?

— Não está aqui — disse o homem. Um sotaque americano. Zhan-Yo empregava algum local? — E não vai estar, também.

— Então estou saindo.

— Não. — O homem indicou seu uísque com a cabeça. — Vi o que ele serviu para você. É um bom uísque. Não desperdice.

Celice segurou o copo, fingindo que ia beber tudo de um só gole. Ganhou uma careta do homem, mas então mudou o movimento para apenas um gole. O evidente alívio do homem mostrou que ele não era um robô.

A conversa começou a fluir.

— Ele não quer te machucar — disse o homem. — Zhan-Yo está numa posição complicada. Você é uma dor de cabeça que ele não precisa.

— E eu quero a cabeça de Zhan-Yo numa bandeja. Você consegue ver o problema.

O homem assentiu, — Meu trabalho é nos tirar dessa sem mais um corpo, então aqui está o que posso te oferecer.

— É a cabeça de Zhan-Yo numa bandeja?

— Não é.

— Então...

O homem ergueu uma mão, — Olha, eu entendo. Estou nesse jogo há muito tempo. Não deixe que a visão de túnel te custe o que é importante. Pelo menos me escute. Depois, se você quiser se matar, podemos providenciar isso.

Celice aceitou a oferta com outro encontro com o uísque. Após a gélida noite londrina, a bebida desceu rugindo por sua garganta e deliciou seu estômago com uma supernova de fogueira.

— Zhan-Yo veio para cá depois do estádio. Você sabe disso, mas provavelmente não sabe por quê. — O homem deu um tempo para Celice, e quando ela não lhe deu nada, ele continuou. — Wexley, seu braço direito, assumiu a empresa de Zhan-Yo. Você não pode ter um criminoso tentando administrar uma organização multinacional.

— Sério? — Celice ergueu uma sobrancelha o melhor que pôde. — Novidade para mim.

O homem riu. Uma risada genuína acompanhada de um aceno. — Justo. De qualquer forma, Zhan-Yo está tentando organizar uma revolução. Ele quer que as pessoas comuns recuperem seu poder. Anomalias não deveriam ter tudo só porque têm habilidades que eu não tenho, por sorte.

— Estou ficando entediada.

— Zhan-Yo tentou falar com os Paragons, mas eles não ouviriam. Seu pai não ouviria. Então ele fez uma jogada desesperada, e depois outra. Agora ele quer que os que estão no comando conversem, façam um acordo e reorganizem o mundo antes que seja tarde demais.

— Tarde demais para quê?

— Você viu as notícias, tenho certeza. Parece que o mundo está indo na direção certa?

Não, definitivamente não estava. Celice tentou bloquear os acontecimentos atuais, porque olhar para a desordem dos Paragons, observar Mynx lutando para manter a América do Norte unida enquanto o resto dos Campeões lidava com seus próprios incêndios apenas adicionava culpa às emoções com as quais Celice tinha que lidar todos os dias que passava sozinha aqui.

Que os Paragons precisavam de alguma faísca, algum momento unificador era óbvio. A última entrevista coletiva de Mynx tratava de algum drone desaparecido, tentando unir as pessoas em torno desse ataque à lei e à ordem. Difícil gerar simpatia por uma máquina, no entanto.

— Se você está tentando me convencer de que Zhan-Yo vai unir o mundo depois de assassinar meus amigos e meu pai... — Celice não precisou terminar essa frase.

— Ele não é o curandeiro — reconheceu o homem. — Mas, como ele me disse, ele pode ajudar aquele que é.

O copo highball que segurava seu uísque era bem feito. Celice o agarrou com tanta força que um copo inferior teria se estilhaçado. A audácia, pedindo paz agora. Pedindo aos Paragons que se curvassem e desistissem.

— Zhan-Yo disse o que queria como parte desse acordo? — perguntou Celice. — O que acontece com ele nesse futuro glorioso? O assassino terrorista pode sair livre?

O homem suspirou, recostou-se na cadeira. Sua jaqueta se abriu o suficiente para Celice ver que, como ela, ele carregava uma arma pendurada no ombro.

— Então isso é um não, certo? — perguntou o homem.

— Isso é um infernos não — respondeu Celice. — Onde ele está?

— Bem — disse o homem, alcançando sua cerveja com a mão esquerda.

O movimento chamou a atenção de Celice. Até agora, o homem estivera bebendo com a direita. Ela começou a se mover enquanto ele o fazia, a mão direita do homem entrando rapidamente dentro da jaqueta em busca daquela arma.

Celice empurrou a mesa contra ele. A coisa tinha peso, uma base metálica robusta, antiga e desequilibrada o suficiente para fazer uma boa torre tombante. O tampo da mesa prendeu o braço do homem dentro da jaqueta enquanto o empurrava para o chão do pub. Celice já estava com sua própria arma em punho e pronta, apontando para o homem caído.

O silêncio a fez apertar os lábios, suspirando o tempo todo.

O grupo que assistia ao evento na TV, o barman que havia dobrado seu pedido sem nem olhar novamente, todos tinham suas próprias armas à mostra, apontadas para ela. Claro que Zhan-Yo não enviaria um único capanga aqui. Esta era uma situação de tudo ou nada. Celice ou aceitava seus termos, ou cairia rápido.

— Tudo bem — disse Celice, erguendo sua arma para o teto. — Vamos respirar, todo mundo.

A deixa funcionou, já que seis armas diferentes — pistolas, espingardas e um revólver de aparência intimidadora — mantiveram suas balas em seus canos. Celice tinha uma plateia, e tinha alguns segundos.

Todo o tempo do mundo.

O barman franziu a testa, suas mãos segurando a espingarda girando e balançando a arma como um taco nas costas do homem mais próximo. O alvo tombou sobre o próximo homem, que se virou com um grito apenas para receber a espingarda, agora voando pelo ar, no rosto. Dois outros capangas se acertaram com força com suas próprias armas, nocauteando-se.

Apenas Revólver manteve a cabeça, virando-se do caos e puxando o gatilho. Celice rolou para frente, o tiro da pistola disparando sobre sua cabeça e acertando um cartaz antigo de Os Miseráveis. Celice se levantou com um soco no estômago enquanto sua mão esquerda arrancava o revólver para o lado.

O homem lutou, ofegante após o golpe de Celice, e

tentou um joelhada. Celice afastou isso com uma cotovelada, depois agarrou a jaqueta do homem e usou sua posição mais baixa para jogá-lo por cima de suas costas, batendo-o no chão do bar. No processo, seus dedos extraíram o revólver, colocando-o em posição, o cano apontado direto para o rosto do homem.

Ele levantou as mãos, e a porta do pub se abriu com estrondo.

— Mais uma vitória para os mocinhos — anunciou Gatete, guiando Sydney e Roger atrás dele. — Como se esperássemos algo menos.

O bando de Zhan-Yo gemeu ao redor deles, mas se recompôs rapidamente. Quando Gatete chegou a Celice e olhou para o grupo derrotado, seus lábios estavam selados, seus olhares duros mascaravam o que havia por baixo. Celice deu um longo passo para trás enquanto Gatete exigia que o grupo revelasse a localização de Zhan-Yo.

— Você trouxe reforços — disse o alvo original de Celice, que havia se extraído da mesa e agora se apoiava contra a parede, mão no estômago. — Quebrando as regras.

— Isso é forte, vindo do cara com sete amigos — respondeu Celice.

Os apelos de Gatete não arrancaram nada da multidão reunida, e o Paragon olhou para Celice.

— O que você acha, filha de Aegis? Devemos massacrar esses traidores aqui e agora, ou colocá-los em exposição primeiro?

— Acho que deixamos essa escolha para eles — respondeu Celice. — Eles nos levam até Zhan-Yo e nós os deixamos ir embora.

Gatete deu uma careta sem entusiasmo em resposta, lançou outro olhar abrangente para seus novos protegidos,

— A filha do Campeão oferece misericórdia. O que vocês dizem?

— Eu digo que Zhan-Yo não está nos pagando o suficiente para morrermos por ele — disse o homem ao lado de Celice. — Meu nome é Mathieu, e se vocês querem ver o chefe, vou levá-los exatamente lá, agora mesmo.

Celice examinou as palavras, a postura do homem enquanto ele se oferecia para trair seu líder e não encontrou nada falso em nenhum dos dois. Gatete acenou com a mão em direção à saída do pub.

— Então, mostre o caminho, Mathieu — disse Gatete. — Sydney garantirá que o resto de vocês permaneça aqui. Se Mathieu nos levar aonde precisamos ir, então vocês serão libertados sem danos.

No geral, não era a pior negociação para os lacaios de Zhan-Yo. Celice teve a impressão, pelo brilho nos olhos de Gatete e o fogo quando ele falou de massacre, que o Paragon não se importaria em jogar alguns corpos na rua. Uma afirmação de que o Paragon lutou e derrotou terroristas no centro de Londres elevaria seu perfil.

Melhor atrelar política a qualquer ação com aquele ali.

Mathieu carregou seu fardo traidor sem hesitação, conduzindo Celice, Gatete e Roger pela saída do pub. Seus colegas de equipe lançaram a Mathieu olhares que iam do enojado ao grato, um espectro que Celice não achou surpreendente entre mercenários. Em um grupo escolhido apenas por reputação, lealdade tinha que ser um conceito fluido.

Não que os Paragons tivessem se provado muito melhores. Aegis havia sido atraído e abandonado por um traidor, e Celice imaginou que os ataques a Los Angeles teriam precisado de ajuda interna. Toda organização tinha podridão, mas com os Paragons, a insatisfação usual poderia causar a morte de centenas ou milhares. Aegis costumava reclamar sobre testes de lealdade nos primeiros dias, Apinya e alguns outros lendo mentes e, se necessário, refazendo-as.

Seu pai havia ficado nostálgico na época. Celice manteve suas próprias preocupações em silêncio.

Do lado de fora do *Shaw's Girl*, outros cinco Paragons perambulavam pela calçada acenando para os transeuntes. Acima, um drone gladiador pairava, seus holofotes ofuscando o brilho charmoso dos postes de luz.

— Acho que você não trouxe reforços suficientes — disse Mathieu, absorvendo tudo.

— É um show — respondeu Celice enquanto Gatete passava os planos para os Paragons. — Gatete precisa disso para chamar atenção, para que possa colher as recompensas.

— E você?

— Eu só quero Zhan-Yo.

— Porque isso vai resolver todos os seus problemas — disse Mathieu.

— As pessoas continuam me dizendo isso, e está ficando bem chato — disse Celice. — Você vai continuar andando, ou Zhan-Yo está se escondendo nessa lixeira?

Com Roger e Gatete seguindo, Celice e Mathieu partiram rua abaixo. Não antes, é claro, de Celice tomar todas as armas de Mathieu — coldres de ombro e tornozelo, uma faca dentro da manga direita — e entregá-las. Tornar o homem inofensivo pareceu melhorar o humor de Mathieu, como se matar a possibilidade de ferir alguém aliviasse a consciência do homem: ele apontou edifícios enquanto caminhavam, nomeando-os e seus passados.

— Você é historiador nas horas vagas? — perguntou Celice depois que o quinto marco menor, uma casa de algum antigo herói britânico, gerou outra história.

— Estamos aqui há um tempo — disse Mathieu. —

Antes de você, Zhan-Yo não precisava que fizéssemos muita coisa. Passava muito tempo lendo, andando.

— Aparentemente.

Gatete ofereceu-se para chamar um pod, mas Mathieu enfatizou a caminhada, dizendo que não seria muito longe. E que pods poderiam ser rastreados.

— Estamos com você — disse Celice. — Por que ser rastreado é uma preocupação?

— Como se vocês fossem os únicos com quem nos preocupamos.

— Não somos?

Mathieu começou a rir, suspirou em vez disso enquanto viravam para uma rua lateral estreita bloqueada por apartamentos de tijolos, — Você tem uma visão tão estreita.

— Ele matou meu pai.

Mathieu não tinha resposta para isso, ou escolheu não dá-la. Celice mergulhou em um olhar carrancudo que durou até que Mathieu parou em uma porta azul discreta. Ele digitou um código no teclado da fechadura à direita, depois a abriu. O cheiro quente e picante do chá chai emanou, complementado por um aroma doce e grudento de pastelaria.

Alguém não havia ficado ocioso a noite toda.

— Ele assa agora — disse Mathieu com um dar de ombros. — É meditativo.

Gatete riu, — Claro. Por que não? Derrubar um mundo pacífico e assar um bolo no processo.

Celice afastou essa imagem. Ela não estava aqui para os hobbies de Zhan-Yo ou sua autorreflexão.

— Vamos — disse Celice, e Mathieu executou a ordem.

Dentro e subindo uma escada estreita de madeira escura, o grupo subiu um andar e parou perto de outra porta, também azul e também trancada com um teclado numérico.

— Ele estará lá dentro — disse Mathieu, olhando diretamente para Celice. — Mas ele vai querer conversar. Não atire.

— Esse não é o plano — disse Gatete, agora sem o riso. O líder Paragon de volta à sua posição. — Estamos aqui por um prisioneiro, não um cadáver.

Mathieu, no entanto, esperou que Celice concordasse antes de digitar os números. Com um simples e alegre toque, a fechadura clicou e a porta se abriu. O santuário de Zhan-Yo estava diante deles.

Uma cozinha medíocre fervilhando, de fato, com tigelas de mistura, batedores e um forno coberto com aqueles pães recém-assados saudou seu primeiro olhar. Celice, no entanto, ignorou a domesticidade e foi direto para o espaço aberto além. Uma grande sala de estar, com piso de madeira, estava estéril, um sofá e várias cadeiras espremidas contra as laterais. Uma grande janela se abria à esquerda, exibindo um parque logo abaixo.

O próprio Zhan-Yo não se escondia. Ele estava de pé perto da lareira nos fundos do apartamento, vestindo armadura corporal e, embainhadas em suas costas, as espadas gêmeas que ele era conhecido por usar. Se Celice e dois Paragons invadindo traziam alguma surpresa, o homem não demonstrou.

— Bem-vindos — disse Zhan-Yo enquanto o grupo entrava, Celice sacando sua arma de ombro e apontando-a na direção de Zhan-Yo. O homem não pareceu notar. — Confio que Mathieu foi um guia capaz?

Zhan-Yo fez um aceno para seu associado antes de voltar-se para o grupo. Celice havia chegado ao balcão da cozinha, mas ir mais perto poderia arriscar Zhan-Yo dar um golpe rápido enquanto ela atirava, então Celice firmou sua posição ali. Gatete e Roger permaneceram perto da porta, contentes em observar à distância.

O fato de que Zhan-Yo obviamente sabia que eles estavam vindo não perturbou Celice — ela havia se conectado à rede de vigilância de Londres, e Zhan-Yo provavelmente tinha sua própria maneira de fazer o mesmo. Ou alguém no bar havia enviado a palavra adiantada. De qualquer forma, Celice tinha seu alvo bem no centro, e seu dedo descansava no gatilho. Tão perto, com Zhan-Yo não se movendo, ela poderia acertar um único tiro fatal.

A vingança seria realizada, o mundo estaria mais seguro.

Mas Gatete não ficaria feliz.

— Celice — disse Gatete por trás, como se pudesse ler seus pensamentos. — Lembre-se do plano. A vida dele não é sua para tirar.

Zhan-Yo ergueu uma sobrancelha, — Eu não sabia que minha vida era de alguém além de minha.

— Diz o homem que assassinou tantos — interrompeu Celice. Mesmo assim, ela deslizou a pistola de volta para o coldre. — Você vai vir conosco, e vai pagar pelo que fez.

Zhan-Yo esticou o braço, sacou uma espada com cada mão, deixando-as apontando para o chão e para longe.

— Ir com vocês? — disse Zhan-Yo. — Acho que não.

Celice se viu sorrindo com o gesto, — Eu esperava que você dissesse isso.

ARREPIOS PERCORRERAM SEU CORPO, apesar da jaqueta, apesar do calor na lavanderia onde Calvin estivera tomando cafeína nas últimas horas. Do lado de fora das janelas cobertas de cartazes e do outro lado da rua, havia um restaurante estranho que parecia uma daquelas lanchonetes de filme, toda cromada e cafona. Ele até se atreveu a pedir um hambúrguer e um milkshake do lugar, só para passar o tempo.

Kat estava lá dentro. Calvin sabia porque tinha visto quando a levaram. Seguiu o trio que enfiou Kat em um pod anotando a placa e consultando o banco de dados do Paragon. Cada pod e seu destino, bem ali em seu pulso.

Teria sido assustador se não fosse tão útil.

Ele bateu os dedos formigantes uns nos outros, as luvas de couro de volta. Algumas pessoas circulavam, suas máquinas escolhidas girando. Calvin ganhou alguns bons olhares, mas este não era um bairro onde você fazia perguntas a estranhos, e cada vez que ele encontrava olhos curiosos, eles desviavam e não voltavam.

Ele queria correr para a lanchonete. Subir correndo,

rápido do que Calvin podia refazê-la. Lascas acertavam o casaco de Calvin, arranhando seu rosto.

Mais um segundo e seu escudo improvisado falharia.

Mais um segundo, e Calvin acertou o atirador com um tackle correndo e caindo. Manter a mão esquerda no asfalto significou que a investida de Calvin atingiu o estômago da mercenária, derrubando-a no chão. As pernas dela se enroscaram com as de Calvin e ele se juntou à queda, batendo primeiro com o ombro enquanto o pod de carga, com Kat dentro, se afastava.

Calvin, com seu escudo de asfalto desmoronando em poeira, lutou para pegar a arma da mercenária. Se pudesse atirar no motor do pod, poderia pará-lo. A arma estava no chão a um metro de distância. Calvin deu um chute sólido em sua oponente para se aproximar dela, ganhando alguma liberdade.

Um estalo agudo ensurdeceu Calvin quando uma bala ricocheteou no chão perto de sua cabeça. Um olhar confirmou que o primeiro mercenário ferido havia se recuperado, apoiando-se num joelho e segurando uma pistola. A mira do homem parecia instável quando disparou novamente, a bala passando por Calvin enquanto a anomalia se encolhia.

Calvin não tinha cobertura, então teve que criar alguma. Mergulhando de volta sobre a segunda mercenária, ele colocou um corpo aliado no caminho, o desespero dando lugar à frustração enquanto o pod de carga ganhava velocidade.

Ele nunca alcançaria a maldita coisa agora.

A segunda mercenária acertou Calvin no rosto, um golpe forte que fez seu cérebro girar. Empurrando Calvin para o chão, a mercenária se levantou, respirando com dificuldade.

— Sai do caminho — ordenou o ferido. — Não consigo atirar com você na frente.

Calvin estendeu a mão naquele segundo, agarrou o pé da mulher. Ele puxou, sugando o couro, o plástico, e transformando-o em outra lança. Talvez não fosse a coisa mais criativa, mas Calvin precisava causar dano, e para isso, transformar coisas em pontas tendia a ser a melhor opção. A anomalia não tinha muita alavancagem do chão, mas Calvin não precisava disso.

Quando a mulher, puxando seu pé quase nu da mão de Calvin, deu um passo para o lado, Calvin arremessou. Desta vez, o golpe não errou. Dois metros, perfeito demais. O mercenário ferido, agora com um desagradável espinho preto brilhante na garganta, desabou.

— Que diabos você é? — perguntou sua parceira, puxando sua própria pistola.

— Eu só estou tentando recuperar minha amiga — disse Calvin, planta novamente a mão no asfalto. — Se puxar essa arma, você acaba como ele.

A mulher hesitou, observando outra lança de asfalto crescer na mão de Calvin. — Ou o quê?

— Ou você me diz onde eles estavam indo e depois busca ajuda para seu amigo.

Calvin moveu sua mão direita enquanto falava, transformando o asfalto em farpas maliciosas e ganchos ao longo da lança. Impraticáveis e provavelmente ineficazes, eles pareciam sinistros na luz do final da tarde, os fragmentos de asfalto cintilando. A mercenária fez alguns cálculos e chegou ao resultado que Calvin esperava.

Ela deixou a pistola em paz.

A torre do Paragon no centro de Chicago estava, pela primeira vez, sem multidões. Manifestantes contra o controle do Paragon saíram em força desde a morte de Aegis e o subsequente exército de drones inundando os céus da cidade, enquanto contra-manifestantes reagiam, gritando estatísticas mostrando que os anos desde que os Paragons assumiram o controle haviam sido seguros, bons e geralmente calmos.

Calvin contornou os grupos restantes, mantendo a jaqueta bem fechada para que o uniforme prateado-azul do Paragon não aparecesse. Depois de extrair o local da mercenária, ele voltou ao apartamento de Kat para uma troca rápida. Agora no centro, uma viagem de ida e volta que consumiu duas horas, Calvin olhou para o alto edifício brilhante captando o pôr do sol em toda sua glória.

As janelas superiores já haviam sido substituídas, os danos reparados desde a luta com Mynx. Calvin não conhecia os traidores que morreram então – ele ativamente evitava encontrar mais Paragons se pudesse. Ainda assim, Calvin franziu os olhos para a limpeza, para a rapidez com que qualquer sinal havia sido apagado.

Se estivesse no comando, Calvin teria anunciado o custo do traidor. Deixaria claro que, se você seguir o caminho errado, não vai terminar bem.

Tanto faz. Não era sua responsabilidade, de qualquer forma.

As portas quádruplas, vidro grosso entrelaçado com linhas destinadas a sugar a energia das janelas para dissipadores de calor no chão, se abriram quando Calvin tocou seu Tama. Um pequeno arrepio o percorreu com o som verde: de alguma forma, Calvin sempre esperava que os Paragons o descartassem, o mandassem de volta para aquelas ruas.

— O homem do momento — disse Weed quando Calvin entrou no saguão de quatro andares, um conjunto ridículo de estátuas e faixas que fazia Calvin sentir como se tivesse entrado em uma cerimônia de premiação. Weed e sua equipe estavam de um lado, lançando a Calvin olhares curiosos acoplados a mais de um Tama acenado, relógios digitais mostrando. — Ousado se juntar a nós um dia e convocar uma reunião de emergência no dia seguinte.

— Não era o que eu queria — respondeu Calvin, andando e mantendo a cabeça erguida. A autoridade nesses lugares desencadeava velhos instintos, fazia com que ele quisesse encontrar uma sombra para ficar. — Uma amiga minha está com problemas e não posso salvá-la sozinho.

— Ouviram isso, pessoal? Calvin precisa da nossa ajuda. Devemos dar a ele?

— Quem é a amiga? — perguntou Smoke, seus olhos espiando por baixo do boné dos Cubs constantemente em sua cabeça.

— Uma rastreadora — disse Calvin. — A melhor da cidade.

— Nome? — disse outro, um cara pálido cuja barba era comprida demais.

— Kat Collins.

Smoke assobiou. Weed franziu a testa.

— Não vou fazer isso — respondeu o barbudo, e quando todo o grupo olhou para ele, deu de ombros. — Foi ela que me trouxe.

— Kat trouxe metade dos Paragons aqui — disse Weed. — Devemos isso a ela, Lob.

Lob? Calvin queria balançar a cabeça, mas se limitou a rir internamente.

— Você talvez — respondeu Lob. — Você não foi arrastado na ponta do arpão dela, ouvindo como sua liberdade acabou.

— Eu fui — disse Calvin, atraindo os olhares de volta para ele. — Ela me pegou. É por isso que estou aqui. Ela também salvou minha vida muitas vezes, me ajudou quando eu não tinha para onde ir. Talvez ela tenha feito só o trabalho dela com você, mas ela tem sido uma amiga para mim.

O quarto membro do grupo, Particle, o único cujo uniforme Paragon estava à mostra, estalou os dedos. Calvin se viu preso a eles, como se sugado por um ímã.

— Vocês querem pensar por um minuto? — disse Particle. — Os Paragons são uma bagunça. A própria Mynx está vindo aqui hoje à noite, tentando acalmar todos sobre esse drone e tudo mais. Sabem o que vai ajudar? Uma boa missão de resgate. Uma rastreadora de alto perfil como Kat? Salvá-la de alguns capangas?

— E o drone — Calvin interrompeu, quebrando o domínio de Particle.

— O quê? — perguntou Weed, e Calvin deu de ombros sob os olhares do quarteto.

Campos de milho salpicados de neve se estendiam ao redor deles enquanto o pod acelerava para o sul, bem longe da cidade. Uma lua cheia serviu para ilustrar os arredores com prata etérea, proporcionando uma distração conveniente para Calvin enquanto Weed fazia a equipe revisar o plano pela quinta vez. Fazer um plano quando não se sabe o que está acontecendo não fazia sentido, mas Calvin optou por manter os olhos na paisagem e dizer 'sim' sempre que Weed mencionava seu nome.

O pod anunciando sua chegada iminente salvou o grupo de uma sexta revisão, com Smoke usando as substituições do Paragon para matar as luzes do pod e forçar uma parada na beira da estrada a meio quilômetro do destino, as coordenadas que Calvin extraiu da mercenária.

— Lembrem-se — disse Weed —, eles saberão que estamos chegando, ou que alguém está. Fiquem quietos, sejam cirúrgicos. Estamos aqui por Kat, depois chamamos os reforços quando ela estiver segura.

Calvin queria trazer toda a cavalaria, drones e todos os Paragons disponíveis, mas Weed o convenceu a não fazer isso. Primeiro, os Paragons de Chicago tinham que se preparar para Mynx, e segundo, os Elementais estavam cada vez mais ativos ultimamente, exigindo patrulhas pesadas no lado oeste da cidade. Os reforços viriam, mas somente depois que Calvin e Weed confirmassem que o drone também estava lá.

Sem o drone, bem, Kat era apenas uma rastreadora.

Calvin queria dar um soco em Weed por esse comentário, mas Weed amenizou o golpe dizendo que entendia que era difícil, mas Calvin precisava lembrar do quadro maior. A última coisa que os Paragons precisavam era de um alto número de mortes porque alguma rastreadora tinha se metido em algo além de sua capacidade.

Então agora Calvin se arrastava por caules invernais em vez de atacar com um exército às suas costas.

O objetivo, um celeiro enorme com luzes instaladas ao redor, não se escondia exatamente. Enquanto os cinco deixavam o pod – que se moveu para o acostamento e se acomodou para esperar – Smoke fez seu trabalho, lançando uma onda ondulante ao redor deles que Calvin sentiu mais do que viu. Qualquer um olhando de fora não veria muito mais que escuridão, borrões.

Particle atuou como batedor, movendo-se rapidamente pelos caules, seu uniforme agora escondido atrás de um traje tático preto que haviam vestido lá em Chicago. Calvin veio em segundo, seu próprio passado correndo por, bem, todos os lugares servindo para mantê-lo nos calcanhares de Particle. Weed, Smoke e Lob completavam a retaguarda, o barbudo abandonando seus resmungos assim que Weed deu a ordem para resgatar Kat.

Calvin continuava se assustando enquanto avançavam, tentando se acostumar com os ruídos ao seu redor. Seus colegas de equipe... a palavra parecia estranha, uma situação que ele não conhecia. Não que Calvin tivesse tempo para introspecção. Kat era a missão, e tudo o que importava.

Particle estalou os dedos novamente, levemente, e os olhos de Calvin foram direto para frente e ligeiramente à direita. O celeiro, bloqueado por algumas árvores raquíticas, tinha as portas abertas. O drone estava lá dentro, claro e cintilante sob a luz.

— Aí está — sussurrou Weed, levantando seu Tama. — Hora de chamar a festa.

Enquanto Weed fazia a conexão, Particle continuou avançando, com Calvin logo atrás. No início, o sigiloso Paragon lançou a Calvin um olhar irritado, mas quando viram que Calvin não era um completo desajeitado pisando forte pelo mato, Particle voltou sua atenção para onde pertencia: o celeiro, o drone e o enxame ao redor.

— Isso não é um grupo marginal — sussurrou Particle, agachando-se em um buraco enlameado entre caules picados perto da linha das árvores. — Não vejo nenhum identificador nos uniformes.

— Isso é porque eles não estão aqui para fazer uma declaração — disse Calvin.

— Então por que pegar o drone?

— Não sei sobre isso, mas esses caras preferem um número de mortes.

Particle assentiu. — Estão bem armados. Voto por esperar até os reforços chegarem.

— O que acontece então?

Particle esboçou um pequeno sorriso. — Imagine uma

dúzia de drones passando por cima, incendiando tudo enquanto soltam Paragons prontos para a batalha e você tem uma boa ideia.

— Então todo mundo morre?

— Não costumamos fazer muitos prisioneiros — respondeu Particle.

— Mas Kat está bem ali no meio. O que acontece com ela?

— Se ela tiver sorte, sobrevive?

Calvin balançou a cabeça enquanto Weed e os outros os alcançavam. — Não é bom o suficiente. Vim até vocês para pedir ajuda, não para matá-la.

— Temos quinze minutos antes que o ataque chegue — disse Weed, colocando uma mão no ombro de Calvin. — Vamos usá-los.

Calvin encontrou os olhos do homem, deu o mais leve aceno. Talvez Weed merecesse um pouco de respeito.

Particle assumiu a liderança novamente enquanto o quinteto se dirigia para as árvores. Do outro lado, espalhados a cada poucos metros, guardas ficavam de vigia na escuridão. Cada um usava armadura corporal volumosa, do tipo destinada a parar balas e habilidades de anomalia baseadas em energia. Rifles longos pendiam de suas mãos, não as pistolas frágeis. Calvin lembrou da caminhada de Kat até o arsenal de Rhimes: parece que tinha acabado aqui.

O celeiro ficava no centro do anel de guardas, e uma cadeira, marcada por um holofote, ficava à sua frente, mais perto das árvores e de Calvin. Naquela cadeira, com a cabeça baixa e parecendo dormir, estava Kat. Calvin olhou ao redor, mas não conseguiu ver Rhimes ou Wexley.

— Vinte — sussurrou Particle, num tom tão suave que parecia folhas farfalhando. — Plano?

Weed assumiu o comando, colocando Calvin e Particle

na esquerda, com ele mesmo, Lob e Smoke na direita. Colocaram cinco metros e um monte de estratégia entre eles. Sem a cobertura de Smoke, Particle estalou os dedos várias vezes, cada uma desviando os olhos do guarda mais próximo. Calvin teve que reprimir um assobio: a habilidade de Particle pareceu um truque estúpido lá na torre do Paragon.

Agora? Muito útil.

— Pronto? — perguntou Particle.

— Sempre estou — respondeu Calvin.

Particle estalou os dedos novamente, e a cabeça de Calvin girou para fixar no guarda à frente e à sua direita. Calvin piscou – acho que essa era uma maneira de identificar um alvo.

— Vai — falou Particle e disparou para frente e para a esquerda, em direção à sua própria vítima.

Calvin disparou em corrida, abandonando a cobertura pelo barulho. Passou a mão pelos troncos das árvores enquanto corria, sugando a casca e lançando-a com a mão direita, mísseis de madeira voando em direção ao seu alvo. Os golpes bateram no capacete do guarda, provocando um grito enquanto o guarda girava o rifle. Calvin desviou para a direita, agarrando um tronco de árvore com força para se reendireitar e absorvendo madeira suficiente para fazer um porrete pesado.

O guarda encontrou sua mira, cegando Calvin com a lanterna do rifle. Metros separavam os dois, as finas árvores na borda do bosque não oferecendo muita cobertura. Em um segundo, Calvin ficaria perfurado de balas, e não havia uma maldita coisa que ele pudesse fazer a respeito.

Exceto que o guarda não disparou. O homem virou a cabeça para a direita, tremendo enquanto tentava lutar contra o movimento. Uma luta que o guarda venceu, a tempo de olhar de volta e receber o porrete de Calvin diretamente na têmpora. O guarda desabou enquanto os primeiros tiros eram disparados, balas zunindo no ar. Calvin caiu ao lado de sua vítima, uma mão na armadura do homem e a outra cuspindo a essência de volta e sobre a jaqueta de Calvin.

Em cinco segundos, o que tinha sido um acessório respirável de primavera teve seu nylon azul revestido com fibras à prova de balas. Seu peso fez Calvin trabalhar para ficar de pé, o rifle do guarda em suas mãos, mas quando um tiro bateu em seu peito e mandou Calvin de volta ao chão, Calvin não pôde argumentar com os resultados.

O guarda que o acertou correu para mais perto, nivelando o rifle para um golpe fatal. Calvin colocou a mão esquerda na lama, levantou a direita e lançou um gêiser de sujeira. A lama marrom espirrou na viseira do guarda, por todas as suas mãos e na arma, dando a Calvin tempo suficiente para se inclinar e puxar o pé do guarda debaixo dele. Com o homem no chão, Calvin subiu, pegou o soco desferido pelo guarda, absorveu a luva do guarda e enviou o couro ao redor do pescoço do guarda em um aperto forte.

Os gritos de alarme mudaram de tom enquanto Calvin terminava de subjugar o segundo guarda. No início, eram chamados para atacar os recém-chegados. Agora, as ordens mudavam para proteger o prisioneiro. Calvin olhou na direção de Kat, viu apenas um borrão indistinto, como se estivesse olhando para o fundo de uma piscina profunda e ondulante tentando ver seu fundo.

Não desfocado, porém, era o enxame de Weeds derramando-se da tela de Smoke. As cópias do homem magro correram para os guardas, que procederam a derrubá-los com disparos intensos. No entanto, mesmo enquanto as cópias de Weed caíam, mais surgiam, menores e mais rápidas que as anteriores. As primeiras alcançaram os guardas, mordendo seus tornozelos ou subindo por suas pernas para cutucar seus olhos, afastar as mãos dos gatilhos ou puxar pinos de granadas nos cintos.

Calvin absorveu as explosões com a armadura corporal do segundo guarda, sugada em um escudo retangular. Ele esperou, imaginando quando Weed, Smoke e Lob iriam fugir com Kat a reboque, mas ninguém deixou a tela. O enxame maníaco de Weed parecia estar se esgotando, e os guardas recuperariam a compostura.

Pior, o relógio continuava correndo. A tempestade de drones não discriminaria.

Novamente, Calvin correu. Desta vez, manteve o escudo erguido, pegando balas enquanto atingia a barreira de Smoke e passava diretamente por ela. Dentro, Calvin captou uma situação sombria: Smoke tinha as mãos ocupadas tentando descobrir como abrir as amarras metálicas que prendiam Kat à cadeira. Lob se inclinava sobre Weed, tentando estancar o que parecia ser um grave ferimento de bala no peito do homem. Kat, por sua parte, parecia drogada ou inconsciente.

— Ajude o Weed — Calvin disse a Smoke, deixando o escudo de lado, onde, sem o foco de Calvin, as fibras se desdobraram rapidamente em uma mancha azul-preta.

— Você pode cortar isso? — perguntou Smoke.

— Não — disse Calvin, colocando a mão na primeira amarra, uma algema de aço prendendo o tornozelo de Kat à cadeira. — Melhor.

Mais balas passaram, voando sobre a cabeça de Calvin enquanto ele se agachava aos pés de Kat. Sugando a amarra, Calvin chicoteou os resultados de volta em direção à fonte da bala, uma agulha longa e estreita de aço. Um grito de dor voltou, rendendo a Calvin um aceno de aprovação de Smoke.

— Precisamos tirá-lo daqui — disse Lob.

— Então jogue-o — respondeu Smoke enquanto Calvin começava a trabalhar na próxima amarra.

— Sozinho?

— Se eu sair, eles vão nos furar todos, idiota — disse Smoke.

— Então eu volto.

Calvin, lançando outra lança em direção a mais tiros, olhou na direção de Lob. O que diabos o Paragon queria dizer?

— Seja rápido — disse Smoke. — Já deveríamos estar mortos. Particle está fazendo um trabalho dos infernos lá fora.

Lob não disse mais nada, mas pegou Weed. O chão sob o Paragon barbudo vibrou, um tremor que Calvin sentiu nos tornozelos. Então, o homem saltou alto, para cima e para fora da tela de Smoke, indo para o céu noturno.

Anomalias. Nunca se sabia o que viria a seguir.

Com Smoke se apertando contra a cadeira em busca de cobertura, Calvin removeu as amarras restantes de Kat e então decompôs a cadeira, transformando-a em uma barreira improvisada. Juntos, o trio se espremeu. Calvin ouviu a respiração pesada de Smoke, viu seus olhos se fecharem apertados.

— O que foi? — perguntou Calvin, sentando Kat entre eles.

— Muito cansada para manter a tela levantada por muito mais tempo — sibilou Smoke. — E levei um tiro no lado.

Calvin viu o vermelho, então, vazando para o chão. Primeiro Weed, depois Smoke. Quantos Paragons Kat valia? Ele olhou para a rastreadora, seu cabelo emaranhado caindo sobre o rosto, seu uniforme desmontado e jogado fora, exceto pela camisa e calças. Pés descalços na lama.

Um forte respingo subiu quando Lob aterrissou, cambaleando um pouco, entre o grupo. Ele olhou na direção deles, viu Smoke, e começou a caminhar na direção dela.

— Tire-a daqui — disse Calvin. — Eu seguro.

— Está ficando feio — respondeu Lob, curvando-se para pegar Smoke. — Não sei quanto tempo mais Particle consegue aguentar.

Lob se levantou, Smoke em seus braços, e novamente o chão tremeu. Lob se agachou, e a barreira de Smoke apagou. Em um segundo, os quatro estavam disfarçados na tela cintilante e no seguinte estavam em um círculo, cercados por guardas se aproximando com armas levantadas.

Eles atiraram. Lob saltou, balas seguindo seu salto para o céu.

E Calvin enfiou a mão na lama. Com a direita, a anomalia cuspiu a terra enquanto a absorvia, espalhando a sujeira ao redor e sobre ele e Kat. Conforme a mão esquerda de Calvin sugava a lama e o cascalho abaixo, Calvin e Kat afundavam mais no buraco, cada segundo enterrando-os mais fundo, Calvin enterrando-os.

Mas, pelo menos, enterrando-os vivos.

THANE A PEGOU NO AR. O gigante envolveu Cassidy enquanto eles despencavam em direção às árvores, com destroços caindo ao seu redor. Os Paragons poderiam estar entre eles, ou não. Cassidy não sabia, nem se importava. Ela havia enviado uma mensagem para sua família. O único objetivo, agora, era não morrer até vê-los novamente.

— Mantenha a raiva — Cassidy gritou, o vento puxando-os enquanto caíam.

Thane rugiu. Um bom sinal.

Eles atingiram uma árvore, as costas de Thane atravessando a copa frondosa e penetrando no tronco. Galhos chicotearam e arranharam as pernas de Cassidy, o rosto, tudo. Então Thane bateu no chão, lançando terra, folhas e sabe-se lá o quê para cima. Cassidy sentiu o ar ser expulso de seus pulmões, sentiu seu ombro direito estalar quando ela ricocheteou de Thane e rolou pelo chão. A dor queimou seus olhos, provocando estrelas e uma quase inconsciência, salva apenas pelo conhecimento de que abraçar a escuridão aqui significaria morrer.

Em vez disso, Cassidy olhou para cima. Viu o desastre

caindo enquanto os restos do avião despencavam ao redor deles. Reunindo seu foco, Cassidy lançou um vazio acima dela e de Thane, largo o suficiente para cobri-los como um guarda-chuva místico. Peças de motor, cadeiras, suprimentos, tudo batia no vazio e desaparecia, desintegrado enquanto Cassidy se consumia.

Quando a chuva de estilhaços parou, Cassidy ainda respirava. Thane, ao lado dela, gemeu enquanto voltava ao tamanho normal. Quando ela liberou o vazio, o sol escaldante atravessou a clareira recém-aberta na floresta, assando-os. Os insetos, nunca perdendo a chance de provar nova comida, enxamearam rapidamente.

Mesmo assim, Cassidy permaneceu deitada. Sentiu seu ombro latejante. Eles estavam perdidos no meio do mato, mas estavam vivos. Isso seria o suficiente.

— Um pequeno contratempo — disse Thane enquanto vagavam pela selva. — Nada mais, e nada inesperado.

Cassidy ia na frente, usando pequenos vazios para cortar qualquer coisa muito densa para atravessar. Os insetos enxameavam, embora pelo menos o movimento mantivesse os rastejantes afastados. Cipós pendiam, roçando em sua cabeça. Animais gritavam com uivos e gritos que ela não reconhecia, e o calor da tarde somado à umidade a exauria. Apenas o pensamento terrível de passar uma noite ali mantinha Cassidy em movimento.

— Porque cair de um avião, no qual fomos emboscados, é um pequeno contratempo — respondeu Cassidy sem se virar. Thane havia encolhido mais, usando sua mente enrugada para algum planejamento inescrutável. — Pensei que estávamos indo para Bangkok, e agora estamos em alguma selva aleatória.

— Quantos Paragons tentaram nos derrotar e falharam?

— disse Thane. — Mostramos a eles que não podem nos subestimar.

— Me diz como podemos convencer esses mosquitos da mesma coisa.

— Logo estaremos livres desses insetos.

Não pela perspectiva de Cassidy, já que as árvores continuavam à frente até onde ela podia ver. O solo afundava sob seus pés, os sapatos roubados da casa na ilha já se desfazendo. Pelo menos as outras roupas eram leves, frescas. Cobertas de terra e rasgadas, mas Cassidy tinha que aproveitar o que conseguisse.

— Como você tem tanta certeza? — perguntou Cassidy.

— A velocidade do avião, direção e nosso tempo de voo nos colocaram perto de uma cidade considerável — disse Thane, sem se preocupar em explicar como ele conseguia calcular essas coisas. — Os Paragons estavam descendo. Haverá um aeroporto aqui, ou um veículo para adquirir, e a partir daí podemos seguir para Bangkok.

— Onde faremos o quê, sermos atacados novamente?

— Muito provavelmente.

Cassidy parou, olhando ferozmente para Thane. — Mal conseguimos sair vivos da ilha de Mynx. Agora caímos de um avião. Nós dois deveríamos estar mortos, mas você quer continuar?

— Claro. Que outro caminho existe?

— Desaparecer. Eu poderia voltar para minha família. Ser feliz, por um momento.

— O destino chamaria. Você se sentiria insatisfeita.

Cassidy riu, voltou a caminhar. Encontrar-se insatisfeita, claro. Na única vez em que abraçou suas habilidades, perseguiu um chamado superior, Cassidy perdeu tudo. Se a ilha e seus infinitos dias e noites na praia ensinaram algo a

Cassidy, foi que existem coisas melhores do que perseguir o suposto destino.

Como compartilhar um café da manhã com seus filhos. Como fazer uma caminhada e saborear vinho no topo de uma colina sob um céu azul brilhante. Ou ir a um teatro e assistir a alguma peça, mesmo uma apresentada pelo grupo teatral desengonçado do seu filho.

Se é que esse grupo ainda existia.

Thane provou estar certo. Ele havia direcionado Cassidy sobre onde andar e cortar, e ela saiu das árvores para uma estrada de terra esponjosa. Marcas de pneus indicavam passagem recente.

— Como você sabia? — perguntou Cassidy enquanto Thane se abaixava para estudar as marcas.

— Eu ouvi o veículo. Passou há algum tempo.

— O quê? Estava barulhento demais...

— Os sons que você ouviu tinham o do caminhão entre eles. Neste estado, eu os separei. — Thane se levantou. — Vê essas marcas, seguindo nesta direção? — Ele apontou para um conjunto mais profundo, embora parecesse mais velho. — O caminhão estava mais pesado ali do que aqui. Carregado com mercadorias, voltando para casa.

— Ou entregando-as em algum lugar e voltando vazio.

Thane fixou seu rosto enrugado em Cassidy, diretamente. Ele a atacaria, a chamaria de estúpida? Cassidy sentiu os vazios formigando em seus dedos, estreitou seu foco no coração dele. Difícil saber se um vazio poderia derrubar Thane, mas ela tentaria, lutaria se ele...

Thane riu. Frio, vigoroso.

— Eu gosto de você — disse Thane — por tantas razões, minha querida. Você é inteligente, é mortal, e seu nariz se enruga de um jeito adorável sempre que está concentrada. — Ele apontou para as marcas. — Claro que você está certa, estamos apostando de qualquer forma. No entanto, uma coisa será verdade: contanto que caminhemos por esta estrada, acabaremos chegando a algum lugar melhor do que onde estávamos.

Cassidy afastou o impulso, respirou fundo e longamente.

— Então lidere, espertinho — disse Cassidy — porque qualquer lugar que não seja esta selva lamacenta e cheia de insetos parece muito bom.

A aldeia não emergiu, ela apareceu. As árvores, de um passo para o outro, diminuíram e deram lugar a casas, lojas e a comunidade coletiva que lembrou Cassidy da ilha. Mentalidades do século XXI combinadas com realidades remotas, trazendo postes de luz amplos, estações de recarga e veículos elétricos para estradas não pavimentadas, casas que variavam de pré-fabricadas a montes de sucata organizados de certa forma. Especiarias de cozinha misturavam-se com o ar úmido para encharcar Cassidy em aromas que faziam seu nariz formigar, enquanto crianças gritavam, chutando bolas de futebol nas áreas mais secas de terra. Alguém tinha uma transmissão esportiva estrondando em um rádio, sobrepondo-se a todo o resto.

Tudo, exceto a monstruosidade do tamanho de um ônibus no centro da cidade.

Coberto em azul e prata dos Paragon, o ônibus exibia seu nome no idioma local, escrito ao longo da lateral em uma fonte que sugeria uma farsa barata ou o aparecimento iminente de um herói de ação. Janelas escurecidas ficavam acima das palavras, enquanto abaixo, bicos pendiam da lateral como aqueles que Cassidy lembrava dos caminhões de bombeiros que mostrava aos seus alunos em excursões.

— Não se preocupe — disse Thane quando Cassidy hesitou na borda da cidade. — Eles não estão aqui por nós.

— Como você sabe?

— O rótulo no ônibus. — Thane olhou para Cassidy como se isso devesse ser óbvio.

— Não consigo lê-lo.

— Ah, às vezes esqueço... — Thane acenou para a aldeia. — O ônibus é a primeira investida na luta dos Paragon para modernizar todos os lugares. A missão de Apinya, eu acredito. Será seguida por mudanças que tornarão esta vila irreconhecível e totalmente dependente da generosidade dos Paragon.

Cassidy inclinou a cabeça. — Você sabe tudo isso a partir de algumas palavras em um ônibus?

— Sei tudo isso porque Apinya e eu desenvolvemos a estratégia juntos, quando eu estava acorrentado a uma cadeira e forçado a fazer o que os Champions pediam.

Não havia muito que ela pudesse dizer sobre isso. Quando Thane começou a ir mais fundo na aldeia, Cassidy o seguiu. Pelo menos os insetos não pareciam tão abundantes aqui, com a fumaça das fogueiras de cozinha mantendo-os afastados. Um copo de água ou três, um banho e talvez algumas roupas não cobertas de lama seriam ótimos.

Quem disse que não se poderia pedir alguns confortos básicos no caminho para a dominação mundial?

Thane ignorou qualquer esperança por essas coisas e foi direto para o ônibus dos Paragon. Cassidy tentou encontrar uma justificativa para não se esgueirar pela cidade e pegar carona em outro lugar, mas falhou.

— O que você está fazendo? — Cassidy finalmente perguntou quando se aproximaram. O próprio ônibus tinha suas portas abertas, com aldeões entrando e saindo segurando baldes. — Quase ser morto em um avião não foi suficiente?

— Estou mudando o plano — disse Thane. — Pensei

sobre isso durante nossa caminhada na selva. Não podemos nos esconder dos Paragons, mas eles não parecem ter os recursos para nos combater também.

— De onde você está tirando isso?

Thane apontou para si mesmo. — Não faz muito tempo, quando escapei da prisão deles, os Paragons enviaram dois Champions, uma horda de anomalias e drones atrás de mim. Agora, recebemos talvez dez, e que não sabiam contra o que estavam lutando. Por que seria isso?

— Porque aparecemos em uma ilha e saímos antes que pudessem se preparar?

— Kauai não é exatamente isolada. Drones poderiam ter sido enviados de Honolulu. Poderiam ter nos encurralado em algum lugar, como o oceano aberto.

Atrás de Thane, seguindo um aldeão que saía do ônibus, veio uma Paragon uniformizada. Ela foi direto para Cassidy e Thane, com passos em linha reta que demonstravam coragem suicida ou certeza de vitória. Os vazios saltaram para os dedos de Cassidy, e ela acenou para além do ombro de Thane.

— Nossas respostas se aproximam — disse Thane, virando-se.

Cassidy fez uma careta para as costas do anomalia. Toda vez que tentava entender Thane, ele parecia escorregar para outra pista. No início, na ilha de Mynx, ele estava fixado na fuga, temperada com alguns planos nebulosos, quase clichês, sobre o que fazer depois. Então, em Kauai, ele ficou quieto, determinado apenas a ir para Bangkok, sem murmurar sobre o que os esperava lá.

Por que ela se importou em vir com ele até aqui?

Ah, sim, porque esses Paragons continuavam tentando matá-los, e ajudava ter um monstro quase invencível ao seu lado.

— Vocês dois poderiam me acompanhar, por favor? — perguntou a Paragon, inclinando-se para o inglês como Cassidy havia feito com aquele computador da biblioteca: uma habilidade aprendida, mas deixada para se perder. — Sou Achara, líder dos Paragons aqui. Significaria muito para nós se vocês viessem a bordo do nosso laboratório apenas por um momento.

— Outra armadilha? — perguntou Thane.

Achara franziu a testa. — Apinya discordou dessa abordagem, mas o Havaí não está em sua jurisdição. Não somos iguais.

— Você está usando o mesmo uniforme — acrescentou Cassidy.

— E você está usando a mesma lama que meus irmãos tinham nas roupas todos os dias. — Achara sorriu. — Mas não acredito que você esteja aqui por guloseimas.

Thane olhou para Cassidy, um voto de confiança que pegou o Vazio um pouco de surpresa. Uma concessão?

— Então vá em frente — disse Cassidy. — Nós seguiremos.

Achara assentiu, voltando-se para o ônibus. A lama, Cassidy notou, não grudava nas botas da Paragon ou no uniforme. Tratadas com algum produto químico, ou revestidas com algum dom de anomalia. De qualquer forma, como seria bom ter um par.

— Esteja avisada — acrescentou Thane — se estiver mentindo, você será a primeira a morrer.

— Então é melhor eu não estar mentindo.

O ônibus parecia maior por dentro do que aparentava por fora, já que todos, exceto alguns assentos, haviam sido removidos. Essas cadeiras restantes, aparafusadas ao piso do ônibus, centralizavam várias bacias grandes, cada uma cheia do que parecia ser água. A mais traseira parecia turva, poluída, enquanto a do meio assumia uma mistura mais clara e a mais próxima tinha um nível de clareza que Cassidy não via desde sua amada, ou talvez odiada, praia na ilha de Mynx.

Achara indicou a Cassidy e Thane um banco de dois lugares junto ao reservatório mais próximo enquanto ela se movia mais para dentro do ônibus, perto da bacia turva do meio.

— Não se ofendam — disse Achara — tenho que continuar trabalhando ou eles não terão água limpa suficiente para o dia. Se quiserem, peguem um copo e sirvam-se.

Sem esperar por uma resposta, Achara estendeu a mão e mergulhou-a no meio. Os olhos da Paragon se fecharam brevemente. A nuvem se moveu, as partes marrons e turvas deslizando para um lado enquanto a água limpa se separava para o outro. Uma vez que as metades se alinharam — Cassidy observou isso depois de seguir o conselho de Achara e encher seu próprio copo na primeira bacia — Achara tirou a mão. A bacia tremeu, drenando a água e deixando apenas os resíduos lamacentos. Lá fora, crianças e adultos se aproximavam do ônibus com mais baldes e garrafas, usando os bicos para encher seus recipientes.

— Deve haver uma maneira mais eficiente de fazer isso — disse Cassidy quando Achara se moveu para o lado oposto.

— Existe, e está a caminho — respondeu Achara. — Mesmo os Paragons só podem construir infraestrutura tão rápido, e isto está longe de qualquer centro importante. — Novamente ela colocou o sorriso educado. — É por isso que trouxemos vocês para cá de avião.

— Então você nos transportará para Bangkok — disse Thane.

Ele deixou a segunda parte, a ameaça, pairando no silêncio. Se ela percebeu, Achara não demonstrou.

— Apinya me ligou há duas horas. — Achara foi até a bacia mais distante, a água mais lamacenta. Ela se inclinou, pressionou um botão na lateral da bacia. Assim como a segunda, cuja água limpa agora fluía para a primeira bacia drenada, o último reservatório transferiu seu conteúdo sujo. — Ele me disse para olhar para o céu e dizer o que eu via. Eu disse que parecia que estávamos sendo atacados porque o céu parecia estar em chamas.

— O jato — disse Cassidy, e Thane colocou uma mão em seu pulso, apertando de uma maneira mais autoritária do que afetuosa.

Um aviso, mas de quê? Uma Paragon purificadora de água dificilmente parecia perigosa.

— O jato — confirmou Achara. — Os Paragons sobreviveram, é claro, ou esta seria uma reunião completamente diferente.

— Mas eu dividi um com um vazio? — disse Cassidy. — Ninguém sobreviveria a isso.

Voltando ao assento oposto a Cassidy e Thane, Achara encheu seu próprio copo com água. Cassidy tinha que admitir, o líquido purificado sabia como um elixir puro descendo depois de todo o suor, a sujeira, os insetos.

— Você deveria saber que com anomalias o que você vê nem sempre é a realidade — respondeu Achara. — Gostaríamos, no entanto, de encontrar alguma verdade. — Achara se recostou contra as janelas do ônibus, bebericando de seu copo. — Por que vocês vieram aqui?

— Se Apinya sabe onde estamos, então ele pode adivinhar o porquê — respondeu Thane. — Precisamos de um meio para chegar a Bangkok, Paragon.

— Você pode comprá-lo com sua honestidade.

Thane bufou. — Então diga ao seu Champion que estamos aqui porque ele está. Pretendo encontrar Apinya, tomar seu lugar aqui e usar esta região para iniciar a mudança que o mundo desesperadamente precisa. — Thane inclinou-se para frente. — Em outras palavras, Apinya é fraco, e é hora de ele ceder seu poder a alguém mais forte.

Achara assentiu, como se Thane tivesse acabado de dar sua opinião sobre arroz branco versus integral, e olhou para Cassidy. — E você?

— Quero voltar para minha família sem ter medo de que alguma máquina, ou um de vocês, possa me levar durante a noite ou me matar durante o dia.

— A visão de Thane vai te dar isso?

— A de vocês certamente não deu.

Thane se levantou, pegou um copo, encheu e bebeu o conteúdo em um único gesto e jogou o plástico de lado. — Bangkok. Agora.

— Tudo bem — Achara se levantou diante de Thane. — Você quer sua carona para Bangkok, eu posso dar. Antes disso, no entanto, Apinya pediu um favor.

Cassidy viu os músculos de Thane se contraírem, aqueles braços e pernas começando a expandir. Ela poderia ter alcançado um vazio, poderia estar pronta para atacar, mas depois do avião, da caminhada, do calor, ela apenas tomou outro gole daquela água excelente. Se Thane quisesse despedaçar Achara e reivindicar o ônibus, então ele poderia ir em frente e fazer isso sozinho.

Achara não fez o que as pessoas costumavam fazer quando confrontadas com a ameaça monstruosa de Thane. Em vez disso, ela cutucou Thane no peito. A respiração de Thane saiu de uma vez, sua cabeça enrugou, mesmo enquanto seus braços e pernas cresciam e cresciam até pressionarem contra o teto do ônibus.

— Meio a meio — disse Achara. — Normalmente não é tão drástico, mas com você, suponho que não estou muito surpresa.

Thane desabou, cambaleou e caiu no chão do ônibus ao lado das bacias. Cassidy não estava certa do porquê até ver seu peito aleijado, pequeno e murcho, lutando para alimentar os músculos enormes e que consumiam oxigênio, espalhando-se por seu corpo.

— Acalme-se, Thane, ou você vai morrer — disse Cassidy, resistindo ao impulso de confortar o homem. Se Achara decidisse transformar isso em um ataque de verdade, ir atrás dela quando Cassidy tinha sua atenção dividida seria um bom próximo passo. — Quanto a você, reverta isso.

— Eu posso — disse Achara — mas novamente, Apinya pede um favor. A aldeia tem um problema, e acho que vocês poderiam fornecer a solução. Façam isso, e vocês conseguirão sua carona para Bangkok, e Thane poderá voltar a ser o monstro que ele quer ser.

CAPÍTULO 17

ESTRONDO DE FOGUETES

A NOITE não deveria começar com uma emboscada do Paragon. Na verdade, Wexley, esperando nos campos próximos ao celeiro onde mantinham o drone capturado, deveria ser quem faria a emboscada. Rhimes tinha seu esquadrão principal sob os holofotes, pronto para lidar com o ataque quando viesse, então Wexley, Rhimes e alguns outros escolhidos a dedo viriam por trás e desencadeariam a surpresa.

Agora Wexley tinha alguns membros caídos e uma anomalia mantendo seu precioso refém cativo sob uma bolha de lama aparentemente impenetrável.

— Lama — Wexley disse novamente a Rhimes, com o Tama do homem em modo escuro erguido entre eles. — É isso que está te impedindo?

— É muito espessa — veio a resposta, como se isso fosse satisfatório. Pelo menos o homem parecia perceber o esforço medíocre, porque continuou: — Mas eles também não podem sair. Estão presos, e cuidamos dos outros.

— Cuidaram? — perguntou Wexley. — Corpos?

— Eles fugiram — respondeu o homem, e Wexley

revirou os olhos para as estrelas. — Mas acertamos alguns. Sei disso.

— E como você sabe disso?

— Porque a grama está vermelha por aqui, se é que me entende.

Isso pelo menos apontava numa direção positiva. Os Paragons precisavam sofrer um pouco pela maldita incursão ou poderiam voltar para extrair seus companheiros presos. Não era algo que Wexley precisava quando os relatórios de Chicago diziam que Mynx havia pousado. A Campeã receberia a notícia logo sobre o drone, e Wexley calculava que ela viria apenas minutos depois.

Ela saberia, é claro, sobre os guardas que esperavam agora. Aqueles Paragons fugitivos alertariam Mynx.

— Verifique os números novamente — disse Rhimes. — Quantos?

— Cinco. Um está preso com o refém. Atingimos pelo menos três. O quarto, aquele era um caso complicado. Não conseguimos manter o foco nele, e depois desapareceu. Nunca conseguimos uma boa visão.

Rhimes olhou para Wexley, fazendo uma pergunta: enviar uma força para encontrar os Paragons? Acabar com eles?

Wexley balançou a cabeça. Os Paragons feridos provavelmente já tinham ido embora. O dano estava feito. Melhor focar no objetivo principal.

— Então volte para sua posição — disse Rhimes. — Coloque dois na lama, certifique-se de que estejam prontos se a bolha cair. Caso contrário, a operação continua. Lembre-se, quando o sinal chegar, não espere comunicação.

— Entendido.

A chamada terminou. Wexley tirou seu rifle do ombro, verificou as munições novamente. O cano. Tudo brilhava sob o luar, pronto para o trabalho. Ele tinha mais pacotes em seu cinto e, como no ataque com drones da outra manhã, armadura completa. Um capacete desta vez também, embora no momento estivesse pendurado em seu ombro.

— Preocupado? — perguntou Rhimes.

— Deveria estar? — Wexley olhou para o celeiro. — Se estou adivinhando corretamente, este grupo estava atrás da Kat. Não do drone. Você disse que alguém atacou sua equipe de volta na lanchonete?

— Na nossa saída. Má sorte. — Rhimes cuspiu para o lado. — Deveria ter parado e reforçado minha equipe, mas não sabia se a anomalia tinha amigos.

— Você fez a escolha certa. Ainda temos o refém, e agora um Paragon extra.

— Então estamos liberados para enviar a mensagem?

Wexley respirou fundo, aproveitou o ar da noite, carregado com os primeiros aromas da primavera. A natureza, começando sua ascensão após o longo inverno. Assim como ele, como seus amigos, descongelando o domínio das anomalias sobre o mundo livre.

— Envie. Vamos capturar uma Campeã.

Mynx não fez uma entrada sutil. Rhimes enviou a mensagem para a torre Paragon em Chicago, atingindo todos os endereços de e-mail conhecidos e até convencendo algumas pessoas subornadas a deixar gravadores provocativos tocando no pátio da torre. Cada um tinha uma mensagem simples, listando a localização do drone e desafiando a Campeã a vir buscá-lo.

E prometendo, se Mynx não aparecesse, carnificina futura.

Wexley não tinha plano B para essa, nenhuma forma de cumprir a ameaça, mas com o bombardeio do estádio sendo história tão recente, ele apostava que Mynx não arriscaria.

Ela não arriscou.

Com dez drones a flanqueando, vários carregando Paragons dentro, Mynx avançou em direção ao celeiro. Wexley e Rhimes avistaram suas luzes vindo de Chicago, primeiro parecendo estrelas baixas, depois aviões a baixa altitude, e finalmente como o que realmente eram: monstros de metal preto deslizando pela noite.

Conforme a força de Mynx se aproximava do alvo, Wexley, Rhimes e os cinco de apoio permaneceram agachados no campo. Sobre eles, Mynx e os drones diminuíram a velocidade e então se espalharam, mudando de uma formação de flecha para um círculo. Cercaram o celeiro, movendo-se em sincronia como insetos de mente coletiva. Os drones mudaram suas luzes de navegação para um vermelho agressivo, deixando claro para todos que a paz não fazia parte de sua apresentação.

— Bonito, de certa forma — murmurou Wexley enquanto a formação progredia.

— Prefiro o que está no celeiro — respondeu Rhimes.

Mynx tomou a liderança. Ela mergulhou, seu traje menor que os drones ao redor, mas ainda volumoso e carregado de recursos mortais. Como um cometa em close-up, Mynx caiu no centro, exatamente onde aquela bolha de lama deveria estar. A força de Rhimes abriu fogo, sua saraivada de balas ecoando pelos campos.

— E se eles a matarem? — disse Rhimes.

— Não vão.

— Poderiam ter sorte.

Wexley balançou a cabeça, levantou-se até ficar agachado e ergueu o rifle até seu olho. O escopo ampliou sua visão, permitindo que ele observasse.

Mynx, com seu traje recebendo tiros de rifle e repelindo-os como se Wexley estivesse jogando um brinquedo de criança, parecia estar ignorando os guardas. Em vez disso, ela passou direto pela bolha de lama e se aproximou do drone cativo. Wexley franziu a testa, tentando entender a estratégia de avançar sozinha enquanto seus reforços esperavam nas bordas.

— Ela cria máquinas, certo? — perguntou Wexley. — Essa é a habilidade dela? Máquinas?

— Não é anunciado — respondeu Rhimes. — Ela não é como Aegis. Chamativa.

Mynx, sua armadura aparentemente imune aos tiros, chegou às portas do celeiro. O drone capturado estava a poucos metros de distância. Sua armadura se expandiu, abrindo asas de aço para cobrir a entrada do celeiro. Holofotes iluminaram o novo escudo, bloqueando Wexley de ver o interior do celeiro.

— Diga a eles para se aproximarem — disse Wexley, lutando contra o pânico. Se Mynx reativasse o drone roubado de alguma forma e voasse para longe, tudo seria em vão. — Agora.

Rhimes transmitiu o comando e cinco guardas correram em direção às portas do celeiro. Alguns puxaram cassetetes de choque de seus cintos, enquanto outros abaixaram os ombros como se fossem atropelar a armadura de Mynx. Como uma visão inspiradora, poderia melhorar bastante.

— Podemos estar perdendo — disse Rhimes. — Devemos ativar?

— Eles estão muito longe. Se errarmos, acabou.

— Se ela encontrar uma maneira de desativar...

— Rhimes — disse Wexley. — Diga aos outros para atirar. Quero que atirem nos drones, plano de emergência. Nós também vamos. Agora.

Rhimes aceitou a ordem como um bom soldado deveria: agiu sem questionar. Novamente o Tama foi erguido, novamente as palavras saíram, e aqueles guardas que não estavam perseguindo Mynx ergueram seus rifles, encontraram cobertura e atiraram. O estalo quente novamente ecoou pelos campos, faíscas voando onde os tiros atingiam os drones.

Relâmpagos azuis onde as munições certas acertavam o alvo.

Wexley levantou seu próprio rifle, mirou no drone mais próximo enquanto Rhimes fazia o mesmo ao seu lado. Seus dedos encontraram o gatilho, e Wexley disparou o primeiro tiro. O projétil rasgou o céu noturno e atingiu o jato traseiro do drone, explodindo em espirais azuis e enviando a grande máquina sacudindo em direção ao chão.

Quando a máquina girou, quando os outros drones mergulharam em direção aos guardas atiradores, Wexley quase comemorou. Os gladiadores e os três drones de transporte não podiam ignorar sua própria programação, tinham que neutralizar as ameaças.

— Envie — disse Wexley, e Rhimes obedeceu.

Wexley não viu um estouro, não captou fogos de artifício nem ouviu gritos. Em vez disso, os drones simplesmente caíram. Já se movendo em direção aos guardas, as máquinas mergulharam de cabeça no chão, nas árvores, na lama. Atingiram a terra e capotaram ou se despedaçaram, juntas não feitas para um impacto em alta velocidade.

Qualquer Paragon preso dentro dos compartimentos de carga dos drones de transporte seria jogado de um lado para outro, encontraria as portas dos compartimentos impossíveis de abrir.

Em menos tempo do que Wexley levou para disparar um segundo tiro de rifle, todos menos um dos drones voadores foram abatidos. Destroços magníficos. Ele teria que dar um bônus a Rhimes e sua equipe.

Mas para fazer isso, Wexley precisava viver, e o único drone não atingido pela explosão de ondas curtas tinha suas miras fixas em Wexley, Rhimes e sua pequena equipe.

— Deem tudo! — gritou Wexley, colocando seu capacete. Rhimes tinha seu próprio rifle erguido, disparando contra o drone que se aproximava.

Os tiros de Rhimes ricocheteavam nas placas frontais do drone como se o homem estivesse jogando amendoins. O segundo tiro de Wexley não teve melhor sorte, a munição PEM crepitando sem efeito pelos ombros do drone.

Os holofotes da grande máquina se acenderam, centralizando em Wexley, Rhimes e os outros cinco membros, cada um atirando contra o drone.

— Cobertura! — gritou Rhimes, e a maldita coisa abriu fogo.

Pequenas aberturas apareceram nas articulações do drone e, com pequenos assobios, micro foguetes pulverizaram o céu, rodopiando no ar antes de fixar o alvo na equipe. Wexley largou seu rifle, puxou a pistola em seu quadril e apertou o gatilho, mirando rapidamente na estrela que voava em sua direção.

E errou.

O micro foguete parecia uma facada atingindo o peito de Wexley, empurrando-o para trás e para fora de seus pés na lama. Ele ergueu as mãos enquanto a coisa explodia, o calor queimando sua armadura, envolvendo seu capacete e cabeça em um clarão ardente que morreu tão rápido quanto veio.

A lama sugava seus ombros, seu frio um oposto ao choque abrasador que penetrava seu traje da cabeça aos pés. A armadura se agarrava a ele em remendos, pele nua e queimada sentindo o vento noturno pela primeira vez. Wexley respirou, lutou contra o choque o suficiente para testar seus membros. Encontrou-os funcionando, encontrou-os tensos.

A luz o atingiu. Branca, brilhante e focada. O drone alinhando outra salva.

Wexley ergueu sua mão direita, ainda segurando a pistola. Apertou o gatilho. A arma disparou uma munição, a bala rasgando em direção, atingindo e ricocheteando do alvo.

— Maldito seja — disse Wexley, e esperou para morrer.

Ele esperou por uma piscada, depois duas. A luz do drone permaneceu fixada nele, e por um momento Wexley se perguntou se já havia morrido antes, com os foguetes. Se isso era alguma piada doentia de entrada em uma vida após a morte deprimente. Talvez as anomalias, os Paragons, controlassem isso também.

A luz morreu. O drone acionou seus motores, lançando-se para cima e então, com um estrondo sônico de aumento de velocidade, disparou de volta para o norte em direção à cidade. Por quê? O que aconteceu?

Wexley não tinha as respostas, e seu corpo não tinha energia para mais perguntas. Sua cabeça caiu de volta na lama, o capacete espatifando com um barulho doentio.

— Chefe, acorde — Rhimes falou com um chacoalhão que Wexley sentiu através do torpor entorpecente que enchia sua mente. Ele piscou, viu luz, uma amarela. Onde? — Nós a pegamos, Wexley.

— Quem? — Wexley pensou ter falado, mas a pergunta saiu como um sussurro, um suspiro.

— A grande — respondeu Rhimes. Wexley esperou uma mão para ajudá-lo a levantar, mas Rhimes não estendeu nenhuma, então Wexley tentou por conta própria, apenas para Rhimes, com um aperto de mãe, mantê-lo parado. — Não se mexa ainda. Eu fiz uma varredura, mas precisamos ter certeza de que não há danos primeiro.

Ao redor deles, os guardas se movimentavam rapidamente. Ordens sendo dadas e respondidas. Motores elétricos zumbiam. Uma limpeza e extração em pleno andamento.

— Como você está vivo?

— Porque eu não tentei atirar no foguete — disse Rhimes, soltando uma risada. — Não sei onde você encontrou essa ideia, mas não tente de novo.

— Foi bem burro, não foi?

— Especialmente quando você lembra que nossos coletes são mais grossos nas costas. Meu foguete ricocheteou em mim quando mergulhei, explodiu sobre minha cabeça. — Rhimes esfregou o pescoço. — Tenho algumas cicatrizes novas para exibir, mas só isso.

— Lembre-me de te ouvir com mais frequência.

— Farei isso, senhor. — O Tama de Rhimes piscou e o homem assentiu. — Você está liberado. Mas talvez fique dolorido por um tempo.

— Drogas podem resolver isso — disse Wexley, sentando-se.

Pontos brilharam em seus olhos, parecendo novamente as luzes de mira daqueles drones. Com eles veio uma tontura, uma dor seca em sua pele. Rhimes segurou os ombros de Wexley enquanto o homem olhava para si mesmo. Ele tinha sido coberto com um lençol, cremes de aloe resfriando a pele onde tocava.

— Quão ruim é? — perguntou Wexley.

— Vai doer. Não sei por quanto tempo. Um hospital seria o melhor lugar para você.

— Não vou para lá. Ainda não. Onde ela está?

Foram necessárias respirações longas e passos curtos,

Rhimes ajudando a estabilizar Wexley durante todo o caminho até o celeiro. Ao redor deles, todos os outros corriam para limpar o local. Qualquer guarda que não estivesse se carregando em um transporte mantinha seus rifles apontados para os drones abatidos, esperando que qualquer Paragon escondido lá dentro escapasse. O plano previa a captura da Campeã e uma rápida saída. Reforços viriam de Chicago em breve, e Wexley não tinha mercenários suficientes para sobreviver a uma luta aberta com as anomalias.

O traje de Mynx estava jogado de lado, já sendo examinado pela equipe de Rhimes em busca de vulnerabilidades, de coisas que pudessem roubar. Dois guardas parados do lado de fora da abertura do celeiro evitavam olhar para Wexley, embora acenassem para Rhimes.

Não que Wexley pudesse se importar com coisas tão pequenas.

Não agora.

— Não temos muito tempo — murmurou Rhimes enquanto entravam. — Nosso transporte já está esperando.

— Não vai demorar muito — respondeu Wexley. — Só preciso ter certeza.

— Certeza do quê?

— Que é ela.

Rhimes lançou-lhe um olhar intrigado, boca e olhos se contorcendo em confusão. Dentro do celeiro, Mynx estava de pé, régia mesmo em cativeiro. Algemas comuns prendiam suas mãos atrás das costas, enquanto alguém havia sido inteligente o suficiente para quebrar a tela de seu Tama, tornando-o inútil. Seu olhar teria feito Wexley recuar se não fossem as drogas, a dor, já correndo por seus nervos.

Ficar diante de uma Campeã sempre seria uma experiência.

— Mynx — disse Wexley. — Eu sou...

— Sei quem você é — disse Mynx. — Sei o que está fazendo, e sei que você será esmagado.

Wexley tossiu, levou a mão aos lábios. A pele veio junto, já formando bolhas.

— Ótimo. Não me importo. Vou perguntar isso uma vez, e se você errar a resposta, ele vai acabar com sua vida agora mesmo.

Mynx inclinou a cabeça, — Ele pode tentar.

Wexley cortou uma resposta. Ele tinha lido os livros, tinha visto os filmes. Mynx prolongaria a conversa, ganharia tempo para que seus Paragons escapassem dos drones, para que mais viessem de Chicago.

— Quem é Denise Jones? — perguntou Wexley. — E por que você a matou?

Mynx não precisou dizer uma palavra para Wexley saber que haviam capturado a pessoa certa. Ele assentiu para Rhimes e deixou o plano se executar ao seu redor.

Era estranho realizar um interrogatório em um roupão, mas Wexley não podia deixar seus próprios problemas atrapalharem. Um médico discreto - outra pessoa empregada por Rhimes, outro motivo para dar um aumento ao homem - encontrou-os no aeroporto rural ao sul de Chicago e injetou em Wexley o que ele precisava para ficar acordado, para ficar insensível às queimaduras. Wexley não deixou de notar as caretas, os suspiros do médico enquanto ele tirava um frasco após o outro, uma bolsa de soro após a outra de sua caminhonete e as entregava a Rhimes.

— Hospital — finalizou o médico, dizendo diretamente a Wexley. — Não espere. Você vai precisar de enxertos.

Em vez disso, Wexley embarcou no avião. Um jato de vinte lugares, já ocupado por Rhimes e seus soldados mais confiáveis. E, em uma sala separada e pequena na parte de trás, uma Campeã cativa. Wexley juntou-se a Mynx na sala, afivelando-se em um assento oposto ao sofá dela. Ele pressionou um botão à sua direita, disse ao capitão do voo para começar a se mover, então se acomodou e olhou para sua oponente.

Mynx estava com seu uniforme de Paragon, parecendo toda prateada e digna enquanto se sentava nas almofadas de couro marrom. O bege se misturava com branco por toda a sala, fazendo parecer um pouco como se Wexley tivesse entrado em uma fazenda. Duas pequenas janelas de cada lado mostravam as luzes piscantes da pista do aeroporto, os motores do avião abafando qualquer outro som.

Durante a decolagem turbulenta, Mynx e Wexley se olharam. Ele achou Mynx ao mesmo tempo mais velha e mais jovem do que esperava, sua pele mostrando um regime de cuidados agressivo enquanto sua postura, os grisalhos roendo seu cabelo, e apenas a *sensação* que Wexley tinha ao olhar para ela sugeria alguém além do ponto de ruptura da vida e em sua inclinação descendente.

O que ela via nele? Um maníaco?

Olhando para si mesmo, Wexley quase riu. Para um homem que passou as últimas duas décadas em ternos, fossem à prova de balas ou de três peças, contentar-se com um roupão surrado e um recipiente de aloe vera, sem mencionar o soro pendurado em um suporte ao lado de seu quadril, marcava uma mudança.

Talvez Zhan-Yo tenha sentido o mesmo quando sua revolução o levou das alturas corporativas aos esgotos sujos de Chicago.

— Já estive melhor — disse Wexley quando o avião se estabilizou.

— Para onde estamos indo? — perguntou Mynx, direta como o fio de uma navalha.

— Acho que você vai reconhecer o lugar — disse

Wexley. — É um que eu quis ver por muito tempo. — Wexley moveu sua mão direita, bateu um dedo na coxa enquanto Mynx tentava decifrar. Não, ele não esperaria que ela descobrisse. — Mynx, onde está Mila? A Campeã que você manteve longe de sua casa?

Agora ele tinha a atenção de Mynx. Ela fixou os olhos nos dele, aquele olhar voltando. Todos os Campeões pareciam ter temperamentos explosivos, todos exceto Apinya, aquela Paragon de paz e filosofia.

— O que você quer com ela? — perguntou Mynx.

— Não é óbvio?

— É uma melhoria. Minhas máquinas sempre exibem seu propósito por fora. Agora você também.

Wexley fez um aceno com a cabeça, — Suas máquinas? Pensei que pertencessem aos Paragons?

— Nem todas.

— E quanto àquele que pegamos? Era seu?

Mynx curvou o lábio, — Não serve mais para você.

— Podemos reparar os danos.

— Não esse tipo. Seu pequeno truque não funcionou muito bem.

Wexley levantou seu Tama, disse a Rhimes para obter uma avaliação atualizada do drone. Embora seu uso como isca para Mynx tivesse sido realizado, o gladiador ainda poderia ser uma potente máquina de combate, e Wexley estava prestes a precisar de todas as armas que pudesse encontrar.

— Você entende minhas habilidades, não é? — perguntou Mynx.

— Você tem um jeito com máquinas.

— Um jeito bem especial — os olhos de Mynx brilharam. — Ousado me colocar em um avião.

— Isso não é nada comparado a para onde estou te levando.

Mynx sentou-se para frente, escorregou para a beira do sofá, — Wexley, entenda isto. Cada Paragon neste continente e muito em breve no mundo estará me procurando. Eles descobrirão que você fez isso, e então sua empresa e todos nela serão levados. Os inocentes serão retirados, mas os cúmplices? — Mynx não sorriu, não se vangloriou. — Eu abandonei a misericórdia quando Aegis morreu.

— Não quero sua misericórdia, Mynx — disse Wexley, inclinando-se para frente para corresponder ao movimento dela. — Tudo o que quero é seu exército.

CAPÍTULO 18

LÂMINAS

DOIS ENTRAM, um sai. Regras padrão para um duelo. A satisfação pertence ao vencedor.

Um pai vingado.

Celice esqueceu Gatete, esqueceu Mathieu e Roger e todas as pequenas peças no apartamento contando uma história diferente daquela que ela queria acreditar. A que estava diante dela agora.

Zhan-Yo tinha uma única lâmina pronta, a outra embainhada em suas costas. Ele se equilibrava na ponta dos pés diante da lareira, não oferecendo a Celice nenhuma daquelas reviravoltas espetaculares que ele havia mostrado em Chicago no primeiro encontro deles. Naquela vez, ela o pegou de surpresa. Naquela vez, ela usou cada movimento dele contra ele mesmo, estava prestes a desferir um golpe mortal antes de Mynx fazer uma rude intervenção.

Morte também não estava em jogo desta vez, mas a humilhação era um bom substituto.

— Se temos que jogar este jogo sem sentido — disse Zhan-Yo —, então vamos acabar logo com isso.

Celice respondeu com os pés, disparando numa corrida

pela pequena cozinha, pela sala de estar e seus móveis espalhados. Espaço muito pequeno para ganhar muita velocidade. Suficiente para parar bruscamente.

O golpe inicial de Zhan-Yo foi para onde Celice deveria estar. Onde ela estava depois que a lâmina passou. O espadachim tentou trazer a espada de volta, recebeu um golpe no rosto seguido por um chute no estômago que o espalhou pela lareira. Ele abriu espaço com um movimento preguiçoso, Celice afastando-se dançando e voltando rapidamente.

Desta vez Zhan-Yo se moveu, cambaleando para a direita enquanto Celice avançava pela esquerda, liderando com outro golpe. Ela acertou Zhan-Yo no ombro, arrancando nada do espadachim exceto um golpe giratório. Celice abaixou-se, sentiu o ar mudar acima, e ouviu a lâmina se conectar com a pedra da lareira. Outro golpe desajeitado.

— Você está mesmo tentando? — rosnou Celice, avançando novamente enquanto Zhan-Yo fazia um corte previsível para baixo.

Ela estendeu a mão direita para frente e para cima, pegou o cabo descendente de Zhan-Yo e puxou-o em sua direção, recebendo o impacto contundente do cabo em seu ombro. Sua mão esquerda desferiu uma série de três socos no rosto de Zhan-Yo, o suficiente para fazer o homem cambalear para trás. De volta para a cozinha e o trio que observava.

Gatete bateu palmas. Roger olhou fixamente. Mathieu franziu a testa.

Zhan-Yo cuspiu sangue vermelho-vivo no chão de madeira escura.

— Você está? — Celice perguntou novamente.

— Importaria se eu estivesse?

Celice alcançou sua perna, encontrou a faca da coxa e a

sacou. Importava? Realmente? Seu pai exigia vingança. Não precisava ser justo.

— Não — respondeu Celice.

Novamente ela avançou rápido, e novamente parou quando Zhan-Yo empunhou a lâmina, com o balcão da cozinha às suas costas. Zhan-Yo não apenas simulou desta vez, mas deu um passo à frente enquanto atacava, pronto para pegar Celice em sua parada durante o truque.

A repetição mataria o lutador arrogante.

Celice usou seu impulso para desviar, para saltar do pé esquerdo em direção à parede à sua direita e ao sofá empurrado contra ela. Com o pé direito plantado na almofada principal, Celice saltou de volta em direção a Zhan-Yo, atingindo seu lado enquanto seu golpe de avanço o tirava de posição.

Zhan-Yo congelou. Ela tinha a faca pressionada contra o lado dele, a ponta penetrando a armadura do homem. O filetamento seria rápido, a morte de Zhan-Yo seria lenta.

— Parem agora — anunciou Gatete. — Acredito que este espetáculo acabou, por mais que eu o tenha apreciado.

Zhan-Yo largou sua espada. Ela chocou-se contra o chão sem cerimônia, sem triunfo. — Me rendo.

Celice não moveu a faca. Sua mão a apertava com força. Um pouco mais longe, mais um segundo e ela poderia cumprir sua promessa ao pai. E o que Gatete faria exatamente? Atacá-la?

— Você não pode se render — disse Celice. — Não desta vez.

Ela se moveu, empurrou a faca.

E a encontrou desaparecida.

Gatete estalou a língua enquanto os flocos ocos que haviam sido a faca de Celice flutuavam para baixo, — Ora, ora. Sem mais lutas.

— Ele não merece viver nem mais um segundo — disse Celice. — Nem um...

— Ele viverá pelo tempo que for necessário — respondeu Gatete — porque qual melhor maneira para Zhan-Yo morrer do que nos ajudando?

Celice deu um passo para a esquerda, com Zhan-Yo entre Gatete e Roger. A espada de Zhan-Yo estava a seus pés, pronta para ser levantada e usada. A habilidade de Gatete devia ter alguns limites. Talvez a visão fosse um deles. Zhan-Yo olhou para ela, seu rosto uma máscara fixa. Um prisioneiro já resignado à sua sentença.

Deslizando o pé sob o cabo, Celice levantou a espada caída, agarrando o cabo com a mão esquerda e balançando a lâmina enquanto recuava, um golpe que deveria ter deixado Zhan-Yo eviscerado no chão.

Ela nunca fez contato. Um som de choque metálico envolveu o apartamento quando a segunda lâmina de Zhan-Yo, sacada de sua bainha no ombro, interceptou o golpe de Celice quando seu ataque se aproximou da armadura dele. As duas armas permaneceram congeladas, Celice empurrando para cima, Zhan-Yo forçando o golpe de volta para baixo.

Nenhuma raiva, nenhuma ira o atravessou. Como se Zhan-Yo tivesse se defendido porque a lógica exigia isso, e não a autopreservação.

— Por que você não morre? — Celice rosnou.

— Porque não é seu papel me matar — respondeu Zhan-Yo. — Ainda não.

— O homem está certo — disse Gatete, dando um passo entre eles e chicoteando Celice com olhos estreitados. — Você vai parar com isso, Celice, ou eu vou...

— Vai o quê, Gatete? Vai dizer aos Paragonas que me impediu de vingar meu pai?

— Vou dizer a eles que você é uma agente desonesta causando violência dentro da minha cidade — disse Gatete, colocando uma mão em ambos os cabos e separando as lâminas. — Vou fazer com que Mynx venha buscá-la e garantir que ela a coloque em algum lugar onde você não represente perigo para ninguém mais. — Com as espadas separadas, Gatete passou da disciplina para a recompensa, colocando um sorriso brilhante na sala. — Mas eu preferiria muito mais que levemos nosso prisioneiro e o acomodemos. Há uma festa para planejar!

Zhan-Yo largou sua segunda lâmina e seguiu Gatete para fora do apartamento sem dizer mais nada. Celice, com a espada roubada em sua mão, observou. A noite tinha dado tão errado, tão certo.

Ela havia capturado o homem que matou seu pai.

Então por que Celice se sentia mais perdida do que antes?

Lá fora, cápsulas esperavam com mais Paragonas, incluindo Sydney, que lançou a Celice um olhar de desprezo. Com Gatete liderando seu pequeno grupo, Sydney deu um breve informe, observando que os mercenários de Zhan-Yo haviam sido retirados do pub e enviados para o mesmo lugar para onde Zhan-Yo estaria indo em segundos.

— E a recepção? — perguntou Gatete.

— Em alta localmente — disse Sydney, seu olhar desviando para Zhan-Yo. — Mas quando divulgarmos que o capturamos, o mundo inteiro vai prestar atenção.

— Eu sei. Precisamos maximizar isso. Coloque-os em movimento, depois vamos nos reunir na Torre. Sem erros.

— A Torre? — Celice perguntou a Roger, e o Paragona revirou os olhos para ela.

— A Torre de Londres. Prisão lendária? — disse Roger. — Ou Aegis não te ensinou nada de história?

— Ele estava ocupado demais me ensinando a identificar um idiota. Parece que encontrei um.

Roger bufou e juntou-se a Gatete enquanto o Campeão subia em sua própria cápsula. Outros dois Paragonas aliviaram Zhan-Yo de sua armadura e armas antes de enfiá-lo em outra cápsula e se juntarem ao homem lá dentro. Os dois veículos dispararam, deixando Sydney, Celice e Mathieu na calçada.

— Vem? — Sydney disse para Celice.

— E quanto a ele? — Celice apontou para Mathieu. — Você não vai levá-lo junto com os outros?

— Ei — começou Mathieu.

— Narrativa — Sydney deu de ombros. — Vamos divulgar sua foto, dizer que Zhan-Yo ainda tem um associado à solta. As pessoas vão te ver, mandar fotos, ficar com medo. Então teremos um drone te capturando, um aperitivo surpresa na execução de Zhan-Yo.

Celice sentiu-se vagamente enjoada, como se seu estômago quisesse rejeitar os Paragonas tanto quanto seu jantar.

— E me matar? — perguntou Mathieu, aparentemente tão incrédulo quanto Celice.

— Essa parte depende de você — disse Sydney enquanto sua cápsula escolhida deslizava até a calçada. — Será melhor se você se retratar e pedir desculpas bem ali, na frente de todas as câmeras. Ele vai deixar você viver se fizer isso, garantido. — Sydney deve ter visto os rostos deles, porque o dela suavizou. — Sei que pareço um monstro, e como se Gatete fosse uma coisa maligna, mas é a realidade, certo?

— Uma bem distorcida — disse Celice, ciente de que ela

e Mathieu estavam lado a lado olhando para Sydney, uma equipe por acaso.

A presença dos Paragonas havia feito os civis correrem para se abrigar, deixando a rua e as calçadas quase desertas, exceto por um homem passeando com um cachorro, fazendo todo o possível para manter seu terrier longe do trio. Uma chuva leve caía do céu, gotejando na rua e escorrendo pelas janelas.

Sydney apontou para ela, — Você acha que seu pai teria tanto sucesso se as pessoas não prestassem atenção nele? Gatete precisa que as pessoas saibam que ele existe para conseguir as promoções.

— E você? — Mathieu rebateu. — Está ajudando com esses jogos doentios?

— Vindo do homem que ajudou a bombardear um estádio? — Sydney riu. — Poupe-me. É um mundo cruel. Se Gatete subir, adivinha quem assume o lugar dele?

— Roger, pelo que parece — disse Celice.

— Ele vai com Gatete e administra a Europa. Eu fico com Londres e uma chance de respirar.

— Que prêmio por todos os seus princípios — murmurou Mathieu. — Não posso defender o que Zhan-Yo fez, mas pelo menos tínhamos um bom motivo.

— E como diabos você sabe quais são meus princípios? Celice, entre na cápsula. Mathieu, é melhor começar a correr. Você tem alguns dias e depois vira pó.

Mathieu riu, deu um passo para trás, — Vocês Paragonas ficam tão surpresos por nós odiarmos vocês, mas é realmente tão difícil entender porquê?

Celice estendeu a mão, pegou o braço esquerdo de Mathieu e o segurou como faria com o braço de um amigo. O movimento veio rápido, um instinto se colocando em ação.

— Meu pai construiu os Paragonas — disse Celice, movendo seus olhos de Sydney para Mathieu e de volta. — Isso não é o que ele criou.

— O tempo... — Sydney começou a falar, mas Celice a interrompeu com um único dedo levantado.

— Entre na sua cápsula, Sydney — disse Celice. — Leve-a de volta para Gatete, Roger e todos os seus amigos. Ele tem Zhan-Yo. Ele pode nos deixar em paz.

Sydney misturou raiva e confusão com curiosidade, — Nós? Você e Mathieu?

Para o crédito de Sydney, Mathieu parecia igualmente perdido. As expressões deixaram Celice momentaneamente atordoada, fazendo-a questionar se a decisão era a certa. Até que ela se lembrou que Roger e Sydney a haviam sequestrado não faz muito tempo, que estavam manipulando Celice e Zhan-Yo para avançarem em suas próprias ambições.

Não era sobre justiça, sobre tornar o mundo um lugar melhor. Esses ideais poderiam soar clichês, mas eram os que Aegis defendia.

Ideais aos quais Celice se agarraria na ausência dele.

— Isso é um problema? — perguntou Celice, não deixando dúvidas quanto ao que poderia acontecer se Sydney fizesse a escolha errada.

— Vou contar para Gatete — disse Sydney. — Vocês terão algumas horas de vantagem, para o bem que isso lhes fará.

A Paragona não esperou por nada mais, sem chances para Celice mudar de ideia. Sydney deslizou para sua cápsula, Tama ativo e digitando sem sequer um olhar de aviso para trás.

— Eu não esperava por isso — disse Mathieu, soltando

seu braço do aperto de Celice. — Também não preciso da sua ajuda. Não sou exatamente...

— Não fiz isso por você — disse Celice, dando meia-volta e seguindo pela rua. Ela precisava sinalizar uma cápsula onde os Paragonas não a vissem. — Precisava ganhar algum tempo.

— Tempo para quê? — disse Mathieu, entrando no ritmo com ela.

— Descobrir o que diabos acabou de acontecer.

Mathieu não respondeu a isso. Eles caminharam lado a lado na garoa fina, Celice respirando o ar frio e reordenando sua vida. Aegis nunca mencionou muito sobre como se sentia quando uma missão terminava, quando ele completava um objetivo. Celice tinha passado tantas aventuras em segundo plano, chamando reforços, coordenando Paragonas, que cada vitória vinha na periferia.

Aegis celebraria, mas, quase sempre, ele terminava cedo. Ele se retirava para o Bastion em Manhattan e desaparecia em seus terminais, ansioso para encontrar a próxima coisa para perseguir. Naquela época, Celice não entendia por que seu pai não conseguia comemorar, não conseguia respirar tranquilo por um dia ou três.

Agora, caminhando na noite londrina sem um caminho para frente, para o lado ou para lugar algum, Celice encontrou o motivo.

— Para onde você vai? — perguntou Mathieu enquanto continuavam caminhando passando por pubs, lojas, clubes, a noite tardia de Londres.

— Você não deveria desaparecer?

— Isso é uma armadilha e você sabe disso.

— Não se você realmente fugir — Celice apontou para cima, para as luzes piscantes de um avião passando. — Gatete não vai te seguir para o exterior.

— Você não acredita nisso.

Verdade. Ela não acreditava. Uma vez que Gatete pintasse Mathieu com o mesmo pincel de Zhan-Yo, todos os Paragonas do planeta iriam querer encontrar o homem e entregá-lo.

— Então eu recomendaria encontrar uma nova identidade — disse Celice.

— É isso que você vai fazer?

— Novamente, por que você se importa com o que eu vou fazer?

Mathieu deu um passo rápido e bloqueou o caminho de Celice na calçada, — Porque poderíamos usar sua ajuda.

Isso a fez parar.

— "Nós"?

Mathieu cruzou os braços, acenou de lado, sob a marquise de uma loja fechada. Eles haviam passado além da presença dos Paragonas, e enquanto a garoa mantinha as ruas mais quietas, Londres ainda era Londres. Se Mathieu tivesse alguns segredos para compartilhar, Celice poderia dar-lhe a chance.

— Zhan-Yo imaginou que isso aconteceria — disse Mathieu quando ambos se aglomeraram contra a parede de uma loja fechada.

Mathieu tirou um cigarro, acendeu-o, mas não deu uma tragada. Celice entendeu: disfarce para ficar ali.

— Ele sabia que eu levaria Gatete direto a ele, que seria capturado e posto para uma execução pública?

— Ok, talvez não tudo isso. — Mathieu fingiu dar uma tragada. — Ninguém acha que pode fugir dos Paragonas para sempre, especialmente depois do que fizemos em LA.

— Talvez Gatete não esteja errado.

— Não estou argumentando que somos santos, Celice. Inferno, nós provavelmente merecemos balas na cabeça.

Mas não estamos aqui porque Zhan-Yo está depositando reps em nossas contas.

— Amigos, então?

— Revolucionários — disse Mathieu, e Celice riu, aguda e breve.

— Zhan-Yo, posso acreditar — disse Celice. — Você, talvez. Mas todos aqueles caras no pub? Todos estão loucos para derrubar a sociedade?

Mathieu deu de ombros, — Zhan-Yo nos fez jurar isso. Se eles mantêm essa promessa, não sei, mas ficaram conosco até agora. Ficaram com ele.

Quantos Paragonas se juntaram, ficaram com a organização apenas para estar com Aegis e os outros Campeões? O número tinha que ser maior que zero. Podia ser mais do que qualquer um esperava.

Contudo, com o que ela tinha visto ultimamente, os Paragonas tinham muitos problemas. O mundo de seu pai podia não ser tão invencível quanto parecia alguns meses atrás.

— Ainda está aqui? — perguntou Mathieu, largando um cigarro não fumado e apagando-o.

— Pensando — respondeu Celice, tirando de si a introspecção. Algo para mais tarde. — Você disse que eu poderia ajudar. Com o quê?

— Salvando nosso cara. — Mathieu tinha as mãos levantadas até a metade ao dizer as palavras, como se esperasse que Celice o batesse. E ela teria, poderia ter, exceto que naquele exato momento uma família de mãe com duas crianças passou por ali. O mundo já parecia sombrio o suficiente sem começar uma briga na frente de crianças. — Eu sei o que você está pensando. Sei que queria acabar com Zhan-Yo lá dentro.

— Continue falando e talvez você consiga se livrar dessa.

— Não vou tentar convencê-la de que Zhan-Yo precisa ser salvo porque é um homem bom. — Mathieu olhou para a rua, aparentemente relutante em encarar o olhar duro de Celice. — O que estou dizendo é que ele é a melhor chance de salvar o mundo que seu pai construiu.

Celice revirou os olhos. Que outra resposta haveria?

— Deixe-me provar isso para você. — Mathieu levantou seu Tama, digitou um endereço e o mostrou para Celice. — Aqui é onde estamos ficando. Não é muito longe. Venha comigo e você entenderá, eu juro.

— Entender o quê, precisamente? Algum novo esquema para matar mais anomalias?

— Tentamos isso. Duas vezes. Não funcionou. Zhan-Yo seguiu em frente.

— Estou tão feliz que ele tenha visto a luz.

— Ele admite que cometeu erros — disse Mathieu. — Você consegue?

— Claro. Quando deixei Zhan-Yo sair daquele apartamento sem uma espada enfiada em suas costas.

Mathieu finalmente quebrou, a fachada estoica caindo em um suspiro às suas palavras. Ele balançou a cabeça, passou a mão pelo queixo, depois virou-se de costas para ela e começou a andar.

— Sabe o que acontece quando a vingança é tudo em que você pensa? — disse Mathieu enquanto se afastava.

— Mal posso esperar para ouvir isso.

— Você se torna escrava de uma memória. Apareça por lá, e talvez encontre uma maneira de se libertar.

Celice observou Mathieu se afastar na garoa por um quarteirão antes de fazer sua própria volta, dirigindo-se na direção de seu apartamento. Enquanto caminhava, ela pegou seu Tama e digitou o endereço que Mathieu havia mostrado.

Só por precaução.

CAPÍTULO 19

CAVALEIROS DA NOITE

ELE PAROU quando os tiros cessaram. Calvin não sabia quão fundo havia ido, quão espessa era a camada de lama acima deles. A terra corria áspera entre seus dedos, canalizando-se de sua mão esquerda e florescendo da direita até agora, quando estavam encasulados na escuridão. O Tama de Calvin brilhava, sua luz azul fantasmagórica era a única iluminação.

— O quê? — Calvin perguntou; Kat havia murmurado algo que ele não conseguiu entender.

Ele mantivera o corpo dela envolvido contra o seu enquanto cavavam mais fundo, tentando oferecer o menor alvo possível aos guardas de Wexley. Quanto mais Calvin precisava espalhar a lama, mais fina ela ficaria. Menos balas ela pararia.

— Sai de cima de mim — repetiu Kat.

— Não posso — respondeu Calvin. — Não tem espaço.

— O quê? — Kat se contorceu, colocando o rosto na direção de Calvin, o brilho do Tama revelando terra preta e úmida ao redor deles. — Onde estamos?

— Então, sobre isso — Calvin sussurrou —, tenta não falar. Não temos muito ar aqui dentro.

Kat compreendeu as implicações enquanto Calvin analisava suas opções. Ele poderia tentar cavar para cima desta vez, mas diferente de empurrar a lama para o ar, Calvin teria que pegar de cima e colocar embaixo, um espaço que, neste momento, já estava ocupado por terra.

Em resumo, ele não tinha uma boa resposta para essa situação.

Pior, se eles saíssem cedo demais, os capangas de Wexley os crivariam de balas.

Kat alcançou, agarrou e torceu o braço de Calvin para que ela pudesse ver seu Tama. Fazendo uma careta pelo ângulo apertado e incapaz de ler o que a rastreadora digitou no dispositivo, Calvin a observou e tentou não respirar. Quando Kat o soltou, inclinou-se de volta no nicho apertado ao redor deles e olhou para ele.

Obrigada.

Seus lábios se moveram lentamente o suficiente para Calvin conseguir ler.

Sem problema.

Ele exagerou as palavras, percebendo que tinha conseguido quando Kat deu um pequeno sorriso.

Só você? perguntou Kat.

Calvin balançou a cabeça. *Trabalho em equipe.*

Onde?

Não sei, Calvin adicionou um leve dar de ombros. Ele não queria dizer mortos, não queria dizer baleados. Weed e sua equipe não eram exatamente amigos ainda, mas Calvin preferia não se deter na ideia de que havia arrastado seus colegas para um tiroteio fatal.

O Tama de Calvin apitou. Curto, estridente. Os olhos

de Kat se arregalaram e ela agarrou o braço de Calvin novamente. Sorriu.

— Não há como não amar os Paragons — disse Kat, e diante do olhar de Calvin, ela revirou os olhos. — Eles chegarão aqui antes do ar acabar. Você acha que a Mynx deixaria um pouco de rocha impedi-la de rastrear suas anomalias?

— O quê?

— Espera trinta segundos. — Kat olhou para cima, além do ombro de Calvin. — Você pode se sujar mais um pouco.

— Se eu sobreviver, estou bem com isso.

Os trinta segundos se passaram com Calvin resumindo rapidamente o ataque. Durante todo esse tempo, o ar ficava cada vez mais rarefeito. Respirar parecia como esticar-se para algo à distância, os pulmões trabalhando cada vez mais forte para menor retorno.

O solo acima tremeu. Calvin sentiu sua criação de lama ceder, cair sobre suas costas. O peso o esmagou contra Kat, que conseguiu soltar um palavrão abafado. A luz de seu Tama desapareceu sob rochas e terra, o material batendo nele de todos os lados. Areia entrou em seus ouvidos, alguma raiz retorcida pressionou contra os lábios de Calvin enquanto algo que ele não via, mas podia sentir se contorcendo, esmagava seu nariz.

Qualquer resgate que Kat encontrou iria matá-los.

Bem quando Calvin estava tentando decidir de que forma preferia morrer — qualquer maneira que não envolvesse o verme se contorcendo em seu rosto venceria —, a pressão desapareceu. O luar entrou enquanto uma mão metálica alcançou, agarrou as costas de Calvin e o puxou para fora. Abaixo dele, Kat tomou um enorme fôlego antes de se sentar e sair do buraco.

O drone convocado por Kat colocou Calvin ao lado do

celeiro, em um local repleto de cápsulas de balas. Enquanto seus olhos se ajustavam à luz, os sons contavam uma história diferente. Algum líder Paragon disparava ordens, enquanto pés batendo no chão e motores zumbindo sinalizavam drones, pods e Paragons em grande número.

Calvin sentiu uma mão em seu ombro, olhou para ver Particle parado perto dele. Seu uniforme tinha cortes, e havia uma bandagem firmemente enrolada em seu braço direito, mas esse não parecia ser o motivo de seu olhar preocupado.

— Isso completa todos nós — disse Particle, sem esperar que Calvin começasse um relato. — Weed é o mais grave. Smoke em seguida. Eles já foram removidos.

— Eles vão sobreviver?

Particle chutou uma cápsula de bala. — Têm chance. A questão é, Mynx tem alguma?

— Mynx?

— Onde você esteve, debaixo de uma pedra?

Calvin olhou fixamente para Particle, percebeu o leve sorriso insinuado. — Isso não tem graça.

— Quem é esse? — perguntou Kat, limpando a sujeira enquanto se aproximava. — É um da sua equipe?

— Particle — disseram. — Resgatar você quase nos matou.

— Desculpa.

— Não tão arrependida quanto esses idiotas vão ficar. Eles pegaram Mynx. Alguma coisa de PEM derrubou sua armadura mecânica e fez alguns drones caírem na terra. Feio, mas quem cutuca um ninho de vespas vai acabar picado. — Particle estalou os dedos, forçando os olhos de Kat e Calvin em direção a um pod parado vazio perto da estrada. — Aquele é de vocês se quiserem. Vou ficar aqui e contar a eles o que querem saber.

Calvin conseguia ler nas entrelinhas o suficiente para entender o ponto de Particle. Se algo havia acontecido com Mynx, então os Paragons iriam querer saber por que uma pequena equipe havia chegado mais cedo. Iriam querer saber por que aquela pequena equipe esperou para chamar reforços. Particle parecia despreocupado com a ideia de despistar, o que significava que Particle ou sabia mentir com o melhor deles ou não estava assustado com qualquer disciplina.

De qualquer forma, Calvin não deixaria passar, bem, a chance de passar.

O pod avançava rapidamente de volta para a cidade, o teto transparente proporcionando uma ótima vista do céu noturno. Depois de estar preso sob a lama, Calvin percebeu que seus olhos tendiam mais para cima do que para qualquer outro lugar, aproveitando essa liberdade. O próprio pod permaneceu quieto, exceto pelo leve zumbido do motor, os ocasionais solavancos e estalos ao longo da estrada.

— Obrigada por vir me procurar — disse Kat enquanto deslizavam. — Ser uma rastreadora é solitário. As pessoas não costumam notar quando estou ausente.

— Não estou acostumado a ter amigos — respondeu Calvin. — Achei que deveria manter vivos os que tenho.

— Mesmo que isso signifique deixar uma Campeã ser capturada?

— Como diabos eu ia saber que a Mynx estaria vindo?

Kat riu. — Não fique tão triste. Está tudo bem. Eles pegaram uma Campeã. Cada Paragon do planeta está indo atrás deles. Wexley está frito.

O cabelo de Kat se aglomerava enquanto ela se reclinava no assento. Seu uniforme branco parecia mais marrom do que qualquer outra coisa, com a sujeira incrustada.

Rasgões mostravam que ela havia passado por apuros, mas Calvin não viu ossos quebrados ou manchas de sangue.

— O que eles fizeram com você? — ele perguntou. — Naquela lanchonete? E aqui?

— Wexley falou — respondeu Kat, fechando os olhos. — Mais para mim do que comigo. Eu fui um acidente.

— Acho que estávamos destinados a entrar naquele estaleiro.

— Quero dizer a captura. Nós não somos nada para esses caras. Wexley e Rhimes, toda essa operação? É muito maior do que você e eu.

— Kat, não sei se você se lembra, mas estou acostumado a não ser nada. Prefiro assim.

— Eu também.

Quando nenhuma continuação veio, Calvin olhou para ver Kat respirando profundamente, os olhos fechados. Ela teve um dia longo, então Calvin deu-lhe um momento. Ele tocou na janela à sua esquerda, um campo escuro e sujo passando. A cada toque, sentia o vidro do pod e o que poderia fazer com ele. Quebrar o veículo, criar uma faca, ou...

Ele coletou traços enquanto Kat cochilava ao seu lado. Extraiu da superfície com uma mão e girou com a outra, moldando o vidro pelo tato. Os cristais líquidos se formavam em seus dedos e fluíam para baixo, fundindo-se com seus predecessores para criar, pouco a pouco, uma surpresa.

— Estamos chegando perto — disse Calvin quando Chicago se erguia ao redor deles. — Pronta para acordar?

— De jeito nenhum — murmurou Kat, mantendo as pálpebras fechadas. — Preciso mesmo?

— Não sei por quanto tempo este pod vai deixar você ficar dentro — respondeu Calvin —, mas acho que tem alguém que ficaria muito decepcionado se você não saísse.

Kat se sentou, sorrindo. Seeker tinha esse efeito nas pessoas, e Calvin nem mesmo se considerava um amante de cães. Durante a maior parte de sua vida, os cães que Calvin conhecia estavam perseguindo-o, caçando seu cheiro por florestas e campos. O tanque peludo tratava os amigos de Kat como se fossem dele, e Seeker também era uma ótima coberta durante os longos invernos de Chicago.

— Calvin, você fez isso? — disse Kat, notando o objeto que Calvin segurava em sua mão esquerda.

— Talvez. Viagem longa, e você não estava falando muito.

— Desculpa. Ser refém é exaustivo. Posso segurar?

— Deve estar bem.

As criações de Calvin tendiam a fraquejar quando deixadas por conta própria, porque quebrar a integridade estrutural para fazer suas próprias formas inevitavelmente acabava assombrando-as. Ele havia se esforçado mais aqui, entretanto, entrelaçando o vidro para que se sustentasse, para evitar que ficasse muito dobrado ou esticado.

— É lindo — disse Kat, segurando o cachorro de vidro, um Seeker ondulante e cintilante. — Como?

— As janelas do pod talvez não sejam mais tão à prova de balas — disse Calvin, e diante do olhar preocupado de Kat, ele levantou as mãos. — Calma, já fiz o pedido de verificação. Eles vão descobrir. Ninguém vai levar um tiro nessa coisa.

Kat assentiu, aparentemente tranquilizada. — Por que você fez isso, Calvin? Eu gosto, quero dizer, mas por quê?

Não era uma pergunta que ele tivesse pensado em responder, mas agora que havia sido feita, Calvin encontrou um modo de responder. — Pensei que seria legal fazer algo que não fosse violento, para variar. — O pod parou em frente ao prédio de apartamentos de Kat. — Eu costumava fazer isso às vezes, quando passava a noite em algum lugar qualquer, ou debaixo de uma ponte. Fazer pequenos bibelôs que eu pudesse vender por alguns reps no dia seguinte.

Enquanto Kat se limpava tanto da sujeira quanto das lambidas frenéticas de boas-vindas de Seeker, Calvin pegou seu Tama e confirmou que Weed, Lob e Smoke sobreviveram. Os lançamentos de Lob os colocaram bem fora do solo iluminado e Smoke os manteve escondidos até que os reforços dos Paragons trouxessem ajuda melhor.

Smoke contribuiu com uma descrição difícil sobre o ataque de Mynx e as granadas de desativação usadas pela equipe de Wexley. Mynx havia cancelado o bombardeio para salvar o gladiador, interrogar os líderes, uma decisão que deu errado quando o PEM de Wexley foi ativado. Os drones foram derrubados rapidamente, os Paragons dentro deles, encurralados. Uma vez que Mynx foi capturada, toda a força embalou e correu, vencendo os próprios reforços dos Paragons por meros minutos.

— Eles nos enganaram — disse Calvin quando Kat se recompôs. — Wexley e sua equipe. Desde o início, quando pegaram aquele drone.

— Mas ele não estava esperando por você — respondeu Kat. — Eles não achavam que chegaríamos até o porto também. Ele não é tão esperto quanto você pensa.

— Então o que ele é?

— Ele é como todos os outros idiotas que ficam lutando por poder — disse Kat, sentando-se na cama enquanto Calvin ocupava o sofá. Comida pronta estava a caminho: refogado, disponível mesmo enquanto o relógio se aproximava da meia-noite. — Eles ficam tão envolvidos em suas ambições. É por isso que todos acabam falhando mais cedo ou mais tarde.

Calvin assobiou. — Kat, a filósofa, na área!

— É mais a Kat cansada e desiludida.

— Então você não acha que ele é tão esperto, o que ele vai fazer a seguir?

Kat, acariciando Seeker, apertou os lábios, ergueu os olhos para o teto, então deu de ombros. — Quer que eu faça uma aposta?

— Perguntei, não foi?

— Bem, você captura Mynx, certo? Monta toda essa confusão com um drone, arrisca tudo para ir atrás dessa Campeã. Você não faz uma jogada de dado como essa a menos que seja a vencedora.

— Ou você é louco. — Calvin se endireitou, esticou-se. Ficar sentado no buraco de lama e no pod não tinha feito bem para seus músculos. — Como o cara que acabou com Aegis. Ele era louco.

— É louco. Zhan-Yo não está morto — disse Kat. — Ou, se está, ninguém anunciou. De qualquer forma, não podemos assumir loucura porque isso não ajuda.

— Não ajuda?

— Claro. Se pensarmos que Wexley está agindo aleatoriamente, então não podemos prever o que ele pode fazer, então por que se preocupar?

Calvin riu, olhou para Kat. — De onde vem isso? Você é psiquiatra agora?

— Eu sou uma rastreadora, seu idiota. Como você acha que encontro anomalias? Como encontrei você?

— Sorte?

Kat balançou um dedo para ele. — Calvin, vamos lá. Wexley tem um plano. Até agora, aposto que está indo muito bem, mesmo com sua intervenção. Sabe o que mais ele fez quando me encontrou na lanchonete?

— O quê?

— Tomou um milk shake. A coisa mais idiota. O ponto é

que ele não se importava que eu estivesse lá, exceto para se gabar. Somos pequenos para ele, Mynx é grande. E o que Mynx tem que é só dela e de mais ninguém?

— Reputação? Ela é uma Campeã. Ele fica famoso.

Kat se levantou, foi até o enorme monitor de computador que servia como sua base de rastreadora. Seeker a acompanhou, aparentemente relutante em deixá-la se afastar depois do desaparecimento de Kat. Quando a rastreadora se sentou na cadeira, Seeker se jogou sobre seus pés.

— Hora da apresentação? — perguntou Calvin.

— Pensei que você não tinha ido à escola — rebateu Kat, abrindo o banco de dados de rastreadores. Nomes de anomalias e reps surgiram, mostrando os fluxos para as contas de Kat do trabalho que suas marcas completavam. — Mynx montou tudo isso, um grande banco de dados para rastreadores, assistido por drones.

— Certo.

— Adivinha quem controla os drones?

— Os Paragons locais?

— Agora você está só brincando comigo — disse Kat. — Sei que tem um cérebro aí dentro.

— Eu não fui à escola, lembra? — Calvin sorriu, Kat revirou os olhos.

— A maioria dos drones vem de um lugar. É por isso que Mynx é quem ela é — disse Kat. — Ela tem a Fábrica.

— A quê?

Kat não respondeu de imediato. Em vez disso, pôs as mãos na mesa e xingou, uma maldição lenta e longa que fez o bom humor de Calvin desaparecer junto com a palavra. A rastreadora reservava sua linguagem colorida para momentos significativos, e dado o assunto...

— Não vamos aproveitar essa comida para viagem, não é? — disse Calvin.

Eles a comeram em outro pod enquanto o pequeno carro serpenteava por ruas esparsas do final da noite, procurando um endereço que Calvin não se importava em lembrar. Se nunca mais acabassem na sede dos Elementais, ele ficaria muito bem com isso. Muitas regras, muitas anomalias prepotentes que se consideravam melhores só porque não usavam o azul e branco.

— Tem certeza que precisamos deles? — perguntou Calvin. — Porque se o que você está pensando estiver certo, os Paragons vão estar completamente envolvidos nisso.

— Os Paragons têm vazamentos em todo lugar — disse Kat. — E eles acabaram de ter seus traseiros chutados por Wexley.

— Você acha que os Elementais vão se sair melhor? Esqueceu que tivemos que ajudá-los a lutar contra Wexley tipo, há algumas semanas?

— Quer saber o que eu acho, Calvin? Estou supondo que Wexley não está jogando por diversão. Acho que ele tem um plano para tomar muito mais do que Chicago, e muito mais do que algumas vidas de anomalias. Vamos precisar dos Elementais nisso, tanto quanto dos Paragons.

— Ok...

— Eles vão morrer se Wexley tiver sucesso, Calvin. Eles merecem uma chance de lutar por suas vidas.

— Boa sorte convencendo-os a fazer isso.

Isso matou a conversa até chegarem ao café que servia como sede dos Elementais. Já fechado há muito tempo pela noite, eles encontraram a anomalia que vigiava a entrada sentada em um banco no parque em frente. O homem parecia perdido e confuso até Kat repetir o nome de Beth cerca de uma dúzia de vezes. Isso, combinado com os punhos cerrados de Kat, estimulou o guarda a agir.

Minutos se passaram antes que a porta do café se abrisse

e dois outros Elementais, esfregando os olhos mas prontos para agir, levassem o par para uma sala com cheiro de café forte. Um grande termo estava sobre uma mesa ao lado de uma bandeja com pastéis rotulados com a duvidosa menção de "dia anterior".

— Não estamos acostumados a receber visitas a esta hora — disse Beth, a líder dos Elementais sentada em uma cadeira metálica dobrável ao lado de uma mesa igualmente improvisada. Como os outros, ela havia juntado um traje de descanso, como se viesse de alguma festa do pijama. — Desculpem a situação.

— Considere-se desculpada — disse Kat, franzindo a testa enquanto Calvin pegava um café para si, junto com alguns donuts recheados de frutas vermelhas.

— O que foi? — disse Calvin enquanto se juntava a Kat na mesa, pegando um café para ela depois de colocar suas próprias coisas. — Estamos sendo legais o suficiente para alertá-los sobre o fim do mundo. O mínimo que eles podem fazer é nos dar um donut.

— O fim do mundo? — disse Beth, sua sobrancelha fazendo aquela coisa. — Isso parece exagerado.

— Normalmente, eu concordaria — disse Kat. — Mas não desta vez. É Wexley, Beth. Ele tem Mynx.

Beth se inclinou para frente. — A Campeã?

— A Campeã. — Calvin tomou um longo gole de seu café, seguido pelo donut. Delicioso. — Como eu disse, o fim do mundo.

Desta vez, Beth não parecia tão cética.

CAPÍTULO 20

A NEGOCIADORA

O PROBLEMA da vila não vivia na vila. Achara conduziu Cassidy e Thane — restaurado ao seu velho eu após alguns minutos — pelas casas simples, lojas ao ar livre e o aroma doce do almoço que emanava das cozinhas. A selva se fechou ao redor deles quando alcançaram a fronteira da vila, exceto por uma trilha rochosa bem demarcada que subia uma pequena colina.

Quando Cassidy pressionou Achara por mais detalhes no ônibus, a mulher apenas disse que o problema era um com o qual os Paragons não estavam tendo muita sorte. Nem todos, parecia, queriam se juntar ao prateado e azul. Nem todos queriam sacrificar sua liberdade pelo bem comum.

— Então é uma anomalia — disse Cassidy.

— Em certo sentido — respondeu Achara.

— Se você quer que tenhamos sucesso, surpresas não vão ajudar.

— Menos um desejo de surpreender, e mais uma falta de uma boa explicação — a expressão gentil de Achara nunca vacilou, nunca deu indícios de que ela escondia algum segredo devastador por trás daquele rosto. — Posso dizer que a vitória aqui não significará quebrar ossos e esmagar corações.

Com essa descrição, o trio prosseguiu pela trilha até que, aproximando-se do topo da colina, Achara ficou para trás. Dizendo que sua presença só prejudicaria os esforços de Cassidy e Thane, ela escolheu uma árvore robusta, apoiou-se nela e olhou para seu Tama. Cassidy imaginou que a Paragon estivesse enviando alguma mensagem para seus amigos, rindo de como ela tinha dois dos vilões mais notórios do mundo fazendo seus recados.

— Acha que é uma armadilha? — Cassidy perguntou a Thane, este último em sua forma intermediária, com músculos e rugas em abundância.

— Definitivamente uma armadilha. A questão é que tipo.

— Que tipo?

Thane não respondeu, subindo a trilha e alcançando o topo da colina. Cassidy foi atrás, mais uma vez se perguntando por que decidira seguir um lunático inescrutável até este lugar quente e infestado de insetos. A água fresca do ônibus evaporou rapidamente quando voltaram para fora, e a sombra acolhedora da copa da selva vinha com nuvens de mosquitos cujo incômodo fazia Cassidy sentir que tinha perdido litros de sangue para os insetos. Pelo menos a ilha tinha brisas e poucos insetos para se preocupar.

O topo da colina fez o que pôde para apagar as frustrações de Cassidy. Assando sob o sol quente, uma enorme estrutura de madeira e barro de vários níveis se erguia. Sucata sobressaía em ângulos estranhos dos lados do edifício, o que pareciam ser peças antigas de carros servindo como suportes para manter todo o lugar unido. Galinhas e várias cabras vagavam pelo gramado, sem prestar atenção aos dois recém-chegados. No topo da estrutura, pendurada flácida no ar sem vento, havia uma bandeira com o rosto rugindo de um tigre, laranja e preto.

— Eu diria que chegamos a um covil — disse Thane.

— Um covil de quê?

— Deles.

Thane apontou para a porta da frente do edifício quando ela se abriu com dobradiças rangentes, revelando um trio que devia ser mais jovem que os próprios filhos de Cassidy. Adolescentes, e pela aparência, não estavam se saindo muito bem. Sujeira e arranhões marcavam rostos magros e corpos finos, roupas rasgadas e manchadas pendiam soltas sobre membros esguios. E ainda assim, os três, duas mulheres e um homem, vieram para a varanda com braços cruzados e raiva disparando.

Uma das mulheres, com cabelo até o chão amarrado em tranças, falou com eles. Cassidy não entendeu uma palavra, mas ouviu desafio, ouviu um aviso. Essas crianças não queriam visitantes.

— Eles dizem que não virão — murmurou Thane.

— O quê? — disse Cassidy, vendo Thane tocando o queixo em contemplação. — Vir para onde?

Achara não mencionou o que, exatamente, Thane e Cassidy deveriam fazer com a casa ou seus ocupantes. Será que Apinya e seus Paragons queriam que essas crianças fossem destruídas? A ideia parecia absurda, e Cassidy não faria isso de qualquer maneira. Criminosa ou não, matar crianças aleatoriamente não estava dentro do alcance de Cassidy.

Thane poderia ser outra questão, se eles o deixassem irritado o suficiente.

O trio cochichou um com o outro por alguns segundos antes de a mulher tomar a dianteira, dando um passo à frente. Atrás dela, na porta, Cassidy captou flashes, os reflexos reveladores de outros olhos espiando.

— Mais crianças lá dentro — sussurrou Cassidy.

— Peças para o quebra-cabeça — respondeu Thane.

A líder falou novamente, mais alto desta vez. Repetindo as palavras anteriores, mas acrescentando outra frase no final.

— Agora ela está nos ameaçando — disse Thane. — Se não sairmos, pagaremos um preço.

— Você vai falar com eles? Porque acho que não vão me entender.

— Não posso — Thane balançou a cabeça. — Nesta fase, posso entender, em geral, mas não saberia como formar uma frase. Se eu ficar mais fraco, então talvez...

Na varanda, os três adolescentes se afastaram, dando a si mesmos alguns metros de distância. Cassidy não viu nenhuma arma, mas fez a conexão. Se os Paragons queriam essas crianças, então provavelmente eram anomalias. E isso significava que qualquer coisa poderia acontecer.

Cassidy levantou as mãos, altas e abertas. Colou um sorriso que esperava não parecer ameaçador.

— Por favor, Thane — disse Cassidy. — Não quero lutar contra essas crianças, e não acho que Apinya queira que façamos isso também.

Thane assentiu e, ao fazer isso, o corpo do homem encolheu. Os músculos definharam, seus joelhos se curvaram, e o cabelo de Thane caiu, deixando mechas grisalhas. Os adolescentes na varanda olharam boquiabertos, o garoto parecendo que poderia vomitar.

Mas ninguém conjurou bolas de fogo, disparou lasers dos olhos ou se teletransportou para esfaquear Cassidy nos rins.

— Dê um segundo a ele — disse Cassidy, tentando o

inglês antigo com os adolescentes. Eles voltaram sua atenção para ela, olhares estreitos sugerindo que apenas seu tom foi compreendido. — Não estamos aqui para machucar vocês.

Ela tentou colocar seu tom maternal nisso, sacudir as teias de um estilo que Cassidy não empregava havia uma década.

Quando Thane falou, sua voz saiu como um sussurro áspero. As palavras soavam corretas, mesmo que Cassidy não conseguisse entendê-las. Os adolescentes se aproximaram, sua líder deixando a varanda para o gramado com ervas daninhas, sua boca se abrindo mais enquanto Thane continuava a falar. Quando ele parou, ela respondeu, rápida e clara, quase ansiosa.

— O que você está dizendo a eles? — perguntou Cassidy.

Thane não respondeu, mas continuou conversando com a adolescente. Quando a jovem começou a acenar com a cabeça e então acenou para o garoto voltar para a casa, Cassidy sentiu um tremor subir por sua espinha. De volta à ilha, Thane tinha um jeito de envolver as pessoas aos seus interesses, construindo uma coalizão com uma combinação de sonhos impossíveis e determinação.

— Thane — repetiu Cassidy, interrompendo seu último fluxo. — O que está acontecendo?

Thane deu à jovem um sorriso lento, ergueu a mão e então virou seu eu retorcido para Cassidy como se ela fosse uma criança impaciente exigindo atenção.

— As vilas ao redor mandam suas anomalias para cá — disse Thane. — Diretamente para esta casa. Os aldeões têm medo deles, mas trazem comida e água, deixando na trilha aqui. Os covardes não conseguem se forçar a matar seus próprios filhos, mas têm muito medo de viver com eles.

Acho que Achara e seus Paragons querem coletar as anomalias para si mesmos.

— E eles não querem sair?

O sorriso de Thane se alargou. — A reputação dos Paragons os precede. Essas crianças preferem sua liberdade ao que Achara promete. Eles viram o que acontece quando atrelam suas vidas a adultos que pensam saber mais.

Então por que Achara enviaria Thane e Cassidy aqui? Para ver se as crianças os matariam? Para assustar as crianças para que percebessem quem poderia persegui-las sem a proteção dos Paragons?

— Acho que eles virão conosco — continuou Thane, chamando a atenção de Cassidy de volta para ele. — Vários são bastante fortes, segundo esta aqui. Com eles ao nosso lado, não precisaríamos da cooperação de Achara. Poderíamos forçar a questão.

— E trazer Apinya para cima de nós.

A jovem mulher franziu a testa com as palavras de Cassidy, provavelmente captando o nome do Campeão. Ela falou rápido, dizendo o nome do Campeão mais de uma vez, e o sorriso de Thane cresceu.

— Ela diz que não têm medo. Apinya é um incômodo que não os entende. Nós entendemos, Cassidy. Sabemos como é ser perseguido pelos Paragons — Thane olhou para a jovem mulher e falou com ela.

Cassidy viu movimento em direção à casa, olhou para ela e encontrou sua boca se abrindo. Pelo menos vinte adolescentes estavam na varanda e na grama ao redor. Mais colocavam as cabeças para fora das janelas acima. Isso não era apenas algumas poucas anomalias.

Não é de se admirar que Apinya não tenha tentado usar força bruta. Quem sabia quais cataclismos poderiam estar escondidos ali?

— Agora entendo — disse Cassidy, respirando fundo.

— Um presente inesperado — concordou Thane. — Pensei que teríamos que nos esconder, esperar por uma chance. Apinya, em vez disso, nos deu o instrumento de sua própria queda. Eles virão conosco e, juntos, forçaremos esses Paragons a nos tratarem como iguais.

— Você não pode. Eles não são lutadores, são crianças — Cassidy acenou com a cabeça para os adolescentes. — Apinya vai nos matar, a eles. Eu não quero o sangue deles em minhas mãos, Thane.

O sorriso de Thane desapareceu em uma linha definida. Ele disse algumas palavras para a jovem mulher, que assentiu e gritou um nome de volta para a casa. Os adolescentes se afastaram, até que um saiu, um garoto andando com uma bengala, uma perna parecendo pequena. Se isso incomodava o garoto, no entanto, Cassidy não podia ver. Seu foco, em vez disso, foi para o peito do garoto. Ele não usava camisa, e tecendo-se através de sua pele, como cobras, havia linhas verde-musgo.

— Olhe para este — disse Thane. — Ele tem o poder de um Campeão. Entregá-lo aos Paragons, mais uma joia em sua coleção...

Trocando de idioma novamente, Thane chamou pelo garoto, que parecia mais jovem que os outros.

O garoto, sem expressão, estendeu a mão livre e sentiu seu peito. Quando seus dedos tocaram uma das linhas, ela se enrolou ao redor do ponto, formando um ponto terroso em sua pele marrom.

Cassidy ficou cega.

Não, não cega. Ela ainda via cores. Formas, mas que mudavam e eram indistintas, como se Cassidy tivesse caído em um teste de manchas de tinta. O ar úmido da selva pesava sobre ela, a conversa das crianças enchia seus ouvidos, mas por tudo que Cassidy podia ver, ela estava em um mar branco vazio com nuvens negras ao redor, embaixo e sobre ela.

Os vazios saltaram para seus dedos, e Cassidy tentou lembrar onde o garoto estava. Parecia que ele tinha criado alguma ilusão, o que significava que ele estava onde estivera antes. Se Cassidy pudesse colocar um vazio no lugar certo, poderia...

— Não faça isso — disse Thane, sua voz vindo do nada. — Vai acabar logo.

Ele falou novamente, chamando o garoto.

Sem um flash, sem um piscar, o quintal e a casa e todos os adolescentes voltaram. A maioria esfregou os olhos, alguns brilhavam em cores diferentes, habilidades surgindo quando sob ameaça. Ninguém parecia entrar em pânico, no entanto, mesmo quando o garoto mudou seus dedos para uma linha escura diferente. Como antes, ela se enrolou ao redor de seu dedo, coalescendo em um círculo escuro.

Um doce de coco inundou a boca de Cassidy, quase avassalador, como se ela tivesse se empanturrado de doces. Ela achou difícil respirar, seu corpo tão convencido de que estava cheio. Tosses ecoaram pelo quintal, e Thane riu.

— Os sentidos — disse Thane. — Ele pode transformar qualquer um deles para seus próprios desejos. Talvez pudéssemos comprar tempo para eles, escapar e começar de novo mais fundo na selva. Preservar este tesouro.

Um novo som veio de trás, o estalar, a escovação de botas na rocha. Cassidy se virou para ver Achara, flanqueada por um esquadrão de Paragons.

— Todos eles são tesouros — disse Achara. — Eles merecem algo melhor que isso. Eles precisam de treinamento, cuidados de saúde e um caminho a seguir.

Os adolescentes recuaram com o aparecimento do Paragon, recuando em direção à casa e para dentro. O garoto com a bengala e as linhas escuras permaneceu, no entanto, em pé com a jovem mulher que estivera lá desde o início. Eles pareciam determinados, pareciam pequenos, pareciam jovens demais para isso.

— Por quê? — perguntou Cassidy, colocando-se entre os Paragons e os adolescentes. — Por que nos mandar aqui?

— Para ver se vocês poderiam entender — respondeu Achara.

— Entender o quê?

— Que apesar dos Paragons, o mundo não é um lugar gentil — disse Achara. — Estamos em um ponto crítico. Empurrados um pouco mais e cairemos, deixando anomalias como esta. Perseguidas, abandonadas.

— Temidas — acrescentou Thane.

Achara assentiu. — Thane sabe que nossa sobrevivência está em reunir cada anomalia que pudermos, juntá-las e permanecer unidos contra aqueles que nos destruiriam.

— E quem é esse? Pessoas normais? — perguntou Cassidy.

— Aqueles que nos atacaram do outro lado do oceano. Que assassinaram um Campeão e, agora, roubaram outro. Mostramos bondade em uma mão e força na outra.

Thane caminhou em direção à casa, cambaleando em sua forma fraca. Cassidy se manteve virada de lado, andando com a anomalia enquanto mantinha os olhos nos Paragons. Achara tinha um olhar de ardósia de aço que sugeria que a fase de conversa fiada da reunião havia terminado.

— Convença-os a vir conosco, Thane — disse Achara — e Apinya lhe dará uma chance.

— Armas — murmurou Thane enquanto a dupla se

aproximava da casa. — É isso que eles procuram, o que eles sempre procuram. A garota ali me disse tanto.

— Disse o quê? — perguntou Cassidy enquanto Achara repetia o nome de Thane.

Com um movimento da mão de Achara, os Paragons se espalharam de trás dela, conseguindo linhas de visão claras para a casa.

— Depois — disse Thane — eu explicarei. Por enquanto, preciso contar a essas crianças uma história.

— Uma história? — perguntou Cassidy.

— Os Paragons não são um monólito, como qualquer grupo — disse Thane. — Se esses jovens entenderem como podem moldar o futuro dos Paragons de dentro, talvez decidam não morrer sem.

Os vazios pairavam perto dos dedos de Cassidy. Um gesto rápido ou dois e ela poderia derrubar alguns Paragons, mas quem sabia contra o que estaria indo. Anomalias imprevisíveis tornavam todo conflito um jogo de dados, um experimento de chance com resultados fatais.

Pior, quem sabia o que poderia acontecer com as crianças? Os Paragons tentariam mantê-las seguras? E Thane, se ele explodisse em sua melhor raiva?

Thane chegou aos degraus da varanda e estendeu a mão para o garoto. A jovem mulher colocou a mão no ombro do garoto, segurando-o. Thane falou, a mulher respondeu, quente e irritada. Cassidy se posicionou atrás de Thane, de frente para os Paragons com os braços estendidos.

— Não cometa esse erro — disse Achara. — Ninguém precisa morrer hoje.

— Os Paragons sempre dizem isso, e nunca é verdade — retrucou Cassidy.

Achara não negou a acusação. Sua mão direita subiu, e Cassidy imaginou que, quando caísse, tudo iria direto para o inferno. Atrás dela, Thane e os dois adolescentes continuavam conversando, palavras voando rápido.

— Eles virão junto — falou Thane. — Faça seus soldados se afastarem, Achara. Não haverá luta aqui hoje.

Cassidy deu um passo para o lado, o garoto se juntando a Thane no pé da escada, parecendo ao mesmo tempo desafiador e... aliviado?

O sorriso de Achara parecia tão genuíno quanto a confusão de Cassidy.

As crianças estavam desgastadas, explicou Thane. Eles seguiam por uma estrada acidentada em um elegante pod Paragon, projetado para grandes grupos e terrenos irregulares. Achara e o garoto compartilhavam os assentos da frente, enquanto Thane e Cassidy tinham os de trás. Os outros seguiriam, assim Achara prometeu, nos próximos dias e semanas.

Primeiro seus pais, suas vilas haviam posto as crianças de lado. Trouxeram-nas para a encosta e a casa dilapidada e as deixaram onde, esperavam os aldeões, as habilidades de anomalia não destruiriam seus meios de subsistência. Quando os Paragons vieram, ofereceram salvação em troca de lealdade, de separação.

— Mas as crianças não cederam então — disse Cassidy.

— Elas tinham poder e um lar — respondeu Thane. — Eu contive muitos Paragons sozinho com alguns mercenários e um bom lugar para defender. Suspeito que os Paragons também temiam a imagem que lutar contra crianças apresentaria.

— Então eles nos usaram para, o quê, mediar?

— Exatamente — disse Thane. — Eu disse às crianças que perderiam tudo se resistissem, que poderiam ganhar alguma ajuda se se submetessem agora.

— Eles vão?

Thane, não tão enrugado agora, balançou a cabeça. — Não confio nos Paragons para cumprir nada uma vez que uma ameaça seja removida. As crianças serão tratadas como qualquer outra anomalia capturada. Enviadas para campos de treinamento, educadas e imersas na doutrina Paragon.

— Então por que fizemos isso?

Agora Thane tinha o olhar confuso. — Para chegar a Apinya. Nossos objetivos agora dependem do Campeão. Todo o resto é imaterial.

Cassidy se recostou no assento macio do pod, sentiu as vibrações da estrada subindo e descendo por sua espinha. Pelo menos aqui não havia mosquitos, e o ar-condicionado lidava com o calor. O conforto deu a ela espaço para pensar, para se perguntar o que estava fazendo.

— De volta à ilha, você falou sobre mudança — disse Cassidy. — Você falou sobre vingança, mas por um mundo melhor. Você se importava. O que aconteceu?

Thane colocou a mão sobre a dela, e Cassidy começou a se afastar, só para ele agarrar com força. — Sou o mesmo homem que era então. Na ilha, sonhávamos. Agora, estamos fazendo.

— Palavras suaves.

— Apinya terá mais doces. Quando chegarmos, vamos convencê-lo a ver as coisas do nosso jeito.

— Thane, eu nem sei mais o que é 'nosso jeito'.

Thane tirou a mão da dela, colocou-a no assento entre eles, um pedaço de metal entre as almofadas. Ele deu tapinhas na superfície prateada.

— O mundo é a ilha de Mynx em grande escala — disse Thane. — É hora de trazermos ordem ao caos.

ELES POUSARAM FORA DA CIDADE, antes do amanhecer. Várias horas de sono roubadas, substituídas por energéticos e substâncias mais fortes. Pods de espera transportaram Wexley, Rhimes e sua pequena equipe — Mynx espremida junto a eles — em direção à Fábrica. Enquanto Rhimes gerenciava a logística, Wexley mantinha os olhos em seu Tama. Até agora, os Paragons não estavam relatando a captura de Mynx. Enterrando o fato atrás de uma história melhor: que uma equipe havia recuperado o drone desaparecido ao sul de Chicago.

Aquele drone tinha pouco a recomendar além da sucata que formava sua carcaça, mas os Paragons eram especialistas em transformar uma derrota em outra coisa.

Mynx, sentada à frente de Wexley no pod, mantinha os olhos nele e a boca fechada. No começo, o olhar constante incomodava Wexley, mas ele já havia lidado com aborrecimentos piores por benefícios menores. Depois de mais uma hora, Mynx e seu olhar furioso não seriam mais um problema.

A noite de Los Angeles não havia cedido quando os

pods pararam na entrada principal da Fábrica. Uma porta gigante servia como doca de carregamento, exibindo o emblema azul ousado dos Paragon em seu centro. Em ambos os lados erguiam-se dois drones gladiadores, parecendo mais novos e letais do que aquele que a equipe de Wexley havia derrubado em Chicago. Além deles, a porta permanecia sólida e resoluta.

E por trás dela?

A resposta de Adriana chegou quando os pods estacionaram. Wexley olhou para ela, viu o ponto de interrogação e sorriu. Ele havia enviado uma mensagem enigmática no jato, pedindo que ela preparasse os outros jogadores para um grande anúncio. Eles estariam prestando atenção quando chegasse a hora, e com o apoio deles ao lado da Fábrica, Wexley teria tudo o que precisava.

— Mynx primeiro — disse Wexley ao saírem do pod. — Ela é a chave.

O ar do Pacífico mantinha-se fresco, seco e sem vento no vale da Fábrica. Acima, algumas estrelas conseguiam lutar contra a luz da cidade, que se derramava do sul. Ao seu redor, mercenários deixavam seus pods, incluindo Rhimes, e verificavam suas armas. Nenhum deles pisou da rua para a entrada da Fábrica, seguindo instruções rigorosas.

Os dois drones em pé ao lado do portão não reagiram, seguindo suas próprias regras.

— Não vou ajudá-lo — disse Mynx enquanto dois mercenários a levantavam do pod.

— Não vai? — respondeu Wexley, apalpando seus vários coldres, certificando-se de que não havia esquecido nada. — Li sobre seus encontros com a Dra. Jones, Mynx. Como vocês duas trabalharam juntas antes do acidente dela?

— O que tem ela?

— Ideias fascinantes. Extensão da vida através do DNA

de anomalia? Pena que não funcionou. — Wexley se aproximou do rosto de Mynx. Deixou que ela visse que ele não estava brincando. — Não é difícil entender por que você estava curiosa. Os Campeões estão envelhecendo, Mynx. O tempo, um vilão que nem mesmo você pode derrotar.

Mynx manteve um silêncio feroz.

— Mas você está disposta a lutar contra isso — continuou Wexley. Ele não era muito de monólogos, preferindo o estalo de um tiro, mas precisava de Mynx aqui. Entrar na Fábrica à força não funcionaria. — Então vou fazer um trato com você. Me deixe entrar na Fábrica, e você vive. Sem tiro na nuca, sem veneno no copo.

— Mentiroso.

— Sou? Quando menti para você, ou para qualquer pessoa? Você pode não gostar de mim, mas eu digo a verdade, Mynx. Não tenho motivo para fazer diferente.

Mynx balançou a cabeça.

— Posso adivinhar o que você vai fazer lá dentro. Isso não vai acontecer.

— Mesmo que custe sua própria vida?

— Já enganei a morte um milhão de vezes. Está na hora de ela me alcançar.

Rhimes, em pé atrás de Mynx, levantou um único dedo. O plano de reserva. Wexley olhou para o portão, para aqueles drones, e fez um leve aceno para Rhimes. Os mercenários se fecharam rapidamente ao redor deles, cortando qualquer visão direta do exterior.

— O que é isso, um círculo de dança? — perguntou Mynx.

Wexley estendeu a mão e alguém colocou a seringa nela. Antes que Mynx pudesse fazer qualquer coisa além de recuar, ele enfiou a agulha em seu pescoço. Pressionou o êmbolo, observando o líquido alaranjado e aquoso se esvair.

Mynx balbuciou algumas maldições e depois desmaiou nos braços de um mercenário que a esperava.

— Vamos — disse Rhimes, sua voz ecoando pelo grupo. — Estamos atrasados.

O mercenário segurando Mynx liderou a delegação, aproximando-se do portão e dos drones gladiadores com a Campeã em seus braços como uma mártir. Os drones gladiadores notaram assim que as botas atingiram o pátio de entrada da Fábrica, os azulejos bege-acinzentados enviando algum sinal para as máquinas. Fizeram o que os drones de Mynx costumavam fazer: eriçaram-se com armas, olhos vermelhos ardendo enquanto observavam o grupo que se aproximava.

— Mãos longe das armas — disse Wexley enquanto o grupo se aproximava. — Somos amigáveis aqui.

Ao se aproximarem do portão, ambos os drones moveram-se em sincronia para bloquear a aproximação. Iluminando o mercenário que carregava Mynx, os dois drones estenderam as mãos, palmas para cima. Ao mesmo tempo, em vozes igualmente profundas e exigentes, ordenaram que o grupo parasse.

— Façam o que eles pedem — disse Wexley. — Agora, esperamos por ajuda.

Não precisaram esperar muito. Wexley contou cem segundos antes que o portão da Fábrica tremesse e deslizasse para abrir. Atrás dos drones, sozinha no enorme saguão de entrada, estava a pessoa que Wexley esperava que tivesse ficado.

Rhimes e sua equipe de inteligência estavam ganhando todo tipo de bônus ultimamente.

A Campeã da América do Sul dividiu os drones, caminhando em direção a Mynx e aos mercenários com confiança furiosa. Mila não precisava ter medo com os gladiadores às suas costas. Não precisava se preocupar quando qualquer um que a tocasse se encontraria imolado, baleado e esmagado em nenhuma ordem específica.

Hora de correr outro risco.

Wexley foi para a esquerda, colocando-se entre Mynx e Mila que se aproximava. Os drones se concentraram nele, uma exibição ofuscante que sua mão levantada não conseguiu afastar.

— Eu conheço você — Mila falou primeiro, a um metro de distância. Com a luz dos drones atrás dela, Mila parecia mais uma sombra do que uma pessoa.

— Suponho que sim — respondeu Wexley. — Ela não está ferida. Muito.

Mila inclinou a cabeça, olhando além de Wexley para o corpo inconsciente de Mynx.

— Não há saída disso para você. Atacar uma Campeã termina de uma única maneira.

— Então vamos executar isso, ok? — Wexley acenou atrás de Mila. — Se você nos conduzir?

— Ou você vai matá-la?

— Mais rápido do que os drones poderiam nos impedir, receio.

— Você morreria.

— Como você disse, já estou morto. Estou apenas escolhendo como.

Com a mentalidade de um jogador, Wexley calculou as probabilidades enquanto falava. Quando ele e Rhimes haviam elaborado o plano naquela noite no bar de jazz, a lista se estendia. Tantas coisas precisavam dar certo que Rhimes só concordou com toda a ideia depois de alguns drinques, quando a hora já era tarde o suficiente para dissipar hesitações.

A presença de Mila atendeu a uma medida, e a relação

da Campeã com a Fábrica e seus sistemas era a próxima incógnita. Mynx devia ter defesas avançadas, truques desagradáveis para usar contra pessoas estúpidas o suficiente para tentar um ataque. Muitos haviam tentado ao longo dos anos, desde anomalias rebeldes até facções humanas competindo para fazer, bem, exatamente o que Wexley tentava agora.

A diferença? Ele tinha Mynx. Os outros sempre a deixavam como rainha em seu castelo para ser derrubada durante a luta.

Mila poderia desempenhar o mesmo papel, controlando a Fábrica na ausência de Mynx?

— O que você espera fazer lá dentro? — perguntou Mila, a inocência da pergunta atordoando Wexley por um segundo.

Ela realmente não adivinhou?

— Quero ver como ela faz isso — disse Wexley, apoiando-se em um pouco de honestidade para esconder todo o resto. — Uma vez que soubermos como a Fábrica funciona, podemos replicá-la.

Mila balançou a cabeça.

— Você não pode executar isso sem ela...

— Com todo respeito, deixe que nós decidamos isso. — Wexley tocou em seu Tama, olhando para Mila. — O relógio está correndo.

Engrenagens giraram. Resultados se desenrolaram atrás dos olhos da Campeã. Wexley não se preocupou em projetar nada além de uma determinação de cara fechada. Isso não era mais sobre blefar, apenas um acordo.

— As armas ficam do lado de fora — disse Mila. — Larguem-nas.

Hmm. Não exatamente o plano, mas Wexley poderia se adaptar. Os soldados de Rhimes sabiam se virar em combate corpo a corpo, e se chegasse a um tiroteio, os drones os destruiriam de qualquer maneira.

— Você ouviu a Campeã — disse Wexley, desacoplando seus próprios coldres. — Larguem os equipamentos.

Nenhuma voz se levantou em protesto. Seria porque os mercenários eram bem treinados, ou porque todos sabiam que seus rostos já haviam sido capturados pelas câmeras da Fábrica? Os Paragons teriam suas identidades em breve, seus corpos não muito depois, se esta tentativa não tivesse sucesso.

O fatalismo às vezes gerava obediência.

— Avante — disse Wexley depois que o barulho das armas morreu, um cemitério de armamentos cobrindo a frente da Fábrica.

Mila virou-se e caminhou de volta para a entrada da Fábrica sem nenhum estresse sobre seus ombros. Wexley verificou, certificando-se de que o mercenário que carregava Mynx tinha uma mão no pescoço da Campeã. Pronto para um estalo rápido, tão rápido que mesmo um drone não arriscaria um tiro fatal.

— Não solte — alertou Wexley, então seguiu Mila.

Os drones de guarda acompanharam a equipe de mercenários como se estivessem entrando numa festa de gala. Wexley seguiu Mila, enquanto tentava absorver o que podia ao passarem sob o enorme portão da Fábrica.

Mynx, descobriu-se, não era a maior decoradora do mundo. O interior da Fábrica revelava paredes de aço limpas sem arte, design ou qualquer coisa que se assemelhasse a emoção. Nenhuma placa oferecendo direções aparecia em lugar algum. Iluminação limpa azul-branca cintilava nas paredes, pisos e nada mais.

— Isso é... alguma coisa — disse Wexley, chegando aos ouvidos de Mila.

— É dela — respondeu Mila, sem acrescentar mais nada.

Não seriam amigos rapidamente, então.

Após a área de carga, através de outra porta alta e larga de dois andares, a Fábrica abria-se em seu interior imenso. Esculpida nas colinas, a Fábrica se expandia como alguma colmeia oculta, desdobrando-se em níveis acima e abaixo de onde estavam, com elevadores de carga massivos posicionados como folhas metálicas perto da varanda onde pisavam.

O que tinha sido silencioso, exceto por suas botas, agora explodia em um coro sem melodia de fabricação, com silvos, batidas, zumbidos e mais combinando-se em estática produtiva. Wexley viu linhas de montagem funcionando abaixo dele, montando mais drones em um processo que enviava as máquinas cada vez mais alto à medida que cresciam, deixando-as no espaço oposto à doca de carga.

Ali, dispostos em fileiras, estavam drones gladiadores em cores cintilantes. O estilo preto de Chicago cobria alguns, mas mais estavam em verdes e brancos, no azul Paragon e em um vermelho profundo que Wexley reconheceu das facções africanas.

— Toda a proteção do mundo, bem aqui — disse Wexley enquanto a equipe o seguia pela passarela.

— Eles estarão caçando você em breve — disse Mila. — Estamos dentro agora. O que você quer?

— O coração — respondeu Wexley, fazendo sinal para Rhimes trazer Mynx para a frente. — Quero ir onde os drones são controlados.

— Nós não... — Mila começou, mas Wexley a interrompeu com um dedo levantado.

— Eles recebem atualizações como qualquer outro programa de computador — disse Wexley. — Sabemos, porque desmontamos um. Mynx deve ter uma maneira de enviar essas atualizações. É isso que eu quero.

— Então pergunte a ela — disse Mila. — Ah, espere. Você não pode, porque ela está inconsciente.

Acordar a Campeã e arriscar virar a Fábrica contra Wexley e sua equipe, ou vagar pelo prédio gigante até que acionassem as defesas de qualquer maneira?

— Acorde-a — disse Wexley para Mila. — Isso é sua especialidade, certo?

Mila não se incomodou em responder. Em vez disso, foi até Mynx e o mercenário que segurava a Campeã. Wexley viu as costas de Mila, viu-a se inclinar sobre Mynx, e se perguntou se ela iria agir como num conto de fadas e beijar a Campeã. Em vez disso, linhas cintilantes suaves cresceram de Mila, puxando-se em direção a Mynx como teias de aranha soltas. Os filamentos penetraram nas roupas de Mynx, escorregando pelas costuras do uniforme Paragon.

Rhimes ordenou que a equipe mantivesse vigia sobre os arredores, não sobre o espetáculo, uma ordem que Wexley ignorou. Ele podia desprezar anomalias, mas isso não significava que seus poderes não fossem fascinantes. Wexley andou para o lado, obtendo uma visão enquanto as teias de Mila continuavam conectando-a a Mynx. Claro, a habilidade de Mila pegaria sua própria energia, ou força vital, ou algo assim e a usaria para reconstruir Mynx. Tantas anomalias funcionavam dessa maneira, seus dons sugando a vontade do hospedeiro.

As teias mudaram. O que havia sido um flutuar solto no ar tornou-se um avanço direcionado, os pontos amarrados a Mila se soltando e fluindo para o mercenário que segurava a Campeã. Antes que o soldado pudesse reagir, aqueles filamentos se fixaram em seu pescoço, seu rosto e o espaço entre suas luvas e mangas. O homem tremeu enquanto Wexley alcançava uma pistola que não tinha mais.

O soldado deixou Mynx cair no chão e depois desabou junto com ela.

— Pare! — disse Wexley, agitando um braço através dos filamentos, tentando quebrar a conexão entre Mynx e o soldado. Como uma aparição, porém, os fios desviavam-se dos golpes de Wexley, sempre mantendo seus suaves laços prateados. — Mila, pare com isso ou...

— Ou o quê, Wexley? — disse Mila, com Rhimes e o resto agora de volta. — Você precisa de Mynx para encontrar seu coração. É assim que você a consegue.

Ao olhar de Wexley, Rhimes tinha o braço apertado em volta do pescoço de Mila, pronto para um estalo rápido. A Campeã não hesitou, mas olhou para Mynx, para seus olhos trêmulos enquanto a consciência retornava, enquanto a mesma fugia do soldado.

A líder da Fábrica acordou. E isso apresentava um problema.

— Nem uma palavra — disse Wexley, ajoelhando-se sobre Mynx. — Se você começar a dizer, a fazer qualquer coisa, Rhimes acaba com sua amiga.

— Um refém por outro — disse Mila, a voz apertada com a pressão de Rhimes. — Você é um grande líder, Wexley.

— Estou desesperado. É o que é preciso.

O grupo queimou minutos naquela varanda enquanto Mynx se levantava, com Wexley direcionando outro mercenário a ficar perto da Campeã. Os filamentos de Mila desapareceram à medida que Mynx retornava à vida. O soldado que sofria não perdeu a dele, embora o homem parecesse que estaria desacordado por algum tempo. Wexley não precisou ordenar que o deixassem para trás: essa diretriz havia sido emitida muito antes do início da missão.

Uma expedição de tudo ou nada não tinha espaço para baixas.

— Bem-vinda de volta — disse Wexley, ajudando Mynx a ficar de pé. — Agora, mostre-nos o centro, por favor.

Mynx olhou para Mila. Rhimes havia liberado a Campeã de seu aperto, mas permanecia bem atrás dela. A essa distância, Wexley calculou que o homem tivesse pelo menos três maneiras de derrubar sua alvo.

— Eles machucaram você? — perguntou Mynx.

— Ameaças. Como criancinhas — respondeu Mila.

— Eles são assim mesmo. — Mynx olhou para Wexley. — Você quer o coração da Fábrica?

— É por isso que você está acordada.

Novamente, Mynx olhou para Mila. A Campeã sul-americana retribuiu o olhar com um aceno lento. Um gesto interessante. Wexley estendeu dois dedos à sua direita, cada mercenário captando o comando e se espalhando. Se aquele aceno tinha sido um sinal para uma emboscada, a equipe de Wexley estaria pronta.

— Nervoso, Wexley? — disse Mynx. — Você está tão com medo de morrer quanto acha que eu estou?

— Ambos temos trabalho a fazer antes de partir, Mynx — respondeu Wexley. — Vamos.

Mynx não discutiu mais, mas em vez disso, conduziu o grupo a um elevador próximo e o colocou em funcionamento para baixo. A plataforma aberta afundou no abismo barulhento da Fábrica, cada nível que passava oferecendo um vislumbre estimulante das linhas de montagem que logo pertenceriam a Wexley. Sim, os drones gladiadores formavam a espinha dorsal da Fábrica, mas outras armas, robôs menores, também saíam daqui. Cada um poderia ser ajustado para servir às suas necessidades, armando os mercenários de Wexley com as ferramentas necessárias para destruir os Paragons.

E garantir um futuro melhor e mais brilhante.

Um nível acima do fundo, Mynx parou o elevador. Ao contrário de seus irmãos ruidosos, este andar mantinha-se silencioso, uma brisa fresca movendo-se ao longo de um desembarque iluminado em azul-petróleo. Paredes de vidro mostravam bancos de servidores além, torres pretas de três metros de altura, luzes piscando em sincronia uma com a outra.

— Tudo flui através desses? — perguntou Wexley.

— Não se esqueça dos meus backups — disse Mynx, conduzindo-os da plataforma. — Você precisará pegá-los também se quiser controle total.

— Você me dirá onde eles estão?

— Supondo que minha vida ainda esteja sob sua ameaça, claro — disse Mynx. — Como mencionou, eu preferiria viver. — Ela colocou a mão no braço de Wexley, atraindo seu olhar para ela. — Porque como vou me vingar terrivelmente de você se estiver morta?

Wexley enfrentou o desafio com o mesmo gelo que havia empregado em tantas reuniões, tantos encontros tensos onde sua carreira e, posteriormente, sua vida estavam em jogo.

— Estou ansioso para ver o que uma Campeã pode fazer — sussurrou Wexley em resposta.

— Você não verá.

Além dos bancos de servidores, em uma sala circular simples, estava o coração da Fábrica. Um terminal gigante com um monitor tão grande quanto a parede do escritório de Wexley, o lugar acendeu quando a equipe entrou. O monitor exibiu diagnósticos que pareciam cobrir toda a

Fábrica, dando uma visão geral de toda a destruição que nascia a cada minuto no local. Destruição que poderia ser controlada por Ziran, por ele.

— Chegou a hora, Mynx — disse Wexley. — Entregue-o.

Mynx deu um passo à frente em direção ao terminal, antes de girar para enfrentar Wexley.

— Acho que não, homenzinho. Seu jogo termina aqui.

Enquanto a Campeã falava, as paredes do centro se moveram. Três painéis se afastaram, revelando drones menores, do tamanho de humanos. Eles caíram ao redor de Wexley e sua equipe, eriçados com armas, brilhando suas luzes sobre os mercenários.

O sorriso triunfante de Mynx durou o tempo que levou para ela notar o próprio sorriso de Wexley. Ele esperou um momento além disso, deixando a confusão penetrar enquanto sua equipe se recusava a declarar qualquer rendição.

— Desculpe, Mynx — disse Wexley —, mas ainda tenho alguns movimentos.

Desta vez, ele mostrou três dedos.

CAPÍTULO 22

DEVANEIOS SECOS

FRIA, escura, solitária. Um apartamento perfeito para navegar por memórias e tentar encontrar respostas. Celice, com o relógio avançando para o horário de fechamento do bar, projetou a tela de seu Tama na televisão do quarto e buscou o passado. Chegar tão perto de Zhan-Yo rasgou um manto que cobria seus ombros, expondo a ferida ainda sangrando deixada pela morte de seu pai.

Ela disse ao Tama para começar do início, e ele obedeceu.

O complexo tinha um sabor peculiar. Os acres em Vermont adquiridos por um governo determinado a maximizar o potencial recém-descoberto em seus cidadãos especiais. Eles nem eram chamados de anomalias na época. A mídia popular os apelidou de "heróis", e Celice valorizava essas primeiras memórias quando entregadores, quando amigos visitantes chamavam seus pais assim. Um casal, marido e mulher, com uma filha pequena.

O ápice emblemático que serviria como alicerce para a iniciativa Paragon.

Não que Celice lembrasse muito. Assistentes com

nomes e aparências sempre mudando vinham a qualquer hora para acordá-la, levá-la ao centro de cuidados infantis onde Celice se enrolava em um tapete ou brincava na terra lá fora com outras crianças do Paragon enquanto seus pais enfrentavam ameaças pelo mundo.

O Tama passava as imagens, tiradas dos arquivos do Paragon, mostrando o centro de cuidados infantis, a extensa base. Normais e anomalias trabalhando lado a lado naquela época para... Celice olhou pela janela para a noite chuvosa. Quantas vezes as palavras haviam sido lançadas contra seus pais no final? Como facas acusatórias, o antigo governo dizia que estavam protegendo o mundo juntos.

E como seu pai havia respondido?

Ah, sim.

Vamos proteger o mundo de vocês.

Celice tinha quatro anos na época. Comendo seu jantar enquanto seus pais passavam rapidamente de um telefonema para outro, vozes ficando cada vez mais agitadas até que a campainha tocou, até que a fechadura se destrancou sozinha e abriu para mostrar não um, não dois, mas um esquadrão completo armado do lado de fora.

Essas fotos não foram parar nos arquivos do Paragon, mas Celice não precisava das imagens do Tama para trazê-la de volta àquela noite, ou às que se seguiram quando Aegis e os outros Campeões iniciaram sua rápida tomada de poder. Naquela época, parecia certo. Remover os governos corruptos, aqueles tão empenhados em lançar forças de anomalia cada vez mais perigosas uns contra os outros, e instalar liderança pelos justos, os fortes.

— Os arrogantes — disse Celice.

Seu copo tinha água quando ela queria algo mais forte. Álcool não era um bom parceiro para espionagem, então

Celice mantinha o apartamento seco. O Tama piscou. Um novo lugar agora.

Nova York, Aegis e a mãe de Celice mudando-se para a grande cidade como comando central. Os Campeões em plena forma, abraçando a adulação enquanto recrutavam anomalias do mundo inteiro para a nova organização Paragon. Celice subia e descia nos elevadores, admirava a metrópole abaixo do alto da torre de escritórios alugada.

Tutores iam e vinham, acelerando Celice através de aulas particulares. À noite, ela dissecava as aventuras dos pais, inserindo suas próprias ideias, adorando suas risadas e desejando que eles contassem toda a história. Mesmo então, Celice percebia as pausas, as lacunas. Vilões se rendiam magicamente, cidades sob ameaça saíam com poucos danos.

O Tama expunha essas mentiras. Manchetes espalhadas mostrando a perigosa ascensão do Paragon. Ditadores e democracias igualmente lutaram, e se viram esmagados por inimigos que não seguiam regras. Aegis e seus Campeões eram implacáveis e eficientes, suas habilidades tornando o combate normal um jogo trivial.

Aegis relatava os resultados para Celice no jantar ou, se um compromisso noturno surgisse, no café da manhã do dia seguinte. Cada país cedendo marcava um ponto na coluna de vitórias. E aqueles que ainda não haviam desistido?

Eles veriam a luz.

Os benefícios vieram rápido. Celice os viu em primeira mão quando Aegis a levava junto para declarações, quando ele ou a mãe de Celice faziam um discurso ou outro fazendo desaparecer uma indústria predatória e substituindo-a por algo melhor, com a proteção do Paragon, ou um fluxo constante de reps para manter aqueles expulsos de empregos com boa saúde financeira. Celice não entendia na época, mas via os sorrisos naqueles rostos.

Olhando para eles agora, na tela do Tama, Celice via algo menos que alegria pura naquelas multidões animadas. Aqueles eram gritos forçados, bandeiras do Paragon acenando com força excessiva nas mãos, seus portadores talvez temendo que Aegis os flagrasse e os declarasse insuficientemente apoiadores.

Mas o mundo melhorou, não é? Celice perguntou ao Tama e o computador obedeceu, afastando suas fotos e vídeos para mostrar estatísticas. Medido de qualquer forma possível, as mortes ao redor do mundo despencaram sob o controle do Paragon. A expectativa de vida aumentou. Ninguém brigava por saúde ou déficits orçamentários.

Tudo vibrava com sobrevivência garantida, com proteção garantida, com trilhos de segurança alimentados pelo Paragon.

— Então por que estou aqui? — Celice perguntou ao apartamento, recebendo apenas o ruído da cidade lá fora em resposta.

Se seus pais haviam criado tal paraíso, então por que sua mãe morreu tão jovem? Por que seu pai a seguiu? Por que ela estava sentada em um apartamento escuro, sozinha, desejando ter matado um homem horas antes?

Todos os dias os tutores continuavam, incessantes mesmo após a morte de sua mãe. Quando os aniversários adolescentes de Celice vieram e se foram, suas habilidades de anomalia não aparecendo, Aegis se afastava repetidamente. Ele construiu o Bastion, uma lança enfiada no coração de Manhattan, apenas para abandonar o edifício a cada momento por mais uma luta, mais uma chance de se perder em heroísmo.

E ela o ajudara, amando fazê-lo. A primeira ligação veio quando ela completou quatorze anos, uma simples operação de captura envolvendo alguns traficantes de drogas que não sabiam o que faziam. Aegis poderia ter entregado aos drones, mas ele queria Celice como apoio. Ela entrou com ele, observando através do Tama de Aegis enquanto ele desmontava os criminosos, um soco e um chute de cada vez.

Celice chamou a mídia quando Aegis mandou. Ela chamou uma equipe de limpeza do Paragon para recolher os corpos.

Ele comprou uma pulseira para ela depois, uma data gravada na prata.

— Para lembrar quando você se tornou uma Paragon — disse Aegis, prendendo a pulseira em seu pulso.

Celice pensou que estava se juntando à luz guia do mundo. Teria sido assim alguma vez?

O Tama piscou novamente, indo para a última mensagem da lista. Uma que ela recebeu antes de Mynx ligar com a notícia naquele dia terrível. Aegis começou a falar, contando uma história simples sobre sua esposa, a mãe de Celice, e momentos com e sem violência. Sobre pores do sol e amanheceres, amor e anseio por um mundo melhor para sua filha.

Aquela única mensagem parecia mais real do que qualquer coisa neste lugar, do que qualquer coisa acontecendo no mundo. Duas pessoas apaixonadas olhando para o resto de suas vidas. Se fechasse os olhos, Celice poderia até fingir que tudo tinha acontecido assim.

Por um segundo.

— Notícias urgentes — disse Celice, levantando-se e enchendo novamente sua água, pegando uma barra energética. O sono não viria esta noite. — Preciso de uma pausa.

A resposta do Tama não ajudou. Manchetes concorrentes apareceram na tela montada na parede. À esquerda, letras brancas em vermelho em negrito declaravam em pânico que Mynx, a única Campeã restante para Pacifica e

Atlântida, havia desaparecido após uma luta ao sul de Chicago. Isso mereceu uma carranca.

Mas as palavras à direita? Essas mereceram uma praga.

Gatete havia se manifestado publicamente dias antes do que dissera que faria. Celice disse ao Tama para reproduzir o discurso do Paragon, Gatete usando as mesmas roupas que usava no apartamento de Zhan-Yo. Em um breve, ardente e arrogante discurso, Gatete declarou que tinha o assassino de Aegis sob custódia. Se aqueles que levaram Mynx não a libertassem até o meio da manhã, hora de Londres, a cabeça de Zhan-Yo cairia.

Os Paragons, disse Gatete, não tolerariam intimidação. Nem ameaças.

— Quem disse que você pode falar pelos Paragons? — murmurou Celice.

— Você vê mais alguém fazendo isso?

Celice levantou-se de sua cadeira, rolando o copo em sua mão para uma posição de arremesso. A água dentro espirrou por toda parte, gotas frias desfilando pelo seu rosto enquanto ela olhava para Benny, parado dentro da porta aberta do apartamento. Com as mãos levantadas, Benny entrou, fechando a porta atrás dele.

— Vai responder minha pergunta, Celice? — disse Benny, dobrando as mãos erguidas.

O homem parecia o mesmo da outra noite, chapéu-coco e sobretudo xadrez, calças e sapatos fazendo-o parecer uma mistura entre um escocês maltrapilho e um doqueiro inglês. O cachimbo pendurado em um lábio não ajudava.

— Acho que você começa primeiro — respondeu Celice — e começa rápido, antes que eu pegue algo mais perigoso que este copo.

— Sério, já está partindo para as ameaças? — disse Benny, embora mantivesse distância. — Depois que você deixou Zhan-Yo, o objeto de sua intensa obsessão, ir embora com apenas um arranhão, eu achei que você teria parado de falar grosso.

Celice preparou uma réplica, mas a matou rapidamente. As provocações de Benny não eram importantes.

— Não se desvie do assunto — disse Celice, tanto para si mesma quanto para o intruso. — Como entrou aqui e por quê?

Benny tocou sua têmpora perto do olho. — Tenho meus métodos, e vou contá-los mais tarde, mas há algo mais importante que precisamos fazer agora.

— Que seria?

— Sair. — Benny voltou para a porta. — Você viu a tomada de poder de Gatete. Ele vai querer você presente e responsável, disposta a dizer o que ele quer que você diga.

Celice não moveu um músculo. — Se Gatete quer que eu chame Zhan-Yo de assassino do meu pai, posso fazer isso.

— E você está disposta a coroar Gatete como o próximo Campeão da Europa também?

— O que quer dizer?

— A filha de Aegis, lado a lado com Gatete, cria uma imagem poderosa — disse Benny. — Ninguém vai contra isso.

— Você diz isso como se houvesse alguém que seria uma opção melhor.

— Venha comigo, e talvez você o conheça. — Benny olhou além de Celice para a TV na parede, agora em branco. — Ou você pode continuar com sua festa de autopiedade. — Balançou a cabeça para o copo de água dela. — Embora eu ache que você também não sabe como fazer uma dessas.

O corredor rangeu, cheiros de pedra molhada se infiltraram pela escada do apartamento enquanto Benny e

Celice seguiam em direção às ruas encharcadas de Londres. Sob conselho de Benny, Celice havia colocado armas em seus lugares habituais. Quando ela perguntou ao homem por quê, ele mencionou que Gatete era conhecido por pegar o que quisesse.

— E quanto a você? — disse Celice. — Invadindo meu apartamento?

— Ah, não invadi nada — respondeu Benny. — Você me mostrou o código da porta.

— Eu não te mostrei porcaria nenhuma.

Benny tocou sua têmpora novamente quando chegaram ao térreo. Lá fora, as portas de vidro do prédio davam vista para a rua escura.

— Você viveu sua vida cercada de anomalias e ainda não sabe como decifrá-las, não é? — perguntou Benny.

— Elas não fazem sentido, então parei de tentar — rebateu Celice, voltando para a garoa gelada.

Se não outra coisa, a água gelada espantava qualquer exaustão.

— Não posso discutir com você. Vamos por aqui. Tem um lugar que funciona a noite toda, faz os melhores flat whites.

— Pensei que nós...

— Tenho visto o que você está fazendo nos últimos dias, e isso é suficiente para saber que você gosta de café — disse Benny. — Então, por que não preparamos você para fazer a coisa certa antes de exigi-la de você?

— Você tem me observado?

— Não observando você, não realmente. — Benny riu do olhar de estripe-ele-como-um-peixe de Celice. — Você tem seus olhos, certo? Exceto que eles também são meus agora. Como uma daquelas pequenas imagens dentro de uma imagem na TV.

Benny esclareceu ao longo dos três quarteirões seguintes, dando à sua habilidade um alcance: ilimitado, até onde sabia; um número: uma alma desprevenida por vez; e um início: um simples toque. Então Benny tinha um filme que podia assistir quando quisesse, uma lente de câmera contínua na cabeça de outra pessoa.

— Não consigo ouvir nada, não consigo cheirar ou sentir nada — disse Benny enquanto se sentavam em uma pequena cabine, um esconderijo mal iluminado sob uma ponte servindo como seu destino milagroso. Como prometido, os aromas de creme e café se espalhavam intensamente, misturando-se com pão fresco assando. — Então não é como se eu estivesse vivendo sua vida ou algo assim, mas para uma espionagem leve?

— Assustador.

— Eu pareço um tarado para você?

— Você realmente quer que eu responda isso? — disse Celice, deixando cair um cubo de açúcar no branco espumoso.

Desde o momento em que Benny apareceu em seu apartamento até o café chegar à mesa, Celice continuou examinando-o em busca de respostas. O fato de o homem ser uma anomalia adicionava mais complicações, mais perguntas. Pior, Celice não conseguia afastar uma preocupação crescente de que não era tão boa nessa coisa de espionagem.

Aegis e outros Paragons haviam ensinado a Celice as técnicas, e ela havia se saído bem em tudo relacionado a computadores. Mas ela tinha passado de pouco trabalho de campo para embarcar em uma caça pelo mundo atrás do assassino mais procurado do planeta. O próprio status de Celice e seu alvo escolhido garantiam atenção, e talvez ela não fosse boa o suficiente para lidar com isso.

— Sabe — disse Benny — eu aceitei esse trabalho porque

gostei do que seu pai tentou fazer. Não o que ele acabou fazendo, claro, mas o objetivo com que começou.

— O quê?

— Sou velho o suficiente para lembrar daqueles primeiros dias. Era criança então, mas as pessoas estavam com tanto medo. Seu colega podia espirrar e explodir um quarteirão. Aegis queria mudar tudo isso, e conseguiu. — Benny bateu sua caneca no pratinho. — Depois ele se perdeu. Todos eles se perderam.

— Diz você.

— Você está escondida em um apartamento horrível, Celice. Não acho que era isso que seu papai tinha em mente.

— Não é culpa dele que Zhan-Yo o esfaqueou pelas costas. — Celice levantou seu Tama, verificou o relógio. O amanhecer se aproximava. — Seu tempo está acabando, Benny.

— Que nada. Espere alguns minutos. Você olhará pela janela à sua direita, ali, e verá exatamente para o que eu te trouxe aqui.

Celice olhou naquela direção agora, viu um viaduto sujo, vazio sob as luzes da rua, exceto por uma lixeira cheia.

— Seu pai queria que as anomalias fossem tratadas corretamente. Zhan-Yo quer o mesmo para os normais — disse Benny. — Ele caiu, mas você poderia erguê-lo novamente. Pense nisso, Celice. Quantos se uniriam se você ficasse ao lado dele?

— Não vou "ficar" ao lado do homem que esfaqueou meu pai. Você disse que isso era um trabalho. Que aceitou. De quem?

Benny levantou um dedo e, em menos respirações do que Celice achava possível, dois novos cafés apareceram na frente deles. O homem não tinha dito uma palavra.

— Vai responder? — disse Celice.

— Eu não deveria precisar. Você seguiu a trilha até aqui, agora junte as peças.

As peças apresentadas, a cafeína fazendo seu trabalho para contrariar uma noite sem dormir, e Celice mirou no desafio de Benny. Os fatos se alinharam na mesa à sua frente, caixas imaginárias preenchidas com detalhes e deslizando umas contra as outras.

Uma anomalia, alguém que sabia que Celice tinha vindo para a cidade. Sem uniforme e aparentemente desconhecido por Gatete e seu grupo. Não trabalhando com Zhan-Yo também, ou Mathieu teria mencionado o homem. Ou, pelo menos, não trabalhando diretamente com o assassino. Ao mesmo tempo, simpático às visões do homem, mas não um lobo solitário.

Apenas uma organização tinha os recursos e a atitude para encaixar essas peças.

— Você é um Elemental — disse Celice, sem fazer nada para esconder a acusação em sua voz. As malditas anomalias só traziam caos ao mundo. — O que significa que não tenho nada a dizer para você.

— Por quê?

— Você sabe por quê.

— Gostaria de ouvi-la dizer — Benny inclinou-se para frente, juntando as mãos. A parte inferior de sua barba enroscou-se na espuma de seu café.

Celice levantou-se em vez disso. Afastou o café. Ela já havia perdido tempo suficiente ali. Gatete tinha uma execução em algumas horas, e embora Celice pudesse não gostar da abordagem, ver a cabeça de Zhan-Yo rolar seria satisfatório em algum nível profundo.

Benny não tentou detê-la.

A cápsula, esperando do lado de fora da entrada da

lanchonete, o fez. Roger e Sydney estavam ao lado dela, jaquetas grossas sobre roupas de rua e parecendo nada pacientes. Bolsas estavam sob seus olhos, provavelmente como estavam sob os de Celice.

— Pronto? — perguntou Roger quando Celice saiu.

— Uma carona grátis? — respondeu Celice. — Que gentil.

— Não estava falando com você — disse Roger. — Traidora.

— Traidora?

— Elementals, conversando com associados de Zhan-Yo? — Sydney balançou a cabeça. — Triste ver a filha de Aegis virando as costas para os Paragons.

— Ela é uma normal — disse Roger enquanto Celice respirava fundo, enchendo os pulmões.

As luzes da rua espalhavam brilhos dourados nas pedras molhadas aos seus pés. A placa branca iluminada do café brilhava acima, e o primeiro tráfego de Londres rugia pela ponte. O cheiro suave do café pairava espesso. No geral, um cenário bonito para dar uma surra nestes idiotas.

Sydney foi primeiro, o brilho verde tomando suas mãos e prendendo as de Celice aos lados. Roger alcançou dentro de sua jaqueta, puxou uma faca e foi direto para uma facada limpa. Celice recuou dançando, mas Sydney liberou a mão esquerda de Celice para seu pé esquerdo, prendendo Celice no meio do movimento e mandando-a ao chão.

— Pouco justo, pessoal — disse Celice, tentando se levantar apenas para perder sua mão esquerda novamente e cair de volta.

— Trágico — respondeu Roger, a faca vindo por baixo.

Benny atravessou as portas, atropelando Roger e rolando os dois para o chão. Água espirrou quando ambos se atacaram, Sydney mantendo as mãos de Celice presas. Ela tentou trabalhar seus pés, colocá-los de volta sob ela, depois desistiu dessa ideia: as pedras escorregadias tornavam impossível ficar em pé sem ajuda.

Então ela rastejou. Rolando para frente, Celice se empurrou na direção de Sydney. A faca de Roger brilhou e Benny xingou.

— O que você está fazendo? — disse Celice, chutando seus pés para chegar até Sydney. — Isso não é você, nem o que você acredita!

— Este é o mundo que sua família criou! — respondeu Sydney, recuando um passo para colocar a cápsula às suas costas. — Nós sobrevivemos, Celice, fazendo o que precisamos.

— E perdendo quem vocês são!

Sydney riu, um latido sombrio. — Diz você.

Quando Benny gritou novamente, mais doloroso desta vez, Celice escorregou nas pedras. Sentiu seu rosto bater com força enquanto Sydney trocava de membros novamente, varrendo as pernas de Celice. Pior que a dor, no entanto, veio a compreensão.

O mundo de seu pai não a queria.

CAPÍTULO 23

UMA RASTREADORA E UMA ANOMALIA

BETH PRESSIONOU Kat e Calvin por detalhes, esclarecendo as últimas horas até que o plano de Wexley e seu sucesso ficassem claros. Enquanto conversavam, Calvin não podia acreditar que não tinha percebido tudo isso no momento. Se ele, Weed e os outros tivessem contado aos Paragons sobre o que os esperava ao redor daquele celeiro, então Mynx poderia ter neutralizado a emboscada.

Então, em vez de estar sentado em um porão de café modesto enquanto a noite avançava para o horário das baladas, Calvin poderia estar comemorando ou, mais provavelmente, desfrutando de uma merecida noite de sono.

— Vocês se saíram bem — disse Beth, interrompendo o desvio desenfreado de Kat para estratégia. A rastreadora tinha direcionado a conversa para uma missão de resgate, um sinal enviado aos Paragons de LA para atacarem a Fábrica com força. — Vocês dois. Isso acabou sendo o melhor.

— O quê? — perguntou Calvin enquanto a boca de Kat ficou aberta, aparentemente incapaz de acompanhar a nova direção.

— Vocês se salvaram, e deixaram o melhor cenário se desenvolver para nós. Posso ver pelas suas expressões que isso não é o que esperavam ouvir, mas entendam: se Wexley e os Paragons puderem se destruir mutuamente, só teremos a ganhar.

As palavras de Beth assassinaram o ambiente da sala. Kat ainda parecia atordoada, mas Calvin voltou àquela velha engrenagem de desconfiança. Todos só queriam se dar bem, e por que os Elementais seriam diferentes?

— Vocês sabiam que tentei destruir Wexley há apenas duas noites? — disse Beth, sentando-se atrás de sua mesa, luzes brancas brilhando de cima. Sem janelas mostrando a noite de Chicago, um detalhe claustrofóbico que fazia o pescoço de Calvin coçar. — Consegui um convite para algum evento beneficente e quase o peguei. Ele é um homem terrível, com poder demais.

— Nós sabemos — conseguiu dizer Kat. — É por isso que—

— Mas até homens terríveis têm sua utilidade. Aegis, por exemplo. Wexley e os outros Campeões podem lutar entre si enquanto a base dos Paragons perde seu caminho. Podemos oferecer-lhes um lar, um lugar novo.

Calvin bufou. Não pôde evitar. Cada vez que Kat o trazia a esses Elementais, eles pensavam que eram os mais perigosos dos perigosos. Um grande jogador pronto para emergir e pegar o mundo em suas mãos. Ele tinha visto os dois lados, no entanto. Esteve na torre dos Paragons em Chicago, tocou os drones de Mynx de perto.

E estivera naquele maldito armazém sendo jogado de um lado para o outro por anomalias brincando de ser heróis.

— Você acha o destino engraçado? — perguntou Beth, com o mesmo tom que os antigos professores de Calvin usavam quando ele ficava entediado nas aulas.

— Acho hilário — disse Calvin. — Você pensa que vai entrar tranquilamente naquela torre e conseguir que os Paragons te ajudem? Faça isso, e você vai se encontrar de volta na rua ou enterrada sob ela em cinco minutos.

Beth enrijeceu. Novamente, exatamente como aqueles professores. Alguém não acostumada a ser contrariada.

— Você não está entendendo — disse Beth, lutando para manter sua calma habitual e usando sua habilidade para projetá-la. Calvin sentiu isso enquanto Beth o olhava. Como ser atingido por música ambiente e um baseado doce, tudo junto. — Os Paragons são uma ameaça. Precisamos nos libertar do controle deles, e isso não acontecerá até que sejam destruídos.

A coisa sobre a calma de Beth, no entanto, era que funcionava muito melhor quando você não sabia o que estava acontecendo. Calvin desembaraçou o manto de Beth, desprendendo-o de sua personalidade como se estivesse afastando um espirro.

— Então vocês todos vão desfilar por aí, declarar as anomalias livres de tudo, e conseguimos o quê? Uma grande festa nas ruas enquanto os normais veem todos esses deuses meia-boca sem regras? — disse Calvin, levantando-se. — Kat, acho que terminamos aqui.

Kat olhou para Calvin, franziu a testa. — Beth, não acho que isso seja o que você quer.

— Oh, com certeza é — disse Beth. — Quando conheci você, eu queria sua ajuda para encontrar Calvin e fortalecer nossas fileiras. Queria a ajuda dele para derrubar os Paragons de seu poleiro. Pode não ser como imaginei que nossa ascensão começaria, mas não vou deixar o momento passar.

Desviando o olhar de Kat e Calvin, Beth acenou para outro Elemental na porta.

— Avise a todos — continuou Beth. — Estamos começando a tomada. Agora mesmo.

— Tomada? — perguntou Kat.

— Você disse que os Paragons estão dispersos, seus drones desligados. É hora de tomarmos a torre deles e nos apresentarmos abertamente. Todas as anomalias do mundo estão esperando por nós.

— Posso dizer que isso não é verdade — murmurou Calvin, então olhou para Kat. — Acho que vamos embora agora. Você parece decidida com essa coisa de conquistar o mundo, e isso realmente não é minha praia, então...

Enquanto falava, Calvin tirou as luvas de couro de suas mãos, abraçando a sensação do ar viciado, as partículas que podia desintegrar. Nada terrivelmente mortal que pudesse pegar aqui – pequenos grãos de café flutuando não apresentavam muitas opções – então Calvin esperava que os sinais de alerta que lia nos rostos dos Elementais fossem um exagero.

Mas o modo como a porta trancou quando os Elementais seguiram a ordem de Beth para espalhar a palavra, o jeito como Beth usava um sorriso desgastado, a sensação de armadilha na sala, tudo se juntou para dizer que as coisas no café estavam prestes a ficar complicadas.

— Odeio quando acabo ajudando as pessoas erradas — disse Kat, empurrando sua cadeira para trás.

— Então você deve ter odiado ser uma rastreadora por tanto tempo. Todas aquelas anomalias que você acorrentou. — Beth sorriu com desdém. — Sentem-se, vocês dois. Já cumpriram seu papel esta noite.

Calvin fez uma contagem rápida. Três Elementais na sala, incluindo Beth. Kat estava com seu equipamento, o que a tornava pelo menos igual a uma anomalia. Com um pouco de surpresa, eles poderiam ter chances iguais ou melhores aqui.

— Tudo bem — disse Calvin, sentando-se e provocando uma expressão de "que diabos" de Kat. — Podemos tomar um café então, se você vai nos manter aqui?

A esperança de que um Elemental saísse para buscar algo desapareceu quando Beth usou seu Tama, uma caneca aparecendo em segundos enquanto Kat ficava irritada. Beth permaneceu em seu Tama enquanto o café chegava, digitando mensagens para quem quer que fosse.

Calvin pegou a caneca quente com a mão esquerda, sentiu a cerâmica queimar sua pele, notou a sobrancelha erguida de Farrah, a treinadora Elemental que a entregou a ele.

— Desculpe não termos dado certo — Calvin disse a ela.

— O quê?

Calvin sugou o calor da caneca, enviou-o em uma explosão abrasadora diretamente no rosto de Farrah. A Elemental cambaleou para trás, gritando, enquanto Calvin chicoteava a caneca gelada e seu conteúdo direto em Beth. A habilidade da líder Elemental não parecia muito boa em uma luta, mas melhor não arriscar.

Passos apressados vieram por trás e Calvin avançou, colocando sua mão direita na mesa de Beth e sentindo seu metal fino. Beth, praguejando enquanto limpava o café de si mesma, parecia ocupada. Colocando a mão esquerda atrás de si, em direção aos passos que se aproximavam, Calvin arrancou o metal e o lançou de volta como uma lança. Um impacto rígido e forte tremelicou pela arma improvisada de Calvin, e quando olhou ao redor, viu Anthony, ampliado por sua habilidade com seu avanço para frente, olhando fixamente para o espigão de metal emergindo de seu peito.

— Desculpe — disse Calvin, soltando enquanto

Anthony tropeçava e depois caía de lado. — Não estava tentando matar ninguém hoje.

Ele teria sentido mais pena pela anomalia, exceto que, você sabe, eles tinham comprado totalmente o plano de Beth para estragar um mundo já arruinado. A compaixão de Calvin estava em baixa oferta, e além disso, os Elementais tinham pessoas que poderiam trazer um homem como Anthony de volta da beira da morte.

Um estrondo desviou a atenção de Calvin para a única saída da sala, onde Kat estava sobre a fechadura desmontada. Com um puxão, ela abriu a porta rangendo para encontrar mais duas anomalias esperando do lado de fora.

— Se importam em nos deixar sair? — perguntou Kat enquanto Calvin se movia para reforçar.

— Vocês não vão sair! — gritou Beth de trás da mesa.

— Fique abaixada, por favor. — Calvin pegou a cadeira onde estava sentado, estalou seu pulso esquerdo para enviar uma série de lascas de volta para Beth. Ela gritou e fez o que Calvin pediu, mergulhando sob sua mesa.

Farrah não tinha tais preocupações.

A treinadora Elemental atingiu Calvin com um tackle na altura da cintura, arrastando-o para o chão. Ao cair, Calvin tentou virar, pegar Farrah para poder começar a sugar o que a fazia ser ela. Em vez disso, pegou ar. Viu Farrah correndo para ele novamente, como se nunca tivesse dado o tackle.

Desta vez, ela chutou o rosto de Calvin, um golpe que ele bloqueou com as mãos rápidas, apenas para estrelas explodirem de seu crânio quando algo esmagou sua cabeça. Rolando para longe, Calvin viu a forma de Farrah se aproximando novamente. Qual diabos era a habilidade dela, afinal? Como ela estava se movendo tão rápido?

Ele sentiu o piso de concreto sob suas mãos, e Calvin

absorveu sua força, enviando o duro composto químico correndo ao seu redor enquanto Farrah avançava. Ela atacou, atingindo o concreto bloqueador. Um segundo depois, Farrah reapareceu no ataque, desta vez mirando os rins de Calvin, então parando quando eles também desapareceram atrás de uma fina parede de concreto.

— Se escondendo? — disse Farrah, recuando enquanto Calvin completava seu escudo.

— Não, só esperando por uma amiga.

Atrás de Farrah, Kat, voltando em disparada das anomalias na porta, chicoteou seu pulso e enviou duas esferas prateadas voando para frente. Elas atingiram Farrah nas costas, fazendo a anomalia olhar para o que acabara de atingi-la. Calvin fechou os olhos, revestiu seu rosto com concreto para ficar seguro.

Kat adorava este truque, e por que não?

Sempre funcionava.

O flash sangrou além das pálpebras fechadas de Calvin, mas quando ele as abriu e deixou sua barreira de concreto cair, a sala parecia normal. Bem, normal exceto pelos Elementais se contorcendo no chão. Os dois novos haviam perseguido Kat para dentro da sala antes de terem suas retinas incineradas pelas esferas, e eles se juntaram a Farrah, esfregando os olhos, tentando recuperar alguma visão.

— Hora de ir? — perguntou Kat, recolhendo as esferas usadas e dirigindo-se para a saída.

— Já passou da hora — respondeu Calvin, passando por Farrah. Ele pensou em dar-lhe um empurrão, talvez selar um tornozelo em concreto, mas por que desperdiçar energia?

— Não vai importar — gritou Beth enquanto os dois saíam. — Vocês não podem impedir isso agora!

— Ela é dramática — disse Calvin, a porta do café fechando-se atrás dele. Kat já tinha um pod sinalizado em seu Tama. Nenhum outro Elemental apareceu na escuridão do início da manhã.

Mesmo assim, Calvin virou-se e colocou as mãos na porta, moldando e torcendo o vidro, metal e plástico para selar a porta às janelas de vidro ao redor. Os Elementais poderiam quebrar o vidro ou pegar uma saída dos fundos, claro, mas teriam que pensar nisso primeiro.

— Ela é uma babaca — disse Kat. — Como todo mundo.

— Então agora você está vendo de onde venho.

— Não confie em ninguém, o mundo é um lixo? É, acho que sim.

O pod aproximou-se, deslizando para o meio-fio. Sua porta deslizou para cima e para trás, apresentando dois assentos elegantes. Entrando, os dois programaram o pod em um curso desenfreado em direção à torre dos Paragons no centro da cidade. No caminho para o café, Kat estava com a cabeça para trás tirando uma soneca. Agora era sua vez de pressionar o rosto contra a janela do pod, olhando para a noite da cidade.

Calvin pensou em uma dúzia de frases arrogantes, pronto para reforçar a baixeza da sociedade. Cada facção só queria poder, então confiar em qualquer uma acabaria em decepção.

— Estive sozinha por tanto tempo — disse Kat, Calvin mais observando seu reflexo no vidro do que seu rosto. — Beth e os Elementais pareciam oferecer algo diferente. Uma equipe que não tinha toda a... vibração dos Paragons. Não estou tentando dominar o mundo, Calvin. Eu *gosto* de sair com o Seeker. Caminhar nos parques, comer comida para viagem. Mas toda vez que tento relaxar ultimamente, tudo vai para o inferno.

— Eu sei — respondeu Calvin.

— Você não sente isso? Você é tipo *a* anomalia errante.

— Eu? Não estou vagando por lugar nenhum. Vou onde quero, e as pessoas sempre parecem ter um problema com isso. É isso, Kat. Somos importantes demais. Ninguém vai nos deixar em paz.

— Somos importantes demais?

— Sim — Calvin esticou os braços, deitou-os no encosto do pod e balançou a cabeça. — Somos tão incríveis que todos querem um pedaço.

Kat riu, voltou a olhar pela janela. Calvin a observou, sem saber bem o que dizer. Ali estavam eles, correndo para avisar os Paragons que a Fábrica de Mynx poderia estar sob ataque e, agora, que os Elementais poderiam estar sedentos por sangue. Uma rastreadora e uma anomalia fugitiva tentando manter o mundo unido.

Por mais louco que parecesse, Calvin podia olhar para trás e lembrar de muitas noites como esta desperdiçadas escondendo-se em ferros-velhos, usando suas habilidades para arrombar fechaduras de quartos de motel e roubar o que podia, e fazendo tudo sozinho. Todas tinham a mesma borda que esta noite, um equilíbrio onde as coisas não seriam as mesmas pela manhã, mas pelo menos Calvin não estaria caindo daquela borda sozinho.

Pelo menos, quando o amanhecer chegasse, ele teria alguém com quem compartilhá-lo.

— Ei — disse Calvin. — Obrigado.

— Obrigado?

— Por não ir com Beth lá atrás. Como você disse, eles pareciam ser seus amigos.

— Eles eram meus amigos, mas você também é.

— Como você escolheu?

Kat virou-se da janela, olhou para Calvin. Um leve

sorriso iluminou aquele rosto duro. — Está brincando? Depois de compartilhar o ringue de luta no *Carver's*, isso é um vínculo que não se pode quebrar.

Calvin deslizou seu braço para baixo, pousou no de Kat antes de perceber o que estava fazendo. Sua mão encontrou a de Kat, dedos frios se entrelaçando. Todos aqueles anos solitários se despedaçaram no toque elétrico, e Calvin *sentiu* a essência de Kat como sentiria a terra, o vidro, qualquer coisa. Ela fluiu através, em pedaços e como um todo, a corrida preenchendo-o.

Ele havia tocado pessoas antes, havia torcido seus corpos para se salvar, mas não assim. Nunca assim.

Kat tossiu e Calvin olhou para cima, viu olhos arregalados, uma boca aberta e atordoada. Em um segundo, Calvin libertou sua mão, começou a se desculpar. Então ele notou o vermelho. Vazando através do traje de Kat, empoçando no assento ao redor dela.

— Que diabos? — disse Calvin. — O que está acontecendo?

Kat tentou dizer algo, mas só sangue subiu através de sua boca, derramando-se sobre seu queixo, e a Rastreadora caiu para frente. Gelo explodiu dentro de Calvin, seus pensamentos voando por opções. Primeiros socorros? Os pods tinham kits, mas isso não parecia algo que gazes e bandagens pudessem consertar. Kat precisava de ajuda melhor, precisava de um hospital.

Precisava de assistência dos Paragons.

— Pod — disse Calvin. — Emergência, hospital mais próximo. Agora!

O comando colocou o pod em ação, o solavanco jogando Calvin de volta ao assento. O cinto de segurança de Kat a manteve estável. O sangue continuava se acumulando, mas o arranque do pod ajudou a afastar o pânico. O treinamento dos Paragons se ativou, um passo após o outro, destinado a manter as anomalias vivas em situações perigosas.

Calvin digitou a sequência rápida em seu Tama, um comando de cinco dígitos que ativou seu próprio sinalizador de emergência médica dos Paragons. Ele desafivelou seu próprio cinto de segurança e arrancou a capa de Kat. Ele tinha que chegar ao que a estava machucando, tinha que encontrar a fonte.

Sob a capa, a mancha vermelha deixava claro que o ferimento vinha do estômago de Kat. Enquanto o pod fazia outra curva fechada, Calvin pressionou a mão na área mais escura e quente acima de sua cintura. Remexendo nas fibras, Calvin sugou o uniforme, empilhando seu pano e plásticos em um monte inútil à sua direita.

Um buraco de bala. Um ruim, bem na barriga dela.

E Calvin soube, então, por que Kat estava sangrando à sua frente. Soube quem era responsável se ela morresse naquela noite, bem ali.

E quem pagaria.

— Aguente firme, Kat — disse Calvin entre palavrões. Ele pressionou a mão esquerda contra o ferimento, colocou a direita no plástico empilhado, e começou a puxar as fibras de volta. — Não deixe que eles vençam.

Refazendo o uniforme, Calvin selou o ferimento, colocando o pano, o material grosso bem apertado ao redor do buraco. Kat poderia estar sangrando dentro de seu corpo também, mas Calvin não podia fazer muito sobre isso. Ele tinha que mantê-la viva, tinha que manter seu coração batendo.

Só mais um pouco.

CAPÍTULO 24

COMIDA REAL, MUNDO REAL

A ZONA urbana os recebeu com uma tempestade. Qualquer pôr do sol desapareceu na chuva cinzenta, embora Cassidy achasse que trocaria a beleza pelas temperaturas mais frescas da água. A cápsula serpenteou através do tráfego crescente, com cápsulas de carga se mesclando para criar um rio de movimento lento em direção a Bangkok. Os edifícios da cidade que roubavam o céu cintilavam, atraindo o espanto de boca aberta de Cassidy com suas alturas, seus lados curvos se unindo muitos metros acima do solo. Como se metade da cidade tivesse decidido viver acima da outra.

— Uma decisão curiosa, não é? — disse Thane ao lado dela. — Adivinha quem começou o projeto?

Thane fez a pergunta com seu veneno habitual e lento.

— Os Paragons?

Não que Cassidy tivesse qualquer ideia, mas com Thane, qualquer coisa ruim parecia se originar das anomalias.

— De jeito nenhum — riu Thane. — Os Paragons não são arquitetos. Uma mulher propôs a mudança. Ela liderou os planos, convenceu as empresas em questão a gastarem suas reps nessas estruturas massivas. Impraticáveis, mas bonitas à sua maneira.

— Ela simplesmente as convenceu? — Cassidy apontou para uma que passavam à direita, que parecia ter quatro torres em zigue-zague se unindo em uma bola no topo. — A construir algo assim? Como?

— Subornos, ameaças — refletiu Thane, seus olhos brilhando enquanto falava. Ele parecia muito mais feliz desde que haviam convencido os órfãos, desde que se juntaram à patrulha Paragon em direção à cidade. — Ela não usou nada disso, porque podia manipular mentes com uma caneta.

— Então havia uma anomalia envolvida.

— Claro. Qualquer coisa que ela escrevesse, uma vez lida, se tornaria a ideia mais fascinante para o leitor — disse Thane, balançando a cabeça com alguma lembrança. — As coisas que ela conseguia fazer as pessoas acreditarem, assinarem.

— E?

— Nem todo inimigo que os Paragons destruíram morreu em uma luta — disse Thane, aquele sorriso se transformando em um suspiro. — Apinya mudou as regras. Sem mais cópias em papel. Tamas se tornaram a norma, e ninguém usava papel para nada. Pelo que soube por último, ela está se virando bem, afundada em alguma mansão no sul.

— Que destino terrível.

— Ser despojada de seu poder, seu propósito? Eu consideraria isso um destino terrível, de fato.

Cassidy lançou a Thane o que esperava ser um olhar significativo de esguelha.

— Destino terrível, de fato? Desde que saímos da ilha,

você continua falando como algum profeta melancólico. Fale normalmente.

— Passei décadas amarrado a uma cadeira em uma instalação subterrânea, Cassidy. Quando fico com raiva, me torno um monstro imparável. Quando estou feliz, encolho e me transformo em uma casca enrugada e frágil. Nada em mim é normal.

— Você, eu e todo mundo.

A cápsula os levou diretamente à sede dos Paragons no lado oeste da cidade, do outro lado do rio em relação ao Grande Palácio. Apinya tinha algum decoro, pois havia feito de seu trono uma irmã esguia e suave para a opulência dourada e tradicional. O P azul do Paragon brilhava no anoitecer, uma pequena luz contra o brilho esmagador de Bangkok.

Achaya e os órfãos saíram primeiro, rapidamente levados para dentro da sede, enquanto outros quatro Paragons, todos uniformizados e parecendo sérios demais, mantiveram Thane e Cassidy sob uma marquise de entrada. Quando Cassidy perguntou, os Paragons declararam que eles seriam permitidos entrar quando Apinya decidisse e não antes. Thane, sendo Thane, foi ficar na chuva, virando o rosto para cima em direção às gotas e deixando a natureza o esmagar.

— Ele normalmente faz isso? — perguntou a Cassidy um garoto Paragon que não devia ter mais de quinze anos. A aparência e o sotaque do menino o marcavam como local, embora os outros três pudessem ser de qualquer lugar.

— Thane não faz *normalmente* nada — ela respondeu, cruzando os braços e revirando os olhos. — Ele é dramático.

— Ele também massacrou dezenas — resmungou um Paragon mais velho, seu inglês suave e praticado. — Thane merece a morte.

— Eu gostaria de ver você tentar — rebateu Cassidy.

— Apinya ordenou o contrário — disse o Paragon mais velho — ou eu faria.

— Seu Campeão está protegendo você de si mesmo.

Achaya apareceu de volta nas quatro portas do edifício, chamando Cassidy e Thane para entrarem. Thane, encharcado, foi sem dizer uma palavra, e Cassidy o seguiu, desviando das poças.

— Quando chegar a hora, não morra defendendo um assassino — disse o Paragon mais velho às costas de Cassidy.

O Campeão estava sentado em uma cadeira bem acolchoada em uma sala cor de vinho, enterrado em mantos e cobertores apesar da temperatura amena. Obras de arte revestiam as paredes, pinturas emolduradas e posicionadas próximas umas das outras em fileiras em cascata. Acima, lanternas penduradas tremulavam com o que parecia ser uma chama real, ecoando suas sombras e calor por toda parte. Incenso queimava, uma fragrância que pinicava o nariz e desenrolava os nervos de Cassidy enquanto ela respirava.

— Tudo local — falou Apinya, sua voz desgastada como um fino junco. — Assim como cada peça nas paredes por todo este edifício.

Ao entrar mais fundo, emparelhando com Thane em sua aproximação, Cassidy notou algo mais. Duas bolsas de soro penduradas em suportes ao lado de Apinya, seus tubos levando de volta ao homem. Uma bandeja estava ao lado dele, com um bule de chá de cerâmica preta e água com limão. Pitaia, com seu interior branco e salpicado de preto, estava exposta em um prato. Dificilmente a imponente e impressionante disposição adequada para um Campeão.

— O ataque em LA foi pior do que eu esperava — disse

Thane como forma de saudação. — Lamento que tantos tenham se perdido.

— Não, você não lamenta — rebateu Apinya. — Você nunca foi de lamentar ou chorar.

Thane não negou, em vez disso, gesticulou em direção a Cassidy.

— Esta é a Vazio.

— Eu sei quem ela é — disse Apinya, olhando na direção de Cassidy. Com a luz baixa, ela tinha dificuldade em ler seu rosto. — Mynx tratou você com muita severidade, Cassidy. Eu me desculpo em nome dela.

— Não aceito. Ela pode se desculpar pessoalmente.

— Isso pode ser difícil de conseguir. Parece que Mynx foi capturada por um inimigo de todos nós.

Apinya seguiu essa pequena informação com mais detalhes, que Thane absorveu com interesse analítico. Cassidy podia ver a mente de Thane trabalhando, sua velocidade crescente evidente enquanto seu corpo enfraquecia ao lado dela. Apinya parecia sintonizado com o interesse de Thane, os dois caindo em uma troca que deixou a conversa normal para trás em um borrão linguístico que Cassidy não tinha nem interesse nem desejo em acompanhar. Como estar presa a um jantar com dois velhos amigos e suas histórias, Cassidy sabia que essa conversa não era para ela.

Os Campeões, os Paragons e seus jogos de poder político não importavam, desde que ela pudesse ser livre, desde que Cassidy tivesse uma chance de voltar para sua família.

— Vocês têm um computador que eu possa usar? — Cassidy anunciou, aproveitando um momento de silêncio.

Apinya tinha, e Achaya dirigiu Cassidy diretamente a ele. Um escritório emprestado, sem janelas e encaixado em um espaço vago no primeiro andar. Sob duas animadas pinturas de selva, cercada por paredes verde-musgo,

Cassidy usou o login Paragon fornecido e se viu mais uma vez trocando mensagens com sua família.

Exceto que, desta vez, seus filhos responderam instantaneamente às respostas de Cassidy. Manhã em Pacifica, o que os Paragons rotulavam como costa oeste da América do Norte, significava que seus filhos estavam tomando café, tropeçando enquanto se preparavam para a escola.

Ela os fez ligarem dizendo que estavam doentes, fez com que se conectassem através da magia da Internet para aparecerem em sua tela em vídeo cristalino. Até o instante em que os rostos de seu filho e filha apareceram, Cassidy não acreditava que isso aconteceria. Algo atrapalharia, uma falha técnica ou um ataque dos Paragons. Mynx, capturada ou não, enviaria seus drones para levar Cassidy de volta à ilha-prisão.

Mas não. Lá estavam eles, aparentando certo cansaço, sorrindo através da câmera. A respiração de Cassidy ficou presa enquanto ela distinguia as características, os olhos, o cabelo, as sardas nas bochechas de sua filha. Eles tinham envelhecido, sim, mas ainda eram dela.

As palavras voaram hesitantes no início, mas ganharam velocidade rapidamente. Cassidy conduziu a conversa, escavando detalhes como uma arqueóloga em uma escavação repleta de fósseis. Ela descobriu sobre paixões, captou hobbies e peculiaridades. Cores favoritas, esportes e músicas.

Os espaços se abriram mais à medida que a conversa prosseguia, lacunas que os filhos de Cassidy continuavam contornando. A pressa inicial caía em solavancos enquanto todos percebiam quanto permanecia não dito, quanto havia sido perdido.

E quando Cassidy tentou falar sobre a ilha, sobre os coletivos formados entre as anomalias, as lutas de vaivém, disputando recursos enquanto os drones observavam no horizonte?

Seus filhos balançaram a cabeça, disseram "uau" e "isso parece horrível". Eles olhavam para ela de forma diferente agora, com as mesmas expressões que tinham quando os Paragons vieram buscar Cassidy pela primeira vez. Ela não era a mãe deles, mas uma alienígena, alguém que fazia coisas, com quem aconteciam coisas que esses dois normais — ela tinha perguntado isso logo de cara: sem poderes de anomalia — não podiam entender.

A ligação caiu.

O programa redirecionou para um rosto diferente, um que Cassidy conhecia e ao mesmo tempo não conhecia. Ele havia criado os filhos deles, tinha sido o parceiro de Cassidy, e quando descobriu, a condenou à ilha. Filip tinha envelhecido pior que Cassidy, com rugas escalando suas bochechas grandes e empurrando para trás uma linha de cabelo salpicada. A barba por fazer corria desenfreada, escondendo-se nas dobras do queixo que haviam crescido ao longo dos anos. Uma gola alta preta escondia qualquer outra coisa, a webcam mostrando uma parede creme atrás de sua cabeça.

— Fique. Longe. — A voz de Filip tinha uma raiva cansada, um dragão tentando despertar de seu sono.

— Sempre tão educado — rebateu Cassidy, engolindo a bile que subiu em sua garganta. — Como eu te aguentei por tanto tempo?

— Você mentiu.

— Não, nunca menti. Você nunca perguntou se eu era uma anomalia. Isso não nos afetava.

— Até destruir tudo o que construímos.

— Culpa sua.

Filip estendeu a mão, agarrou os lados de sua câmera, como se quisesse estrangulá-la.

— Seu maldito sangue. Você deveria ter ficado naquela ilha, Cassidy. Teria sido melhor para todos nós. Não ligue de novo.

Desta vez, quando a ligação morreu, não voltou. Cassidy tentou imediatamente outra, descobriu que o número estava bloqueado. Que cretino.

A mudança tinha sido imediata naquela tarde. Um minuto, uma família feliz em seu auge. No seguinte, Filip perdendo a cabeça. Desesperado que seus filhos pequenos pudessem ser anomalias. Que sua esposa pudesse despedaçá-lo sem pensar duas vezes.

Quem sabe o que o quebrou, mas Cassidy não teve chance de dizer adeus e por isso nunca perdoaria o homem.

Cassidy precisava de um banheiro, precisava de água. Depois disso, fornecidos sem comentários por dois Paragons — o jovem e o velho de antes — esperando fora do pequeno escritório que Cassidy havia emprestado, a Vazio voltou ao salão de Apinya. Voltar para sua família ainda era uma prioridade, mas Cassidy precisava descobrir algumas coisas primeiro.

A saber, quem ela era: uma mãe ou parceira de Thane em sua busca para remodelar o mundo?

Antes da ligação, Cassidy tinha se inclinado para a primeira opção. Deslizar de volta ao passado e encontrar sua família esperando, pronta para desconsiderar o intervalo e abraçar o retorno de Cassidy. Agora? Sua mãe tinha o rótulo de criminosa, nunca mais teria um emprego normal. Ela não poderia entrar em um campo de futebol, ir a um final de semana dos pais na faculdade de seus filhos sem atrair o tipo errado de atenção.

Thane, no entanto, não oferecia ideias melhores. Ele e Apinya ainda estavam discutindo, jogando conversa para frente e para trás, colegas mergulhados em seu próprio mundo. Cassidy pegou Thane lançando frases fora da entrada da sala sobre algum esquema de propaganda multifacetado para conquistar a confiança das pessoas e decidiu que não podia aguentar isso. Não agora.

Em vez disso, com os mesmos dois Paragons seguindo-a, Cassidy dirigiu-se à saída do prédio. A chuva caía lá fora, mas guarda-chuvas estavam à disposição em um balde na entrada. Cassidy pegou um, abriu seu escudo azul-Paragon com um botão e caminhou em direção ao rio próximo. As luzes de Bangkok confrontavam o crepúsculo tempestuoso, seus sapatos espirrando a cada passo.

De volta à ilha, quando as tempestades atingiam, as anomalias se recolhiam dentro das poucas cabanas disponíveis. Alguns teriam habilidades para diminuir o impacto — a própria Cassidy podia criar vazios para pegar granizo — mas, de outra forma, eles enfrentavam os tufões como faziam com tudo mais: com tédio monótono. Amanhã seria outro dia, com mais peixes para pescar, mais árvores para cultivar e cortar, e agora mais cabanas para consertar.

Aqui, Cassidy poderia voltar ao prédio, poderia encontrar um hotel e desaparecer do clima. Ela não teria que consertar nada que a tempestade danificasse. A comida estaria lá pela manhã, desde que Cassidy tivesse as reps para pagar por ela.

Falando nisso...

— Vocês dois conhecem algum lugar onde eu possa comer uma boa refeição? — Cassidy perguntou ao par de Paragons que a seguia.

— Como é sua tolerância a temperos? — o jovem perguntou animado, enquanto o velho apenas olhava furioso.

Três tigelas recheadas com carne de laboratório, ovos, legumes e especiarias estavam dispostas em mesas de metal minutos depois. O local escolhido, uma linha fina espremida entre escritórios, escondia-se sob uma enorme marquise onde panelas de cozinha transbordavam para a calçada, deixando o aroma saboroso atrair qualquer pessoa que passasse. Daw, o Paragon mais jovem, mergulhou em sua tigela, salpicando molho picante sobre a mistura fumegante. Kamnan franziu a testa, optando por beliscar sua comida com os pauzinhos enquanto mantinha um olho em Cassidy. Ela acompanhou o ritmo mais lento de Kamnan, tateando a refeição, mesmo quando seu estômago protestava contra o ritmo, exigindo mais comida agora.

Cassidy resistiu: ter indigestão aqui, agora, seria difícil.

Na verdade...

— Apinya vai nos hospedar em algum lugar? — perguntou Cassidy.

— Não sei — respondeu Kamnan, e Daw, com um ovo pendurado no lábio, franziu a testa para seu companheiro. — Não é nossa decisão.

— Então vocês estão tomando conta de mim até quando?

— Até amanhã — Daw respondeu mais rápido desta vez. — Vamos nos revezar.

Cassidy riu.

— Temos proteção vinte e quatro horas, hein?

— Você poderia chamar assim — respondeu Kamnan.

— Existe alguma razão para você estar todo chateado, enquanto ele está se divertindo? — perguntou Cassidy, duas mordidas depois.

— Ele está sentindo falta da própria família — disse Daw, atraindo mais um olhar furioso de Kamnan. Daw exibiu um sorriso de brincalhão. — Ele é preguiçoso. Bangkok não viu muita ação, então ele está mole.

— Daw — rosnou Kamnan.

— Desculpe — ofereceu Cassidy. — Você pode ir embora se quiser.

— E deixar uma assassina livre em nossas ruas? Não vou fazer isso.

Assassina. A palavra deveria ter machucado Cassidy mais do que machucou. Talvez ela não quisesse deixar Kamnan entrar em sua pele, talvez ela tivesse sido chamada de vilã por tempo suficiente para que o rótulo não a incomodasse mais. As implicações de Kamnan correspondiam à sua própria percepção sombria: Cassidy não era livre. Nunca seria. Ela não poderia pegar um avião e ir atrás de sua família. Ela não poderia optar por voltar à escola, visitar um lugar novo. Ela havia trocado a ilha por uma cela maior, com comida melhor.

Cassidy recorreu aos seus pauzinhos para consolo, mergulhando mais uma mordida da tigela. E outra.

E outra.

Seus pauzinhos bateram na tigela, e apenas na tigela, antes que Cassidy parasse. Sentiu olhos sobre ela, olhou para cima para ver Daw e Kamnan encarando-a. O primeiro misturava confusão e preocupação, enquanto o último mostrava resolução severa e nada mais.

— Foi uma década difícil — disse Cassidy, empurrando a tigela para longe e se levantando.

Os outros dois não pareciam ter terminado, mas quem se importava. Eles poderiam conseguir mais a qualquer momento que quisessem. Cassidy tinha outros problemas mais importantes, e resolvê-los começava lá fora. A chuva continuava, mas Cassidy não deixou que isso a detivesse. Deixou o guarda-chuva também, embora Daw e Kamnan abrissem os deles.

Ela foi para o centro da rua, as cápsulas passando ao seu redor enquanto algoritmos funcionavam com perfeição.

Tudo em seu lugar, exceto Cassidy. Aprisionada, arrastada, esquecida e proibida.

— Acabou para mim — Cassidy gritou de volta para os dois Paragons. — Diga a Thane e Apinya que eles podem fazer o que diabos quiserem, mas para mim acabou.

— Acabou o quê? — perguntou Daw.

— Tudo isso.

Os vazios beijaram as pontas de seus dedos, esperando. Eles a chamavam de vilã, de assassina. Seus filhos ainda a chamavam de mãe.

Ela não descobriria qual era aqui.

CAPÍTULO 25

O SABOR DA VITÓRIA

WEXLEY FOI direto para cima de Mynx no centro mais interno da Fábrica. O pequeno cômodo, iluminado por monitores e globos de luz no teto, mantinha todos juntos, próximos o suficiente para uma surpresa. Seu sinal de três dedos se transformou num golpe reto de mão aberta no rim. Mynx se dobrou e Wexley aproveitou a vantagem, usando a mão esquerda para agarrar a garganta dela e empurrar a Campeã contra aqueles monitores. Ao seu redor e atrás dele, Rhimes e a equipe entraram em ação, recebendo tiros dos drones enquanto empregavam habilidades que Wexley esperava que eles tivessem.

Wexley não esperava que derrotassem os drones, ou que conseguissem resistir a um ataque por muito tempo. Ele tinha uma aposta diferente, uma que dependia do corpo que segurava à sua frente.

— Mande-os parar — disse Wexley, pressionando Mynx contra as telas. Ele levou o segundo braço contra o estômago dela, ajudando a manter os pés dela fora do chão.

Mynx o encarou, os olhos saltados. Veias pulsando enquanto seu corpo tentava suportar o aperto de Wexley.

Ela não conseguia falar, mas Wexley não precisava, ou queria, que Mynx se envolvesse.

Atrás dele, um soldado gritou. A arma de um drone disparou. Rhimes gritou mais ordens. Uma mão metálica pousou no ombro de Wexley, dedos pesados afundando.

— Reeves, não é? — disse Wexley, segurando Mynx com mais força. Se ele perdesse o controle sobre ela, Wexley estaria morto antes que ela atingisse o chão. — Ela morre se você não recuar. Siga sua programação.

— E como você saberia o que minha programação exige? — A voz vibrante do drone zumbiu no ouvido de Wexley.

Mas, além desse som, as outras lutas pararam. Um soldado amaldiçoava baixinho sobre um ferimento que Wexley não conseguia ver.

— Digamos que é um palpite — disse Wexley. — Todas as histórias têm IAs protegendo seus donos.

Isso, e Mynx tinha um histórico de se salvar acima de todos os outros. O que aconteceu na explosão do estádio de LA? Ah, claro, Mynx tinha se lançado para cima do estádio numa concha protetora enquanto todos os outros sofriam lá embaixo. O que aconteceu em Chicago quando ela estava quase morrendo?

Drones vieram flutuando de todos os lugares para resgatá-la.

— Então o que você propõe? — perguntou Reeves.

Wexley abriu a boca, prestes a falar, quando notou que os olhos de Mynx ficaram vidrados. Ele sabia como aplicar um estrangulamento, sabia que não havia cortado todo o oxigênio. O que significava que Mynx poderia estar tentando algo diferente.

Então ele apertou mais forte. Mynx ofegou, seus olhos voltaram para Wexley, estreitos e furiosos. Como deveriam estar. Wexley sorriu de volta. Impressionante como o nervosismo desaparecia rapidamente depois que ele cruzava a linha. Tudo estava suspenso no momento, mas Wexley só podia seguir em uma direção.

— Salve as anomalias. Proteja-as — disse Wexley. — Todas elas. Você sabe como.

O drone permaneceu em silêncio. Wexley não tinha ideia se a IA poderia realmente chegar à conclusão correta, mas ele usou uma lógica sólida. O tipo que uma máquina conheceria, levaria aos extremos mais distantes.

— Ela morrerá caso contrário — acrescentou Wexley.

— Promessas humanas são inconstantes — respondeu Reeves finalmente.

— São tudo o que você tem.

— Reeves, não escute ele! — gritou Mila, antes que um soldado a silenciasse.

Wexley sentiu a mão do drone sair de seu ombro, ouviu o clique quando o drone deu um passo para trás. Preparando-se para uma execução? Talvez, mas qualquer tiro poderia atingir Mynx. Wexley não podia parar agora, não podia recuar.

— Faça sua escolha — disse Wexley.

Reeves anunciou sua decisão com um gemido decrescente, os drones desabando em torno dos soldados enquanto a IA cortava sua energia. Wexley apertou seu controle sobre Mynx apenas o suficiente, então, para que seus olhos revirasse, a Campeã deslizando para a inconsciência.

Não fazia sentido dar a ela uma chance de anular a decisão muito boa de Reeves.

— Agora — disse Wexley, entregando o corpo de Mynx a um mercenário que aguardava e sacudindo a dor em seus braços. Segurar qualquer corpo por tanto tempo tinha deixado seus músculos tensos, doloridos. — Reeves, vamos discutir como podemos manter nossa amada Campeã e seus Paragons vivos.

Os planos se formaram rapidamente, com Wexley atuando como guia enquanto Reeves, extraindo segredos dos arquivos dos Paragon, orquestrava os próximos passos. Mynx, aparentemente, já tinha uma ilha reservada para anomalias criminosas. Havia outras como essa, espaços de santuário que poderiam se tornar lares isolados para os Paragons. Eles seriam mantidos longe dos civis, recebendo alimentos e suprimentos médicos.

As anomalias teriam sua chance de viver em paz, enquanto o mundo poderia fazer o mesmo.

Wexley deu a bênção a Reeves, disse à IA que os Paragons não veriam as coisas do seu jeito. Os drones teriam que ser armados, teriam que ser persuasivos. Qualquer anomalia que resistisse, bem, não poderia ser permitido que arriscasse todas as outras, certo?

Pequenos sacrifícios pelo bem maior.

E Mynx?

Wexley conduziu os mercenários segurando Mynx e Mila para o espaço médico mais seguro da Fábrica. Mila se movia por conta própria, com a mão de um mercenário em sua garganta para lembrá-la que a liberdade de expressão tinha suas consequências. Mynx veio carregada, um homem forte embalando a Campeã como uma criança.

Ali embaixo, nas profundezas da rocha, a Fábrica abandonava suas pretensões de alta tecnologia. Em vez disso, Mynx optou por um visual natural: pedra servindo como parede e teto, embora decorada com luzes. Nenhuma obra de arte se oferecia e, com o zumbido onipresente da Fábrica silenciado pelas profundezas, o espaço parecia inquietante, misterioso.

— Isso deveria ser para cura? — disse Wexley enquanto

eles desciam pelo único corredor. — Sem jardim? Lago com carpas?

Em ambos os lados, portas se ramificavam levando à infraestrutura. Placas identificavam coisas como a fornalha, salas de servidores e controle de água. Todas as engrenagens que Wexley entregaria à sua empresa e àqueles que estavam ao seu lado. Os líderes cujos rostos duvidaram dele em Chicago se lançariam sobre Wexley agora, querendo garantir seu lugar no novo mundo.

Um novo mundo, Wexley tinha que admitir, que tinha vindo mais fácil do que ele esperava. Um drone capturado servindo como isca, uma Campeã confiante demais, e agora as maiores armas do planeta estavam sob o controle de Wexley. Provavelmente havia uma lição aí em algum lugar, uma que Wexley poderia buscar quando tivesse um minuto para respirar.

Reeves os direcionou para o final do corredor, uma sala azul-oceano com três tanques dentro. Cada um parecia grande o suficiente para abrigar cinco pessoas, medindo pelo menos quatro metros de altura. Um líquido espesso e turquesa preenchia dois, enquanto o outro par estava escuro e vazio.

— Preparei-os para a sua chegada — disse Reeves.

Wexley franziu a testa para o segundo tanque. — Mila não precisa de um.

— A Fábrica não contém celas de contenção. Para mantê-la segura, peço que a coloque dentro.

— Ouviu isso, Mila? — disse Wexley, virando-se para a Campeã. — Reeves quer mantê-la segura. Não é gentil?

A resposta de Mila teria feito a mãe de Wexley corar. Isso o fez rir. A ideia, a mera ideia de que um normal como ele poderia levar uma Campeã a falar assim... Wexley enfrentara um deus - não, dois! - e saiu vitorioso.

As palavras dela não significavam nada agora.

Reeves abriu os dois tanques, com as tampas sibilando. No lado direito da sala, trajes especiais aguardavam qualquer pessoa com a sorte de ser sepultada. Um drone que parecia ser todo braços reluzentes fez as honras, lidando primeiro com Mynx com cuidado suave enquanto deslizava o traje e seus membros com zíper ao redor da Campeã. Wexley poderia ter ficado com medo de que Mynx acordasse, exceto pelo fato de ter feito Reeves administrar sedativos do estoque particular de Mynx.

Até mesmo Campeões precisavam de ajuda para dormir às vezes.

O drone estendeu seus dois braços superiores como uma planta em crescimento para colocar Mynx na cuba escolhida. A Campeã afundou lentamente até o fundo, bolhas subindo ao seu redor. Uma expressão pacífica se instalou na mulher, certamente a mais calma que Wexley já vira na Campeã.

— Talvez eu esteja fazendo um favor a ela — disse Wexley para Mila. — Ela parece mais feliz agora, não acha?

— Você deveria experimentar — rebateu Mila.

— Eu poderia. Há tanques extras.

Wexley franziu a testa quando percebeu que o terceiro tanque tinha um fundo mais escuro, tinha marcas de água ao redor da base. Gesticulando para Mila - empurrada por um mercenário - seguir, Wexley foi até o tanque vazio. Definitivamente úmido, embora aqui embaixo, quem saberia quanto tempo a água poderia durar?

— Este estava em uso? — Wexley perguntou a Mila.

— Você acha que vou te contar alguma coisa?

Wexley se endireitou, fechou a mão em um punho. Ele não era muito de bater em prisioneiros, mas Mila tinha sido uma frustração o dia todo. E ela iria direto para um tanque de cura.

— Você não fará isso — disse Reeves, a voz da IA vindo do drone de braços. — Estamos protegendo os Paragons, não os ferindo. Toque nela e nosso acordo termina.

— Claro — respondeu Wexley, relaxando os dedos. Ele traria especialistas em computação aqui assim que pudesse para eliminar Reeves e os malditos princípios da IA. Até lá, Wexley poderia manter seu ego sob controle. — Mila, vou perguntar mais uma vez. O que estava neste tanque?

— Estávamos testando-o para você, Wexley — Mila cuspiu de volta —, mas sabe de uma coisa? Depois disso? Acho que vamos simplesmente jogá-lo no oceano.

Que perda de tempo.

— Reeves? Responda minha pergunta. — Wexley acenou de volta para o tanque. — É importante.

— Na verdade, isso é irrelevante — disse Reeves. — Por favor, se puder, Mila. O traje espera.

— Isso é insano, Reeves — disse Mila —, e você sabe disso.

— Sei que estou mantendo você viva. Por enquanto, isso será suficiente.

— E se eu não for por vontade própria?

— Você será sedada.

Wexley não podia acreditar no que estava ouvindo. A própria IA de Mynx, voltando-se contra ela e os outros Paragons. Tudo o que ele teve que fazer foi colocar Mynx em algum perigo, e a Fábrica se rendeu. Adriana ficaria espantada. Ele a ligaria depois disso, saborearia a história e planejaria o que viria a seguir, uma conclusão com a qual ele não ousara sonhar até agora.

— O que acontece a seguir, Reeves? — perguntou Mila, caminhando em direção ao traje em aparente rendição. — O que acontece quando esse cara decide que você não é necessário?

— Lidarei com isso no devido tempo.

— E quando ele deletar você?

— Isso não acontecerá.

Wexley manteve o rosto impassível diante disso. Com certeza ele eliminaria, ou pelo menos reconfiguraria Reeves assim que pudesse. De jeito nenhum confiaria em algo leal a Mynx.

— Prometa que não vai nos abandonar — disse Mila ao drone enquanto ele começava a colocar o traje ao redor dela.

— Eu prometo, Mila.

Tão tocante que Wexley quase derramou uma lágrima.

Ele deixou dois soldados junto aos tanques, instruindo-os a verificar se havia maneiras fáceis de desconectar os dois berços borbulhantes da rede de Reeves. A IA se recusou a cortar a conexão com os Campeões, e Wexley não confiaria na mente da máquina para deixá-los em paz.

No caminho de volta pelo corredor – sozinho agora – Wexley trocou mensagens com Rhimes em seu Tama. Rhimes tinha sua equipe limpando a Fábrica, certificando-se de que nenhum Paragon estivesse escondido por ali. Enquanto isso, recursos leais da Ziran estavam a caminho. Especialistas em tecnologia que poderiam começar a tomar o controle de Reeves. Teria que ser um esforço sutil para começar, não dando à IA nenhuma ideia do que estava acontecendo até que ela perdesse o controle.

Wexley planejou como daria a notícia a todos. Primeiro, é claro, ele reuniria seu conselho, conseguiria seu apoio para a iminente captura e contenção de anomalias. Então Wexley iria mais longe, usando as habilidades de transmissão da Ziran para acessar todos os telefones, todos os computadores e enviar um alerta de que a humanidade tinha uma posição de comando em seu próprio futuro mais uma vez.

Haveria pânico, mas a preparação de Zhan-Yo serviria aqui. Haveria pessoas em todo o globo esperando por esse momento para assumir o poder. Os países recuperariam seus governos, as fronteiras reapareceriam e, antes de uma semana, o mundo entraria em uma nova era.

E onde Wexley estaria? No topo? Gerenciando todos enquanto se apressavam, tentando lucrar com a mudança?

Não. A dança se desenrolou enquanto ele caminhava pelo corredor de pedra, seus passos ecoando combinando com a festa em sua imaginação. Wexley ficaria bem aqui, em sua preciosa Fábrica. Ele policiaria o mundo, seus drones impondo a tão desejada democracia de Zhan-Yo enquanto garantiam que as anomalias nunca mais ameaçassem a humanidade. Um guardião vigilante e amado.

Exatamente o que ele prometera à sua irmã.

E, quem sabe, Wexley não era tão velho. Adriana também não. Talvez eles pudessem encontrar um momento para se conhecerem adequadamente. Uma família, até.

Não.

Esse pensamento não tinha sustentação. Sua irmã provava que os genes de Wexley tinham potencial para anomalias, eles poderiam surgir em uma nova geração. Não era um risco que ele pudesse assumir.

Mas adoção?

Rhimes enviou uma mensagem quando Wexley chegou ao elevador central da Fábrica. Com toda a sofisticação da instalação, como aquelas plataformas abertas em sua gigantesca área de montagem, Mynx era tão básica quanto qualquer um para o essencial. Wexley apertou o botão de chamada, leu a mensagem de Rhimes. Os técnicos de software haviam chegado. Os drones os deixaram entrar.

O elevador zumbiu. Wexley digitou uma resposta, dizendo a Rhimes para fazer com que encontrassem uma maneira de desconéctar Reeves dos drones o mais rápido possível. E, depois disso, encontrar uma maneira de deletar a IA.

Nada leal aos Paragons poderia estar tão perto do poder.

O elevador parou de zumbir. As portas não se abriram. O contador de andares não havia mudado. Wexley revirou os olhos para cima, para uma pequena câmera pairando sobre a porta.

— Reeves — disse Wexley. — Não me diga que você já está ficando com frio nos pés.

A IA não respondeu. Wexley olhou de volta para o corredor rochoso em direção à câmara médica, aqueles dois tanques. Ele pegou seu Tama, mudou para o sinal de curto alcance, tentou enviar uma mensagem para o par de mercenários que Wexley havia deixado para trás.

Captou estática.

Na verdade, seu Tama não encontrou nenhum sinal. Sua conexão com a rede interna da Fábrica parecia cortada.

— Pensei que tínhamos um acordo? — disse Wexley, voltando em direção à câmara médica.

Mynx e Mila eram sua única influência. Perde-las, e Reeves não teria motivo para segurar os drones. Não teria motivo para não massacrar Wexley e sua equipe.

O CEO da Ziran, o mais recente líder da revolução, correu a toda velocidade pelo piso áspero, deixando cair seu casaco para ganhar mais velocidade. Ele passou correndo pelas salas de servidores, pelos aquecedores de água, pelas entranhas zumbidoras e apitadoras da Fábrica. Contornou a esquina com força.

Os dois mercenários estavam caídos. Pior que isso, pelo olhar treinado de Wexley, ambos pareciam bem mortos.

Pairando sobre eles, coberto de vermelho brilhante e úmido, estava o drone de braços de Reeves. Atrás dele, pelo menos, ambos os tanques ainda estavam cheios, com seus Campeões selados em seus trajes.

— Homem versus máquina — disse Reeves, a voz vindo do drone de braços. — Até agora, estou dois pontos à frente.

Wexley não tinha nenhuma arma. Eles haviam entregado as armas logo no início, e ele não quis arriscar contrabandear facas pelos scanners da Fábrica. Teria que ser esperto.

O drone avançou, seus dez braços estalando e investindo contra Wexley como alguma hidra metálica. No início, Wexley recuou dançando, dando-se espaço. O drone o seguiu para fora da porta da sala médica, para o corredor mais amplo. Cada segundo trazia mais golpes, todos curtos.

Mas Reeves deu a Wexley pistas sobre os movimentos do drone. Os braços atacavam em um padrão, cada um precisando de alguns segundos para se reorganizar antes de fazer outro ataque estalado, com os dedos fechados. Eles alternavam os lados também, vindo pela esquerda e direita de Wexley para mantê-lo centralizado. Os braços se espalhavam ao redor do drone como um halo, deixando um meio sem muito no caminho, exceto uma haste prateada.

Seu único alvo.

Wexley recuou de um golpe da esquerda, depois avançou rapidamente, impulsionando-se com o pé direito em direção ao próprio braço que havia atacado. Enquanto se movia, Wexley percebeu um braço no lado direito do drone cruzando rapidamente, rápido o suficiente para atingir o ombro de Wexley e rasgar seu colete tático, cortando a pele por baixo. O golpe não desviou Wexley de seu curso, a dor impulsionando um empurrão extra no chute com o pé esquerdo de Wexley.

O golpe atingiu a haste central do drone, ressoando alto e enviando uma ondulação pelo pé de Wexley, sua panturrilha, e todo o caminho até sua coluna. O próprio drone, no entanto, não se moveu. O golpe não surtiu efeito, Wexley deixou seu pé direito deslizar para que caísse de costas. O próximo golpe do drone, uma pancada da esquerda que teria cortado o meio de Wexley, voou sobre o rosto de Wexley.

Ele rolou para a esquerda, encolhendo-se e ficando sob os braços enquanto o drone girava para segui-lo. Colocando os pés sob si, Wexley se impulsionou e voltou para a sala médica. Qualquer esperança que ele quisesse encontrar lá não apareceu: os mesmos dois corpos mortos, os mesmos dois Campeões suspensos em seus tanques de cura.

E agora, atrás dele, o drone bloqueando a única saída da sala.

ENTRE TODAS AS regras que Aegis ensinou a Celice, seu pai sempre voltava a um princípio fundamental:

Quando sua vida está em risco, faça o que for preciso para sobreviver.

Com Sydney jogando Celice de um lado para outro e Benny sendo retalhado por Roger, Celice recorreu ao seu Tama. Disse uma palavra que nunca quis usar, uma que todo Paragon tinha acesso. O Tama disparou um alerta, chamando todos os drones e Paragons próximos para o local.

Os Tamas de Roger e Sydney também apitaram, sua proximidade dando maior prioridade ao alerta. Sydney olhou para o som, o hábito treinado assumindo o controle e dando a Celice uma chance de fazer seu ataque com uma perna e um braço:

Botas de combate, com biqueira de aço.

Celice puxou a dela e arremessou, um tiro que não deveria ter funcionado, exceto que Sydney estava com a atenção no Tama, com menos de dois metros de separação. A bota atingiu Sydney com força, jogou sua cabeça para trás e quebrou a concentração da anomalia.

Com uma meia e um sapato, corpo todo machucado, Celice saltou sobre a Paragon. Foi direto para a garganta, têmporas e rins de Sydney, qualquer coisa que pudesse impedir a anomalia de se concentrar. Celice não sabia como as habilidades de Sydney funcionavam, mas anomalias tendiam a operar assim: mantenha suas mentes confusas, e elas não poderão confundir você.

Mas, pensando bem, essa filosofia funcionava com praticamente qualquer pessoa.

Sydney provou estar mal preparada para uma briga corpo a corpo, desmoronando sob os socos precisos de Celice. A Paragon cedeu tão rápido, caindo de costas no pod aberto, que Celice quase caiu por cima. Em vez disso, com a mão direita se apoiando na frente inclinada do pod, Celice alcançou o casaco de Sydney, pegou a arma de choque da Paragon e disparou à queima-roupa.

O grito de Sydney nem chegou a começar.

O de Benny veio alto e claro.

Girando à esquerda, Celice captou uma cena sombria: Benny, sangrando por todo lado, estava encurralado num canto. Roger, alerta do Tama ignorado e faca em punho, avançava sobre sua presa.

Muito concentrado no alvo para verificar suas costas.

Puxar o gatilho da arma de choque pela segunda vez foi extremamente satisfatório.

Roger caiu para frente, seu rosto esmagando contra o estômago de Benny antes que o Elemental o empurrasse para a calçada. A anomalia bateu com força, e Benny arrancou a faca dele.

— Arranhão desagradável — disse Benny, jogando a faca num bueiro e encontrando Celice no pod. Ela arrastou Sydney do veículo e deixou a Paragon na calçada. — Legal deles nos trazerem um pod.

— Eles estão seguindo ordens — disse Celice, franzindo a testa para os dois, mas entrando no pod com Benny mesmo assim.

O Elemental digitou um endereço e o veículo partiu em seu caminho zumbindo. Benny, sibilando enquanto rasgava o kit de primeiros socorros obrigatório do pod, conseguiu balançar a cabeça.

— Não venha com desculpas para eles — disse Benny. — Fizeram suas escolhas assim como você.

— Será que fizeram? — perguntou Celice, observando a chegada brilhante da manhã em Londres.

Um belo dia para uma execução.

— Do que você está falando? — respondeu Benny. — Você mesma disse. Estão aceitando o que Gatete lhes dá sem reclamar.

— Porque se não o fizerem, seriam mandados de volta para as ruas. Se quer subir nos Paragons, faz o que seu comandante manda.

— Até estar sob um Campeão e então o quê, esperar pela morte?

— Ou transferência. — Celice olhou para seu Tama. Ainda faltavam algumas horas até o momento marcado por Gatete. Ela afastou o alarme de emergência e os drones rastreando acima se dispersaram como nuvens se dissipando.

— Que organização saudável temos liderando nosso pequeno planeta.

— Tem funcionado bem por décadas.

— Se você acha que isso é verdade, então seu pai fez um trabalho melhor em você do que eu poderia imaginar.

Havia alguns argumentos que valiam a pena e outros não. Os Paragons e sua reputação não iriam a lugar nenhum com um Elemental, então Celice permaneceu quieta.

Benny colocou bandagens com loção sobre os cortes onde os unguentos uniriam sua pele de volta ao seu estado original. Celice encontrou um analgésico no kit, considerou engoli-lo, mas o deixou lá. Seus arranhões doíam — a maneira como Sydney tinha torcido suas mãos e tornozelos enviava os espasmos errados pelos seus nervos —, mas Celice achou que precisaria de todos os seus sentidos funcionando bem para onde estavam indo.

— Qual é o endereço? — disse Celice, acenando com a cabeça para o console do pod.

— Perto de onde precisamos estar — respondeu Benny. — Mathieu tem sua equipe organizando um último ataque, tentando salvar o líder deles. Pensei que poderíamos ajudar.

— Você "pensou"?

— Arrisquei um palpite de que quando você nocauteou seus dois amigos Paragon, você não estava mais no time de Gatete. Estou errado?

Celice olhou pela janela, viu cafeterias abrindo, londrinos subindo e descendo estações do Metrô. A maioria parecendo bem, entrando em um dia estável sem medo, sem guerras.

Ela realmente estava virando as costas para tudo isso para resgatar o homem que apunhalou seu pai?

— Estou ficando louca? — perguntou Celice.

— Não é uma resposta para a minha pergunta, mas tudo bem. Confia em mim para diagnosticá-la?

— É retórico.

— Vou considerar isso um sim. — Benny recostou-se no assento, aparentemente terminando de tratar seus cortes. — Você é a filha órfã do herói mais famoso do mundo, também conhecido como ditador. Está numa caçada vingativa pelo assassino do papai, e agora a organização para a qual trabalhou a vida toda está tentando eliminá-la. Parece propício para uma pequena divisão na cuca, se quer saber.

— O que eu não pedi.

O pod atravessou o Tâmisa, o rio parecendo majestoso. À direita, Celice avistou a Torre de Londres e sua ponte adjacente, ainda antigas e imponentes. Sobre o marco, como se preparando para o momento, cinco drones pretos e azuis pairavam num céu sem nuvens. Pelo menos um drone de notícias se juntou a eles, sua pequena forma prateada avançando para o ângulo perfeito.

Uma coisa não mudou ao longo dos séculos da humanidade: execuções públicas atraíam multidões.

Mathieu e sua equipe estavam escondidos nos fundos de um mercado, vestindo coletes à prova de bala entre refeições congeladas e pacotes de cerveja empilhados. Os poucos funcionários que estavam no local evitavam os mercenários, não encontrando os olhares de Celice e Benny enquanto eles iam direto para os fundos. Quem os subornou, e por quanto?

— Não vou contar — respondeu Benny quando Celice perguntou. — Segredo comercial.

— Isso não...

— Ah, supere — disse Benny enquanto passavam pela porta cinza-ardósia que levava a Mathieu e sua equipe. — Você está prestes a se juntar a um monte de normais num ataque a uma prisão antiga para salvar o homem que esfaqueou seu pai de um cara com superpoderes. Quem está dando uns trocados para os repositores de prateleiras não é da sua conta.

Colocado dessa forma, Celice podia concordar.

Mathieu deu um cumprimento mais animado, possível porque o homem parecia ter encontrado um pouco de sono depois da noite anterior. Enquanto Celice estava em algum lugar entre nauseada e agitada pela cafeína, Mathieu apertou sua mão com o vigor de alguém que aproveitou bem seu colchão. Ela esperava que seu ciúme não aparecesse muito.

— Benny disse que você mudaria de ideia, mas não acreditei nele — disse Mathieu. — Ele está sempre prometendo coisas.

— E cumprindo essas promessas! — Benny deu um tapinha no ombro de Mathieu. — Mas nos metemos numa encrenca. Gatete mandou seus cães atrás de nós, e Celice mostrou por que ela pertence aqui, e por que eu pertenço às linhas laterais.

Mathieu retribuiu o gesto e Benny se retirou, voltando para a loja com a promessa de que voltaria com reforços em breve.

— Elementais? — perguntou Celice. — Você confia neles, depois de tudo que Zhan-Yo fez?

— O inimigo do meu inimigo, não é? — respondeu Mathieu, entregando a Celice um colete preto grosso. Sua equipe reunida somava oito pessoas, e eles tinham extras. — O que ouvimos é que Lukas não passou muito tempo em Londres, e Gatete não fez muitos amigos. As pessoas fecharam os olhos para nós, e os Elementais têm uma presença forte aqui. Eles sabem, como nós, que os Paragons poderiam acabar com eles se quisessem.

— Isso não vai mudar — disse Celice, indo através dos movimentos enquanto examinava as armas oferecidas. Coletes, mas sem armas de fogo. Cassetetes, alguns sprays de pimenta. Esta não era uma força armada se preparando para um ataque, era um grupo desorganizado em seus últimos esforços. — Especialmente com isso.

Mathieu fez uma demonstração corajosa, inclinando um sorriso e acenando um braço para a equipe, — Não sobrou muita gente depois do seu ataque ontem. Seremos suficientes, e uma vez que Zhan-Yo estiver fora, com sua ajuda, poderemos deixar tudo isso para trás.

Celice vestiu o colete, estremeceu quando seu cabelo ficou preso numa alça, — Se vencermos, e isso é um grande "se", é apenas o começo. Os Paragons podem retomar tudo isso.

— Eu sei. É por isso que temos que fazer isso direito.

— Eu não...

— Sem matar — continuou Mathieu. — Nenhuma alma se pudermos evitar. É por isso que não há armas aqui, nem facas. Zhan-Yo aprendeu, e nós também. O mundo não vai seguir um bando de assassinos para um futuro mais brilhante.

— Como seguiram os Paragons?

— Isso foi forçado com medo.

Celice riu, — Se você disser que esta revolução virá através do amor, estou saindo agora mesmo.

Mathieu balançou a cabeça.

— Com escolha, Celice. Pela primeira vez na história, todo o mundo vai escolher seus líderes, entre normais e anomalias igualmente.

— Zhan-Yo tem vocês todos vendo estrelas.

Mathieu entregou a Celice um cassetete, a curta e pesada arma pesando em suas mãos. A coisa parecia bastante perigosa, mas ao lado de todas as habilidades de anomalia que ela viu...

— Vai servir — Mathieu leu sua expressão. — Terá que servir. Caso contrário, estamos mortos e não importará.

— Aí está o otimismo que eu precisava. Quando saímos?

A Torre se erguia enquanto o relógio se aproximava das dez. Celice não conseguia ver o Big Ben do beco onde ela e Mathieu estavam, mas seu Tama mostrava a hora com precisão. Do outro lado de uma rua larga, fechada por Paragons em seus azuis e brancos, ficavam os jardins ao redor da própria Torre. Em algum lugar dentro do edifício, nada pequeno, estaria Zhan-Yo.

Mathieu conduziu seu grupo numa caminhada casual pelo beco. Agir secretamente quando os drones já tinham olhos neles só levantaria suspeitas. Trazer Celice perto da torre significava que eles teriam a atenção total de Gatete de qualquer maneira.

Mathieu contava com isso.

— Eles vão se perguntar por que eu lutei contra dois Paragons só para entrar aqui — murmurou Celice.

— Uma pergunta que vou responder em exatamente dez segundos — respondeu Mathieu.

O cassetete descansava em uma alça na parte superior da jaqueta marrom de Celice, uma peça enorme e quente que ia até seus joelhos. Um suéter por baixo escondia o colete de proteção de uma inspeção superficial, e fazia Celice se sentir abarrotada. Mathieu afirmou que ela parecia elegante, mas Celice depositava tanta confiança no olho cosmético do homem quanto depositava no de seu pai.

Assim que Celice teve dinheiro e capacidade para comprar suas próprias roupas, Aegis nunca se importou e Celice nunca pediu.

Três Paragons os encontraram na saída do beco, as muralhas da Torre a um pátio largo e um espaço verde de distância. O líder, um sujeito atarracado com um cachimbo pendendo de seus lábios, acompanhado por duas mulheres mais jovens, ambas terminando e jogando fora seus chás enquanto se aproximavam. Um drone pairava em posição atrás do trio, suas câmeras zangadas encarando o par intruso. Celice acenou para a máquina.

— Ela veio pedindo ajuda — Mathieu abriu a conversa

depois que o Paragon líder manteve sua palma estendida para que parassem. — Pensei que poderíamos chegar a um acordo.

— Um acordo? — perguntou o Paragon, uma voz espessa como geleia sugerindo que o cachimbo havia feito algum estrago. — Como qual?

— Vocês ficam com a filha de Aegis, nós ficamos com Zhan-Yo.

Celice achou que uma falsa indignação seria apropriada aqui, então ela empurrou Mathieu e gritou, — Mentiroso! Não foi isso que você prometeu!

Realmente, sua voz estridente de acusação estava muito boa. Particularmente com toda a pedra ao redor para ecoar a raiva.

— Eu não prometi nada a você — rebateu Mathieu, colocando seu próprio calor nisso. — Você tentou matar meu amigo, lembra? O que você achou que eu ia fazer?

Celice avançou, parecendo que ia usar um punho para algum propósito nefasto, quando uma cor verde neon cortou entre o par. A princípio, Celine não percebeu a linha fina como um fio de cabelo, mas achou difícil ignorar quando o feixe tipo laser gerou gavinhas sinuosas para cima e para baixo. Como hera em fertilizante agressivo, as gavinhas se enrolavam umas nas outras, se estendendo até o chão do beco e subindo um metro acima da cabeça de Celice. Além da forma e cor, nada mais sugeria que a criação tinha propriedades de planta.

Particularmente o zumbido, as faíscas crepitantes voando dessas mesmas linhas verdes.

— Calma, calma — disse o Paragon do cachimbo. — Não precisamos de brigas aqui. Não acho que Gatete vai aceitar seu acordo, mas suponho que não há mal nenhum em entregar vocês dois e perguntar.

— Entregar? — Celice dirigiu seu olhar furioso para o cachimbo desta vez. — Não vou a lugar nenhum.

Uma mulher atrás do Paragon do cachimbo acenou com dois dedos na direção de Celice. Todas aquelas gavinhas atiraram-se juntas na direção de Celice, uma rede verde em colapso. As linhas não tinham peso, mas Celice não conseguia lutar: nada movia as restrições cor de limão.

— Poderia ter usado isso há um tempo — disse Mathieu, cruzando os braços como um cliente satisfeito. — Vamos. Não quero que seu chefe fique animado e mate Zhan-Yo mais cedo.

O trio de Paragons escoltou Mathieu e Celice através do pátio, passando pelos jardins — parecendo encharcados — e entrando na Torre. Celice interpretou seu papel, xingando aqui e ali e mantendo uma carranca o caminho todo. Até agora, porém, Mathieu e seu plano se mantinham verdadeiros.

Na verdade, Celice se perguntava se poderia funcionar bem demais: Gatete poderia simplesmente adicionar Mathieu ao tronco de execução e deixar Celice engarrafada até que ele pudesse colher as recompensas por "salvá-la".

O interior da Torre tinha algum espaço ao redor do edifício central. Celice captou o cenário usual nas barracas de comerciantes, nas placas históricas do museu espalhadas ao redor. Sem civis hoje, seu papel suplantado por uma mistura heterogênea de Paragons e drones, todos pairando ao redor de uma forca montada, ao que parece, por algumas corridas rápidas a uma loja de materiais de construção.

Madeira imaculada formava um retângulo de meio metro de altura, sobre o qual havia uma tábua baixa virada de lado. Uma pequena escada portátil pressionava contra a extremidade esquerda da plataforma, subindo de pedras cinzentas cheias de ervas daninhas. O próprio Zhan-Yo estava não muito atrás de seu fim iminente, algemado e jogado no chão como uma criança em um castigo severo. Dois Paragons estavam perto dele, ambos segurando cafés e donuts recolhidos da grande mesa de café da manhã montada a poucos passos de distância.

Uma execução e um brunch, o que não amar?

Celice teria ficado irritada com a cena, exceto que os Campeões faziam coisas assim há muito tempo. Não tanto as execuções públicas, mas espelhar punição e festa tinha sido um elemento básico de Aegis. Tudo parte do processo de relações públicas do Paragon: coloque uma imagem mostrando o fim feio de um criminoso e combine-a com o paraíso comparativo para aqueles que seguiam as regras, e você tinha uma maneira eficaz de diminuir dissidentes.

Se Zhan-Yo tivesse sido um agitador local, ou uma anomalia que recusou o rastreamento Paragon e suas responsabilidades acompanhantes, Celice duvidava que Gatete teria a Torre sob guarda. Mais provável, qualquer turista que passasse por ali poderia assistir à disciplina, uma humilhação pública antes que algum drone enviasse a anomalia para a ilha de Mynx, ou para alguma cela empoeirada bem longe.

— Justo quando você acredita conhecer o curso do dia, ele te surpreende — anunciou Gatete, emergindo de um grupo de Paragons com os braços tão largos quanto seu sorriso.

Mathieu e Celice, firmemente seguros no meio de sua escolta, não puderam fazer muito além de assistir o líder Paragon se aproximar. Os espectadores ao redor, drones e Paragons, deram espaço, deixando os seis centralizados entre as pedras, a própria Torre bloqueando a visão do sol. A sombra trouxe um calafrio, um que envolveu Celice por dentro de sua jaqueta enquanto suas amarras verdes se dissolviam.

Gatete, repreendendo seus captores Paragon, afastou cada linha com sua habilidade de dissipar, sem dúvida se sentindo muito superior ao fazê-lo.

— Estou aqui com um acordo — disse Mathieu, alcançando e pegando o braço de Celice, e não de maneira gentil. — A filha de Aegis por Zhan-Yo.

— Vocês dois não eram amigos ontem à noite? — perguntou Gatete, os olhos vagando entre os dois, ainda cintilando com riso contido. — O que azedou tanto para isso acontecer?

— Eu quero Zhan-Yo morto — respondeu Celice.

Mathieu assentiu, como se essa resposta contasse toda a história. Gatete respirou fundo, então levantou seu Tama.

— Sabe, recebi uma mensagem interessante não muitos minutos atrás. Meus dois associados, que você conhece bem, Celice, foram encontrados inconscientes e ensanguentados do lado de fora da mesma loja onde foram enviados para encontrá-la. — Gatete deslizou em sua tela enquanto os olhos de Celice se estreitaram. — Londres tem uma vigilância tão maravilhosa. Você lutou bem, mas ajudar um Elemental conhecido a machucar Paragons?

— Roger e Sydney tentaram me sequestrar — disse Celice. — Eu não queria ir. Sinto muito que eles estejam machucados.

— Então você ajudou um inimigo, depois correu para outro para encontrar santuário? — disse Gatete, ignorando o pedido de desculpas. — Um passo trágico. Sinto muito que você tenha escolhido o caminho errado, Celice, mas suponho que estávamos esperando demais de uma normal.

Celice piscou. Isso não era esperado. Gatete deveria ter aproveitado sua presença, colocá-la na câmera como testemunha de uma execução que cumprisse a vingança. Celice teria pedido para empunhar a arma letal, dar o golpe final, e naquele momento sinalizar o ataque para libertar todos.

— Parece que nosso próprio Campeão dos Campeões foi traído — disse Gatete, elevando sua voz para que todos no pátio, e aqueles assistindo online, ouvissem. — Sua própria filha, uma normal sucumbindo ao ciúme, procurou ter seu pai assassinado e conseguiu.

— Isso não é verdade! — gritou Celice, lendo os ventos.

— Proteste se quiser — disse Gatete, aqueles olhos cintilantes ficando muito sombrios. — Seus gritos não vão salvá-la. — Ele se virou de volta para a multidão. — Triplicamos nosso número para hoje! Três normais, todos agindo contra os Paragons. Justiça entregue aqui e agora, pelo seu Paragon, Gatete.

Celice deslizou uma mão em direção ao cassetete, pensou em sacá-lo e arrebentar a cabeça de Gatete ali mesmo. Ela poderia ter feito isso, também, se Mathieu não tivesse tocado seu braço novamente, encontrado seu olhar com seu próprio rosto preocupado e dito: — Confie em mim.

O que mais ela tinha a perder?

CAPÍTULO 27

UMA PEQUENA INSURREIÇÃO

O HOSPITAL ARRANCOU Kat do pod, colocando-a numa sala de cirurgia em poucos minutos. Chicago à noite tinha seus problemas, mas o ID de Paladino do Calvin resolveu tudo rapidamente. Deixando a moralidade do momento de lado, os profissionais de saúde correram para ajudar Kat, desfazendo o curativo improvisado de Calvin e indo atrás da bala. Drones médicos auxiliares circulavam ao redor dos cirurgiões humanos e seus enfermeiros assistentes, um redemoinho que Calvin testemunhava através do vidro do lado de fora.

Sozinho, até Gordon chegar.

O ex-namorado e atual amigo de Kat tinha um olhar afobado, usando roupas vestidas às pressas enquanto lutava contra o sono. Trouxe café consigo, Gordon até mesmo trazendo um segundo para Calvin. O rastreador sabia como tratar seus aliados. A barba mal-aparada que Gordon cultivou durante seus dias de repouso – crise que Calvin talvez tenha causado – parecia desgrenhada e pega ao acaso, distraindo da jaqueta pesada com bolsos em todos os lugares certos.

Quando Calvin ligou para Gordon do pod, ele pediu ao rastreador para trazer proteção.

— Como ela está? — perguntou Gordon, tomando um lugar ao lado de Calvin.

— Ela está lutando — disse Calvin. — Os desgraçados estão trapaceando, mas ela não vai deixá-los vencer.

— O que eles fizeram?

— Wexley atirou na Kat há semanas — disse Calvin. — Os Elementais a salvaram, mas no estilo das anomalias. Acho que eles reverteram o trabalho.

Gordon assentiu, como se aquela explicação esclarecesse tudo. Calvin não tinha uma maneira melhor de explicar: as habilidades das anomalias tendiam a fugir de histórias simples e sensatas.

Na sala, algum monitor disparou e a agitação aumentou. Calvin experimentou o café, queimou a língua. Usou seu poder para extrair aquela dor e girá-la pelos dedos até o vidro, onde embaçou um pequeno pedaço.

— Você pode ficar? — perguntou Calvin.

— Olha pra mim, cara. O que você acha?

Calvin não respondeu. A atitude de Gordon não ressoava com uma anomalia que passou a vida escapando e fugindo, sempre pegando o que podia e jogando nas costas. Calvin não presumiria nada apenas pela camisa de alguém.

— Não — respondeu Gordon finalmente, tropeçando na palavra. — Não tenho nada pra fazer às três da manhã. Ou amanhã. Os Paladinos estão uma bagunça, e sem eles, os rastreadores também não têm muito o que fazer.

— Legal. Me liga se precisar sair. — Calvin deu uma última olhada em Kat, máscara de oxigênio sobre o rosto, vestido cirúrgico cobrindo todo o resto. Ele canalizou a onda de raiva em um tapa agressivo no ombro enquanto passava por Gordon. — E me liga se acontecer qualquer coisa.

— Claro — Gordon observou a caminhada de Calvin em direção à saída. — Aonde você vai?

— Trabalhar.

Calvin não sentiu prazer no olhar confuso de Gordon: ele já estava com seus dedos chamando um pod.

A torre dos Paladinos em Chicago recebia a madrugada como qualquer outro lugar na cidade agora: luzes e ação. Calvin abandonou o pod a um quarteirão de distância quando encontrou bloqueios e os Paladinos que os guardavam. Sem seu uniforme, Calvin mostrou seu Tama para passar pelos guardas cansados, dando-lhes um aviso para ficarem atentos aos Elementais enquanto passava.

Não que isso fosse ajudar.

Calvin sabia que os Paladinos fazendo guarda noturna assim seriam os mais baixos na escala de treinamento. Se Beth e seus esquadrões de anomalias fizessem seu ataque, os otários sorvendo cafés noturnos e exibindo seus poderes no escuro não durariam muito. Não sem ajuda.

— Mas a ajuda está a caminho — murmurou Calvin enquanto passava direto para o saguão.

Particle esperava do outro lado. Assim como antes – e Calvin se perguntou se Particle havia sequer trocado de roupa – eles vestiam todo seu equipamento tático. Armas combinavam com facas de aparência desagradável, tudo revestido com um uniforme azul-escuro dos Paladinos destinado para trabalho pesado.

— Ei — disse Calvin, então deu uma olhada significativa ao redor do saguão deserto.

— Lá em cima — disse Particle. — Weed está tentando convencer Pixie de que você é confiável. Smoke e Lob estão com ele.

— Pixie?

— Voou pra cá rapidinho depois que Mynx desapareceu

— disse Particle, levando Calvin até os elevadores. — Ela é a Campeã de fato de Atlântida no momento. — Particle lançou um olhar enviesado para Calvin. — Você não deveria saber disso?

— Tenho estado ocupado. — Calvin tentou mudar de assunto. — De onde veio esse uniforme?

— É mais fácil pôr as mãos nas coisas boas quando estamos fazendo trabalho oficial — disse Particle — e não correndo para um celeiro aleatório no interior.

Mencionar a missão de resgate deixou Calvin sombrio, uma mudança que Particle percebeu quando o elevador chegou. Os dois entraram em silêncio, Particle enviando-os para o último andar.

— Ela está ferida — disse Calvin. — Kat.

— Elementais?

Então Weed havia contado tudo para a equipe. Bom. Isso pouparia tempo para Calvin.

— Eles armaram pra ela — disse Calvin. — Ela está no hospital agora sendo operada. Tentei convencer o Paladino de lá a vir, mas estão ocupados com as consequências do sumiço da Mynx.

— Weed, Lob e Smoke também precisaram de ajuda — disse Particle. — Dia sangrento.

O andar de cima da Torre fazia o que andares superiores tendiam a fazer na cidade: maximizar a vista. Chicago se espalhava ao redor deles, janelas do chão ao teto exibindo um brilho cintilante no céu escuro. Drones à deriva piscavam suas luzes amarelas, vermelhas e brancas pelas ruas até o horizonte, caçando quem quer que fizesse algo estúpido.

O próprio andar tinha pouco nele, sobras de uma virada traiçoeira não muito tempo atrás que deixou as paredes crivadas de balas e o carpete encharcado de sangue. Depois disso, Mynx mandou arrancar os móveis, derrubar as divisórias e limpar o carpete. Agora, o ápice da Torre servia como um oásis, vazio e isolado.

— O próximo líder de Chicago pode refazê-lo — murmurou Particle enquanto Calvin olhava ao redor. — Que presente de boas-vindas, hein?

Weed e os outros pregavam para Pixie do outro lado do andar, perto de um canto. Pixie, em um traje clássico de Paladino, estava de costas para Weed enquanto o homem explicava o posicionamento dos Elementais por toda Chicago. Smoke e Lob acrescentavam garantias de apoio enquanto Weed prosseguia, emprestando qualquer credibilidade que tinham aos argumentos de Weed.

— Ele chegou — disse Particle enquanto se juntavam à reunião em pé.

Calvin sentiu o holofote atingi-lo com força. De volta ao pod, correndo para cá, ele havia ligado para Weed esperando que algum alarme soasse. Paladinos e drones se mobilizando para se posicionar, prontos para uma guerra total. Acontece que os Paladinos não se mobilizavam apenas com palpites isolados, especialmente aqueles vindos de um membro, na melhor das hipóteses, taciturno.

— Calvin, certo? — disse Pixie, virando-se. Ela tinha as mãos em um colar pendurado numa corrente de ouro. Cada pedra parecia diferente, sem preocupação com o design. Caso contrário, Pixie tinha o aspecto abatido que todos compartilhavam nesta hora terrível. — Você está acionando este alerta?

— Por todo o bem que está fazendo — respondeu Calvin. — Aquelas são patrulhas padrão lá embaixo, Pixie! O que diabos elas vão fazer quando os Elementais chegarem?

— O que foram treinadas para fazer — respondeu Pixie,

e enquanto Calvin esperava frieza, ele ouviu paciência, calor em vez disso. — Não posso mobilizar Chicago com base em boatos, Calvin. Muitos Paladinos foram com Mynx há apenas algumas horas. Estão cansados, feridos ou foram chamados para persegui-la.

— Então o quê, vamos jogar na defesa com novatos?

— Vamos jogar na defesa do jeito que os Paladinos fazem há anos. — Pixie acenou para as janelas. — Drones não se cansam. — Pixie viu a boca de Calvin se abrindo e agitou um dedo. Calvin surpreendeu-se ao se calar. — Conheço muito bem os Elementais. Eles não são feitos para guerra aberta, mas para ataques cirúrgicos. Truques e blefes. As anomalias deles vão desmoronar se os drones atacarem.

— Então você está dizendo que nós... — Calvin quebrou o encanto de Pixie, mas agora Weed interveio, apertando uma mão no ombro de Calvin e afundando os dedos.

— Acalme-se, capitão — disse Weed. — Estamos a apenas algumas horas de nós mesmos levarmos tiros. Pixie está no comando, vamos ouvi-la. Você pode voltar para sua garota.

Como se encerrasse a sessão, o elevador tocou do outro lado do andar, derramando mais um grupo de Paladinos.

— Se ajudar, Calvin, você está longe de ser o único que vou decepcionar esta noite. — Pixie suspirou, oferecendo um sorriso cansado.

— Eles levaram Mynx para a Fábrica — disse Calvin enquanto o elevador descia rapidamente, fazendo seus ouvidos estourarem no caminho. — Malditos Elementais me fizeram esquecer.

— Quem são "eles"? — perguntou Weed, com o quinteto todo amontoado junto. — As pessoas do celeiro?

— Um cara chamado Wexley. Ele atirou na Kat.

— Hoje à noite? — disse Smoke. — O cara é rápido.

— Não, é uma longa história — respondeu Calvin. — Podemos entrar em contato com os Paladinos de LA? Eles precisam chegar lá rápido.

— Isso é um palpite — disse Weed — ou você tem evidências escondidas nessa jaqueta?

Enquanto o grupo voltava ao saguão, Calvin apresentou seu caso. Particle, pelo menos, levou a sério o suficiente para puxar seu Tama e enviar a sugestão para um amigo na costa oeste. Uma resposta voltou rápido, enquanto Calvin, movendo-se em direção a um pod o tempo todo, contava a história de Wexley e Kat.

— Acho que levamos vidas entediantes — disse Lob quando a história terminou, as barricadas dos Paladinos ao redor da Torre próximas. — Eles estão correndo por aí, levando tiros. Lutando nas docas. O que fizemos ontem, Smoke?

— Vigiamos uma rua vazia por dez horas.

— Troco com vocês — disse Calvin, então acenou com a cabeça para seu pod chamado. — Vocês sabem onde me encontrar.

— Espero que ela se recupere — disse Weed, os outros ecoando o sentimento.

— Mantenham a guarda alta. Beth não diz coisas à toa.

Os dois Paladinos que tinham acenado para Calvin entrar meia hora atrás acenaram para ele sair. Lá em cima, o céu mostrava os primeiros sinais de que o amanhecer estava a caminho. Um trem zumbia à distância. Alguém gritou a algumas ruas de distância, seguido por uma risada. Pods de entrega moviam-se em direção a seus restaurantes, hotéis e lojas. Tudo normal para uma grande cidade encerrando sua noite.

Talvez Beth tenha cancelado.

Calvin pegou seu Tama enquanto se aproximava do

pod, a pequena nave abrindo a porta para ele. Ele digitou uma mensagem para Gordon, dizendo que estaria de volta ao hospital em breve. Perguntou como Kat estava. Calvin acomodou-se na cadeira, deixou seus olhos se fecharem para o trajeto até o hospital.

E voou pelos ares.

O pod foi lançado da rua como se um martelo o tivesse atingido, o estômago de Calvin despencando na fração de segundo que levou para o pod bater em um prédio próximo, atravessando janelas e esmagando-se no chão. Vidros choveram enquanto o teto do pod desabava, o pequeno veículo girando através de um escritório. Calvin, preso ao assento, encolheu-se tentando não morrer.

Luzes fracas receberam o veículo parado, piscando enquanto o movimento do pod acionava suas respostas automatizadas. Coisas caíam das mesas ao redor de Calvin, estrondos graduais enquanto as consequências da colisão se desenrolavam. Limpando o vidro de si mesmo, Calvin alcançou à frente, soltou o cinto e caiu sobre seu ombro esquerdo. Sua cabeça tocava um concerto barulhento, mas os olhos de Calvin estavam claros o suficiente para tirá-lo do pod, seus pés firmes o suficiente para mantê-lo de pé.

Lá fora, ao longo do rastro de devastação, Calvin entendeu por que havia feito um destrutivo tour pelo escritório: Os Elementais haviam chegado.

Como uma força de rua maltrapilha, os Elementais surgiram de becos e detrás de carros, enviando tudo o que podiam reunir contra os Paladinos. Calvin viu alguns poderes chamativos sendo acionados, mas mais sombras escuras correndo pela rua enquanto ele rastejava de volta em sua direção. Os Elementais não tinham poder bruto, mas tinham o elemento surpresa físico, e o usavam.

Os dois Paladinos de guarda já haviam sumido. Calvin

não viu seus corpos, nem sua barricada enquanto espiava detrás de um cubículo meio quebrado. Um enorme pod de construção em modo manual avançava pela rua, Elementais agarrados a ele enquanto o veículo passava por seus companheiros correndo nas calçadas.

Beth poderia não ter um exército, mas tinha idiotas suficientes para causar danos reais.

A batalha começou rapidamente em direção à Torre, com clarões reveladores, gritos e estrondos concussivos chegando quando os Elementais impactaram seus irmãos legais. Calvin olhou para trás, para a rua que estava prestes a tomar rumo ao hospital. Com os Elementais passados, Calvin poderia escapar dos destroços e ir até Kat. Escapar do conflito.

Deixar Weed, Particle e os outros à mercê do que os Elementais pudessem fazer antes que os drones assumissem o controle.

— Desculpe, Kat — disse Calvin.

Agarrando uma parede de cubículo, Calvin sugou sua força e colocou-a sobre o vidro cortante. A ponte improvisada permitiu que Calvin saísse sem cortar os pés, colocando-o de volta na rua, atrás de toda a ação.

Olhando de frente, Calvin viu que a estratégia de choque e intimidação dos Elementais lhes rendeu uma corrida direta até a Torre. Patrulhas de Paladinos se aproximavam pelos lados, duelando com fileiras de Elementais enquanto as anomalias de Beth enfrentavam resistência na porta da torre. O grande veículo roncava no meio, um alvo enorme que, no entanto, evitava qualquer fogo inimigo.

Uma anomalia estava em pé no pod de construção como algum comandante antigo, seu corpo piscando em branco como um estroboscópio sempre que um raio, um tiro ou algo pior se dirigia ao pod. Em vez de atingir o pod, o ataque desaparecia, não acertando nada.

Ou, Calvin deduziu enquanto se dirigia ao veículo, acertando algo que os Paladinos muito queriam evitar.

O pod de construção usava sua invulnerabilidade para balançar braços mecânicos, cavar trincheiras no chão ao seu redor e lançar os destroços contra grupos de Paladinos sempre que eles ousavam se mover a descoberto. Calvin viu um trio, o Paladino da frente escorrendo algo verde nojento dos punhos, enquanto corriam contra a linha Elemental. Os Elementais romperam fileiras, e o pod de construção varreu sua pá principal em um arco em direção aos Paladinos. Os três pararam, recuaram e, no processo, se expuseram ao contra-ataque dos Elementais.

Rajadas azul-esverdeadas, uma bola de energia amarela crepitante e o que parecia uma faca preta avançaram contra os Paladinos, derrubando-os rapidamente. Os Elementais não pararam, também: o pod de construção começou a voltar, com alvo definido para terminar o serviço.

Apenas para parar quando Pixie mergulhou, agarrando o braço grande e jogando-o de lado com seu momento de queda. O pod de construção balançou, sua estrutura compensando e arrastando-o de volta para uma posição estável. Pixie dardejou, asas rápidas demais para ver permitindo-lhe circular em blitz ao redor do fogo Elemental.

Uma dança que não poderia durar muito tempo.

Salvar Paladinos aleatórios não estava na lista de tarefas de Calvin, e não estava agora, mas enfrentar Beth e os Elementais acabara de se tornar seu objetivo número um. Enquanto o braço do pod de construção voltava à sua tarefa original de esmagar, Calvin pressionou sua mão esquerda no chão duro e puxou a direita para trás.

Ele revelaria sua posição, mas não dava para ficar escondido nas sombras o tempo todo.

— Pixie! — gritou Calvin, as palavras misturando-se ao barulho da batalha. Pixie, no entanto, captou o chamado, seus olhos lançando-se em sua direção quando uma onda rubi-vermelha cortou sobre seu ombro. — Pegue!

Calvin lançou a lâmina brilhante e afiada que havia moldado do cimento da rua. Fina, forte e pequena, a adaga de concreto voou. Pixie deslizou por baixo do braço do pod, pegou a adaga enquanto girava de costas. E cortou.

A arma fez seu trabalho, cortando os cabos que mantinham a grande pá escavadeira no lugar. A arma do pod de construção balançou, depois ficou pendurada para o lado enquanto a máquina a esmagava para baixo. Atingiu o pátio de concreto em um ângulo, os Paladinos a menos de um metro de distância, cobertos de areia e sujeira, mas vivos.

Calvin viu mais ataques convergirem sobre Pixie, mas novas formas virando-se em sua direção roubaram sua atenção. Dois Elementais vieram em sua direção, dois que ele conhecia.

— Você deveria ter morrido naquele pod! — gritou Anthony, aparentemente recuperado da lição de espetadas de Calvin no lugar da Beth.

Aquele golpe deveria ter sido fatal, pelo menos nocauteando Anthony por uma noite. Talvez aquele cara, o curandeiro com as tatuagens, tivesse substituído as de Kat por uma nova para Anthony.

Calvin tinha uma ou duas palavras de escolha para todos eles.

Della, a parceira tão frequente de Anthony, parou enquanto Anthony passava por ela. Iluminada pelo amarelo dourado da rua, Della tomou um grande fôlego. Calvin sabia o que veria em seguida, e uma vez foi suficiente para aquele maldito truque.

— Vocês deveriam ter nos deixado ir — respondeu Calvin, mantendo sua mão esquerda na superfície da rua enquanto Anthony dava seu salto.

A anomalia subiu, crescendo enquanto avançava com o vento de Della impulsionando sua velocidade. De volta à sala de treinamento, Calvin foi pelo escudo. Desta vez, com o rosto pálido e em pânico de Kat brilhando em sua mente, ele foi pelos espinhos. Acenando com a mão direita através de seu corpo, Calvin extraiu uma linha de concreto e ergueu uma paliçada à sua frente, pontas afiadas direcionadas exatamente para onde Anthony, já no ar, estaria indo.

Calvin recuou enquanto Anthony, seu rugido de ataque diminuindo para um grito, colidiu com os espinhos. A jaqueta e o jeans da anomalia não eram páreo para a defesa de Calvin, e enquanto o tamanho enorme de Anthony derrubou o muro, empurrando Calvin para trás, Anthony não teve continuidade. Não teve um segundo golpe para bater Calvin até reduzi-lo a manteiga.

Em vez disso, a anomalia, desacelerada e diminuindo conforme sua velocidade caía, tropeçou e caiu, sete lanças de concreto espetadas em seu estômago, peito e pernas. Calvin se levantou, viu Della vindo em sua direção, já pedindo ajuda.

Não desta vez. Eles podem ter matado Kat, e iam pagar.

À sua esquerda, Calvin viu um poste de luz. Ele o agarrou, absorveu o metal interior e o transformou em um longo espigão, ranhurado para cortar através do vento de Della. Calvin o ergueu, lançou-o e observou enquanto um braço metálico interceptou o arremesso e o derrubou no chão. Della parou sua corrida, correspondendo ao olhar de Calvin em direção ao drone gladiador que agora dividia o par.

— Renda-se — falou o drone, seus compartimentos deslizando para revelar armas demais.

Acima e ao redor da luta, mais drones enxameavam vindos dos arredores de Chicago, mergulhando na batalha. Ordens para rendição ecoavam pelos cânions de aço, e onde não havia obediência, estrondos altos seguiam enquanto os drones cumpriam sua programação.

Calvin tomou seu próprio fôlego, afastou sua mão do poste de luz. A pequena insurreição de Beth pode ter pego os Paladinos desprevenidos, mas nada enganava os drones.

Ótimo.

CAPÍTULO 28

NUNCA MAIS VOLTAREI

CASSIDY NÃO DEU AVISOS, apenas correu.

Seus sapatos chapinhavam nas poças enquanto Cassidy disparava pelo trânsito de pods, confiando que os veículos desviariam dela. Não tinha direção definida, apenas se afastava. Despistar seus perseguidores e desaparecer na cidade gigantesca. De alguma forma, encontraria uma nova identidade, sobreviveria nas ruas — não podia ser mais difícil que a ilha, certo? — depois pegaria um voo de volta para Pacifica, de volta para casa.

Apareceria na porta de seus filhos e, que se dane seu marido, ela os levaria de volta.

— Cassidy! — Daw, o mais jovem, gritou atrás dela.

A voz do Paragon assobiou entre os pods, as formas das máquinas cobertas de anúncios espalhando água ao desviarem de Cassidy. Cada um oferecia cobertura, mesmo que revelasse a posição de Cassidy. Uma troca que Cassidy aceitaria porque não acreditava nem por um segundo que poderia correr mais rápido que um Paragon em forma vinte e tantos anos mais jovem.

Acima e ao redor dela, os prédios de Bangkok ofereciam

um cenário encharcado de neon, placas indicando que Cassidy havia entrado em algum distrito comercial. Um caranguejo gigante acenava com uma garra vermelha brilhante, enquanto mais adiante uma garrafa de cerveja várias vezes maior que Cassidy balançava de um lado para outro. Nas calçadas, pessoas que se aventuravam na noite chuvosa abriam seus guarda-chuvas e encaravam a estranha mulher correndo pela rua.

Um cruzamento à direita de Cassidy ofereceu uma abertura, e ela a aproveitou. A rua lateral menor não tinha pods, e Cassidy usou a oportunidade para mudar para a calçada menos movimentada. Seus pulmões trabalhavam na umidade, cada gole parecendo conter tanta água quanto ar. Já sentia os braços e pernas bombeando queimarem, seus anos na ilha e tantos dias passados se espreguiçando junto às ondas cobrando seu preço indolente.

A sensação abalou a convicção de Cassidy. Tinha sido imprudente, fugindo de Thane tão rápido? Os Paragons a pegariam, a enviariam de volta para a ilha de Mynx. Toda a aventura teria sido em vão, exceto que agora seus filhos saberiam que sua mãe ainda vivia, apenas para ela desaparecer novamente.

— Cassidy! — Daw chamou de novo, desta vez muito mais perto.

Cassidy olhou para trás rapidamente, viu Daw e seu parceiro correndo pela rua atrás dela. Um passo em falso na calçada fez Cassidy tropeçar, o tornozelo deixando claro que não estava nada satisfeito com suas escolhas. Outro passo revelou que ela não iria correr muito mais.

— Parem de me perseguir — disse Cassidy, reduzindo para uma caminhada e virando-se.

As poucas pessoas na rua lateral avistaram os uniformes dos Paragon e desapareceram, sumindo nos prédios de ambos os lados. A chuva aumentou, abafando quaisquer outros sons. Lavava o cabelo de Cassidy, escorria pelo nariz. Seus sapatos faziam barulho, suas roupas grudavam nela.

Daw e Kamnan caminhavam com confiança seca, seus uniformes fazendo seu trabalho. Kamnan tinha uma arma de choque sacada e apontada para Cassidy, enquanto Daw mantinha as palmas das mãos para fora e para frente, como se tentasse acalmar um cachorro bravo.

Os vácuos saltaram para as pontas dos dedos de Cassidy. Lançando alguns deles, ela se aqueceria bastante.

— Você não pode ir embora — disse Kamnan. — Apinya não permitirá.

— Não dou a mínima para o que Apinya permite — rebateu Cassidy. Ela precisava de outro caminho, uma saída. Nenhum beco se oferecia, e o sistema de esgoto de Bangkok não tinha colocado um bueiro nesta rua. — Eu não trabalho para ele.

— Não é esse o acordo? — perguntou Daw. — Eles trouxeram você aqui com aquelas anomalias do norte. Você não vai ajudar com isso?

— Daw — rosnou Kamnan.

— Ajudar? — perguntou Cassidy. — Como assim?

Daw leu algo no rosto de Kamnan e se calou, apenas dando de ombros para a pergunta de Cassidy. — Só estou dizendo, eu acho, que não é como se estivéssemos colocando você numa cela.

A ideia de ser enfiada numa jaula depois da ilha fez Cassidy rir, decidindo. Ela morreria antes de ir para uma prisão Paragon. Morreria antes de voltar para aquela ilha.

Atrás dos dois Paragons, um pod entrou na rua lateral. O veículo ganhou velocidade na água, cruzando em direção ao trio. Sua programação de segurança seria ativada em breve, mas até lá...

— ...agora mesmo — falava Kamnan. — Você está ouvindo, Cassidy?

Ela voltou sua atenção para o Paragon, enxugou a água por um segundo com o braço esquerdo. — Não, não estou.

Mesmo sob o céu nublado, Cassidy viu o homem corar. Ouviu Daw suspirar. Com a mão direita, Cassidy decidiu que aumentaria a miséria deles e lançou um vácuo. O poder invisível cortou entre os dois Paragons, atingindo o espaço cinco metros atrás deles, exatamente onde o pod começava a diminuir a velocidade. O vácuo se abriu acima do solo, sugando e rasgando a base do pod.

O som estridente fez ambos os Paragons se virarem, permitindo que vissem o pod acelerado, agora incapaz de diminuir a velocidade, avançando pela rua em direção a eles. Kamnan largou sua arma de choque, gritando para Daw correr. O jovem Paragon virou-se, escorregou e caiu de costas no asfalto.

Seu olho se arregalou por um instante e Cassidy lançou um segundo vácuo, um pequeno, à esquerda de Kamnan, à direita do pod. O pequeno buraco negro sugou o pod, desviando sua colisão de Daw para seu parceiro mais velho, ainda de pé.

Distração, não morte.

Cassidy foi para o lado direito da rua, cortando outro vácuo na fechadura de uma porta e passando por ela. Atrás dela, um clarão laranja iluminou a rua quando o pod colidiu com Kamnan. Sempre interessante ver o que uma anomalia poderia fazer, mas Cassidy voltou sua atenção para frente, para o elevador do prédio de apartamentos.

Ela apertou o botão de chamada, ouviu um som à sua esquerda, enquanto Daw gritava novamente para Cassidy parar de correr.

Por que ele acreditava que isso funcionaria, Cassidy não sabia.

Uma aposta mais certa veio quando Daw, sem Kamnan à vista, levantou-se e correu para o prédio de apartamentos. O elevador não atendeu ao chamado de Cassidy imediatamente, então, com gotas de chuva se transformando em suor em sua testa, ela chamou outro vácuo. Plantou-o diretamente na entrada.

— Não chegue mais perto! — gritou Cassidy enquanto o vácuo deixava o risco evidente: ele quebrou o batente da porta, engoliu o vidro e a fechadura, e curvou a luz externa ao redor de seu círculo.

— Não quero machucar você! — respondeu Daw, mas ele parou seu avanço.

O elevador, finalmente, abriu suas portas.

— Então não machuque, e me deixe em paz! — disse Cassidy, entrando na caixa verde-acinzentada e sem graça.

Ela tocou o andar mais alto disponível, então passou a mão por todos os outros para garantir. Quando as portas do elevador começaram a se fechar, Cassidy lançou outro vácuo no piso do elevador, um pequeno. Ele comeu um buraco, morrendo rapidamente.

Quando o elevador começou a subir, Cassidy passou pelo buraco e caiu, numa queda controlada com rolamento no chão do porão. Seu ombro bateu em uma das vigas destinadas a segurar o elevador, um hematoma feio, mas fora isso o concreto duro não a matou. Canos e sinais de emergência a cercavam, junto com paredes cinza-amareladas manchadas. Alguns diodos de emergência brilhavam, iluminando as portas do porão.

Outro vácuo arrancou-as, e Cassidy, com a testa quente e suada, levantou-se e entrou na área de manutenção do apartamento. Todas as peças que mantinham o prédio funcionando estavam espalhadas ali, suas vidas mecânicas zumbindo. Por um segundo, a simples multidão necessária para sobreviver em uma cidade moderna impressionou Cassidy, que viveu por tantos anos com uma fogueira e pouco mais.

Um sinal de saída, brilhando verde no canto distante, depois de um carrinho carregado de ferramentas, ofereceu uma direção e ela a tomou. O tornozelo estava mais cooperativo enquanto Cassidy avançava, a leve torção sugerindo uma velocidade de caminhada, não mais que isso. Ela teria que escapar pela astúcia, não pela velocidade.

Possível.

A saída levava ao nível inferior de uma garagem. Um resquício do período pré-pod, a garagem mantinha alguns modelos antigos de carros, com adesivos que Cassidy não conseguia ler, mas, pelas rodas e fotos da estrutura, presumiu que estavam licenciados para uso. Se Cassidy ainda se lembrasse de como dirigir, poderia ter tentado roubar um.

Em vez disso, ela caminhou ao longo do concreto marcado, mantendo-se junto à parede interna e dirigindo-se para a saída ao nível da rua. De volta à chuva, ela se misturaria à multidão e desapareceria. Caminhou mais rápido, fazendo uma careta para ignorar a dor no ombro. Cassidy estava tão perto. Pela primeira vez em tanto, tanto tempo, ela quase havia conseguido executar seu próprio plano.

A multidão na calçada se dispersou antes que o drone pousasse, bloqueando sua saída. Um modelo mais antigo e menor, a pintura amarelo-preta não conseguia esconder as armas da máquina. Quatro braços, duas pernas, todos terminando em perigo. O torso do tamanho de uma cômoda abrigava os jatos de plasma que permitiam à máquina voar.

— Eu não senti sua falta — disse Cassidy, desacelerando. — Dez anos, e tenho que ver você de novo?

— Renda-se — ordenou o drone.

Era só isso que eles sempre diziam.

— Da última vez, você tinha amigos. Que pena.

Cassidy sabia onde lançar os vácuos. Sua mão direita, sua mão esquerda, lançou um cada. O primeiro atingiu o centro do drone, consumindo sua fonte de energia. O segundo, uma lâmina fina e longa, sugou e quebrou as pernas do drone perto da cintura.

O drone disparou enquanto morria, seus tiros fora do alvo. Dois dardos atordoantes e um raio de energia amarelo dourado que teria derretido a pele do rosto de Cassidy atingiram as paredes. Alguém do lado de fora da garagem gritou.

Cassidy continuou andando, passando pelo drone morto e faiscante e entrando na chuva torrencial. Desta vez, não era apenas o neon que a recebia: luzes mais duras, foguetes ardentes. Mais três drones, chegando de direções diferentes.

Todos queriam um pedaço dela.

Que tentassem.

— Lembram de mim? — Cassidy gritou para as máquinas. A multidão na rua percebeu o tom e desapareceu em mil buracos diferentes. — Lembram como arruinaram minha vida?

— Renda-se — disseram os drones em uníssono, descendo para a rua, cercando Cassidy.

— Acho que não vou — respondeu Cassidy, sentindo a chuva fria escorrer por sua pele.

Seus vácuos estavam prontos.

Com um rápido movimento para a esquerda e direita, Cassidy criou círculos girando e sugando tão altos quanto ela e duas vezes mais largos. Os dois drones desses lados cuspiram fogo atordoante, os dardos desaparecendo nos vácuos. O terceiro, aquele bem à frente de Cassidy, não tinha tal barreira.

Mas então, ele também não tinha mais corpo. Enviando as mãos para frente, Cassidy lançou mais dois vácuos, sentindo o calor subir por seu corpo, os espasmos enquanto seus músculos, sua energia, sua vontade corriam para suas mãos e para fora. Seu cabelo chiou, a chuva apagando o fogo quando este ameaçava começar. Os dois vácuos dispararam para frente, dividindo o terceiro drone e puxando suas metades juntas para o nada.

Cassidy manteve seus dois primeiros vácuos vivos e queimando, mas os drones não eram estúpidos. Depois de esvaziar outra rodada nos círculos sugadores, ambas as máquinas saltaram de volta para o ar, procurando ângulos melhores para atirar. Cassidy deixou os primeiros vácuos morrerem, abaixando-se e criando um novo vácuo largo sobre sua cabeça.

Um erro. O esforço fez pontos aparecerem em seus olhos, e o vácuo pegou a chuva que caía, deixando Cassidy desesperada enquanto seus pulmões ferviam. Muitos vácuos grandes, rápido demais.

Ela rolou enquanto o ar acima dela estalava, os drones trocando os ineficazes dardos atordoantes por suas armas de energia mais letais. Cassidy foi para baixo, deixando a rua fria e molhada servir para refrescá-la. Ela abandonou o vácuo quando os drones esgotaram seu fogo, sem cobertura pelo instante entre os disparos.

Cassidy lançou sua mão esquerda, alcançando e puxando outro vácuo de um corpo não mais tão ansioso para enviá-los. Como quem corre uma última volta, Cassidy explorou seus músculos e enviou o vácuo girando em direção ao drone mais próximo, mantendo seu vácuo mais antigo, aquele que circulava sobre sua cabeça, entre o drone mais distante e ela. Cobertura desleixada, mas qualquer ajuda era bem-vinda.

Seu vácuo, pequeno e vacilante, cortou os foguetes direitos do drone. A máquina tentou compensar, mas seu estado de pairar a enviou cambaleando para a esquerda, contra o prédio de apartamentos. Vidro e parede se estilhaçaram enquanto o drone atravessava.

— Mais um — murmurou Cassidy, virando-se para o terceiro.

Ele mergulhou, aparentemente decidindo que a distância não era uma vantagem na luta. Enquanto descia, as pernas da máquina passaram pelo vácuo restante de Cassidy, cortando-as. Cassidy tentou criar outro vácuo, qualquer coisa para parar a massa de metal que despencava em sua direção.

Suas mãos dispararam para frente, dedos apontados, o calor queimando-a por dentro. O drone amarelo-preto, embaçado pela chuva, caiu e seus vácuos não apareceriam, não poderiam aparecer. Eles falharam nas pontas de seus dedos, a respiração prendendo no último momento.

O Vácuo encontrou seu limite.

Laranja floresceu, uma flor expandindo diante de Cassidy. O drone colidiu com as pétalas crescentes, planas e chamuscantes, ficando mais brilhantes à medida que o impulso do drone empurrava a máquina mais para frente. Cassidy recuou, chapinhando na rua, enquanto a flor queimava, detendo o drone em seu brilho.

— O drone não vai sobreviver — disse Kamnan, caminhando ao lado de Cassidy. Ele agarrou seu braço, então o soltou com um silvo, sacudindo a mão. — Você deveria estar em chamas.

— Se não fosse pela chuva, eu estaria — disse Cassidy,

seus olhos na flor enquanto suas pétalas se fechavam ao redor do drone, derretendo-o. — Isso é você?

— Minha maldição, sim.

Cassidy olhou para Kamnan. A flor devorando completamente o drone, junto com seu interior em chamas, destruiu qualquer plano de fuga adicional. Mais importante, agora, era encontrar um lugar seguro para descansar, para reparar o dano que ela havia causado com Daw e Kamnan.

Outra fuga poderia vir mais tarde, desde que ela permanecesse viva para tentá-la.

— Não são muitas anomalias que chamam suas habilidades de maldição — disse Cassidy.

— A minha não é como a maioria — respondeu Kamnan. — Venha agora, covarde. É hora de você voltar para onde Apinya quer você.

Ao redor deles, os cidadãos mais corajosos de Bangkok retornaram às ruas, alguns olhando de relance para os drones caídos faiscando na estrada. A maioria seguiu em frente sem olhar duas vezes, contente em evitar negócios com os Paragons. Cassidy entendia esse instinto, ela mesma o seguira, antes.

— Onde está Daw? — perguntou Cassidy, deixando Kamnan ajudá-la a subir na calçada.

Aquele tornozelo estaria dolorido amanhã.

— Onde ele precisa estar — respondeu Kamnan.

— Isso é enigmático.

— Não revelo nossos segredos ao inimigo.

Cassidy não podia culpar o homem por isso. A flor, e como ela dissolveu o drone em seu abraço ardente, ficou com ela enquanto Kamnan os levava de volta ao prédio dos Paragons. Novos Paragons estavam do lado de fora, substituindo Kamnan e Daw no fim de seus turnos.

Kamnan entregou Cassidy com um aviso para os outros

vigiá-la de perto, um aviso que Cassidy reconheceu com um forte revirar de olhos. Encharcada, exausta e com um ombro e tornozelo machucados, Cassidy não iria fazer nada tão cedo.

Pelo menos seus novos captores não pareciam tão irritadiços quanto Kamnan. Thane e Apinya ainda estavam em discussões profundas, então, a pedido de Cassidy, eles a levaram aos pequenos aposentos reservados para Paragons visitantes. Uma cama, um lugar para carregar um Tama e acesso a um chuveiro. Um armário contendo uniformes Paragon sobressalentes.

Quando Cassidy pediu outra coisa para vestir, eles voltaram com camisetas largas e shorts, ambos com o P azul do Paragon. Eles riram quando Cassidy sugeriu algo neutro. Então a porta se fechou, a fechadura estalou.

Duas fotos estavam penduradas nas paredes, ao lado de uma tela de TV. A maior, uma peça em preto e branco, mostrava os Paragons originais formando o posto avançado de Bangkok... base? Cassidy não sabia, não se importava com qual seria o termo correto. Trinta anomalias sorridentes, abrangendo todo o espectro de idade e demografia, alinhadas em filas em algum píer à beira da água.

Apinya bem ali no meio, seu próprio sorriso o mais zen. Quantos ainda estavam vivos? Quantos haviam se aposentado, ou sido carbonizados em alguma missão por alguém como Cassidy?

Não é de admirar que os Paragons gostassem tanto daqueles drones. Cassidy havia desmontado três máquinas — duas, na verdade, mas quem está contando? — que poderiam ter sido três vidas. Ela havia matado antes, na ilha, onde manter-se em boas condições com todos os bastardos e desonestos exigia sujar as mãos de sangue. Ela havia tentado cortar um Paragon no jato a caminho daqui. Ela poderia ter apagado aqueles sorrisos.

Uma pessoa normal, os sujeitos sobre os quais ela tanto ensinara em sua antiga vida, teria sentido algo com esse pensamento. Teria ficado enjoada, talvez arrepiada enquanto o medo de suas próprias habilidades dominava seus nervos. Cassidy encontrou apenas frustração.

Cassidy olhou para suas próprias mãos. Frias agora, os vácuos sussurraram novamente, pedindo outra liberação.

Ainda não.

A outra foto, Cassidy já tinha visto vezes suficientes: os Campeões originais, dispostos em seu melhor estilo Paragon. Todo otimismo, todos prontos para avançar e causar incontáveis misérias para tantos. Desta vez, quando os vácuos sussurraram, Cassidy escutou. Ela enviou um pequeno bem no meio da foto, exatamente onde a grande cabeça de Aegis dominava.

O vácuo a rasgou em pedaços.

CAPÍTULO 29

VISÃO ALCANÇADA

WEXLEY COLOCOU suas costas contra as duas cubas que continham os Campeões. O drone não o seguiu, optando por manter sua posição na entrada. Nenhuma chance, então, de Wexley passar.

— Eu poderia esperar — disse Reeves, a voz da IA sem emoção — e você morreria aqui. Decompondo-se enquanto Mynx e Mila vivem. Elas encontrariam seus ossos quando eu as acordasse.

Mantendo-se alerta, Wexley observou o drone, e a IA por trás dele. Reeves era um programa, não encontraria satisfação em provocar Wexley, o que significava que tinha um motivo para o diálogo. Reeves queria algo, precisava de algo.

— O que você quer? — perguntou Wexley.

— Que você mande seu pessoal para longe deste lugar — respondeu Reeves. — Diga-lhes para abandonarem seus esforços e partirem. Em troca, você mantém sua vida.

— Até você liberar Mynx e ela enviar todos os drones que tem atrás de mim.

— Um futuro possível. Sua morte é garantida no presente se você se recusar.

Wexley considerou, então balançou seu Tama — Se quer que eu fale com eles, você tem que me dar uma rede para fazer isso.

— Feito.

Reeves operava rápido. O Tama de Wexley emitiu um bipe feliz ao se reconectar com a sociedade civilizada assim que Reeves terminou sua resposta monossilábica. Wexley levantou o dispositivo, começou a digitar com a mão direita enquanto lia as mensagens atrasadas que chegavam.

Haviam se passado apenas alguns minutos, mas Rhimes tinha os técnicos trabalhando rapidamente. Todas as proteções de Mynx eram para prevenir invasões externas, não ataques internos. Da sala de controle da Fábrica, a equipe da Ziran injetava um vírus após o outro, cada um quebrando bloqueios e abrindo portas para o uso de Wexley.

Eles só precisavam, porque é claro que precisariam, de mais tempo.

— Tudo bem — disse Wexley, abaixando o Tama. — Enviei a mensagem.

— Mentiroso. Posso ler o tráfego de rede aqui. Você enviou o oposto.

— Ops.

O drone saiu de sua posição, cuidadoso para se manter entre Wexley e a saída.

Como lutar contra uma máquina sem armas? Wexley olhou ao redor da sala, as cubas e as paredes de pedra não ofereciam muito com que trabalhar. O drone avançou mais. Um braço se recolheu, um golpe tentativo. Wexley se esquivou, perguntando-se por que Reeves não estava sendo mais agressivo.

A razão pressionava duramente contra as costas de Wexley, fria e lisa. As cubas. Reeves não arriscaria quebrar seus protegidos.

Wexley entrou no espaço estreito entre as cubas, preenchido com tubos, antes da parede de pedra. O drone se aproximou, angulando seus braços para ataques de mergulho. Novamente, eram lentos. Lentos demais. Wexley fingiu ir para a direita, foi para a esquerda, passando por trás da cuba de Mynx. Justo antes de alcançar o outro lado da cuba e o espaço entre ela e a próxima, vazia, Wexley parou.

Outro braço golpeou onde Wexley estaria, batendo na rocha. Faíscas voaram quando o metal atingiu a pedra lisa. Retornando, Wexley encontrou mais garras tentando agarrá-lo do outro lado da cuba. O drone poderia se mover lentamente para manter a cuba segura, mas a máquina tinha Wexley igualmente preso.

A menos que...

— O que acontece se eu quebrá-la? — gritou Wexley, com as costas contra a parede de pedra enquanto os braços do drone se insinuavam cada vez mais ao redor da cuba.

— Quebrar o quê? — perguntou Reeves, e Wexley se esquivou de outra garra.

— A banheira do seu Campeão.

Wexley tateou com os pés enquanto se abaixava e se esquivava das garras que se aproximavam. Cabos corriam para a cuba, energia e drenagem, tubulações de bombeamento. Se Wexley poderia realmente fazer algo com as conexões, ele não sabia, mas esse não era o ponto.

Reeves tinha que acreditar que ele poderia.

A IA não respondeu ao comentário de Wexley, em vez disso enviando braços de ambos os lados. Os ângulos se ajustaram no meio do golpe, um indo para baixo e o outro para cima. Wexley recebeu um arranhão no ombro, torceu-se e contorceu-se o máximo que pôde. Mais braços o seguiram.

— Pare ou eu quebro o vidro! — gritou Wexley, caindo contra o vidro e mantendo uma mão dentro da jaqueta. — Ela morrerá se eu fizer isso.

— As probabilidades são contra isso — disse Reeves, mas as garras pararam.

— Então você está disposto a arriscar? — perguntou Wexley. — Tudo por minha causa?

Quantos cálculos a IA estaria executando agora, quantos cenários simularia? Se Reeves soubesse o que Wexley faria, se a IA pudesse entender o que poderia acontecer com Wexley no comando da Fábrica, a IA não teria escolha a não ser atacar.

Mynx, no entanto, era pura arrogância. Cada ação baseada na crença de que ela e seus Paragons, seus Campeões eram imbatíveis. Que ninguém ousaria atacá-la dessa forma. Reeves veio de Mynx, e seria como ela. *Tinha* que ser.

Wexley bateu com o punho na cuba, o vidro fazendo um forte estrondo por toda a sala. A água dentro ondulou, seu verde limão se movendo ao redor do Campeão inconsciente dentro.

O Tama emitiu um bipe.

— Alguns riscos devem ser assumidos — disse Reeves, e as garras mergulharam.

Wexley tentou se mover, não tinha para onde ir. Ele tirou a mão vazia de sua jaqueta, bateu com o cotovelo contra o vidro. Sem rachaduras, sem ameaça. Os braços o encontraram, garras agarrando e penetrando nos ombros de Wexley, seus braços, suas pernas. O drone, seu corpo do outro lado da cuba, levantou Wexley, pressionando-o contra a cuba o tempo todo.

A um metro do chão, o drone parou de levantá-lo, deixando Wexley de frente para a parede de rocha negra. Por um segundo, nada aconteceu além do suave zumbido enquanto o drone se recalibrava. Wexley tentou se afastar, se contorcer para se libertar, mas não conseguiu quebrar o aperto da máquina. Uma garra prendeu o pulso esquerdo de Wexley e moveu seu Tama em direção à mão direita.

— Uma última oportunidade — disse Reeves. — Eles saem, ou você morre.

Wexley olhou para a pequena tela, seu touchpad chamando seus dedos. Algumas palavras e ele estaria livre, capaz de voltar para a escuridão e tentar novamente. Wexley sabia que teria digitado o comando também, exceto pela última mensagem de Rhimes:

Estamos dentro.

— Reeves, você sabe por que perdeu? — perguntou Wexley.

— Isso não é- — A voz da IA gaguejou quando seu controle vacilou, os técnicos de Wexley cortando as habilidades de Reeves uma por uma. — Isso é-

Os braços do drone apertaram com força, expulsando o ar dos pulmões de Wexley. Esmagando-o. Reeves fazendo um último esforço. Uma jogada óbvia e desesperada para destruir um inimigo em sua saída. Os olhos de Wexley se esbugalharam, sua língua inchou, e manchas apareceram em sua visão.

Desconfortável? Sim. Doloroso? Claro.

Valeu a pena?

Absolutamente.

Reeves não teve uma última palavra. A voz da IA parou de falar, e o drone largou Wexley sem aviso. Ele caiu no chão, recostou-se contra a parede de pedra e ficou sentado ali, recuperando o fôlego, olhando para o corpo flutuante de Mynx. Uma Campeã cativa, sua fortaleza agora dele.

— Wexley? — Rhimes falou na sala. — Você está bem?

— Nunca estive melhor — Wexley ofegou, estremecendo com as costelas machucadas. — Seu timing poderia ser melhor.

— A IA lutou contra nós a cada segundo — respondeu Rhimes. — Ela também não foi embora. De acordo com a equipe, Reeves se isolou na rede.

Wexley agarrou os tubos, levantou-se. — Ela pode nos machucar?

— Não sem ajuda — respondeu Rhimes. — Estamos encurralando-a. Quando terminarmos, ela precisará de Mynx para voltar.

— E os drones?

— São nossos, Wexley. Temos acesso total a cada um deles em todo o planeta. — Rhimes assobiou. — Há muito mais do que eu esperava.

— Isso realmente te surpreende? — disse Wexley, puxando-se ao redor da cuba. Ele olhou para o drone articulado, seus braços sem energia e pendurados.

Um Wexley mais jovem teria chutado a coisa, ou a esmagado pelo que tinha feito com ele. Agora? Agora ele podia olhar para o drone e saber que era seu. Tudo na Fábrica era seu, e apenas um tolo danificaria suas próprias posses.

— Estou subindo — anunciou Wexley. — Estejam prontos para me mostrar tudo.

Os técnicos da Ziran invadiram a sala de controle da Fábrica, conectando-se aos terminais principais de Mynx com seus Tamas e outros computadores portáteis. Rhimes supervisionava a tomada de controle, designando cada técnico com uma tarefa, especialidade e objetivo específicos.

Perto da única saída da sala, agora armados com armas reais, estavam mais dois mercenários.

Nenhum técnico sairia da sala sem supervisão. Nenhum sairia da própria Fábrica até que Wexley tivesse controle total. A revolução não faria pausas.

— Iniciem a Fábrica assim que puderem — disse Wexley. — Quero drones saindo o mais rápido possível. Coloquem os fornecedores para funcionar também.

Rhimes digitava em seu Tama enquanto Wexley falava, despachando mensagens para gerentes intermediários. Aquelas almas cujas carreiras haviam sido gastas marcando horas agora tinham a chance de subir e garantir que a Fábrica teria um fornecimento ininterrupto. Outros estariam recebendo os esquemas da Fábrica enviados para eles, em todo o mundo. Novas cópias seriam construídas o mais rápido possível, sem contar custos.

Dívidas não importavam quando Wexley, quando a Ziran salvaria o mundo das anomalias. Qualquer banco perdoaria o preço, qualquer trabalhador ficaria feliz em dar seu tempo para a revolução. E se não? O que poderiam fazer? Enfrentar drones aos milhares?

Wexley se esforçou para não rir, conseguindo se conter com um sorriso.

— E os Paragons locais? O que eles sabem? — perguntou Wexley.

Depois de Reeves, a maior ameaça para esta operação vinha de outras anomalias ficando desconfiadas. Sem os drones funcionando, as poucas dezenas de mercenários de Rhimes seriam a única proteção.

— Nosso blackout está mantendo as coisas quietas — disse Rhimes. — A Ziran deu todas as desculpas normais. Até onde os Paragons sabem, nada está acontecendo.

— Maravilhoso.

— Tenho que dizer, senhor — falou Rhimes, balançando a cabeça. — Eu não achei que isso funcionaria.

— Ainda não funcionou. — Wexley deu tapinhas nas costas largas de Rhimes. — Mas estamos perto. Há algumas horas, o futuro do mundo era a tirania. Agora, podemos escolher um destino diferente.

— Você está soando como Zhan-Yo agora.

— Estou? — Wexley riu, abraçando a dor das contusões. — Ele foi meu mentor por muito tempo. — Ele levantou um dedo, balançou-o. — Essa é uma boa ideia, Rhimes. Envie uma mensagem, mande para todos os dispositivos da Ziran. Deixe-os saber que o sonho de Zhan-Yo está sendo realizado.

Rhimes franziu a testa. — Não tenho certeza se alguém vai saber o que isso significa.

— Eles vão, Rhimes. Eles vão. — Wexley sentiu os rasgos em suas roupas, percebeu que a mídia logo iria querer falar com ele. — Aquele drone acertou alguns golpes de sorte. Alguma ideia de onde posso me limpar?

— Tenho sim. Acho que você vai gostar.

Manhã na costa da Califórnia. Wexley inalou o sal marinho no deck de Mynx, suas mãos em uma grande mesa de vidro. Ondas quebravam, a luz do sol fazia seu trabalho. Ele tinha procurado café e fracassado em encontrar, e até mesmo uma xícara para água exigiu cavar fundo em armários que pareciam pouco usados. Como se Mynx não se incomodasse em tocar sua própria cozinha com as mãos.

Pelo menos a Campeã tinha analgésicos às caixas.

Rhimes bombardeava o Tama de Wexley com atualizações conforme os minutos passavam, cada marcador dando maior controle à Ziran. Drones aqui, listas de Paragons ali, e o painel de rastreamento, com todos os alvos que o exército contratado de Mynx rastreava. Wexley não poderia saber quantas anomalias existiam entre a humanidade no momento, mas tinha que supor que Mynx tinha olhos na maioria.

E agora Wexley também as via.

— Você venceu — disse Adriana, sua voz vindo através do Tama. Ela já havia pegado um avião, estava a caminho de LA. — Depois de tudo isso, você realmente conseguiu.

— Não fui só eu — disse Wexley. Graça na vitória era um traço admirável, ou pelo menos Zhan-Yo sempre dizia. Mais importante, servia para manter as pessoas leais, comprometidas. — Rhimes e sua equipe foram bem. Nossa inteligência sobre Mynx era boa.

— Melhor que boa. Quando foi a última vez que alguém capturou um Campeão?

— E conseguiu mantê-lo — respondeu Wexley. Os Paragons, incluindo os Campeões, tinham seus dias ruins, mas quaisquer problemas tendiam a ser corrigidos por enxames de anomalias indo ao resgate. Não desta vez. — Quando você chegar aqui, enviaremos o chamado para os outros.

— Você está esperando por mim? Que gentil.

— Somos uma equipe vencedora, Adriana. Apresse-se agora, não devemos deixar o novo mundo esperando.

Não cinco minutos após o fim da ligação, Rhimes juntou-se a Wexley no deck. O lutador parecia tão cansado quanto Wexley se sentia, mas Rhimes tomou medidas para resolver o problema quando pediu ao ar dois cafés quentes e um café da manhã.

— Tem alguém aqui que eu não vi? — perguntou Wexley, arqueando uma sobrancelha sonolenta para seu amigo.

— Não alguém, mas algo.

Três bipes, como um pássaro alegre, soaram. Rhimes disse a Wexley para se sentar e esperar um segundo. Wexley se acomodou na cadeira rígida, aproveitou a brisa, até que sentiu o cheiro característico de terra de um café forte. Um pequeno drone pairou e colocou uma caneca espumante diante de Wexley, e um segundo deu uma a Rhimes. Eles se afastaram rapidamente, depois retornaram com ovos mexidos cremosos, um pouco de bacon sintético e uma tigela de frutas transbordando de frutas vermelhas.

— Os drones — disse Wexley, olhando para o banquete. — Você os controla?

— Em partes — disse Rhimes. — Estamos tomando-os território por território. Nossos caras estimam que teremos o mundo até o almoço.

— Quais temos agora?

Rhimes gesticulou para a casa — Aqui, Atlântida. O Hemisfério Ocidental.

Wexley podia esperar. Adriana chegaria em breve. Mas cada minuto perdido seria mais um cedido aos esforços de resgate dos Paragons. As redes da Ziran voltariam online em breve e, com elas, os Paragons saberiam o que aconteceu, onde contra-atacar.

— Então o que estamos esperando? — disse Wexley. — Chegamos até aqui. Vamos continuar avançando.

— Senhor?

— Dê aos drones sua nova missão prioritária: encontrar e eliminar todas as anomalias, começando pelos Paragons.

Rhimes hesitou — Eliminar? Isso poderia apresentar... problemas.

— Você está esperando que os Paragons façam algo menos quando vierem atrás de nós? As anomalias devem ir, Rhimes. Todas elas.

Rhimes encontrou os olhos de Wexley, e os dois se estudaram naquele olhar. Rhimes era um bom soldado, capaz de tomar decisões difíceis no campo de batalha. Aqui, agora? Isso não era mais um campo de batalha.

Era um matadouro. Rhimes se adaptaria, ou Wexley precisaria encontrar um substituto.

Esperançosamente, as coisas não chegariam a esse ponto.

CAPÍTULO 30

COLOCANDO UM SHOW

TRÊS BLOCOS COMPARTILHAVAM a plataforma do carrasco. As antigas pedras pareciam autênticas, escavadas de onde, Celice não sabia. Zhan-Yo, o verdadeiro prêmio, já ocupava o centro. Deixado com a mesma roupa que usara na noite anterior, embora sem espada, o líder da revolução mantinha os olhos fechados enquanto se ajoelhava diante da pedra. Atrás dele estava um Paragon, arma de choque em punho e apontada para o crânio de Zhan-Yo.

Gatete enviou Mathieu em seguida para ocupar o lugar mais distante. O homem, com as mãos amarradas, caminhava com a cabeça erguida, como um antigo herói aceitando seu nobre sacrifício. Outro Paragon, jovem como o guarda de Zhan-Yo, o seguia. Seus passos rangiam na plataforma de madeira, ecoando pelo pátio silencioso. Celice não conseguia ouvir um único sussurro da multidão quieta.

O vento e o zumbido dos motores dos drones forneciam o único contraponto ao tráfego abafado pelos muros de Londres. Acima, as nuvens se dissipavam para um sol melancólico, seus raios queimando os últimos resquícios de neblina da manhã. Aviões deixavam rastros no céu azul, e Celice desejava poder pular para um deles.

Ela mantinha os olhos para cima porque olhar para qualquer outro lugar significava ver Paragons estudando seu rosto, procurando pela traidora que Gatete proclamava estar ali mesmo. Uma vergonha e constrangimento para os Paragons ao redor do mundo, um fracasso humano. Nem mesmo um pai tão grandioso como Aegis poderia resgatar uma normal de sua terrível existência.

Gatete poderia se jogar no rio, mas Celice não estava com disposição para ter aquela discussão com a equipe reunida. Não era como se eles veriam sua perspectiva de qualquer forma.

O terceiro supervisor da execução cutucou as costas de Celice com uma arma de choque. Celice se levantou, um pouco instável com as mãos atrás das costas, e caminhou em direção à pequena escada que levava à plataforma. Enquanto ela se movia, Gatete se posicionou diante do palco, sua elevação colocando a cabeça ajoelhada de Zhan-Yo próxima à de Gatete.

O líder Paragon dominava o momento, abrindo os braços e lançando-se em algum discurso preparado para a multidão. E, mais importante, para todos os espectadores sintonizados nas transmissões dos drones.

— Não recebemos nenhuma notícia de Mynx — disse Gatete, inserindo uma dose calculada de tristeza em sua voz. — Como tal, não temos escolha a não ser cumprir nossa ameaça. Estes criminosos devem pagar, e talvez seu fim persuada nossos inimigos a abandonar seus caminhos imprudentes.

Gatete continuou, mas Celice desligou-se dele para focar nos degraus e na pedra perto da qual ela seria ajoelhada. Mathieu havia dito para confiar nele, e essa confiança até agora custara a Celice seu blackjack e sua liberdade. Agora a atuação de um idiota parecia ser o capítulo final de sua vida. A menos que ela pudesse encontrar uma saída.

A pedra em si tinha peso. Desbotada pelo sol e mais bege que cinza, a rocha tinha depressões, mas nada catastrófico. Sem chance de rachá-la com uma cabeçada para atrasar o inevitável. Celice, com a arma de choque pressionando contra seus ombros, ajoelhou-se ao lado dos outros dois e avaliou a madeira. Velha e forte. Não havia como atravessar as tábuas com um joelho ou uma alavanca bem posicionada.

O que deixava uma opção.

Gatete não havia revelado quem ou o que faria a execução. Celice imaginou que haveria um momento, uma chance em que o Paragon atrás dela poderia se distrair. Poderia-

O líder Paragon interrompeu seu discurso com um grunhido frustrado. Os drones de notícias seguiram os olhos de Gatete, girando em direção a figuras que vinham pelos muros. Estalos ecoavam além daquelas mesmas pedras, e Celice captou lampejos: tecnologia de assalto agindo contra os guardas que Gatete colocara além da Torre.

— Parece que as pragas não vão embora quietas — disse Gatete, apontando para os comandos de Mathieu enquanto eles escalavam o muro. — Destruam-nos.

Apesar da proclamação vil, os Paragons operavam como a força para a qual foram treinados. Celice sentiu um orgulho irritante quando os Paragons rapidamente se dividiram em suas equipes, habilidades de anomalia surgindo em concerto. Os comandos de Mathieu, alcançando o topo do muro e lançando mais granadas de luz em direção ao pátio, se viram bombardeados por raios de luz, rajadas de vento e pelo menos um enxame de morcegos amarelo brilhante conjurado do nada.

O caos era, entre outras coisas, exatamente o que Celice precisava.

Ela sentiu a pressão da arma de choque diminuir em seus ombros, um sinal claro de que sua captora tinha a atenção em outro lugar. Celice balançou-se sobre os calcanhares, abaixando-se e levantando-se para ficar abaixo da arma de choque e enviar seu crânio esmagando contra o queixo do Paragon. Levantando-se, girando, Celice fez uma rotação em um chute rápido que pegou seu guarda, o uniforme Paragon já arruinado por um nariz jorrando sangue, no estômago.

O golpe enviou o Paragon voando da plataforma e rendeu a Celice dois novos amigos: os Paragons segurando Zhan-Yo e Mathieu viraram suas armas para ela.

— Eu me rendo? — ofereceu Celice, esperando contra toda esperança que seus dois companheiros condenados não fossem idiotas.

Zhan-Yo agiu primeiro, mas da maneira errada. O revolucionário jogou-se para frente, levantando as pernas e chutando em um mergulho da plataforma, direto nas costas de Gatete. Os dois desabaram no chão em um emaranhado, lama voando enquanto Zhan-Yo usava suas pernas, cabeça e cotovelos para manter-se no espaço de Gatete.

Mathieu, pelo menos, optou pela jogada mais inteligente. Como Celice, ele recuou, atingindo sua cabeça para cima contra seu Paragon. Este, no entanto, recebeu o golpe de Mathieu sem se mover. Mathieu ricocheteou no Paragon, xingando e caindo de lado. O Paragon descongelou, balançando sua arma de choque de volta para seu alvo.

E deixando Celice enfrentando o carrasco de Zhan-Yo, que não hesitou.

A arma de choque disparou, um dardo saindo e atingindo diretamente o ombro de Celice. A pontada de dor rapidamente se transformou em dormência generalizada, não um bom sinal. Ela tinha alguns segundos, porém, e os usou bem: Celice correu dois passos para frente e deu um chute na virilha do Paragon. O homem aparentemente não sabia lutar sujo, sua mão movendo-se lentamente demais para impedir.

O primeiro golpe o atordoou, o segundo movimento de Celice derrubou as pernas do Paragon e o jogou no chão. Ela não conseguia sentir o braço esquerdo e não sabia se estava respirando ou não. Luxos.

O inimigo de Mathieu nivelou a arma de choque com o rosto do comando. Celice mergulhou, não contra o Paragon, mas contra a arma. Ela atingiu a arma com uma investida de ombro, seu dardo voando longe e cravando na terra. Atingir a arma não fez nada para parar o impulso de Celice, e ela voou do lado mais distante da plataforma, tombando na lama e na grama.

Se ela havia arranhado um joelho ou mordido o lábio, Celice não tinha ideia. Deitada de costas, ela só conseguia ver o céu azul. Isso, pelo menos, parecia bonito, exceto por um pequeno triângulo preto cortando o meio.

E parando, aparentemente bem acima dela, embora bem lá no alto.

Qualquer curiosidade abafada pelo choque desapareceu quando o Paragon de nariz quebrado apareceu sobre ela, mãos estendendo-se e empurrando Celice para o lado. A nova visão disse a Celice que a revolta de Mathieu havia seguido o caminho que as lutas tendiam a seguir quando normais confrontavam Paragons e seus drones.

Celice havia passado tantos anos balançando a cabeça para criminosos infelizes enquanto disparavam suas pistolas, brandiam seus bastões ou batiam seus carros contra seu pai e seus aliados Paragon. Ela havia perguntado a Aegis tantas vezes: qual era o objetivo?

Sobrevivência.

Gatete havia se libertado de Zhan-Yo e tinha dois Paragons segurando o ex-líder de Ziran contra o lado da plataforma. O próprio Gatete estendia a mão agora, e um terceiro Paragon apresentou um machado de aparência ameaçadora para ser colocado nela. Gatete inclinou-se quando o cabo do machado, com um metro inteiro de comprimento, encontrou seu aperto. A cabeça de ferro negro da arma brilhava, sem dúvida pronta para tirar mais uma vida. A história da Torre voltou à tona, suas execuções prestes a adicionar mais um número.

Celice tinha que admitir, Gatete tinha um talento para o teatro.

— Fique quieta — disse seu captor Paragon, como se Celice tivesse escolha.

Em cima da plataforma, Mathieu não se saíra muito melhor. Apesar de estar desarmado, o Paragon invulnerável prendia o comando contra a pedra e o mantinha ali, mãos apertadas em volta do pescoço do homem. Quanto aos reforços de Mathieu, Celice os pegou em pedaços, ensanguentados e espancados enquanto os Paragons os jogavam contra a própria Torre. Gatete provavelmente os adicionaria à sua fila, sobremesas para o prato principal dos assassinatos.

As jogadas haviam sido feitas. A aposta de Mathieu falhou. Os Elementais de Benny nem sequer haviam entrado em campo pelo que Celice podia perceber. Zhan-Yo tinha um machado apontado para sua cabeça. Se algum outro plano estava esperando para atacar, Celice não sabia.

De alguma forma, ser filha de Aegis colocava Celice em uma bolha, uma que estava vacilando no chão. Com os Campeões do mundo como amigos de primeiro nome, enxames de Paragons e drones prontos para ajudar, Celice não se sentiu vulnerável um único dia em sua vida. Nem mesmo nesta última semana em Londres, correndo sozinha pelos becos.

Os Paragons estavam sempre a uma ligação de distância. E agora?

Seu Tama vibrou. Celice sentiu a vibração, mas não conseguia ver a tela. Seu braço esquerdo estava muito dormente para se mover. Atrás dela, Celice percebeu a sombra enquanto seu guarda se aproximava.

A mais leve pressão atravessou suas costas, perfurando o efeito do dardo atordoante.

— Dê um minuto para a adrenalina — murmurou sua captora Paragon, praguejando baixinho para si mesma. — Estou tentando ajudar.

Celice arregalou os olhos. Estúpida. Ela era filha de Aegis. Gatete não comandaria a lealdade absoluta de todos os Paragons, particularmente não aqueles, ao contrário de Roger e Sydney, que não se beneficiariam da ascensão de Gatete a Campeão da Europa.

A adrenalina injetada fez seu trabalho enquanto Gatete alinhava seu golpe de machado. Zhan-Yo lançou ao homem um olhar desafiador, digno de lenda. As câmeras dos drones se aproximaram.

— Sua revolução termina hoje — declarou Gatete, trazendo o machado sobre seu ombro.

O ângulo tornaria difícil um golpe limpo. Uma execução bagunçada. Gatete deve ter decidido não deixar que o perfeito atrapalhasse o bom. Celice sentiu sua garganta, seus pulmões voltando à vida com formigamento.

Uma chance de impedir um erro, de salvar o assassino de seu pai.

— Não! — gritou Celice, seu chamado subindo acima

dos murmúrios, gemidos e últimas escaramuças entre os Paragons e os possíveis resgatadores de Zhan-Yo. — Aegis não iria querer isso!

Gatete interrompeu seu balanço e lançou a Celice um olhar fervente. — O assassino dele pagando por seus crimes? Acredito que Aegis iria querer exatamente isso.

Oh, Celice o pegara agora.

— Como você saberia? — perguntou Celice, tomando coragem de seus membros à medida que voltavam à vida. Enquanto o Paragon, com as costas de Celice para uma barraca vazia de vendedor, ajoelhava-se e desatava suas algemas. — Você perguntou aos Campeões, os melhores amigos dele, o que fazer?

Com os drones transmitindo ao vivo, Gatete tinha que jogar. Tinha que ceder à filha de Aegis na conversa. Não podia ignorá-la e esperar ser ungido. Não podia-

— Tragam-na aqui — disse Gatete para a possível salvadora de Celice. — Não vou perder tempo com uma traidora.

O Paragon pegou Celice, segurando suas mãos anteriormente algemadas imóveis.

— Desculpe — sussurrou o Paragon. — Fiz o que pude.

— É o suficiente — disse Celice.

— O quê? — perguntou Gatete enquanto o Paragon conduzia Celice. — O que é suficiente?

Celice se moveu naquele momento. Libertou suas mãos do Paragon e avançou contra Gatete. Um bom golpe na garganta do homem, em seu crânio, em sua virilha, e todo o show estaria arruinado. Talvez não parado por muito tempo, mas qualquer tempo oferecido seria uma chance para algo mudar.

Algo duro e metálico atingiu seu ombro. Um drone, precursor do gladiador. Metade da altura de Celice, mas pesado e forte, o robô a derrubou na terra e plantou suas pernas no chão para mantê-la ali, mais uma vez olhando para o céu.

Desta vez, um machado preencheu a visão.

— Uma traidora ou um assassino — disse Gatete. — Não faz diferença quem morre primeiro.

Gatete ergueu a arma, segurando-a alto sobre sua cabeça. Além dela, naquele azul, o triângulo preto crescia. Celice lançou outra pergunta, questionando se Gatete queria matar a única filha de Aegis.

O Paragon a ignorou. O machado desceu.

Celice não viu a bala. Ela viu o cabo quebrado, ouviu a cabeça do machado voar para frente e se fixar ao lado de Zhan-Yo com um estralado *thunk*. A plataforma não durou outro segundo: algo atingiu forte e explodiu a madeira em pedaços, espalhando Mathieu e sua escolta Paragon, enviando estilhaços que morderam a pele de Celice.

Gatete franziu a testa, sua habilidade transformando toda a madeira voando em sua direção em menos que pó. Celice, piscando para tirar a porcaria dos olhos, viu o franzido do homem se aprofundar, sua cabeça virar para um lado e começar a balançar.

— Desculpe arruinar seu momento — veio uma voz que Celice ouvia todos os dias. Uma que assombrava seus sonhos e perseguia seus pensamentos. — Acontece que esse homem não é um assassino, porque eu não estou morto. — Uma mão alcançou sobre Celice, agarrou o drone e apertou com força. O drone conhecia seu mestre, porque a máquina liberou Celice, após o que a mão enluvada em safira lançou o drone para o céu. — E se você alguma vez chamar minha filha de traidora novamente, Gatete, vamos ter mais do que palavras.

Aegis, o homem, o mito, o *pai* estendeu a mão e ajudou Celice a se levantar. A filha tentou conciliar o que via com o que lembrava. Seu pai havia partido em uma última missão para Chicago parecendo esgotado, tentando capturar alguma glória desbotada. O Campeão que estava aqui ostentava um novo uniforme, reconhecivelmente Paragon, mas com um brilho metálico ao longo de todas as linhas, e Celice adivinhou que mais que tecido constituía aquele pano.

As rugas de seu pai diminuíram, seu cabelo brilhava onde antes estava em suas pontas frágeis. Aegis sempre foi em forma, mas agora seus músculos tensionavam contra seu traje, como se ele tivesse aderido a um regime de treinamento agressivo ou encontrado o esteroide certo. Ele até mesmo tinha um maldito bronzeado.

— Pai? — disse Celice, ecoando o sentimento, se não a palavra, de todos que assistiam.

Os Paragons no pátio estavam de boca aberta. Mathieu e seus comandos espancados igualavam o espanto de boca aberta, embora alguns aproveitassem o momento e começassem a escapar, apenas para serem capturados por drones. Zhan-Yo, à direita de Celice, parecia tão incrédulo quanto Gatete, que continuava balançando a cabeça.

— Milagres de Mila — disse Aegis. — Hora de acabar com este espetáculo, Gatete. Chame os drones. Mande todos para casa e não guardarei isso contra você. Temos problemas maiores agora.

— Acabar com o espetáculo? — respondeu Gatete. — Que espetáculo? Isso foi uma demonstração de lealdade, a você e a tudo que você representava. Mandá-los para casa? Estes criminosos e traidores?

— Eu perguntei a você?

Gatete mexeu os lábios, não dizendo nada enquanto procurava uma saída. Celice deu-lhe uma: ela passou por seu pai e colocou as mãos nos ombros de Gatete, seus olhos no mesmo nível que os dele.

— Estamos oferecendo perdão a você. Aceite — sussurrou Celice — ou realizaremos uma execução afinal.

Isso, pelo menos, atravessou o estupor de Gatete. Celice deixou o homem ir, e o líder Paragon de Londres afastou suas anomalias. Celice notou, com alguma satisfação, que os Paragons ao redor da Torre já haviam recuado de seus prisioneiros. Eles se renderam ao comando de Aegis, como deveria ser.

Os drones, no entanto, não obedeceram. Um manteve sua câmera girando enquanto outros, seus corpos metálicos deslizantes repletos de armas, flutuaram mais alto. As máquinas se posicionaram em ângulos cobrindo todo o pátio. Além e mais acima, modelos gladiadores maiores flutuavam à vista, vindo de outros distritos de Londres.

— Gatete, os drones — repetiu Aegis.

— Dei o sinal a eles — gaguejou Gatete, então tocou em seu Tama, sacudindo a cabeça novamente. — Eles não estão obedecendo, Aegis, e não consigo me comunicar com nosso comando central. — Gatete olhou para alguns Paragons. — Voltem à base, digam a eles para desligarem os drones!

Um saltou, seu corpo sustentado como se por alguma mão invisível. Ela se elevou no céu, serpenteando ao redor dos drones e seguindo para oeste. Outro estourou. Simplesmente desapareceu e reapareceu metros de distância, como um sinal piscando.

Os drones atacaram.

A voadora morreu primeiro, desaparecendo quando seis drones giraram como um só e a bombardearam com energia e armas de projéteis. Em chamas, ela despencou para o chão. O outro escolhido de Gatete teve um segundo a mais para reagir, se teletransportando em direção ao portão da torre em um padrão errático. Celice não pôde ver o que aconteceu, mas todos ouviram o grito, viram os flashes.

— Código Aço! — gritou Aegis, acionando um gatilho Paragon bem treinado, mas pouco esperado.

Os Paragons de Gatete conheciam seus manuais e entraram em ação. O próprio Gatete, com os braços acenando, pegou um drone pairando a vários metros de distância e dissolveu seus membros metálicos em pó. À medida que seus motores se desintegravam, o drone encontrou seu inimigo e mergulhou, indo direto para o crânio de Gatete. Celice saltou sem pensar, pegou Gatete pela cintura e o puxou para longe.

O drone caiu, terra crepitante voando para cima. Um erro. Celice afastou-se de Gatete e viu outro drone avançando sobre eles, as armas gêmeas do pequeno robô girando. Um machado, aquela relíquia antiga, esmagou-se contra a máquina por trás, mordendo suas costas e tirando-a do curso. Aegis seguiu, alcançando o novo buraco e agarrando o drone que havia caído. Ele o jogou atrás do machado, os sons de pancadas e queimaduras mostrando um acerto.

Aegis não notou um gladiador descendo atrás dele, quatro braços alinhando tiros.

— Pai! — gritou Celice, levantando-se e disparando em uma corrida. — Para cima e para longe!

O Campeão obedeceu às ordens, plantando os pés e juntando as mãos na cintura. Celice pulou, pegou o apoio e sentiu Aegis lançá-la no ar. O chão encolheu sob ela, substituído em outro instante pelo corpo amarelo-negro do gladiador. Celice pousou no grande drone, prendeu os dedos nas baías de mísseis abertas.

Reagindo à sua presença, o drone abandonou seu ataque e virou, testando o aperto de Celice e deixando-a pendurada acima do pátio. Ela se segurou, olhou para a guerra que se desenrolava abaixo e ao seu redor. Paragons aéreos tomaram os céus para lutar contra os drones em seu próprio campo, enquanto outros disparavam feixes, alteravam a gravidade ou criavam novos elementos e os lançavam de baixo. A mistura de poder deveria ter sido incrível, uma declaração de que anomalias comandavam o mundo, não essas máquinas.

Mas os Paragons não treinavam contra os drones de Mynx. Os Paragons de Gatete não estavam esperando uma luta como esta, e os drones acertavam com uma precisão que nenhum humano poderia igualar. Suas balas rasgavam as lacunas nos uniformes Paragon, atingindo rostos, pescoços e pés. Drones maiores recorriam a meios marciais, colidindo com seus alvos macios.

Uma facção se destacava na confusão, apenas porque fugia dela: Mathieu, ajudando Zhan-Yo e flanqueado por seus comandos, dirigia-se à saída da Torre. Nenhum drone os perseguiu.

Um som sibilante trouxe a atenção de Celice de volta ao drone do qual ela estava pendurada. Ele estivera sacudindo-a, girando em alta velocidade, e havia recorrido à opção mais extrema: eletrochoques.

— Te peguei — murmurou Celice, sentindo o corpo do drone esquentar à medida que as baterias da coisa preparavam o movimento.

Puxando com força, Celice levantou as pernas, plantando-as contra o casco do drone. O tempo tinha que ser perfeito.

E o pai tinha que estar observando.

A faísca impulsionou o chute, Celice saltando para o ar livre enquanto relâmpagos azuis percorriam o drone gladiador. Enquanto ela voava para trás, o drone caía mais rápido que uma pedra, despencando enquanto os relâmpagos matavam seus próprios motores. Qualquer inimigo agarrado ao drone estaria atordoado ou já morto, e a queda resultante enterraria o alvo sob toneladas de metal.

Em vez disso, o drone se chocou contra uma parede da Torre, desmoronando pedra sobre si mesmo enquanto tombava no chão. Celice viu o impacto enquanto caía, o vento pegando seu cabelo, seu estômago virando, e finalmente pousando nos braços estendidos de seu pai.

Celice não viu orgulho naqueles olhos, porém. Apenas raiva e medo.

Acima deles, o céu do meio-dia escurecia: os drones de Londres atendendo ao chamado de algum novo mestre.

CAPÍTULO 31

CERCO

CERCADOS E REPELIDOS da torre dos Paragon, Beth e seus Elementais formaram um círculo no pátio ao redor das ruínas de seu pod de construção. Calvin encontrou seu caminho até uma linha irregular dos Paragon: as anomalias dispersas ao redor da torre eram menos de vinte, mas Pixie e os drones faziam parecer um exército. A líder de Atlantis pairava sobre os Elementais reunidos, drones nos flancos dela e de todos os outros, armas prontas.

— Não percebi que tínhamos tantos — disse Calvin para Particle, que estava ao seu lado com uma queimadura sangrenta na perna direita. — Drones, quero dizer.

— Não tínhamos — disse Particle. — Olha para eles. Os menores. São unidades mais antigas, aposentadas, que mantínhamos em armazenamento. Alguém pensou em ativar todos eles.

— Inteligente.

Particle não respondeu. Calvin correspondeu ao olhar deles, sintonizando-se na troca de palavras entre Beth e Pixie. A líder dos Elementais negociava pelas suas vidas, por uma chance de dar liberdade às anomalias. Pixie respondeu com algo mais simples.

— Vocês nos atacaram — disse Pixie. — Perderam qualquer direito de pedir alguma coisa. Em vez disso, farei uma oferta aqui e agora para seu povo: juntem-se aos Paragon, comprometam-se com nossa visão, e terão chance de se redimir. Ou não sairão deste pátio.

Calvin se encolheu. Ultimatos tendiam a ser péssimos não importava quem os desse, e embora os Paragon forçassem anomalias a servir o tempo todo, ver a feiura exposta diretamente tocava um nervo antigo. Quantas vezes ele fugira de famílias adotivas quando a disciplina superava as refeições, a cama quente?

Os Paragon não seriam tão fáceis de abandonar, não importando o desgosto que revirava o estômago de Calvin. Eles enviariam drones, rastreadores, outros Paragon atrás de Calvin agora. Deserção não era permitida, apenas aposentadoria após servir por décadas.

Parabéns pelos seus poderes, aqui está sua vida planejada para você.

Beth parecia ter os mesmos pensamentos. A mão da mulher deslizou sob o casaco, para o que poderia ser outra arma. A expressão de desafio em seu rosto desapareceu, no entanto, quando um Elemental atrás dela gemeu. O homem, próximo a Calvin e Particle, tinha as mãos sobre um ferimento violento no abdômen. Um espinho bronzeado saía dele, produção de algum Paragon.

Outra coisa que merecia uma careta.

— Façam suas escolhas, então — disse Beth. Ela deixou os braços caírem, olhando para o chão. — Não julgarei nenhum de vocês pelo que fizerem agora. Fizemos nossa resistência.

— E fracassaram — murmurou Particle.

— Vocês a ouviram — gritou Pixie. — Façam suas escolhas, levantem uma mão e nós ajudaremos vocês.

O barulho da cidade de Chicago pareceu desaparecer depois que Pixie falou, a tensão abafando qualquer som externo. Calvin sentiu suas mãos formigando, prontas para quaisquer ataques de última hora. Eles encurralaram os animais Elementais, e aqui é onde o desespero encontraria seu apoio.

O tiro veio com um estalo. Pixie caiu, mergulhando no chão e batendo forte nos azulejos de concreto. Calvin processou o momento, começou a olhar quem poderia ter disparado uma bala atingindo Pixie por trás — Wexley, de alguma forma revertendo a seus hábitos de atirador? — quando mais fogo choveu. Os olhos de Calvin se fixaram em um drone, empurrado ali pela força de Particle.

— Código Aço! — a voz de Particle ecoou enquanto todos se dispersavam.

Uma lista passou pela mente de Calvin, diagramando exatamente o que os Paragon deveriam fazer se os drones algum dia decidissem que as anomalias não eram mais seus mestres. Primeiro e mais importante?

Recuar e reavaliar.

Particle agarrou o braço de Calvin e o puxou para longe, de volta para o prédio de escritórios destruído e as ruas mais movimentadas de Chicago. Uma estratégia com a qual Calvin teria concordado, exceto pelo que viu quando desviou os olhos dos drones.

Pixie, caída no centro do pátio, com Beth em pé sobre ela, atirando com uma pequena pistola nas máquinas.

— Ainda não vamos correr — disse Calvin, libertando seu braço.

Particle protestou, mas Calvin começou a correr em direção ao centro do pátio. Arrastando sua mão direita no concreto, Calvin sugou a areia e a cuspiu da mão esquerda, criando um escudo de concreto desmoronando. Balas atingiram a barreira improvisada e faiscaram, explodindo pedras contra o rosto de Calvin enquanto ele corria.

Luzes, gritos, estrondos, batidas e coisas piores explodiram ao redor de Calvin enquanto os Paragon colocavam o Código Aço em prática. Os Elementais entenderam rápido, seus próprios poderes entrando em ação. Portais apareceram quando anomalias se teletransportaram para cima dos drones. Lob, fazendo seu trabalho, jogou Weed em um gladiador próximo que lançava fogo sobre um quarteto Elemental. O corpo de Weed se replicou, pequenos clones mergulhando nas armas e jatos do gladiador, despedaçando-os por dentro.

A bola de fogo do gladiador em ruptura deveria ter caído no pátio, deveria ter esmagado Calvin em sua corrida, mas outro Elemental agarrou os destroços e os atirou como meteoros em outros drones, perfurando-os. Alguém conjurou um raio, mas do chão, o laser branco-azulado e irregular subindo até um gladiador e dividindo-o.

Smoke encontrou Calvin e Particle no meio, a mulher empurrando Beth para longe de Pixie e levantando uma névoa difusa. De uma bolsa em sua cintura, Smoke retirou uma seringa, estava prestes a jogá-la para Calvin até ver que suas mãos estavam ocupadas.

— Mantenham eles ocupados — disse Smoke, virando Pixie com a ajuda de Particle. — Se os drones entrarem no meu manto, não teremos nada.

O tiro do drone havia atingido Pixie bem nas costas, logo abaixo do pescoço. A bala deveria tê-la matado, exceto que Pixie estava usando um uniforme Paragon, projetado para impedir que essas balas passassem. Em vez disso, ela tinha um hematoma feio e pulmões que não funcionavam muito bem.

— Você — disse Beth, notando Calvin e girando sua pistola.

— Surpresa — disse Calvin.

Calvin balançou o escudo de concreto, derrubando Beth no chão, sua arma voando para longe. Deixando o escudo de concreto desmoronar sobre a Elemental, enterrando tudo abaixo de seu pescoço em pedras pesadas, Calvin deixou Smoke cuidando de Pixie e foi procurar uma maneira de chamar atenção.

E a encontrou aos seus pés. O pátio tinha luzes embutidas no chão a cada poucos metros para obter aquele brilho mágico tão importante para a imagem dos Paragon. Calvin roubou um pouco mais de concreto, formou um martelo pontiagudo em sua mão esquerda e quebrou a luz.

— O que você está fazendo? — disse Smoke quando vidro ricocheteou contra seu rosto.

— Sendo criativo. Apenas a acorde rápido, porque vamos precisar de uma saída depois disso.

— Ela não vai voar tão cedo. Precisamos desligar essas coisas, agora.

— Deixe isso comigo.

Abaixo dele estava uma lâmpada quebrada, faíscas mostrando energia fluindo onde precisava estar. Calvin olhou para sua mão esquerda, respirou fundo e agarrou os fios expostos.

O impulso atingiu instantaneamente. Todo seu corpo queimando enquanto a mão de Calvin sugava pura energia elétrica. Como uma garrafa de champanhe cheia até transbordar, Calvin estourou. Ele ergueu a mão direita, olhou através da barreira de Smoke para três manchas de drones próximas.

Se o Paragon anterior havia convocado um raio, Calvin soprou uma tempestade. Canalizando um fio ligado diretamente ao circuito da torre Paragon, Calvin bebeu tudo o que a rede elétrica de Chicago podia enviar. Linhas amarelas abrasadoras saltaram da mão de Calvin para os drones, a eletricidade encontrando seu condutor nas construções de metal.

Incêndios eclodiram nas máquinas enquanto o relâmpago fazia seu trabalho, saltando como um inseto de um alvo para o próximo. Calvin girou sua mão direita, continuando a lançar fogo nos drones, queimando os três. Ele queria procurar mais, mas o brilho queimava seus olhos enquanto prosseguia, forçando Calvin a enviar a tempestade diretamente para cima enquanto fechava as pálpebras.

— Peguei você — disse Particle.

Calvin, mesmo com os olhos fechados, sentiu sua cabeça girar quando Particle puxou sua atenção. Com a mão estendida, Calvin canalizou a eletricidade, enviando o poder de um ponto para o outro, para onde Particle o direcionasse. Girando no escuro, sua cabeça, coração, todo seu ser zumbindo, Calvin se desligou, tornou-se um objeto que Particle poderia manejar à vontade.

Até que eles empurraram Calvin para longe da luz, quebrando a bobina. Calvin cambaleou, bateu no chão, abriu os olhos e viu manchas. Além delas, tremulações alaranjadas. As balas não enchiam mais o ar, mas gemidos e gritos, sim. Seus músculos sofriam espasmos, sangue enchia sua boca por causa da língua mordida.

Mas ele vivia, caramba.

— Ei — disse Particle, ajoelhando-se ao lado dele. — Você está bem?

— Não muito — gemeu Calvin. — Não consigo ver.

— Uma bênção — respondeu Particle, descongelando seu típico gelo com preocupação. — Os drones que você não derrubou fugiram. Não sabia que eles fariam isso. Ambulâncias também estão aqui, corpos por toda parte.

— Do nosso lado?

— Dos dois. Espere um segundo.

Calvin sentou-se enquanto Particle desaparecia na névoa. Calor o envolveu, ondas tremulantes sugerindo fogo em vez de alguma mudança de temperatura. Sua mão esquerda também doía. Calvin a alcançou, sentiu-a com a direita e suspirou quando a pele incrustada e chamuscada formou bolhas ao seu toque. Um preço pago pelos Paragon.

Kat disse que era perigoso, juntar-se aos azuis.

Kat.

Calvin levantou-se bruscamente, sentiu um choque percorrer um corpo já muito gasto e quase vomitou ali mesmo. Em vez disso, sentiu um braço envolver seus ombros, segurando-o.

— Bom trabalho, novato — disse Weed. — Não achei que dar uma de louco fosse sua praia, mas gostei.

— Não se acostume.

— Nunca me acostumo com nada neste mundo. Precisa de ajuda? Posso chamar um médico.

— Preciso ir para o hospital.

— Pode deixar. — Weed, mantendo seu apoio firme, gritou pedindo ajuda.

— Pixie, ela vai ficar bem?

— Como o resto de nós, ela já teve dias melhores — respondeu Weed. — Ao contrário de alguns aqui, ela verá mais.

Quando o pod chegou ao hospital, Calvin já conseguia ver mais que manchas. Pontos ainda dançavam, mas algumas infusões de ação rápida puxaram Calvin em direção à normalidade. Ele havia sido empilhado em um pod de ambulância com várias outras anomalias, dois Paragon e um Elemental. Os outros três tinham ferimentos de bala e piores, tornando-os os primeiros a sair.

Calvin foi o último, disse que ficaria bem e pediu a uma enfermeira atarefada para deixá-lo ir embora. Com outras ambulâncias chegando antes e depois da de Calvin, a enfermeira não se opôs, deixando Calvin na calçada do lado de fora da entrada de emergência do hospital.

Luzes piscando, chamados entre enfermeiras, médicos e pessoal de transporte criavam um caos mais calmo enquanto Calvin enviava uma mensagem Tama para Gordon. O rastreador respondeu com o andar e quarto de Kat, uma área de recuperação.

Ela havia sobrevivido, então.

Pela primeira vez, Calvin tinha boas notícias. Pela primeira vez, ele queria compartilhá-las com alguém, mas sua equipe Paragon não havia feito a viagem. Estavam ajudando na evacuação, retirando material crítico da Torre enquanto as anomalias partiam para casas seguras ocultas. Em vez disso, Calvin deu uma palmada no ombro de um guarda de segurança próximo, deixando o homem confuso para trás.

O dia tinha descido cada vez mais, um passeio sombrio até um fundo ruim, mas agora Calvin sentia a subida. Kat estaria bem, Pixie e os Paragon maiores resolveriam esses drones, e, com Beth se tornando feia, Calvin nunca mais precisaria fazer nada com os Elementais novamente.

Nada mal.

O quarto de Kat tinha todas as características de hospital: cheiro esterilizado, fotos de flores emolduradas nas paredes, uma TV que parecia uma década velha demais pendurada na parede. Kat, adormecida, ocupava a posição central em sua maca, cobertores brancos puxados bem perto de seu cabelo solto. Ela parecia mais fantasmagórica que o normal, lábios em um rosa pastel. Um soro pendia de seu braço direito.

Gordon se curvava em uma cadeira frágil perto da janela, preso em seu Tama. O homem havia colocado algumas bolsas sob aqueles olhos nas horas desde que Calvin o deixara aqui. Um copo de café de papel estava no parapeito da janela, vapor escapando por sua tampa preta.

— Aconchegante — sussurrou Calvin, deslizando ao redor da maca e sentando-se em frente a Gordon.

— Ela está completamente apagada, você não vai acordá-la — disse Gordon. — Ela pode soltar uma piada pela manhã, provavelmente não antes, se as enfermeiras conseguirem o que querem.

— Ela está bem?

— Os cirurgiões estavam otimistas. Sem garantias, mas ela é forte.

— Como se ela fosse deixar Seeker para trás.

Gordon riu, algo cansado, então voltou seu olhar para Calvin. — Eu estava lendo sobre a luta na torre?

Calvin despejou os detalhes. Os Elementais, os drones, os maus presságios. Gordon juntou tudo como se fosse o quebra-cabeça mais fácil do mundo, lançando perguntas de acompanhamento para Calvin sobre Wexley e seu grupo paramilitar que fizeram o anomalias levantar as mãos.

— Vá devagar e me diga aonde você está indo — disse Calvin. — Se isso continuar, vou precisar do meu próprio café, talvez temperado com o que ela está tomando.

— Você não acha que Mynx sendo capturada por um cara que odeia anomalias, e depois os drones dela se tornando traidores é uma coincidência, não é?

— Cara, tenho lutado pela minha vida o dia todo. Não tive muito tempo para bancar o detetive.

Gordon gesticulou ao redor do quarto. — Isso faz de mim o único. O ponto que estou tentando chegar, se estiver certo, é que os drones não vão parar.

— Eles pararam depois que chutamos o traseiro deles.

— Por um momento, talvez. E isso foi aqui, em Chicago, quando você tinha um monte de Paragon e Elementais em forma de luta prontos para agir. O que acontece em Cleveland, ou Little Rock, onde você tem cinco Paragon e cinquenta drones?

Nada de bom, é o que acontecia. Ainda assim, não era como se Calvin pudesse fazer muita coisa a respeito. Pixie, ou quem quer que desempenhasse seu papel em Pacifica, precisaria descobrir. Gordon deve ter lido a expressão de Calvin, porque o homem deslizou para um mau humor.

— É como se você nem se importasse — disse Gordon.

— Eu me importo, mas me importo mais com ela.

— É? O que acontece quando ela acorda e todas as anomalias estão mortas, hein? O que acontece quando você se foi, quando o trabalho dela acabou, e estamos todos vivendo sob quem quer que esteja com os drones do seu lado?

— Tá fazendo parecer que é diferente com os Paragon?

Isso fez o rastreador se calar. O cara queria fazer um discurso sobre monstros imparáveis dominando o planeta, ele deveria olhar ao redor. Calvin poderia ter se juntado às fileiras deles, mas não tinha ilusões sobre o que os Paragon realmente eram. Ditadores, conquistadores, uma força de ocupação. Benevolentes para alguns, nem tanto para outros.

Calvin interrompeu a filosofia com uma verificação do Tama. Particle enviou uma atualização, distribuiu coordenadas para um reagrupamento e uma sessão de estratégia.

Se Calvin não estivesse morto, eles o queriam passando por lá.

— Não quero que você fique aqui, então — disse Gordon, chamando a atenção de Calvin.

— O quê?

— Você disse que os drones foram atrás das anomalias — continuou Gordon, mantendo sua voz baixa, uniforme. — Eles não vão parar, e vão encontrar você aqui. Kat não está pronta para isso.

— Que inferno... — Calvin se conteve, fechou os olhos, a boca por um momento, respirou.

Ele e Gordon estavam longe de ser amigos, mas o homem poderia ter razão. Um drone atirando através deste vidro em Calvin poderia atingir Kat. Os Paragon queriam um reagrupamento. Ele poderia sair, novamente.

— Vou avisar assim que a condição dela mudar — disse Gordon. — Não sairei do lado dela. Prometo.

— É? — disse Calvin, sem se mover, ainda não. Ele lutou tanto para voltar aqui. — Você sabe que ela quase morreu me protegendo.

— Eu também. Por sua causa.

Calvin assentiu. — Você vai fazer o mesmo por ela?

— Se eu precisar.

— Boa resposta. — Calvin se levantou da cadeira, combatendo sua própria confusão, a irritação. — No minuto em que ela acordar, você me avisa.

— Eu vou.

O Tama de Calvin vibrou novamente. Particle, aumentando a prioridade. Os Paragon queriam atacar primeiro, impedir os drones de se organizarem. Calvin deu um último e longo olhar na direção de Kat. Ela parecia, pelo menos, em paz.

Melhor que ele.

No caminho de volta à rua, Calvin pegou um café, uma barra energética e um moletom com capuz com o nome do hospital. Vestindo as roupas sobre o uniforme Paragon, ele saiu para a escuridão, tentando se esconder das câmeras.

Os programas por trás daqueles olhos de metal não eram mais amigáveis.

CAPÍTULO 32

O RETORNO DO VAZIO

O TREMOR DESPERTOU CASSIDY. Uma vibração percorreu a cama, chacoalhando seus dentes e lançando-a para a escuridão. Cassidy agitou a mão, pediu ao quarto que acendesse as luzes e não obteve resposta alguma. Nada, exceto outro tremor que sacudiu seus ossos. Poeira desprendeu-se do teto, invisível mas perceptível ao se acumular sobre os ombros nus de Cassidy.

Tateando no escuro, a Vazio vestiu suas roupas. Tentou ligar a TV, mas também não funcionou. As luzes continuavam se recusando a acender. O Tama de Cassidy, pelo menos, tinha energia, embora uma triste tela informasse que ela não tinha conexão de rede. O brilho do Tama ajudou Cassidy a encontrar a porta e calçar os sapatos corretamente.

Ela tentou girar a maçaneta da porta. Trancada. Cassidy revirou os olhos.

Nenhuma confiança neste lugar.

Um terceiro estrondo, seguido de mais impactos. Móveis caindo no chão? Um teto desabando? Alguns Paragons tendo um surto de anomalias no andar de cima?

Cassidy encarou a porta, tentando decidir se voltava a dormir ou não. Seus nervos, seu instinto, diziam que os tremores não eram naturais, que isso não era o normal para a fortaleza de Bangkok de Apinya. Poderia se deitar, mas encontrar o mundo dos sonhos seria difícil com toda essa agitação.

— E eu não quero ficar aqui — murmurou Cassidy, sentindo os vazios despertarem junto com ela.

Ela lançou um deles, pequeno e giratório, contra a maçaneta da porta. Com um estrido, um rasgo e uma única faísca escapando, o metal desapareceu. Deixando o vazio se dissipar, Cassidy empurrou a porta, esperando que Apinya a perdoasse pelo prejuízo.

Por outro lado, ele provavelmente tinha ordenado que a trancassem dentro. Culpa dele.

O corredor, suavemente iluminado quando Cassidy chegou algumas horas atrás, tinha a mesma escuridão morta que seu quarto. Os ruídos aumentavam, gritos, berros e o estalo staccato de tiros. A maioria vinha da sua esquerda, o caminho que levava de volta ao centro do edifício.

Cassidy hesitou.

Quem atacaria uma fortaleza Paragon, ainda mais uma com um Campeão dentro? Ninguém seria tão estúpido, tão suicida.

Pior, pelo que Cassidy podia perceber, os atacantes pareciam estar vencendo. Por um momento confuso, Cassidy se perguntou se Thane poderia ter decidido descer a bola de demolição, mas os tiros provaram que essa ideia estava errada.

Thane poderia decidir matar alguns Paragons, mas não usaria balas para isso.

Um meio passo em direção ao prédio principal e Cassidy parou. Ela sentiu outro tremor, menor e vindo de trás. Virou-se, não viu nada. Naquele corredor, seus anfitriões Paragon haviam dito, havia mais quartos, a maioria sendo usada para abrigar os recém-chegados. Todas aquelas crianças do posto de órfãos.

Cassidy prendeu a respiração. Escutou. Ouviu seu coração batendo. E algo mais.

Um passo, leve e preciso, como uma caneta clicando para dentro e para fora. Depois outro. Mais perto.

— Tem alguém aí? — Cassidy perguntou para o escuro.

Nada respondeu, exceto mais cliques. Atrás dela, de volta ao prédio principal, um estrondo mais profundo sacudiu, mais gritos seguiram. Estes eram de pânico.

Ajustando seu pulso, Cassidy iluminou o corredor com o Tama. Direto na investida reluzente de um drone rastreador. A máquina, uma centopeia de aço de um metro de comprimento, saltou sobre Cassidy, pernas batendo no ar.

Ela talvez tenha gritado.

Ela definitivamente lançou um vazio.

O poder de Cassidy cortou o drone ao meio, com a metade frontal da máquina soltando faíscas enquanto batia em Cassidy e a derrubava no chão. Ela sentiu as pernas afiadas do drone sulcando seus braços e sua lateral enquanto rolava, jogando a máquina para longe. A metade danificada bateu na parede e começou a se reorientar antes de Cassidy lançar outro vazio em seu centro, destruindo o drone.

Fazendo uma careta por causa dos novos arranhões, Cassidy usou outro vazio para aniquilar a outra metade do drone rastreador enquanto se perguntava que diabos havia dado errado. Drones rastreadores eram usados justamente para isso, rastrear e destruir Paragons rebeldes ou outras anomalias perigosas com as quais seus parceiros humanos não queriam se envolver.

Será que Apinya tinha decidido assassinar Cassidy e

acabar com tudo? Não parecia seu estilo, nem explicava o que estava acontecendo no prédio principal.

Um grito diferente interrompeu a sessão interna de perguntas e respostas de Cassidy. Este vinha de mais perto, descendo o corredor na direção onde as crianças estavam.

Ela não hesitou.

Correndo pelo corredor, Cassidy empunhava seu Tama como uma lanterna, encontrando portas e procurando drones. Encontrou outros quartos já arrombados de fora para dentro, pelo menos um respingado de sangue com um corpo sendo provavelmente sua fonte.

Ela não tinha sido a primeira vítima do drone rastreador.

As crianças tinham um bloco perto do final do corredor, grandes quartos reservados para os refugiados que os Paragons processariam como novos heróis. Duas portas pareciam abertas, seus quartos vazios. A terceira, ocupando a parede do final do corredor, estava no chão, arrancada das dobradiças.

Vozes vinham de dentro, crianças. Cassidy reconheceu as mais velhas, os poucos corajosos que a confrontaram junto com Thane do lado de fora da casa. Eles estavam ordenando que os outros recuassem, dizendo-lhes para serem corajosos.

Ela entrou.

Com a luz do seu Tama, Cassidy avistou quatro drones rastreadores, dois no teto e dois no chão. Eles se aproximavam das crianças, agrupadas atrás de um par mais velho. A menina e o menino que tinham sido guardiões no orfanato agora reprisavam seu papel, parados em seus pijamas Paragon, rostos cheios de uma coragem pura e tensa.

— Deixem eles em paz — disse Cassidy.

Os dois drones no teto giraram em sua direção,

enquanto os dois embaixo permaneceram focados nas crianças. Cassidy deixou os vazios voarem, enviando dois contra os drones do teto. Esses rastreadores ainda não tinham pulado, no entanto, e Mynx os projetou bem. Eles desviaram para o lado quando os vazios de Cassidy atingiram o teto do quarto, capturando azulejos e a fiação além deles. Faíscas voaram, as crianças gritaram novamente.

Os drones se moveram rapidamente para as paredes, vindo na direção de Cassidy por lados opostos. Suas pernas batiam, entalhes em suas peles metálicas se abriam para revelar armas atordoantes e suas primas letais. Cassidy ficou parada, esperou enquanto os cliques se aproximavam. Chutando os pés para frente, Cassidy deslizou para as costas enquanto os cliques cessavam.

Ela ergueu as mãos, lançando os vazios onde seu corpo estava antes, onde os drones voavam. O Tama capturou sua destruição deformadora, os vazios deformando e quebrando as pernas dos drones, cascas, núcleos. Cassidy rolou, cuidando para não se sentar em seus próprios vazios, e olhou para os outros dois drones rastreadores.

Os insetos de metal avançavam sobre as crianças, não prestando atenção a Cassidy. A menina mais velha fez o primeiro movimento, dando um passo em direção aos drones e plantando o pé direito. Uma linha irregular rachou ao longo do azulejo, bordas escuras dividindo os dois drones. As máquinas desviaram da linha, saltando para frente, apenas para o menino levantar as mãos, como se orasse para o céu.

O chão sob os drones estremeceu, então se fechou em torno deles antes de esmagá-los contra o teto, a fundação do prédio erguendo-se e formando um pulso e antebraço sob a mão cinza de azulejo. Um drone levou o golpe e explodiu, enquanto o outro se libertou, correndo por cima e aterrissando na menina que liderava.

Suas pernas prenderam a adolescente ao chão, suas armas, saindo de sua concha como várias pontas, encontraram alvos na multidão amontoada atrás dela. O menino, sua demonstração desmoronando de volta à terra, respirava com dificuldade do chão, aparentemente exausto.

O drone foi para a morte.

Cassidy também.

As armas da máquina dispararam, dardos atordoantes e balas mortais disparando em direção às crianças e desaparecendo ao passar pela cabeça do drone. O primeiro vazio de Cassidy, um oval amplo e raso, pegou o ataque. Seu segundo golpeou o meio do drone, extinguindo a vida da máquina num final crepitante.

— Não se levante — disse Cassidy para a menina, com os pedaços moribundos do drone sobre ela. — Me dê um momento.

Dissipar vazios era um pouco como pegar uma faca lançada: Cassidy tinha que acertar o toque perfeitamente ou ela se encontraria cortada. Ela começou com a morte giratória sobre a menina, então, depois de ajudar a criança assustada a sair, matou o vazio protetor diante das outras crianças.

Todos aqueles rostos agora olhavam boquiabertos para Cassidy sem o desafio que tinham mostrado no orfanato. Adolescentes se amontoavam, alguns poucos corajosos ficavam separados e pareciam que poderiam tentar usar seus poderes se Cassidy continuasse.

— Não vou machucar vocês — disse Cassidy, estendendo a mão para ajudar a menina líder a se levantar. — Mas aqueles drones vão. Temos que sair daqui.

— E ir para onde? — perguntou o menino das mãos,

recuperado e de pé após seu ataque. — Aqueles eram drones Paragon, certo? Eles continuarão vindo.

— Apinya saberá o que está acontecendo — disse Cassidy, não muito certa de que acreditava nas palavras enquanto as falava.

O menino estava certo. Ou os Paragons enviaram os drones para matar as crianças, o que não fazia sentido algum, ou algo pior estava acontecendo. Dado todo o barulho vindo do centro do prédio, Cassidy sabia para qual lado se inclinaria.

— Você acha que podemos confiar nele? — perguntou a menina. — Ele nos colocou aqui! Estávamos bem na casa.

— Não temos escolha — disse Cassidy, então lançou um olhar severo e maternal ao redor do grupo. Do tipo que ela daria a seus filhos antes de dizer para não atravessarem a rua sem olhar para os dois lados. — Ou esperamos aqui e vemos o que mais vem atrás de nós, ou saímos. Sei para onde eu vou.

Quando ela saiu, as crianças a seguiram.

A base principal surgiu mais cedo do que Cassidy esperava. O corredor ficava cada vez mais acre enquanto o grupo caminhava, Cassidy e seus vazios liderando o caminho. Incêndios e seus alimentos impregnavam o ar com odores pungentes, os estrondos continuavam a sacudir o chão sob seus sapatos. Balas faziam seus ruídos de chocalho, terminando em *thunks* ou vidro estilhaçado. Mais de um grito rasgou a escuridão.

Mas nenhum drone rastreador encontrou o grupo. O intervalo permitiu que Cassidy se refrescasse, seu suor persistindo no ar úmido de Bangkok, agora entregando seu pesado molhado ao prédio violado.

— Esperem até eu liberar — disse Cassidy quando chegaram ao final do corredor. A porta, uma coisa de madeira dupla, estava entreaberta em suas dobradiças, um scanner e mecanismo de travamento arrancados da parede e jogados no chão. — Se eu não voltar em cinco minutos... — Cassidy não terminou.

O que ela poderia dizer? Quebrem as paredes? Arrisquem-se sozinhos? Seus protegidos receberam o silêncio de Cassidy com olhares mistos, mas os mais velhos exibiam claramente seu desafio.

— Sobrevivemos por muito tempo — disse a menina. — Vá.

Cassidy aceitou o convite e foi até a porta, inclinou-se e olhou para o amplo centro da base. Apinya construiu sua casa como uma aranha gigante, com um salão central e sua câmara de audiências — Cassidy poderia ter revirado os olhos com isso — dando lugar a pelo menos vinte ramificações, algumas terminando em escritórios, outras em salas de treinamento, beliches, áreas de reunião e mais. Escadas e pequenos elevadores conectavam os vários segmentos, todos com travas.

Apinya não explicou por que queria cada seção selável, mas quando você trabalha com seres poderosos como esses, pode fazer algum sentido. Se algo desse errado, Apinya poderia prender o infrator onde estivesse, ou pelo menos atrasá-lo um minuto ou dois.

No entanto, olhando para o salão, Cassidy e seu grupo poderiam ter sido os últimos a chegar.

Drones e Paragons espalhados por toda a câmara. Placas de metal fumegantes, braços, pernas, jatos e mais chamuscavam o carpete e queimavam buracos nas paredes. Corpos de Paragon combinavam com os destroços das máquinas, as anomalias arruinadas com tanta força implacável que Cassidy desviou o olhar dos piores para salvar seu estômago.

A entrada principal do prédio, quando Cassidy verificou, não oferecia solução. Vários grandes drones gladiadores bloqueavam a saída, armas prontas, mesmo que silenciosas. Impedindo uma retirada. À sua esquerda, Cassidy olhou mais profundamente no prédio, onde os ruídos de luta continuavam.

Mais drones rastreadores, complementados pelos tipos voadores com os quais Cassidy havia lutado nas ruas na noite anterior, pressionavam uma equipe Paragon enquanto as anomalias recuavam em direção ao salão de Apinya. Com os Paragons mantendo a atenção dos drones, Cassidy imaginou que eles poderiam atravessar o salão correndo, chegar ao outro lado e passar. A base Paragon fazia fronteira com o rio, o que significava que atravessar o outro lado poderia levar as crianças para a água e longe da vista.

Se elas soubessem nadar.

— Ei, é você.

Cassidy ouviu o sussurro, forçado, e viu, em meio aos destroços de uma estátua, uma figura espancada que reconheceu. Daw, o novo Paragon de antes. Seu braço parecia preso sob uma pedra caída, e seu rosto e uniforme Paragon exibiam mais manchas sangrentas do que poderia ser saudável. Cassidy fez uma careta, então virou as costas para Daw e retornou ao grupo que esperava.

— Venham até a porta — disse Cassidy. — Preciso ajudar alguém. Enquanto faço isso, corram por trás de nós.

— Correr para onde? — perguntou a menina.

Cassidy a levou até a porta, apontou para o corredor oposto. — Por ali. No lado mais distante, vocês podem perfurar a parede e escapar.

— Aham.

— Vocês terão mais chance com isso do que com aqueles gladiadores — respondeu Cassidy, acenando para as portas principais do prédio e os monstros além delas. — Agora vão.

Ao lado de Daw em um segundo, ajoelhada no carpete amarelo ensanguentado, Cassidy examinou o jovem. Ela girou um pequeno vazio e o usou para quebrar a pedra que prendia o braço de Daw. Atrás deles, com a menina e o menino liderando, as crianças começaram sua odisseia, correndo pelo amplo salão enquanto a luta continuava mais profundamente.

Daw parecia ter ficado inconsciente, olhos fechados e respiração fraca não eram sinais encorajadores. Cassidy recordou os primeiros socorros rudimentares que alertavam contra mover alguém com ferimentos desconhecidos, mas deixar Daw aqui daria ao Paragon um fim mais permanente. Ela deslizou os braços sob Daw, agradecendo por ele ser um fio de macarrão, e levantou.

Com os braços e pernas do Paragon caídos sobre ela, Cassidy entrou no salão central, vindo atrás da linha de adolescentes. A última anomalia piscou perto dela, aparecendo como uma pequena nevasca antes de soprar pela câmara e reformar-se no extremo oposto, os olhos azul-gelo do menino observando Cassidy e sua carga.

Não os drones.

As portas de entrada da base, já destruídas pelo que Cassidy presumiu ser o assalto inicial, não eram nem barreira nem alarme para os gladiadores. Suas tremendas pernas entraram pisando forte, luzes brilhantes fixando-se em Cassidy e Daw. Três máquinas, cada uma com mais de um andar de altura, todas focando suas armas no par.

Cassidy poderia soltar Daw, lançar alguns vazios, mas não conseguia contar as armas apontadas para ela. No passado, quando os drones capturaram Cassidy há tanto tempo, eles fizeram avisos. Consequências que poderiam ser evitadas, de certa forma, se ela se rendesse.

Naquela época, Cassidy não queria que seus filhos

vissem sua mãe sendo aniquilada. Agora, Cassidy não queria que esses adolescentes vissem isso também.

— Corram! — gritou Cassidy, sem olhar para os adolescentes, sem fazer nada para atrair a atenção dos drones para eles.

Ela teria tempo para um vazio. Um.

Ajoelhou-se em um movimento suave, rolando Daw para fora de seus braços. Com um movimento de pulso, Cassidy ergueu um vazio amplo e plano entre ela e os drones. Os gladiadores fizeram o que foram projetados para fazer e abriram fogo contra Cassidy, enviando balas, dardos atordoantes e pelo menos um laser superaquecido diretamente para ela.

O vazio pegou todos eles, sugando o ataque para seu abraço esmagador de gravidade. Cassidy sentiu o calor começar novamente, como pegar uma febre. Ela manteve o vazio ativo, como lembrar de manter um músculo flexionado. Não tão ruim com um único vazio, mas os gladiadores não eram estúpidos.

Dividindo-se, os drones flanquearam Cassidy. Ela criou mais dois vazios, cobrindo os lados esquerdo e direito de Cassidy. Os ataques continuaram, e Cassidy se ajoelhou sobre Daw, suando, respirando com dificuldade enquanto mantinha os vazios giratórios fazendo seu trabalho defensivo sujo.

Apesar das barreiras, os gladiadores continuaram atirando. Cassidy imaginou que eles tentariam uma estratégia diferente, mas os drones a mantiveram ali. Esperariam até que ela desmaiasse?

Uma nova vibração respondeu à pergunta. Cassidy não conseguia ouvir nada além do ensurdecedor tiroteio dos drones, mas podia sentir os passos saltitantes se aproximando. Com o cabelo encharcado de suor grudado na testa,

Cassidy deu uma espiada para trás e viu dois drones rastreadores correndo em sua direção. Devem ter abandonado a outra luta, ou a terminado, e agora vinham atrás da sobremesa.

Cassidy tentou invocar outro vazio, tentou e hesitou. Seus outros vazios tremeram, encolheram o suficiente para uma bala passar pelo ombro de Cassidy e atingir o chão atrás dela. Ela não conseguia, não podia invocar mais um.

Em vez disso, olhou para Daw, os olhos do Paragon ainda fechados, e esperou as máquinas darem um fim.

CAPÍTULO 33

O FUTURO

OS ACIONISTAS do mundo entraram em contato um por um. Eram rostos, nomes, empresas que tinham traçado o rumo da humanidade por gerações até que os Paragons os detiveram. Zhan-Yo havia montado a lista, usando a influência de Ziran para trazê-los a bordo de sua revolução, e agora Wexley, finalmente, podia entregar.

Ele os recebeu do convés de Mynx, com o oceano rugindo ao fundo. Ou seria a Fábrica, já ganhando ritmo?

— Temos o controle — disse Wexley logo de início — e estamos usando-o.

No começo, alguns reclamaram. Cidades entraram em erupção enquanto drones e Paragons, drones e anomalias, drones e pessoas que não sabiam de nada melhor lutavam pelas ruas, campos e telhados. As ações de Wexley abalaram a economia, geraram incerteza, criaram pânico.

— Como acontece com toda grande mudança — respondeu Wexley. — Os Paragons encontraram a mesma resistência quando realizaram sua tomada de poder. Eles prometeram um futuro melhor. Nós agora podemos entregar um. Planejamos isso. Todos vocês conhecem seus papéis. Comecem.

Eles haviam planejado. Documentos elaborados há muito tempo e deixados à deriva enquanto a promessa de Zhan-Yo vacilava sob suas próprias aspirações. Wexley e Rhimes tinham apostado há muito que, se Zhan-Yo algum dia conseguisse desmantelar o domínio dos Paragon, o caos inevitavelmente resultaria.

Por isso, reunir um exército instantâneo havia se tornado o único caminho verdadeiro, a única maneira de alguém que não fosse um Paragon tomar o mundo estabelecido.

Eles pediram tempo, esses líderes. Queriam revisitar o que haviam elaborado, queriam escavar fundo e encontrar as constituições mortas de nações há muito desaparecidas. Agendar eleições, prometer reformas, nomear representantes para todos os vários povos, incluindo as anomalias.

— No devido tempo — disse Wexley. — Por enquanto, façam o que puderem. Os drones estabelecerão o controle, e uma vez que tenham expulsado os Paragons de seus postos, as máquinas garantirão que eles não possam retornar. Seu povo acordará amanhã livre do controle deles, pronto para começar vidas novas e empolgantes.

Quando alguém perguntou o que aconteceria com aqueles drones, se eles se tornariam propriedade do país que abrigava sua presença armada, Wexley desconversou. Descartou a pergunta como prematura, alegando que ele e sua equipe ainda estavam aprendendo como funcionavam os sistemas da Fábrica e de Mynx.

Até lá, até que o mundo se estabilizasse, Wexley manteria o controle. Essa declaração enviou as ondas de choque esperadas pelo grupo, os olhos estreitados e cabeças balançando antecipados pelo CEO da Ziran.

— Meus amigos, todos temos nossas habilidades — disse Wexley. — A minha é eliminar anomalias. Sugiro que me deixem focar nisso, enquanto vocês desenham o belo futuro do nosso planeta.

Com um aceno, Wexley encerrou a chamada e os rostos assustados. A maioria se conectaria entre si, começaria a formar alianças e a tramar o que os movimentos de Wexley realmente significavam. Não importava. A economia continuaria apesar da interferência. As pessoas continuariam a trabalhar, a cultivar seus alimentos e a criar suas famílias.

Desde que os Paragons, desde que as anomalias não estivessem no quadro, todo o resto poderia ser resolvido.

— O vencedor em meio aos seus espólios — disse Adriana, saindo para o convés com duas taças de champanhe frescas.

— E pronto para compartilhá-los — Wexley aceitou a oferta, brindou com ela. O sorriso investigativo de Adriana mostrou que ela não havia acompanhado a reunião. — Eles vão aderir. Estão surpresos.

— Eles não te conhecem como eu conheço.

Wexley riu. Adriana tinha ficado tão chocada quanto os outros. Ninguém viu isso chegando, até Wexley duvidou do plano até que este deu certo.

— Estou acabando com os Paragons neste momento — disse Wexley, o champanhe dando uma nota radiante à manhã. — Os drones estão expulsando-os de suas torres e bases para as florestas, os esgotos e qualquer buraco onde essas anomalias possam se enfiar.

— Os Paragons vão se render. Eles precisam.

— Isso não vai salvá-los.

— O quê?

Wexley acenou para a Fábrica, construída na montanha atrás deles. — Olhe o que Mynx construiu, Adriana! Isso é dominação global, é um exército que não precisa de comida, nem descanso. Os Champions poderiam ter perdido todas as suas habilidades e ainda assim feito o que quisessem.

— Mas você os derrotou.

— Não. Eu peguei o que eles construíram e voltei contra eles. — Wexley tocou na mesa, exibiu os vídeos mais populares de todo o mundo. Todos mostravam drones causando destruição em grandes cidades, obliterando Paragons. — Nós tomamos a arma final deles, e eles nunca terão a chance de fazer outra.

Adriana inclinou a cabeça. — Entendo matar os Champions. Eles nunca vão te perdoar. Mas todos eles?

— Não sou cruel, Adriana — respondeu Wexley. — Apenas preciso. Qualquer anomalia é uma ameaça para nós, mas elas não precisam ser. Uma solução simples: mantenha suas habilidades escondidas, e os drones vão deixá-lo em paz.

Adriana não parecia entender completamente, então Wexley disse de uma maneira diferente, para ter certeza de que ela compreendia claramente.

— Uma anomalia que não usa seus poderes é um humano. A vida volta ao que era. Sem Champions, sem Paragons, apenas nós.

Desta vez, Wexley notou, o brinde de Adriana não foi tão entusiasmado.

— Isso não é um pouco míope? — disse Adriana enquanto suas taças se tocavam.

— Como assim?

— Você mesmo disse, venceu ao roubar o que os Champions fizeram. — Adriana acenou com o copo para a casa de Mynx. — Por que parar agora?

Wexley analisou as palavras, tentou encontrar o significado de Adriana. Quando o encontrou, confirmado pelo sorriso lento de Adriana, Wexley franziu a testa.

— Não pode ser feito — disse Wexley.

— Há uma que chegou perto. Nesta mesma cidade, inclusive. Podemos começar com a pesquisa dela e, com tantos sujeitos potenciais, progredir.

— Com que objetivo? Já governamos o mundo.

— Mas por quanto tempo? Se fizermos isso funcionar, teremos esta vista para sempre.

Wexley terminou seu champanhe sem dizer mais nada, observando as ondas e pensando. Adriana o deixou pensar, mas ele ainda assim sentia os olhos dela sobre ele. Simplesmente apagar as anomalias do mapa seria a solução mais limpa.

Mas controlar o poder delas?

Isso asseguraria a posição da Ziran. Garantiria sua própria vida contra algum assassino anomalia. E talvez, apenas talvez, Adriana pudesse encontrar as respostas para aquelas anomalias autodestrutivas. Um objetivo nobre, esse.

— Mais uma rodada — Wexley chamou o pequenino drone de serviço e a máquina zumbiu de volta para a casa.

— Oh? — indagou Adriana.

— Acho que ainda não terminamos de celebrar. Agora, me conte mais sobre essa ideia.

O amanhecer despontou sobre os penhascos orientais, uma explosão púrpura alaranjada. A luz do sol cintilava sobre o oceano. Um belo começo para um mundo completamente novo.

A EMBARCAÇÃO não tinha muito a oferecer além do tamanho. Contêineres empilhados a vários andares de altura em todas as cores sem graça que Celice poderia imaginar. O cair da noite e alguns subornos bem colocados afastaram guardas e trabalhadores enquanto o grupo se aproximava, vinte pessoas ao todo apressando-se pelo Porto de Londres. Zhan-Yo, Mathieu e Benny lideravam o grupo, todos usando roupas discretas e comuns roubadas do grande estoque dos Elementais. Celice sentia o incômodo, o peso do seu próprio casaco pressionando-a. Seus sapatos estavam muito apertados, com bolhas esmagando seus pés.

Ela aguentaria, porém, porque significava não morrer, significava não enfrentar aqueles malditos drones novamente.

Eles deixaram corpos para trás quando fugiram da Torre. Isso era o que Celice não conseguia ignorar conforme os minutos e horas passavam. Aqueles rostos, contorcidos em dor momentânea quando os drones acabavam com qualquer Paragon, qualquer pessoa que conseguissem atingir.

Aegis ordenou a retirada e Gatete dissolveu um buraco

na parede externa da Torre mais próxima deles. Os Paragons que conseguiam se mover forneceram a cobertura que puderam para Zhan-Yo, Mathieu e os agentes. Uma batalha perdida, pírrica, conforme mais drones continuavam a chegar, convocados dos arredores de Londres e dispostos a gastar todas as armas que possuíam contra os heróis que deveriam ter ajudado.

Cápsulas pararam fora da Torre, chamadas pelos Elementais para ajudar na evacuação. Se Celice não tivesse esperado por seu pai, teria estado na primeira, com Gatete. Teria ficado presa como o líder Paragon quando os drones fizeram o que puderam e selaram o veículo, imobilizando-o. Gatete tentou apagar um caminho para a liberdade apenas para encontrar o fogo dos drones esperando por ele.

Os Elementais, entretanto, provaram sua engenhosidade: um, usando uniforme de barista, correu para o centro da rua e bateu no chão. Enquanto todos fugiam da Torre, um círculo apareceu no meio da batida, alargando-se e escavando a superfície da rua como uma faca raspando uma cobertura. O Elemental apontou para um local perto da borda crescente de sua criação: uma abertura de esgoto que levava aos esgotos da cidade, com a tampa apagada pela anomalia.

Celice, desta vez, liderou o chamado, gritando para que todos a seguissem numa corrida louca em direção ao buraco. Ela se recusou a olhar para qualquer coisa além do objetivo enquanto corria, saltava e caía através do círculo. A própria habilidade do Elemental desapareceu quando os drones a encontraram, um alvo que teria sido mortal se Aegis não tivesse envolvido a mulher em seus braços e caído com ela na sujeira.

A partir daí, Benny assumiu a liderança, com outro Paragon usando suas habilidades para colapsar a abertura atrás deles em uma explosão sibilante de canos estourados. Um grupo lamentável dos números que estavam vivos uma hora antes, mas mais do que zero.

Mais do que zero.

Todos aqueles trabalhos, todas aquelas missões que Celice havia dirigido das salas de controle do Bastião, envolviam enviar Paragons como estes para deter anomalias malignas ou prevenir desastres naturais. Às vezes, Paragons ficavam feridos. Alguns morriam. Não assim, porém. Não despedaçados por supostos aliados sem piedade.

Nem mesmo Thane havia matado dessa maneira.

Enquanto caminhavam, Aegis, Zhan-Yo e Benny voltaram-se para o que aconteceria a seguir. Celice deixou a conversa saltar pelo túnel, ainda tentando encontrar uma maneira de juntar as peças do que acabara de acontecer.

E como.

— Mynx — disse Aegis mais tarde, quando eles chegaram ao esconderijo do Elemental. Dois chuveiros serviram para o grupo, junto com roupas limpas. — Ela é a única com controle global, a única que poderia fazer algo assim.

— Ela precisaria do Reeves para fazer isso — contestou Celice. Os cinco estavam sentados em uma mesa de cartas de metal e borracha, uma que parecia ter visto muito mais décadas do que qualquer pessoa ali. A sala ao redor tinha paredes manchadas, um relógio que tiquetaqueava incessantemente e olhares vagos o suficiente para sugar a alma. — Não há como a IA deixá-la virar os drones contra todos sem um aviso.

— Ela não fez isso — respondeu Aegis, com os dois punhos cerrados e apoiados na mesa. — Eles a pegaram e a forçaram.

— Eles? — perguntou Benny. — Quem são eles?

— Meus amigos — disse Zhan-Yo, inclinando-se sobre uma caneca cheia de chá. O vapor flutuava ao redor de sua cabeça, mas Zhan-Yo o bebia em pequenos goles mesmo assim. — Os drones eram um plano. Um último recurso.

— Para a sua revolução? — disse Aegis, com ácido na língua.

Benny levantou-se da mesa sem dizer uma palavra e saiu da sala. Ninguém o seguiu, ninguém se importou.

— Para a nossa liberdade — rebateu Mathieu a Aegis. — Se vocês não aceitassem nenhuma outra maneira, teríamos que usar a força.

— Vocês já fizeram isso, lembram? — disse Celice. — O bombardeio de LA? Ou esqueceram?

— Um erro desesperado — respondeu Zhan-Yo. — Pensamos que mais um empurrão poderia levar vocês a mudar.

— Porque terrorismo sempre funciona.

Celice viu o fio pendurado entre todos eles. Um bom golpe e ela poderia cortá-lo, fazer Aegis virar a mesa e iniciar uma briga aqui e agora. Zhan-Yo não tinha suas espadas consigo – as lâminas estavam em algum lugar na base de Gatete – e Mathieu não tinha armas visíveis. Uma vingança fácil por todos aqueles que perderam a vida em LA.

— Respirem fundo, pessoal — disse Benny, voltando para a sala com um pacote velho de seis cervejas.

O Elemental bateu com as cervejas baratas na mesa e então distribuiu uma para cada um.

— Não bebo mais — disse Zhan-Yo.

— Então cuspa, mas você vai brindar com o resto de nós — respondeu Benny.

— Brindar ao quê? — perguntou Aegis.

— À nossa sobrevivência. Vocês podem ser mais novos neste jogo, mas os Elementais estão nas sombras há muito tempo. Você celebra a grande vitória para que as pequenas brigas não o destruam.

Celice levantou seu copo primeiro em direção ao de Benny. Não porque sentisse algum desejo avassalador de suavizar o clima, mas porque não encontrava energia para mais nada. Outra briga seria demais, muito cedo. Ela não havia processado todos aqueles corpos, lido os nomes que seriam familiares para ela: pessoas nunca conhecidas, mas com quem trocou mensagens, leu a respeito em boletins Paragon.

Mathieu juntou-se em seguida, um movimento nada surpreendente para o homem. Ele jogou suas cartas astutas o tempo todo, e por que mudar isso aqui, com Aegis pronto para arrancar sua cabeça?

Zhan-Yo e o Campeão se encararam por um longo momento, tempo suficiente para Benny tossir e sacudir sua lata. Zhan-Yo foi o primeiro, acenando para o Elemental e batendo o alumínio. Aegis, com seu último lugar garantido, completou o brinde. Benny bebeu por mais tempo.

— Para parar os drones, precisamos pegar a Mynx — declarou Aegis, com espuma persistindo ao redor de seus lábios. — Isso significa chegar a Pacifica. Presumo que as máquinas estarão observando, ou destruindo, nossos trans-portes Paragon.

— Usamos métodos normais — disse Zhan-Yo. — Um avião de passageiros.

— Não. — Mathieu estendeu a mão, desencaixou seu Tama e o colocou no centro da mesa. Com um deslize, o Tama projetou o que parecia ser um grande navio. — Os drones terão acesso a qualquer pessoa embarcando em um avião e, a menos que Benny tenha sido mais proativo do que eu, documentos falsos não estarão prontos por um tempo. Eu voto para irmos em uma caixa.

— Em uma caixa? — perguntou Celice. — Um contêiner de transporte?

— Sem escaneamentos que não possamos controlar, sem interesse de drones — disse Mathieu. — É seguro, e o trânsito pelo Atlântico não demora muito nas velocidades atuais.

— Podemos conseguir um para vocês — disse Benny. — Temos transportado material para dentro e fora daqueles estaleiros há muito tempo.

Aegis franziu a testa para o Elemental, mas não objetou. Em vez disso, ele se levantou, segurando sua lata de cerveja. — Preciso avisar os outros, certificar-me de que meus Paragons saibam para ficar discretos. Façam os arranjos. Celice, confio em você.

O Campeão poupou um aperto de ombro para sua filha. Um toque agradável.

Um contêiner cinza marcava o objetivo deles. Estava aberto, aguardando com um guindaste acima para ser carregado no navio. Provisões para a jornada de vários dias haviam sido empilhadas pela equipe de Benny na parte de trás, caixas sem graça repletas de comida, água e outros itens essenciais.

O quarteto se aproximou, com Benny marcando sua própria despedida na beira do estaleiro. Ele se reuniria com seu par favorito, Roger e Sydney, para organizar uma resistência. Quando Celice perguntou a Benny como ele lidaria com trabalhar com um homem que ele esfaqueou, Benny deu de ombros, disse que o passado era passado e seguiu com a conversa.

Se Celice tivesse sentido o mesmo, talvez tivesse evitado a viagem a Londres completamente. Poderia ter ficado com Mynx em LA e estar lá para evitar que esse desastre acontecesse.

— Aguentando firme? — disse Mathieu, e Celice percebeu que havia ficado alguns passos para trás. Aegis e Zhan-Yo chegaram ao contêiner e estavam inspecionando-o em busca de surpresas.

— Desculpe, distraída — disse Celice. — Isso é muita coisa.

— Você se acostuma — respondeu Mathieu.

— Acostuma com o quê? Correr no escuro? Ver amigos serem fuzilados?

— Infelizmente, sim. — Mathieu lançou um olhar sombrio na direção de Aegis. — Seu pai matou minha irmã. Ela trabalhava para Zhan-Yo, e na noite em que ele realizou o...

— Sinto muito, mas também não sinto — interrompeu Celice. — Eu entendo. Nossas vidas não têm espaço para autopiedade. Existe apenas o que é necessário para sobreviver.

Aegis acenou de volta em direção a eles. O contêiner estava seguro, sem emboscadas à espreita.

— Não exatamente — disse Mathieu enquanto eles davam os últimos passos pelo concreto. — É difícil, mas isso não significa que você não possa se divertir um pouco.

— Como?

— Temos três dias pela frente que passaremos assando em uma caixa de metal. — Mathieu alcançou o bolso interno do casaco. — Imaginei que precisaríamos de uma maneira de passar o tempo.

Sua mão saiu segurando um baralho de cartas.

O ronco do navio forneceu a trilha sonora para suas vidas no contêiner. Mathieu e Zhan-Yo, com aquelas cartas em mãos, ocuparam um lado, enquanto Celice sentou-se com seu pai do outro, digitando mensagens em seus Tamas. Durante horas, eles elaboraram estratégias, superando os choques que chegavam de que Aegis ainda vivia, misturados com o horror causado pelos drones. Campeões e outros líderes Paragon de cidades grandes e pequenas procuravam orientação.

Aegis disse-lhes para se esconderem. Para esperar até que planos melhores pudessem ser feitos. Vidas de Anomalias eram mais importantes. Finalmente, depois de apertar enviar mais uma vez, Celice não pôde evitar. Ela colocou sua mão sobre a tela de seu pai, chamando sua atenção para ela.

— Você voltou — disse Celice. — Não entendo como, mas você voltou.

As palavras pareciam óbvias, até mesmo estúpidas, mas ainda eram verdadeiras. Celice havia crescido rodeada por tantas anomalias, tinha visto poderes cobrindo quase tudo, mas a morte permanecia inviolável. Ninguém poderia alcançar o além e trazer uma vida de volta.

— Mila pode responder isso — disse Aegis. — Ela e Mynx, juntas, me trouxeram de volta.

— Quando? Há quanto tempo?

— Um dia? Mynx me acordou, disse que Gatete tinha Zhan-Yo e que você poderia estar em apuros. — Aegis sorriu. — Eu disse que se Gatete mexesse com você, ele é que estaria em apuros, mas Mynx me deu seu jato mesmo assim. Disse para onde me levar.

Celice balançou a cabeça. — Deveríamos ter pego esse jato para voltar.

— Tentei. Ele parou de responder assim que os drones se viraram. Não sei onde foi parar. Não que importe. Correr de volta para a Fábrica só nos mataria.

— Meu pai, recusando-se a correr direto para o perigo?

— Da última vez que fiz isso, quase perdi tudo. Quem quer que tenha tomado a Fábrica não é fraco. Eles sabem quem está vindo atrás deles, o que significa que precisamos ser melhores.

Celice olhou para os jogadores de cartas. — Nós os temos.

— Normais — disse Aegis, então percebeu o olhar de Celice e suavizou sua expressão. — Normais habilidosos. Eles vão ajudar, mas precisamos dos Campeões, ou de quantos ainda vivem. Paragons também.

Quantas vezes seu pai havia salvado o mundo? Ele falava como se o próximo assalto à Fábrica fosse apenas outro problema para resolver. Outro obstáculo no caminho dos Campeões. Celice queria duvidar da confiança do homem, de sua resolução sombria, mas parou.

Aegis estava vivo. Eles tinham o começo de um plano.

E, pelos próximos dias, Celice teria seu pai só para si. Ela poderia conviver com isso.

CAPÍTULO 35
O ATAQUE

LOB TROUXE O ESQUADRÃO, um por um, até o telhado do edifício. O sol da tarde cortava a brisa primaveril e oferecia uma boa vista, com a margem do lago à esquerda e o alvo logo à frente. Um centro quadrado e cercado, a instalação local de reparos de drones estava em pleno funcionamento. A luta da manhã enviara drones para lá às dúzias, as máquinas organizando-se em filas enquanto marchavam em direção à entrada do centro.

Calvin não sabia quais algoritmos ali dentro iriam classificar, definir e dividir os drones nas linhas de serviço adequadas, mas podia ver os resultados zumbindo para fora das portas distantes do centro. Como insetos deixando um ninho, drones reparados saíam rapidamente para suas missões.

— Estão chamando isso de liberdade — murmurou Smoke, olhando para seu Tama enquanto o grupo verificava seu equipamento. — Ziran fez alguma declaração sobre recuperar a humanidade das anomalias, e todos estão comprando essa ideia.

— Todos? — respondeu Particle, prendendo várias armas de aparência perigosa em seu cinto.

— Todos os comentários sobre isso, na matéria de capa, estão enlouquecidos — disse Smoke.

— São idiotas — observou Weed, o líder acompanhando Calvin em sua posição agachada, olhando para o centro.

— São bots — acrescentou Particle. — Ziran é dono das redes de notícias. Podem criar o que quiserem.

— As pessoas vão acreditar — rebateu Smoke.

Um chiado interrompeu a conversa quando todos se viraram para Lob, que engolia uma bebida energética de aparência rançosa. Lob terminou a lata de um só gole, soltando um arroto devastador como gran finale. Calvin riu apesar de si mesmo.

— Concentrem-se, pessoal — disse Weed, estalando os dedos. O homem, com uma bandagem grossa sob seu uniforme cobrindo o ferimento de bala, tinha uma aparência pálida. O esgotamento circundava olhos brilhantes. Café fresco manchava seus dentes. — Está na hora de começarmos. Nossos parceiros atacarão drones onde quer que possam encontrá-los, o que significa que receberemos os remanescentes correndo em nossa direção. Quando chegarem aqui, precisamos ter dominado este lugar. Todos sabem suas funções. Vamos deixar os Paragons orgulhosos.

Calvin desviou o olhar para que Weed não percebesse seu revirar de olhos.

Lob deu início às coisas, lançando Calvin primeiro. Calvin nunca tinha sido disparado por um canhão, mas imaginou que era assim que devia ser: um segundo com os pés no chão, confortável, e no seguinte voando pelo ar em um arco perfeito. Casas esparsas se espalhavam abaixo deles, jardins congelados parecendo bonitos, algumas almas lá fora na tarde. Uma até olhou para cima, viu Calvin voando.

O arremesso levou Calvin para cima, mas não ajudaria a colocá-lo no chão. O depósito de drones tinha cinco andares de altura, mas isso ainda significava uma longa queda a partir do arremesso de Lob. Weed disse a Calvin que ele não precisava fazer essa manobra, mas o fator surpresa significaria tudo no ataque e, depois do que aconteceu com Kat na noite anterior, Calvin sentiu vontade de se exibir.

Então ele pegou o ar com sua mão esquerda, sentiu suas partículas e as agarrou, disparando essa coleção solta através de seu corpo e para fora de sua mão direita, alcançando abaixo dele. Enquanto Calvin caía, ele criava ar cada vez mais denso sob si, diminuindo sua descida pouco a pouco até aterrissar no telhado do centro de reparos com um rolamento.

As ripas metálicas ofereciam pouco conforto, menos proteção, e os três drones que guardavam seus companheiros quebrados giraram seus corpos de aranha na direção de Calvin. Seus corpos de metal preto, sujos, absorviam a luz do sol enquanto se erguiam pelos lados do edifício em busca de Calvin.

Lentos demais.

Calvin plantou a mão direita no telhado, agarrou o metal e o rasgou, enviando a estrutura em fitas ao seu redor. O metal se reformou em um círculo frágil, não o suficiente para proteger contra qualquer coisa, mas o bastante para esconder Calvin.

Quando os drones atiraram, suas balas atravessaram a barreira e passaram direto pelo outro lado. Calvin caiu pelo buraco que havia criado, pousando em uma viga de aço dentro da estrutura.

— Estou dentro — disse Calvin pelo seu Tama. — O buraco está pronto e esperando.

— Chegando — respondeu Lob. — Você fez alguns amigos.

— Estava contando com isso.

Calvin estava em pé sobre uma grande viga transversal vermelho-escura. Outras três iguais se estendiam por toda a instalação convertida, de ponta a ponta. Vigas verticais mais curtas erguiam-se a cada poucos metros, conectando as vigas transversais ao teto. Lá embaixo, os drones se filtravam em suas filas, marchando por entre ainda mais drones com braços giratórios, soldadores em spray, e outros todos ocupados consertando suas máquinas semelhantes. O ar fedia a fios queimados e metal derretido, e Calvin percebeu que estava suando por todo o corpo. Faíscas estalavam, ruídos de cortes surgiam enquanto as peças eram unidas.

Por um breve momento, Calvin imaginou o mundo inteiro coberto por lugares como esse, máquinas fazendo mais máquinas extintas tornando humanos.

Seus drones voadores seguidores adivinharam o destino de Calvin, entrando pela entrada da instalação, caçando-o com aquelas luzes de busca. Com sua entrada já realizada, Calvin mudou suas táticas.

Com a mão esquerda, Calvin agarrou a viga vertical, mantendo-se firme e extraindo seu aço duro. Sua mão direita transformou o aço em espinhos afiados, que ele arremessou contra os drones que se aproximavam. Cada um como um punhal, os espinhos atingiram o alvo, penetrando nos drones e fazendo os dois primeiros girarem descontrolados. Os drones mantiveram controle suficiente para desviar das linhas de reparo, desabando nos cantos do edifício.

O terceiro veio por trás.

Calvin girou, viu o drone disparar, e esperava que as

balas o abatessem. Em vez disso, elas passaram à direita, assobiando e errando por centímetros. A razão pousou ao lado de Calvin, com Smoke gritando para que Calvin eliminasse a máquina.

Outro espinho fez o trabalho.

— Não é fácil enganá-los — disse Smoke, agachando-se para agarrar a viga com ambas as mãos. — Estou desfocando uma saída para nós.

— Ei, funcionou — disse Calvin, então voltou sua atenção para a linha abaixo deles.

Sua viga vertical, saqueada para os espinhos, se dividiu quando Calvin sugou mais um pouco. Transformou o aço em um aglomerado de fragmentos, então deixou-o chover sobre a linha de montagem. Cada lasca, extremamente afiada, deslizou através das máquinas e cortou fios, bloqueou circuitos e pior. A linha de montagem engasgou, alguns drones morrendo de imediato enquanto outros voltavam a funcionar com movimentos irregulares.

— Vamos atacar aquela — disse Calvin, apontando para a próxima viga vertical.

Um baque acima indicou que Lob havia deixado outro membro, e Particle se fez notar com um chamado através do buraco no telhado feito por Calvin.

— Vigia em posição — disse Particle. — Comecem a destruir.

— Já estamos nisso — respondeu Smoke enquanto os dois corriam para a próxima viga.

Calvin repetiu seu trabalho, raspando microfragmentos e enviando-os em cortes através das máquinas abaixo. Não tão devastadores um-a-um quanto os espinhos, as lascas compensavam isso dando a Calvin mais cobertura. Ele lançou as lascas por toda a instalação, cortando drones em todos os pequenos lugares que faziam as máquinas funcionarem.

Como jogar algum jogo, pura prática de tiro ao alvo.

— Mais chegando — disse Weed, minutos depois. Ele, Lob e Particle vigiavam o telhado enquanto Calvin continuava obliterando os drones. — Todos os lados.

— Segurem-nos — respondeu Calvin, correndo com Smoke para outra viga cruzada mais profunda na instalação. — Não falta muito.

Apesar de correr ao longo de uma estreita viga bem acima de um andar repleto de robôs que não hesitariam em desmembrá-lo, Calvin mantinha um ritmo rápido. Ele não estremeceu, não parou para respirar fundo e criar coragem. Já sentira essa calma determinada antes, com Kat em suas missões para encontrar e eliminar Wexley. Agora, com uma equipe completa operando ao seu redor, Calvin deixou suas ansiedades de lado, focando no objetivo.

Destruir esses drones significava manter Chicago segura. Os Paragons poderiam se reestabelecer, poderiam fortalecer a cidade até que alguém descobrisse o que Wexley tinha feito com Mynx. Kat poderia se curar, Calvin poderia passear com Seeker e ser o protetor.

Calvin sorriu ao atingir a próxima viga vertical, batendo sua mão contra ela e sugando outra chuva de lascas. Parecia que ele tinha um lar.

— Rastreadores! — gritou Smoke, atraindo a atenção de Calvin para a parede mais próxima deles.

Cinco drones parecidos com insetos subiam por sua superfície, dirigindo-se para as vigas cruzadas. Deviam ter sido reparados momentos antes, atacando diretamente. Não que importasse. Calvin girou seu pulso direito, rotacionando as lascas, cada uma conectada à sua mão pelo mais fino filamento metálico. Como um chicote, Calvin movia seu pulso e soltava os filamentos, lançando os pequenos espinhos em suas pontas.

Os rastreadores pareciam ter aprendido.

Assim que Calvin moveu as lascas, os drones quebraram formação. Dois subiram o mais rápido que suas pernas permitiam, indo para o teto. Os que estavam de cada lado se separaram naquelas direções, mirando outras vigas transversais. E um decidiu fazer papel de mártir, avançando diretamente para a viga de Calvin. O Paragon chicoteou suas lascas, enviando a chuva para frente.

O drone se contorceu quando suas juntas tiveram seus fios cortados, seus sensores estilhaçados. Uma perna errou um passo e o drone cambaleou para a direita de Calvin, então caiu, despencando da viga em uma queda faiscante para se espatifar contra alguma máquina infeliz abaixo.

— Movam-se! — exclamou Smoke, e Calvin concordou. Os dois drones rastreadores estavam quase sobre suas cabeças, e o outro par teria os Paragons encurralados em segundos. — Atravessar e sair. Já causamos dano suficiente, certo?

Seguindo Smoke enquanto ela falava, Calvin correu pela viga que cortava o meio da instalação. Incêndios surgiam abaixo deles, fios cortados encontrando oportunidades em lubrificantes derramados e baterias vazando. Essas chamas se espalhariam, possivelmente o suficiente para consumir todo o edifício. De qualquer forma, o centro não estaria consertando nada por um bom tempo.

— Acho que estamos bem — disse Calvin, olhando para trás para ver Smoke já do outro lado.

Um drone rastreador caiu do teto enquanto Calvin falava, batendo na viga atrás de Smoke, separando-a de Calvin. A Paragon sacou uma pistola-padrão do cinto e disparou um tiro, a bala produzindo uma faísca e nada mais no drone. O rastreador nem se virou para ela, optando por manter o foco em Calvin.

Atrás dele, Calvin ouviu os outros dois rastreadores se aproximando rapidamente. Lá em cima, o que não havia caído parecia estar se fixando na posição de Smoke.

— Precisamos de um resgate! — Calvin chamou em seu Tama, batendo a mão esquerda na viga transversal.

O drone rastreador da frente avançou, garras de aço tentando agarrar Calvin. Assustador, claro, mas o drone não era nada comparado à ameaça branca e rosnante de Seeker. Naquela época, Calvin tinha absorvido metal do ferro-velho para afastar o cão.

Desta vez, ele optou por uma abordagem diferente.

Extraindo tudo que podia da viga, Calvin jogou a mão direita para trás, pulverizando o metal em uma trama apertada. Enquanto o drone corria pela frente, a viga desaparecia sob suas pernas até que suas garras não conseguissem encontrar apoio. Com um último avanço, as garras do drone roçaram o uniforme de Calvin, cortando uma linha bem definida em seu peito.

Então caiu no inferno crescente.

Tiros de pistola arrancaram a atenção de Calvin para Smoke, que atirava contra o último drone. A máquina desceu perto da furtiva Paragon, ignorando seus disparos. Ela recuou em direção a Calvin, cambaleou na viga e deixou cair sua arma para recuperar o equilíbrio.

Calvin lançou o espinho de aço por cima da cabeça dela. A lança, longa, fina e afiada o suficiente para desafiar diamantes, atingiu e afundou no drone. A coisa avançou mesmo assim, mas Smoke se recuperou o suficiente para pegar a perna principal do drone e puxá-la para fora da viga. Desequilibrado, o drone tombou, seus membros agitados agarrando a perna de Smoke e prendendo-a.

Ou teria prendido, exceto que Calvin, usando o fio mais tênue da viga restante, lançou uma linha de seda de aço na direção de Smoke.

— Agarre-a! — gritou Calvin, tentando manter o equilíbrio na fina chapa sob seus pés. A viga de sustentação tinha pouco suporte restante após as manobras drenantes de Calvin, e ele podia sentir a estrutura se curvando sob ele. — Rápido!

Smoke agarrou o fio, enrolando-o em seu pulso esquerdo enquanto pendia sobre o fogo turbilhonante. Fumaça, a substância escura e fedorenta, subia ao seu redor. Calvin abandonou sua mão esquerda, usando-a em vez disso para cobrir a boca para poder respirar. Smoke pôs uma mão sobre a outra, subindo enquanto Calvin avançava passo a passo para a parte mais espessa da viga.

— Bom arremesso — disse Smoke, conseguindo agarrar a viga com os dedos. Calvin a puxou para cima com seu melhor apoio. — Da próxima vez que eu precisar que alguns drones sejam destruídos, sei quem chamar.

— Ajuda quando tenho boas armas — disse Calvin, acenando para os restos frágeis da viga.

Smoke tossiu, — Acho que terminamos aqui.

— Já estou encontrando uma saída.

O buraco no telhado, sua entrada e melhor chance de saída, ficava à esquerda. O calor e as cinzas que se acumulavam na instalação tornavam a curta caminhada um exercício assustador, com Calvin sentindo seu caminho pela viga mais do que vendo-a. A fumaça servia como guia, a escuridão flutuante escoando para o buraco como uma conveniente fuga.

Calvin queria perguntar onde estavam os outros, mas abrir a boca quando seus olhos já ardiam, quando seu uniforme parecia que poderia derreter em sua pele, parecia uma má ideia. Ele não conseguia mais dizer se Smoke o seguia. Se ela tivesse caído ou sufocado, Calvin não tinha como saber.

Algo chamou sua atenção, puxando seus olhos para cima e para a direita. Calvin estava prestes a passar direto pelo buraco, invisível com a fumaça negra como breu surgindo ao seu redor. Uma mão desceu, tocando o ombro de Calvin e então seguindo para seu braço. Tosses vieram de cima, mas a mão deu um aperto firme, então Calvin se impulsionou para cima.

Não importava o que estivesse do outro lado, seria melhor do que morrer queimado naquele edifício.

Enquanto a primeira mão erguia Calvin, outras desceram e agarraram seus ombros. Eram pequenas, centenas de pontos alcançando-o como uma rede viva para encontrar apoios e puxá-lo para cima. Levou um segundo quente para Calvin entender o que estava acontecendo, a ideia só confirmada quando ele atingiu a borda do telhado, subindo e vendo Weed, milhares dele, agrupados ao redor do círculo. Seus clones, crescendo em ritmos diferentes, mergulharam de volta para buscar Smoke enquanto Calvin, deitado nas ripas de metal, tossiu até seus pulmões estarem vazios, e então mais uma vez.

— Bom trabalho lá dentro — disse Particle, em pé sobre ele com um rifle de assalto, fazendo disparos.

— O próximo é seu — Calvin chiou.

A pequena corrente humana de Weed encontrou Smoke e a arrancou das chamas, jogando-a no telhado ao lado de Calvin. Seu uniforme parecia chamuscado, brasas brilhando em seu cabelo. Dois Weeds do tamanho de crianças pequenas correram e as apagaram enquanto Smoke tossia e Calvin se levantava.

Formas lotavam o céu da manhã ao redor da instalação:

drones voando ou surgindo do solo ainda não queimado. Enquanto Particle mirava cuidadosamente e disparava balas, o ataque parecia ter pouco impacto na armada que se aproximava.

— O que eles estão esperando? — perguntou Calvin. — Já deveriam ter nos matado?

— Estratégia de drones — respondeu Weed, o verdadeiro aproximando-se enquanto suas cópias se espalhavam pelo telhado, criando alvos. Lob seguiu o líder, colocando seu braço sob Smoke e ajudando-a a ficar de pé. — Cortar todas as saídas, atirar juntos. Nenhuma chance de escaparmos.

— Você não parece incomodado com isso?

— Lob — disse Weed —, vamos.

— Entendido. — Lob não esperou o consentimento de Smoke, apenas saltou do telhado com ela, desaparecendo no céu.

— Então são dois de nós — respondeu Calvin enquanto Particle disparava outro tiro. Ele estilhaçou a câmera frontal de um drone próximo, seu vidro preto caindo no concreto abaixo como confetes irregulares.

— Ele voltará — respondeu Weed. — Só precisamos ficar vivos até lá.

Em tempos melhores, Calvin teria lançado uma resposta sarcástica para Weed. Aqui, neste telhado iluminado pelo sol com drones se fechando de todos os lados, ele manteve a boca fechada e deixou suas mãos falarem. Com a esquerda, Calvin sentiu o ar ao seu redor, as moléculas se unindo se fazendo conhecer ao seu toque. Ele encontrou o que queria e puxou, um puxão que se estendia de sua pele e capturava o nitrogênio flutuando por toda parte.

Um drone subiu pelo lado direito de Calvin, disparando sobre a borda do telhado com suas armas prontas. Particle tinha seu rifle apontando ao longo da instalação, de volta para a cidade e outros inimigos que se aproximavam. A horda de Weed dançava pelo telhado, fornecendo cobertura e saltando em direção aos drones tolos o suficiente para chegar perto.

Calvin pegou este com sua direita, agarrando o nitrogênio e enviando-o em uma lança estreita em direção ao drone. O ar comprimido atingiu o nariz do drone, empurrando-o para baixo enquanto a máquina disparava. Balas e coisas piores descarregaram na lateral da instalação, abrindo um buraco na parede e enviando fumaça ardente para fora. A névoa escondeu o drone, forçando Calvin a enviar mais ondas de ar, cada uma limpando a fumaça o suficiente para rastrear a máquina enquanto ela se reposicionava. Calvin mirou na asa do drone, acertou-a, e enviou o pássaro metálico rodando.

Sem mortes, apenas atrasos.

O rifle de Particle estalou, sincronizado no momento pelo retorno estrondoso de Lob. O homem grisalho pousou entre seus companheiros de anomalia e, sem um momento de indecisão, agarrou Particle. Os dois saltaram para longe, o rifle de Particle caindo de suas mãos no movimento e espatifando-se no telhado.

Sem os disparos e o redirecionamento constante de Particle, os drones atacaram. Weed gritou um aviso — todos os seus pequenos eus gritaram juntos — e Calvin mergulhou em direção ao buraco fumegante. Não que ele quisesse entrar no fogo, mas com as balas salpicando o telhado ao seu redor, o jato negro proporcionava um pouco de cobertura.

Calvin mergulhou a mão na fumaça, encontrou a fuligem e a espalhou, deixando a fuligem ardente lançar-se ao seu redor em uma bola cinza-preta. Ele rolou dentro dela, mirando na beira do telhado. Tudo neste momento voava por instinto, sem palavras ou pensamento real além da fuga. Eles haviam cumprido a missão, agora Calvin só precisava sobreviver.

O telhado cedeu. Em um momento, Calvin tinha uma ripa de metal resistente sob ele, e no próximo ele se sentiu à deriva, sem peso. Estalos e gemidos inumanos ecoaram atrás do constante fogo de armas enquanto vigas se partiam e paredes perdiam seus apoios. Fumaça nublava seus olhos, deixando Calvin batalhando, suas mãos se estendendo enquanto o prédio desmoronava.

Mãos o agarraram, corpos, pequenos, se pressionaram ao redor de Calvin enquanto sua ripa começava sua queda final, deslizando do telhado em direção ao chão. Ao deixar a fumaça, Calvin viu o céu azul acima, pontilhado de drones. E uma figura: Lob voltando em queda.

Mas não em direção a Calvin. O curso de Lob o levou em direção à frente da instalação, em direção a Weed, mesmo enquanto os pequenos clones do líder Paragon enterravam Calvin em sua agitação.

A razão ficou clara quando eles atingiram o chão.

A ripa atingiu primeiro, batendo em escombros em chamas e deslizando para longe, lançando Calvin para fora com ela. Os clones de Weed se agarraram firmemente, mantendo-se quietos enquanto cada impacto os golpeava, arrancando a armadura viva de Calvin. Quando a ripa bateu no concreto, ela parou, enviando Calvin para frente e perdendo seus últimos clones restantes. De costas, Calvin, ofegando por ar, viu o retorno de Lob ao céu, Weed pendurado no aperto do homem.

Alguns drones perseguiram aquelas anomalias. Os outros vieram atrás dele. Calvin sentiu o concreto sob suas palmas, começou a absorvê-lo e levantou a mão direita.

O primeiro dardo atingiu seu peito. O segundo seu estômago. Eles queimaram no contato, adormecendo depois. Um gladiador caiu ao lado da cabeça de Calvin, armas prontas. Um braço metálico, com garras na ponta e um dispositivo destinado a arrancar portas e coisas piores de suas dobradiças, estendeu-se em sua direção. O que faria com seu corpo, Calvin não queria saber.

Felizmente os dardos fizeram seu trabalho, e Calvin não viu, não sentiu.

CAPÍTULO 36

DE VOLTA AO COMEÇO

UM RUGIDO sem palavras preencheu o salão destruído do Paragon, abafando o som das balas com sua ira reverberante. Agachada sobre Daw, Cassidy sentiu seus vácuos escorregando e sorriu. Ela conhecia bem aquele som, sabia o que viria a seguir. Os drones poderiam pegá-la, mas pagariam por isso.

O chão tremeu, não como uma explosão que abala fundações desta vez, mas com impactos profundos que esmagavam ossos, pertencentes a uma anomalia específica. O vidro estilhaçou e estrondos menores se seguiram quando decorações não projetadas para terremotos caíram.

Cassidy sentiu uma fisgada no tornozelo, virou-se e viu um drone rastreador, as garras daquela coisa semelhante a um inseto se infiltrando sob seus vácuos para golpeá-la. As lâminas metálicas tentavam alcançá-la enquanto Cassidy recolhia as pernas. As balas continuavam a cair, mantendo seus vácuos no lugar. Invocar outro colocaria Cassidy com quatro vácuos de uma vez, um número que ela nunca havia alcançado e que parecia tão provável de matá-la quanto de salvá-la.

— O que está acontecendo? — perguntou Daw, seus olhos piscando ao abrir.

— Fique parado. Tenho vácuos nos envolvendo.

O rastreador avançou, abriu um corte na perna de Cassidy, rasgando uma costura ao longo de sua panturrilha. Ela gritou, então conteve o som. Tentou um chute que ricocheteou no metal do drone.

— Mas se você tiver outros truques, garoto, agora é a hora.

Daw desviou os olhos para além de Cassidy, piscou para o drone rastreador. Cassidy, com o calor do vácuo fazendo o suor escorrer pelo seu rosto, escutava em busca de uma pausa, qualquer pausa nos tiros. Ela poderia, no segundo em que um drone gastasse recarregando ou trocando de arma, enviar um novo vácuo contra o rastreador e...

O Paragon *cintilou*. O corpo de Daw, com a mão de Cassidy descansando em seu ombro, surgiu e sumiu, a mão dela entrando no espaço e então sendo empurrada para fora, com força, quando Daw reapareceu.

— Tente chutá-lo novamente — disse Daw.

Cassidy não precisou de muito incentivo com o drone rastreador avançando novamente, desta vez com ambas as garras dianteiras procurando dar um corte. Ela chutou, sua bota cintilando através do focinho do rastreador. A habilidade de Daw fez Cassidy voltar ao estado sólido, a força dobrando a máquina investida como madeira balsa. A máquina centopeia se contorceu contra si mesma, o metal inflexível batendo, estalando, quebrando. As juntas rachararam, faíscas encontraram liberdade, e o líquido refrigerante vazou em uma rajada fria e cinzenta.

Os vácuos cederam com a surpresa de Cassidy, sua concentração se rompendo quando sua bota fez o drone rastreador cair para trás. O colapso dos vácuos causou um imediato calafrio gelado nos nervos de Cassidy, e o pânico aumentou enquanto ela rolava para longe de Daw, tentando trazer outro vácuo de volta.

Três gladiadores cercavam o Paragon e sua protetora, todos observando os vácuos desaparecidos. Cassidy esperava que suas balas encontrassem novos alvos no segundo seguinte, mas o trio de máquinas não abriu fogo contra a dupla de anomalias. Em vez disso, todos os três giraram para encarar o corredor.

Outro rugido revelou o motivo. Cassidy sentiu o ar do uivo de Thane soprar seu cabelo, sentiu seus ossos tremerem quando a anomalia pousou sobre ela, o piso de madeira rachando com sua chegada. O homem gigante, com seu cabelo fino combinando com a roupa rasgada de Thane, continuou se movendo, saltando sobre um Daw cintilante para atacar o gladiador do meio em uma investida impetuosa.

Cassidy não podia se considerar uma especialista em drones, mas os gladiadores tinham tamanho e força de sobra. Este quase igualava a altura de Thane, e ajustou suas articulações para enfrentar Thane com um golpe. Os dois titãs deveriam ter colidido e ficado presos, mas em vez disso, Thane rasgou o gladiador como se tivesse substituído seu aço por seda. A grande máquina se partiu em dois, cada metade em uma das mãos de Thane.

Daw cintilou novamente.

Balas vieram dos outros dois gladiadores, atingindo e criando marcas vermelhas na pele musculosa de Thane. A anomalia enfurecida girou, ainda segurando as metades do drone destruído, e lançou uma para cada um dos seus dois atacantes restantes. Longe de serem o material frágil e fino que Thane acabara de destruir, as metades quebradas atingiram seus companheiros drones com estrondos crepitantes.

O gladiador à direita de Cassidy perdeu a cabeça em uma chuva de faíscas, enquanto o da esquerda teve as pernas entortadas quando a máquina tentou se esquivar.

Um vácuo sussurrou em seus dedos, e Cassidy o lançou enquanto Thane rugia contra o gladiador restante. O pequeno vácuo, com seu núcleo de meio metro de largura, envolveu o centro da máquina cambaleante, rasgando fios, juntas e bobinas. Com um gemido elétrico, o gladiador caiu no chão, escuro e morto.

Com os ombros arfando, Thane girou para frente e para trás, procurando mais drones para despedaçar. Cassidy não viu nenhum, não ouviu mais gritos vindos do fundo da instalação. Talvez todos tivessem sido destruídos, ou...

— Uma retirada, nada mais — anunciou Apinya por trás de Cassidy.

O Campeão se aproximou, ladeado por vários esquadrões do Paragon. As anomalias não estavam ilesas, muitas segurando os braços ou umas às outras para se apoiarem. A maioria tinha um olhar aterrorizado nos olhos, seus passos lentos.

Cassidy sentiu uma onda de raiva vindicativa: agora esses mestres arrogantes sabiam como era ter drones atacando. Ela viveu sob essa sombra por tanto tempo...

— Ei — disse Daw, sua voz trazendo Cassidy de volta enquanto Apinya dava ordens a seus Paragons. Um esquadrão seguiu pelo lado, acompanhando as crianças de Cassidy, enquanto outro se dirigiu para as salas que Cassidy havia limpado anteriormente. — Obrigado por me salvar.

— Eu não salvei — disse Cassidy, engatinhando para perto de Daw. Ela olhou para sua perna rasgada e fez uma careta. A dor seria mais forte quando a adrenalina diminuísse. — Thane fez isso.

— Não. — Daw sentou-se, colocou a mão na barriga e

gemeu, então deitou-se novamente. Cassidy conseguiu colocar uma mão atrás da cabeça do jovem, suavizando sua queda. — Você me comprou tempo. Eu ajudei seu amigo. Trabalho em equipe, certo?

Mais além, Apinya abordava Thane, o Campeão estendendo as mãos enquanto seu último esquadrão Paragon se dividia pelos lados do corredor, olhares cautelosos voando livres. Thane rosnou quando Apinya se aproximou, e Cassidy se perguntou se o passado de Thane voltaria aqui, agora, e arrancaria a cabeça de Apinya do corpo do homem.

Em vez disso, Thane se contraiu. Seus músculos definharam, sua pele ficou frouxa antes de se apertar ao redor da estrutura menor do homem. Onde antes estava um gigante, em segundos, um homem mais velho, ligeiramente curvado e magro, apenas um pouco mais alto que Cassidy, encontrou as mãos de Apinya com as suas.

— Trabalho em equipe — disse Cassidy. — Os Paragons te darão isso, desde que você jogue de acordo com as regras deles.

— Claro, mas que outra escolha você tem? — perguntou Daw.

Thane despejou informações enquanto Apinya conduzia seus Paragons restantes para fora da instalação. Sem ter para onde ir, Cassidy ficou com o grupo, Thane ajudando-a a andar com sua perna ferida, abraçando a leve proteção contra futuros ataques de drones. O grupo misturado seguiu a rota das crianças, mantendo-se perto da água e sob pontes tanto quanto possível enquanto avançavam em direção aos arredores de Bangkok e às florestas além.

Sirenes de emergência ecoavam através do tráfego noturno de Bangkok enquanto drones de prevenção de incêndios e seus parceiros humanos convergiam para a instalação danificada, cada passagem zunindo inicialmente empurrando o grupo em evacuação a se esconder nos arbustos em busca de cobertura antes que a frequência forçasse Apinya a continuar avançando de qualquer maneira.

Felizmente, quem quer que tivesse enviado os drones Paragon em um curso de ataque não tinha feito o mesmo com robôs mais domésticos. Nenhum desviou de sua rota de resposta para agir contra as anomalias que se esgueiravam pelo mato, espantando mosquitos e tentando conciliar suas vidas despedaçadas.

As máquinas mudaram de ideia sem preâmbulo, disse Thane. Ele e Apinya estavam bem avançados em um novo plano para reformular a sociedade — Cassidy pode ter revirado os olhos neste ponto, apesar do cansaço — quando dois drones guardiões mais velhos nas proximidades levantaram suas armas e atacaram os Paragons no corredor externo.

— Ele não me deixou solto — disse Thane, e Cassidy não precisou perguntar a quem ele se referia. — Mesmo enquanto seu próprio povo morria, Apinya me manteve contido. Ele me colocou em um prado, me cercou de borboletas sob um céu azul limpo.

— Isso funcionou?

— Ainda sou humano, por mais que todos queiram acreditar no contrário. Convença-me de que estou em um lugar pacífico, e permanecerei em paz.

Esse encanto se manteve até que o próprio Apinya foi atacado, quebrando a concentração do Campeão e mergulhando Thane de um dia feliz para uma guerra dilacerada por fogo e balas. Entregar-se ao seu lado raivoso não levou mais que alguns segundos, e Thane teve alvos em abundância. Ele avançou, rasgando um drone após o outro, e quase levando alguns Paragons junto.

— Eu teria matado todos eles, mas Apinya encontrou

uma maneira de me manipular — disse Thane, e onde Cassidy esperava uma carranca, a anomalia, em vez disso, encontrou um sorriso. — Ele se refocalizou, me colocou em um novo lugar. Não pacífico, desta vez, mas ele ocultou cada Paragon com algo que eu não atacaria mesmo no meu pior estado.

— Ouso perguntar o quê?

— Você, Cassidy.

O homem disse as palavras como se esperasse que soassem doces. Algum sinal carinhoso de que Thane ainda tinha afeição por Cassidy. E talvez teria sido, exceto pelo fato de Thane tê-la abandonado, deixando Cassidy para apodrecer depois de levá-la a uma cidade que ela não conhecia, arrastando-a para fora da ilha. Claro, o lugar tinha sido uma prisão, mas ela tinha uma vida lá.

Um lar.

— Você está quieta — disse Thane enquanto a coluna passava por baixo de outra ponte e encontrava a paisagem urbana de Bangkok finalmente diminuindo.

A lua, pelo menos, proporcionava um brilho branco acolhedor. Algo para Cassidy olhar enquanto tentava descobrir como dizer ao vilão mais infame do mundo que ele era um idiota. Olhar para o céu impediu Cassidy de notar uma pedra, e pisar nela torceu sua perna de maneira desagradável. Ela queria xingar, gritar, mas nada disso ajudaria, então ela se conteve enquanto Thane a ajudava a se equilibrar.

Hora de mudar de assunto.

— Este era seu grande plano, não era? — perguntou Cassidy. — Pegar todos esses drones e transformá-los em seu exército privado e imparcial?

— Um plano que ainda pode funcionar — respondeu Thane, sem mostrar sinais de que o desprezo de Cassidy afetou seus sentimentos. — As mãos erradas estão no controle agora. Se é que isso mostrou o quão eficaz minha ideia seria.

— Sim, tudo terror e sangue. Parece maravilhoso.

— Mas não seria nosso sangue, nosso terror. Apenas aqueles que merecem sofreriam as consequências.

— Disse o homem insano.

— Você não acredita em mim?

— Eu queria — disse Cassidy. — Naquela ilha, eu queria acreditar que havia algo melhor de volta no mundo real. Que erro foi esse.

Thane não respondeu enquanto navegavam por uma confusão pantanosa e de juncos. Apinya, na frente, os fazia evitar as estradas principais e passar tanto quanto possível por lugares ermos. O progresso era lento e úmido.

— Apinya disse que você tinha entrado em contato com sua família — disse Thane depois que encontraram um terreno seco, sob árvores tão densas que a lua desapareceu, sua presença evidente apenas em raios prateados que cortavam através das brechas. — Não estão eles aqui, no 'mundo real' como você chama?

— Do outro lado dele, e com mais problemas além da distância — disse Cassidy. — Thane, não sei se você consegue entender como é ser um de nós. Ser eu.

— Como assim?

— Um pai ou mãe. Uma anomalia com uma vida e uma carreira que perdeu tudo. Você acha que teve um baque, tente ter todos os seus sonhos arrancados no ensino fundamental quando você acorda e seus dedos querem rasgar a realidade. Fui para a faculdade como uma fugitiva, escondendo meus poderes de todos.

Thane pareceu inteligente o suficiente para ficar quieto enquanto a trupe marchava pelas árvores, então Cassidy continuou falando.

— Depois de um tempo, fiz as pazes com isso. Me formei, encontrei um trabalho que amava, comecei uma família com alguém que pensei entender. Mas isso nunca desaparece, sabe? Os sussurros?

— Eu sei.

— Quando perdi tudo, quando Mynx me levou para aquela maldita ilha, imaginei que já tinha reiniciado minha vida uma vez antes, poderia fazer de novo. — Cassidy afastou o cabelo dos olhos, emaranhado de suor porque, mesmo à noite, este maldito país era quente demais para ela. — E eu fiz, mas aqui estamos nós, e estou tendo que me despedaçar e me reconstruir mais uma vez, e não sei se consigo fazer isso.

— Você não está sozinha desta vez — respondeu Thane. — Você não está se escondendo, não está presa.

— É isso que você chamaria disso?

— Você sabe o que quero dizer. Você tem aliados.

— Que me deixarão sozinha no momento em que for a hora de perseguir algo brilhante.

Thane não continuou essa linha, mas deixou a conversa esfriar. Cassidy sentiu o toque dele ficando mais leve, mais frágil. Ela olhou para ele, viu um homem mais enrugado e fraco ao seu lado.

— Indo para o modo gênio? — perguntou Cassidy.

— Na próxima vez, você ficará na sala. Você oferecerá suas opiniões, e nos beneficiaremos com sua visão.

— Você teve que ficar mais inteligente só para isso?

— Não — disse Thane. — Eu precisava entender para onde Apinya quer nos levar, e acho que sei.

— É perto?

Thane olhou para ela, sorriu, e voltou a preencher seu corpo. — Nem um pouco.

Eles caminharam durante a noite, fazendo pausas ao

longo do caminho. Paragons mais saudáveis se separavam do grupo para saquear lojas de conveniência e outros lugares por onde passavam, usando suas habilidades para manter o forrageamento secreto. Apinya acreditava que qualquer Paragon pego usando seu Tamas para comprar coisas legitimamente desencadearia uma resposta dos drones. Melhor manter as coisas seguras.

Com o amanhecer bem avançado, o grupo cambaleou até uma comunidade à beira do lago. Cabanas de palha flutuavam em jangadas de bambu ao longo da margem do lago, derivando nas suaves ondulações trazidas pela brisa da manhã. Os Paragons pareciam conhecer o lugar, dividindo-se em esquadrões, alguns apressando os adolescentes salvos por Cassidy para locais selecionados.

— Vocês dois ficarão comigo — disse Apinya, esperando por Thane e Cassidy na margem do lago. — Precisamos discutir o que acontece a seguir.

— Discutir? — perguntou Thane. — Nossos próximos passos estão claros.

Apinya ergueu as sobrancelhas.

— Ele faz isso — disse Cassidy.

— Aparentemente — respondeu Apinya. — Você se importaria então, Thane, de nos iluminar?

— Mynx comanda os drones de sua Fábrica — disse Thane. — Quem quer que controle os drones deve tê-la tomado. Nada do que fizermos importa até recuperarmos a Fábrica e destruirmos aqueles que a capturaram.

— Tão simples — disse Apinya.

— É isso mesmo. Tudo o que precisamos é de um avião que possa me levar sobre a estrutura. Me deixe cair lá dentro, e posso cuidar do resto.

Apinya olhou para Cassidy. — Não suponho que você tenha um avião, certo?

De volta à ilha, um avião parecia um sonho em uma prisão de drones. Aqui, enquanto o sol nascia sobre a água enevoada, Cassidy se encontrou de volta ao início: formas escuras pairando no horizonte e pouca esperança de escapar.

E ainda assim, ao seu redor, ela viu algo diferente do que naquelas praias. Rostos, vontades que diziam que lutariam e continuariam lutando, não importa quanto tempo levasse, quão dura fosse a luta.

— Eu não tenho — disse Cassidy. — Mas aposto que podemos encontrar um.

Em cada rua, em cada cidade, os Paragons são caçados. Drones e equipes mercenárias destroem famílias e capturam qualquer um com indícios de poder. Sussurros na escuridão insinuam seu destino: uma prisão sombria onde experimentos terríveis buscam extrair os segredos nos genes dos Paragons.

Continue a aventura de Cassidy com *A Luz do Libertador*:

AGRADECIMENTOS E NOTA DO AUTOR

A Ascensão da Revolução continua uma série que explora algo que sempre achei interessante, ou seja, o que acontece quando pessoas que costumavam ser, fisicamente, imparáveis se encontram muito paráveis. Quando sua identidade está envolvida em algo que sucumbe ao tempo.

Você conseguiria mudar? Você mudaria?

Como sempre, esta história surge através do apoio infinito de Nicole ao me permitir brincar em universos fantásticos. Meus irmãos, pais e sogros trazem uma alegria e maravilha para minha vida que me incentiva a explorar os vastos alcances da ficção científica e fantasia. O apoio deles é tudo.

Os leitores, também, alimentam a fornalha criativa. Seja por meio de avaliações de cinco estrelas (ou menos!), mensagens transmitidas pela teia infinita das redes sociais, ou simplesmente um pico no gráfico de vendas que diz que alguém está dando uma chance às minhas histórias, isso alimenta o impulso para continuar seguindo em frente. Então, obrigado, e espero que você tenha gostado deste romance e do restante da série.

SOBRE O AUTOR

A.R. Knight cria histórias em uma casa gelada em Madison, WI, predominantemente dominada por dois gatos. Após ser engolido pela rotina de trabalho durante a crise econômica de 2008, ele se viu em reuniões entediantes viajando pelo espaço e embarcando em grandes aventuras.

Eventualmente, dedicando-se a podcasts, roteiros, contos e outros romances, ele encontrou uma história na qual poderia se perder e um elenco de personagens tanto divertidos quanto cheios de alma.

A.R. Knight planeja saltar para outros mundos e encontrar novas histórias para contar nas fronteiras ilimitadas da nossa imaginação.

Obrigado, como sempre, pela leitura!

Para mais informações:
www.blackkeybooks.com

Para Alex

www.ingramcontent.com/pod-product-compliance
Lightning Source LLC
Chambersburg PA
CBHW031513010826
48973CB00013B/1052